밤구름은
서쪽으로
흐르니

밤구름은 서쪽으로 흐르니

프롤로그

백군분채를 칠한 듯 파란 하늘 아래.

휘어진 팔작지붕의 검은 기와가 번뜩인다. 궁궐의 주인 다음으로 가장 권세 있다는, 감히 대궐이라는 이름이 더 어울릴 법한 이 집의 안채, 순천헌 (順天憲, 하늘의 뜻을 따르다)에서는 잔치가 한창이다. 이 ㅁ자 형 집이 오직 연회를 위해서 지어졌다는 점에서 집 주인의 권세를 보여주고 있다. 안쪽 가운데에는 주인 대감이 앉아 있고 그 옆으로는 고관대작들이, 또한 양 날개를 펼친 듯 중진 관료, 선비, 지방 호족들이 줄지어 앉아 있다. 집 주인과 고관대작들의 맞은 편에는 젊은 선비들이 상기된 표정으로 자리하고 있다. 뒤쪽에는 화공 몇이 이 잔치를 화선지에 그려 나가고 있었다. 자리조차 얻지 못한 이들은 젊은 선비들 주변에서 서성거리며 비단 보따리를 꼭 쥐고 있다. 곧 색색의 기생들이 검은 갓 사이를 꽃잎처럼 물들이며 자리를 잡는다. 또 다른 기생들이 정원 가운데에서 군무를 추기 시작하자 분위기가 달아오르기 시작했다. 곡이 끝나자 관복을 입은 사내가 그 자리로 가더니 큰 소리로 외친다.

"세자 저하 납시오!"

곧 하인들이 아이가 들어갈만한 작은 가마를 어깨에 지고 들어선다. 일순 조용해지고 모든 시선이 그리로 몰린다. 까만 가마에서는 김이 모락모락 피어오르고 있다. 멀리 앉아 있는 젊은 선비들은 목을 길게 뻗고 보고 있다. 하지만 어느 누구도 목소리를 보태며 떠들어대지 않는다. 가마 문이 열리고 하인이 통째로 찐 새끼 돼지 한 마리를 집 주인의 앞에 조심스레 올려 놓았다. 주인은 그것을 잠시 보더니 날이 선 칼로 돼지의 옆구리를 스윽 가른다. 옆에 있던 고관대작이 다른 이에게 속삭인다.

"저게 그 증롱기돈(蒸籠飢豚, 찜통에 든 굶주린 돼지)이구려. 이리 눈앞에서 볼 날이 올 줄이야."

그것은 그곳에 앉아 있는 이들이 권세를 다시 거머쥠을 종결짓는 대사건이요, 세자의 비극은 그들의 화려한 부흥을 고하는 축제의 제물이었다. 하인이 고기를 한 점 놓아주자 주인은 그것을 천천히 씹기 시작했다. 인두 자국이 난 얼굴, 다리를 절며 유배에서 돌아온 아버지가 떠올랐다. 또 한 점에는, 반대 세력을 완전히 무너뜨리며 복수를 했던 날이 떠올랐다. 한여름 뒤주에서 죽은 자의 얼굴이 떠오르자 절로 미소가 지어졌다. 달았다. 주인이 술잔을 들어 좌우 고관대작들과 눈을 마주치는 것으로 나름의 의식이 끝났다. 다시 분위기는 달아올랐다. 기생들의 자지러지는 웃음, 술에 취한 자들의 고함 소리가 뒤섞였고 자리가 멀어 고기를 얻어 먹지 못한 이들은 생각에 잠겨 술잔을 기울이고 있었다.

잠시 후, 가냘픈 체구의 사내가 가야금을 들고 중앙으로 들어섰다. 그는 소나무 아래 자리를 잡는다. 순간 정적이 흘렀으나 이내 다시 술을 마시고, 이야기를 나누고, 기생을 희롱하던 소리들이 되살아난다. 그 모든 것과 상관없다는 듯, 사내는 가야금을 뜯기 시작한다.

그의 연주가 시작되자 공기의 흐름이 바뀌었다. 현의 울림이 술잔을 건드리고, 소리가 이 야단법석을 파고든다. 자신들의 세계에 심취한 이들, 술에 잡아 먹힌 이들, 비단 보따리를 품에 안고 인생을 바꿔줄 기회를 찾는 이들에게는 이 소리가 닿지 않았다. 하지만 집 주인은 가야금 소리에 귀 기울이고 있었다. 아니, 소리가 그의 귓가로 흘러들었다. 몇몇 고관대작들은 음악은 모르지만 이 욕망의 틈바구니 속에서도 여유를 느끼고 더 이상 올려다볼 것이 없다는 사실에 만족하며 즐기고 있다. 그것은 처음엔 새소리처럼 가볍게 시작되더니 점차 깊어지며 그곳에 있는 이들의 마음을 두드린다. 술잔 위에는 조각난 추억이 떠오르고, 눈가에는 그리운 이의 얼굴이 아른거린다. 깊은 곳에 잠들어 있던 감정, 너무나 오래되어 잊힌 것이 올라오자 그 연주를 듣던 몇 안 되는 자들의 입가에 미소가 피어오른다. 그리운 이를 그리던 이가 연주자를 품고 있는 소나무 너머 하늘을 쳐다본다.

　조금 전까지 맑았던 하늘에, 마치 연주가 불러들인 듯 산 너머에서 구름이 검게 몰려온다. 가야금을 뜯는 사내의 손놀림이 빨라지고 연주는 점점 격렬해진다. 이제 술을 마시는 이도, 이야기를 나누는 이도, 기생을 희롱하는 이도 없다. 모두 불안한 눈으로 사내와 하늘을 번갈아 바라볼 뿐이다. 검은 구름은 안채를 완전히 뒤덮어 기와인지 구름인지 구분할 수 없을 지경이다. 곧 세찬 비가 퍼붓는다. 젊은 선비들과 보따리를 든 무리들이 처마 밑을 차지하려 몰려들고 이 혼돈 속에서도 화공은 신들린 듯 붓을 놀려 가야금 연주자와 권세가들을 한 폭에 담아낸다.

사내는 연주를 멈추지 않는다. 곡조가 소나무 잎 끝에 머물던 빗방울에 닿자 그것은 곧 칼끝의 피처럼 미끄러져 떨어진다. 그는 가야금에 몸을 맡긴 건지, 빗줄기에 몸을 맡긴 건지 무아지경이다.

그때, 우르릉 쾅! 천둥 소리와 함께 팽팽한 현 하나가 끊어지며 사내의 뺨을 스친다. 붉은 금 사이로 피가 흘러내린다. 그는 그것조차 모른다. 아니 아무렇지 않은 듯하다. 통통한 사내와 단정한 얼굴의 선비가 빗속으로 들어간다. 그들이 아무리 말을 걸어도 그는 연주를 멈추지 않는다. 선비가 사내의 어깨를 흔들어 붙잡는다. 마지막 음이 터져 나오는 순간 사내는 힘없이 선비의 품에 쓰러진다.

"오라버니…"

1장

매화 향기는 봄바람에 날리고

한바탕 쏟아지던 비가 점차 멎고 있다. 아이는 빗소리에 귀를 기울인다. 장독대 위, 마당의 평상, 초가지붕 위… 빗방울은 닿는 곳마다 미묘히 다른 소리를 낸다. 장독대 위는 낮고 둥글게 울리고 초가지붕 위는 가볍고 날카롭다. 아이는 손가락으로 마룻바닥을 두드리며 빗방울에 박자를 맞춘다. 매화나무 아래 꽃잎 몇 장이 떨어지고 있다. 잠시 후, 빗방울이 멎고 공기가 맑아진다. 세상이 고요해지자 아이는 눈을 뜬다. 반듯한 이마, 정갈한 눈썹, 호기심 어린 커다란 눈망울이 주변을 더듬는다. 아이는 마루 위에 올려놓은 짚신을 신으며 밖으로 뛰어나간다.

도착한 곳은 냇가. 큰 나무 아래, 언제나처럼 아이는 연한 풀잎을 입에 물고 드러눕는다. 시냇물은 흐르고, 새들이 지저귀고, 멀리 아낙네들이 방망이질을 하고 있다. 아이의 눈썹이 살짝 들렸다. 입에 문 풀잎을 불어본다. 뿌우. 아이의 입꼬리가 올라간다. 세상의 모든 소리를 사랑하며 즐기는 것, 그것이 아이가 가장 좋아하는 놀이였다.

얼마나 지났을까.

"예서 자고 있느냐?"

낮게 울리는 목소리에 아이가 눈을 떴다. 햇빛에 눈이 부셔 얼굴은 잘 보이지 않았지만, 목소리의 주인을 알기에 미소 짓는다.

"오라버니."

"자, 집에 가자꾸나. 설아."

내민 손을 잡고 일어난 설은 치마 뒷부분을 털어냈다.

"오늘은 다른 날보다 일찍 오셨네요."

"연습이 일찍 끝났단다. 하루 종일 냇가에 있었느냐?"

"비가 그친 다음에 나왔습니다."

오라버니라 불리는 이. 호가 도포 소매를 더듬더니 찾았다는 미소와 함께 약과를 꺼낸다. 웃는 얼굴에 볼우물이 깊게 파인다. 설은 함박 웃으며 그것을 받아 입으로 가져가려다 다시 반을 쪼개어 호에게 내민다.

"오라버니도 드세요."

"난 많이 먹었단다. 널 주려고 가져온 것이야."

설은 호의 손을 펴 약과를 올리려다 손끝을 보고 놀란다.

"오라버니⋯ 손이⋯"

손끝은 줄에 베인 듯 갈라지고, 오래된 피멍이 짙게 남아 있었다.

“괜찮다. 좋은 소리를 내려면 이 정도쯤은 흔한 일이란다. 오히려 자랑스럽구나.”

설은 그 손을 자기 볼에 가져가 눈을 감았다. 거칠고 굳은 손끝. 이렇게 상처투성이인 줄 알았다면 좀 더 일찍 울음을 터뜨렸을지도 모른다. 아직 어리지만 모르는 바 아니었다. 오라버니의 꿈은 악사가 아니었다. 명석하고 글솜씨가 뛰어나 과거 급제는 따 놓은 당상이라 했다. 아버지처럼 백성들이 더 나은 삶을 살도록 해주는 것이 꿈이라 말하던 오라버니. 그 말에 아버지가 기뻐했다고 어머니는 말했다.

[늬 아버지만 그렇게 되지 않았어도…]

아버지가 어떻게 되었는지, 그리되지 않았으면 지금 어떤지 설은 모른다. 다만 쫓기듯 이곳으로 왔다. 아버지가 미리 마련해 둔 곳이라 했다. 집에는 사람의 발길이 뚝 끊겼다. 사람들의 입에 그 일이 오르내리지 않게 되자 호는 궁에 들어갔다. 출사가 아니라 장악원의 악사로. 대청에서 여가로 뜯던 가야금이, 유일한 생계 수단이 되었다. 공부는 사치였고 장남이 그런 사치를 부릴 수는 없었다. 단 일 년만, 하던 악사 일이 수년이 되었다. 살림은 나아지지 않았다. 설은 가마 타고 다니는 높은 나리를 볼 때면 오라버니의 자리라는 생각에 괜히 심술이 났다.

“드릴 말씀이 있습니다.”

설은 작은 소반 위 된장국을 숟가락으로 휘휘 젓고 있다. 풀잎 몇 개가 국물 속에서 원을 그린다. 낮에 먹은 약과 맛이 문득 혀끝에 되살아난다.

"안 된다, 그건."

어머니의 단호한 목소리에 설이 놀라 두 사람을 번갈아 바라본다.

"허락해 주십시오. 그렇게라도 하지 않으면…"

"장악원 악사 노릇도 모자라 기방의 천한 것들을 대한다니, 그게 말이 되느냐?"

설의 눈이 동그래진다. 언젠가 저잣거리에서 본 적 있다. 뽀얀 얼굴에 꽃잎처럼 붉은 입술, 탐스러운 가체를 쓰고 치맛단을 흔들던 여인들. 그곳에 오라버니가 간다고?

"다들 그렇게 한답니다. 전부터 그런 제안이 여러 번 있었지만 뿌리쳤습니다. 하지만 이제는… 베 한 필로 어찌 세 식구가 살 수 있습니까."

어머니는 숟가락을 놓고 한숨을 쉰다.

"어찌 사람의 삶이 이리 한순간에 뒤바뀌는지… 그리되지만 않았어도…"

설은 오늘 저녁도 굶겠구나, 싶지만 그렇다고 평소와 크게 다를 것도 없다. 제대로 끼니를 챙긴 게 언제였던가.

"성균관에 들어가 학문을 익히고 마음씨 고운 낭자와 혼인해 가정을 꾸리는 것. 그것이 어미의 바람이었다."

어머니가 호의 손을 감싼다. 메마른 손가락 틈마다 갈라진 자국. 이젠 기방까지 다닌다 하니 가슴이 까맣게 타든다.

'이렇게 살아야 한다니… 이 세상이 한스럽구나.'

밤새 나라와 백성을 논하던 남편의 모습이 떠오른다. 가솔보다 임금과 나라를 걱정하던 이. 그것이 옳다 믿었지만, 결국 자식들에게 가시밭길을 물려주었단 생각에 또 한숨이 나온다. 어머니는 설을 바라본다. 설은 국을 저으며 눈치만 보고 있다.

'그저 좋은 혼처 자리만 나면 좋으련만…'

등잔불 아래 어머니는 삯바느질을 하고 설은 엎드려 책을 펼친다. 집안에 난리가 났을 때 간신히 챙겨 나온 귀한 책. 손끝이 닿은 자리는 닳아 떨어지고 몇몇 글자는 알아볼 수도 없지만, 긴 밤을 버티게 해 주는 소중한 벗이다. 호는 마당 평상에서 가야금을 뜯고 있다. 곧 궁에 큰 행사가 있을 거라 했다. 설은 그것이 좋았다. 오라버니의 연주를 들을 수 있고 또 그런 날이면 약과나 타래 같은, 평소에는 구경도 못할 맛난 걸 먹을 수 있으니까.

"왜 자꾸 어미 말을 듣지 않는 게냐?"

갑작스러운 꾸짖음에 설이 깜짝 놀라 몸을 일으킨다.

"예?"

"책을 보지 말랬거늘, 또 펴든 게냐!"

설은 억울한 듯 어머니를 본다.

"왜 안 됩니까?"

어머니는 입을 떼려다 고개를 젓는다. 저 어린 것이 그 뜻을 헤아릴 수 있을까. 오라비 글 읽는 소리를 듣고 혼자 글을 깨치던 아이였다.

“바느질이나 더 익히거라.”

어머니는 설의 서책을 빼앗아 방구석에 놓는다. 설은 입을 삐죽 내밀며 문을 세게 열고 나간다. 설은 마루에 앉아 호의 연주를 들으며 손끝만 매만지고 있다.

“언제 나왔니?”

호가 자신의 옆자리를 톡톡 치자 설은 기다렸다는 듯 다가가 앉는다.

“어머니가 책을 못 읽게 하세요. 왜 그러실까요? 오라버니께서 읽을 땐 그리 좋아하시더니⋯”

설이 한숨을 쉬자 호가 밤하늘을 바라보며 말한다.

“별이 많구나. 설아, 이 가야금에 온 우주가 들어 있다는 것을 아니?”

설이 가야금을 요리조리 살피며 묻는다.

“가야금에 우주가요? 우주는 저 하늘에 넓디넓은 것이라 알고 있는데 그게 어찌 이 속에 있다는 말씀이십니까?”

호가 미소 지으며 가야금을 설 앞에 놓고 말한다.

“이 윗부분 둥근 것이 하늘이고, 이렇게 평평한 것은 땅이란다. 가운데 빈 곳은 육합이라 하여 하늘과 땅, 동서남북을 뜻하지.”

“하늘과 땅⋯”

설이 손끝으로 조심스레 가야금을 쓸어본다.

“줄은 열두 개로 열두 달을 상징하지. 그러니 이 안엔 계절도, 세상도, 시간이 흐르는 모든 것이 담겨 있단다. 온 우주가 이 안에 있는 셈이지.”

설은 신기한 듯 가야금을 본다. 호는 설의 자세를 잡아주고 손가락을 줄에 대어준다.

"이렇게 손가락에 힘을 주어 튕기듯이. 한 번 해보렴."

호의 말대로 가야금을 튕긴다.

"이렇게요?"

호가 누이동생을 따스하게 바라본다. 까만 밤. 세상 아래 가장 아름다운 것이 그 둘밖에 없는 듯 달빛은 두 사람을 비추고 있다. 호가 하늘을 보다 다시 설을 보니 그 눈동자에도 별이 있다. 곧 호는 종이를 펴고 먹을 갈기 시작한다. 설은 오라비가 자주 그런 행동을 한다는 걸 알기에 신경 쓰지 않고 가야금 줄을 퉁겨본다. 그러다 하늘을 올려다본다.

'이 밤하늘이 가야금에 들어 있다…'

설은 하늘로 손을 뻗는다. 별을 만져보기라도 하려는 듯. 달빛이 설의 얼굴을 부드럽게 감싼다. 호는 설을 보며 미소 짓다가 악보를 그리고, 다시 가야금을 뜯는다.

"무슨 소리인지 알겠니?"

설이 방긋 웃는다. 호의 소리 끝에 이어 현을 뜯는다. 물론 아무렇게나 하는 것이다.

"이러면 별이 반짝이는 소리가 잘 들리는 것 같습니다."

이번엔 달을 한 번 보고 현을 퉁긴다.

"달님이 소곤거리는 소리이옵니다, 오라버니."

그날 밤 별빛의 떨림과 달의 숨결, 풀벌레의 울음과 나뭇잎의 속삭임, 바람에 섞인 꽃내음까지. 모든 것이 호의 손끝에 스며들었다. 그것은 종이 위 음계가 되었고 다시 가야금 소리로 되살아났다.

호는 낡은 도포와 갓을 벗고 붉은 비단의 연주복으로 갈아입는다. 옷매무새를 다듬는데 문득 웃음이 새어 나온다. 화려한 옷을 입어도 실상 가진 게 없는 사내가 아닌가. 주변에선 다른 악사들이 악기를 조율하며 한마디씩 한다.

"이건 뭐 태평관 공터에 거적 깔고 근근이 살아가는 형편이니 걸인과 다를 게 있나."

"도성 안에 자네 몸 하나 누일 친지도 없나?"

"일가 떠돌며 신세 지는 것도 하루이틀이지. 눈칫밥 먹느니 거적 치고 자는 게 차라리 편하네. 연습을 해야 실력이 늘고 부업도 할 텐데. 주막이고 공사판이고 죽치고 앉아 있다 자리라도 나면 한 푼이라도 벌어야 하니 언제 연습을 하냐고!"

악사의 보수는 턱없이 적어 지방에서 올라온 이들은 다른 집에 몸을 의탁하거나 공터에서 거적을 치고 살기도 하는 빈궁한 생활을 면치 못했다. 밖에서 다른 일을 하여 생계를 유지하는데, 호 역시 그 때문에 기방에서 가야금을 가르치려 하는 것이다.

"공자님 말에 항산(恒産)이 있어야 항심(恒心)이 있다 하셨소. 이런 형편에 어찌 바른 연주가 나오겠소?"

소금을 불던 이가 어디서 주워들었는지 아는 체하며 한마디 던진다.

"공자가 아니라 맹자의 말씀이오."

호는 그 악사의 어깨를 툭툭 치며 지나간다. 그러나 그 말은 맞다. 생계가 위태로운 자리에 바른 소리가 나긴 어려웠다. 그럼에도 호는 연주할 때면 학이 되어 허공을 나는 듯하였다. 어깨에 짓누르던 무게가 흩어졌고, 마음속 깊은 그늘에는 빛이 내려앉았다. 오직 음악 안에서만 그는 제 자리에 설 수 있었다.

가문이 무너진 날, 모든 것이 바뀌었다. 사부학당 벗들이 성균관에 들어가고 하나둘 출사했다는 소문이 들릴 때마다 어머니와 설 모르게 가슴을 치며 울었다. 삶을 송두리째 빼앗긴 것에 아버지를 원망도 했다. 그러나 할 수 있는 건 없었다. 입을 닫고 두 눈을 감은 채 그저 현을 붙잡았다. 분노는 손끝을 움직이는 열정이 되었고, 체념은 음 사이사이에 스며들어 깊은 숨결을 머물게 했다. 조정에 설 수 없다면 선율로 뜻을 전하리라. 그렇게 마음을 정하자 나아갈 길이 비로소 보이기 시작했다.

"자, 일각 후 시작이오. 준비하시오."

호는 자리를 잡고 눈을 감는다. 현을 하나씩 고르며 설을 떠올린다.

예전엔 책장을 넘기며 물어보더니, 이제는 가야금을 배우겠다고 손끝을 들이밀고 있다.

"가슴을 시원하게 쓸어내리는 소리요."

익숙한 목소리에 눈을 뜨자 선인이 거문고를 내려놓고 있다.

"오셨습니까."

"소낙비가 내릴 모양이오."

호는 하늘을 올려다보았다. 구름 한 점 없는 맑은 하늘. 호는 선인을 바라보다 시선을 거둔다.

"하늘이 맑아 비가 내리지 않을 품새인데 장님 주제에 어찌 알까, 하고 나를 본 거요?"

선인이 부드럽게 나무라는 듯한 말투로 말한다.

"아닙니다. 아니, 사실 그렇습니다. 어찌 아실까 하고…"

선인은 고개를 기울이며 손끝으로 거문고 줄을 살짝 튕겼다. 맑은 울림이 공기를 가르고 퍼져나갔다.

"바람이 달라졌소. 소리가 다르지 않소?"

호는 눈을 감고 귀를 기울였다. 거문고의 울림 사이로 풀잎이 스치는 소리가 들렸다. 멀리서 바람이 실어온 습한 기운이 어렴풋이 섞여 있다. 그가 놀란 눈빛으로 선인을 본다.

"소리는 결코 거짓을 말하지 않소. 허나 그리 대단하게 볼 건 아니오. 보이는 이들이 눈앞만 보듯, 나 같은 이는 눈 대신 다른 길로 세상을 보게 되는 법이오."

선인은 장악원의 관현맹인이다. 이곳에는 앞은 못 보지만 소리에 예민한 이들이 일할 수 있는 제도가 있었다. 그러나 귀가 밝다고 음악을 잘 아는 것도, 좋은 연주를 하는 것도 아니었다. 대부분의 맹인 악사는 한이 서린 곡조를 지녔기에 잔칫집에 불려 가는 일도 드물어 가난에서 벗어나기 어려웠다. 하지만 선인은 달랐다. 그의 연주는 눈밭에 꽃을 피우기도 하고 맑은 하늘에 벼락을 내리치기도 했다. 사람들은 왕산악이 첫 거문고를 울리던 날, 검은 학이 날아와 춤췄다는 전설에 빗대어 선인의 소리를 이야기했다. 그럼에도 그의 곁엔 오랫동안 아무도 없었다. 마음을 닫고 오직 거문고와 살아온 세월. 그러나 말에 마음이 깃들고, 소리에 거짓이 없는 호를 만나며 비로소 외로움이 물러났다. 세상에 더는 보고픈 것도, 그리운 것도 없던 그였으나 호의 얼굴만은 한 번쯤 보고 싶었다.

"그저 좁은 시각으로 생각한 것이 부끄럽습니다."

"앞도 보이지 않는 나 같은 이에게 진실을 보게 해주는 그대가 있어 이곳에 오는 것이 한결 더 좋소. 설이라 했던가? 가야금을 시작했다고?"

"예. 틈만 나면 눈을 반짝이며 물어옵니다. 그 조그만 손가락으로 줄을 뜯는데 어찌나 귀엽던지요."

"언제 한 번 보고 싶소. 그대를 닮았다면 맑은 얼굴일 테지."

궁궐 안은 분주했다. 나인들은 종종걸음으로 바삐 움직였고 수라간에선 진귀한 음식들이 준비되었다. 기름 냄새가 처마를 타고 번지며 연회가 다가옴을 알렸다. 이윽고 가장 높은 단에 대비와 내명부가, 그 아래 대소 신료들이 자리를 잡았다. 연희복을 입은 무동과 무희가 등장하여 화려한 색의 부채를 펼치자 집박 악사가 박을 쳤다. 호는 눈을 감고 첫 현을 뜯는다.

연향이 모두 마무리되자 호는 다시 낡은 도포로 갈아입었다. 군데군데 해지고 덧댄 자국이 있었지만, 그것이 호 본연의 고매한 자태를 가리지는 못했다.

"자네도 한 잔하러 갈 텐가? 앞으로 며칠은 연습도 없지 않은가."

매달 이일과 육일은 정기 연습일이다. 오늘이 이일이니 다음 연습은 나흘 뒤. 하지만 종묘제례를 비롯해 각종 의례와 사신 접대, 경로잔치까지…. 행사가 있는 곳에 악대가 있다는 말이 있듯이 수많은 의례에도 참가해야 했기에 이렇듯 사흘간 쉴 수 있는 날은 사실상 드물었다.

"다음에 함께 하겠습니다. 그럼 이만…"

호는 가야금을 어깨에 메고 곧장 발걸음을 옮겼다. 오늘은 약방에 들러 어머니의 약을 사야 했다. 걸음을 재촉하면서도 그의 머릿속은 온통 음악뿐이다. 밤새 악보를 그렸지만 다음 곡조가 끝내 떠오르지 않았다. 그 곡조를 생각하다 그만 누군가와 부딪쳤다. 넘어진 이는 자주색 저고리에 은박 입힌 쪽빛 치마를 입은 여인. 곱게 단 가체의 머리 장식이 흔들렸다. 화려한 옷차림과 달리 눈매는 삶의 굴곡을 품고 있었다. 머릿속을 맴돌던 곡조가 흐트러지고 그제야 정신이 들었다.

"괜찮으십니까?"

호는 손을 내밀었지만 여인은 그를 쳐다보지도 않고 곁에 있던 여인을 나지막이 불렀다.

"섬섬아."

그러자 이름이 불린 여인이 재빨리 넘어진 여인을 일으켜 세웠다. 호는 무안해져 손길을 거뒀다.

"실례가 많았습니다. 다친 곳은 없으십니까?"

여인은 고개만 까딱할 뿐 여전히 눈길을 주지 않은 채 치맛자락을 붙들고 유유히 걸어갔다. 호 역시 갈 길을 가려는데 발끝에 무언가 채었다. 연꽃이 수놓인 향낭. 은은히 번지는 백단나무 향. 마음을 사로잡는 그 향이 방금 지나간 여인의 것임을 직감한 호는, 그것을 들고 다급히 걸음을 옮긴다.

"저기…"

여인은 못 들은 것인지 아니면 못 들은 척하는 것인지 앞만 보고 가고 있다.

"저기, 이보시오!"

조금 더 크게 부르는 소리에 여인이 멈춘다. 달려가던 호는 여인과 부딪칠 뻔했지만 가까스로 그것은 면했다.

“무슨 일이십니까, 도령?”

고개만 살짝 돌린 채 말하는 여인에게 호가 향낭을 내민다. 여인은 그것을 받아들고 그제야 호의 얼굴을 바라보는데 그 눈이 커진다. 손에 쥔 단선(單扇, 문양과 색을 넣어 치장한 부채)을 들어 얼굴을 가린다. 혹여 심장이 빠르게 뛰는 것이 들킬까 싶어서. 그리고 다시 호의 얼굴을 보았다. 짙은 눈썹과 선한 눈매, 말할 때 쏙 들어가는 볼우물, 무엇보다 정직하게 빛나는 까만 눈동자. 오랜 시간 잠들어 있던 작은 새가 깨어나듯 가슴이 두근거렸다.

“놀라게 해 드렸나 봅니다. 난 그저 이것이 떨어져… 나와 부딪쳐 떨어진 것 같길래 그래서…”

호는 그답지 않게 허둥대다 자신을 바라보는 눈길에 말을 멈추고 여인을 바라본다. 잠깐, 아주 잠깐 눈이 마주쳤다. 그러나 그 짧은 눈맞춤은 서로의 가장 깊은 곳에 이르러 아주 오래도록 머물기에 충분했다. 그때, 우르릉 쾅! 굵은 소낙비가 내리기 시작했다. 사람들은 난데없이 내린 비에 이를 피할 만한 곳으로 뛰어 들어갔다.

“아씨, 어서 이쪽으로.”

섬섬이 연화의 손목을 이끌기 전에 호가 도포 소매를 펼쳐 연화를 감쌌다. 그의 한쪽 팔 안에 들어온 연화는 호의 옆얼굴만을 올려다보고 있다. 호는 비를 피할 처마를 찾는 눈빛이었다.

“저쪽이 좋겠소.”

호는 처마로 갈 때까지 연화가 비를 맞지 않도록 도포로 가려주었다.

"비가 그치면 가시오. 빗방울이 굵어 이 비를 맞다간 병이 날 것이오."

연화는 낯선 떨림을 느꼈다. 수많은 사내가 자신의 손목을 잡고자 했다. 손목을 내주면, 그다음엔 하룻밤을 원했다. 그들이 바란 건 오직 연화의 몸이었다. 그 밤을 보내기 전엔 온갖 달콤한 말로 마음을 사로잡으려 애썼다. 그러나 돌아오는 건 조롱과 배신뿐. 결국 또 다른 여인을 찾아 떠나고, 연화는 허풍과 과장으로 포장된 안줏거리가 되었다. 사내들이란 그랬다. 이처럼 자신이 젖을까, 병에 걸리지 않을까 걱정한 이는 처음이었다. 숱한 사내를 상대하며 거짓과 진심을 분별하는 일에 누구보다 익숙한 연화는 알 수 있었다. 이 사람은 진심이었다.

"연화라 하옵니다."

연화가 고개를 살짝 숙이자 호가 옷매무새를 정돈하고 예를 갖춘다.

"윤 호라 하오."

"…에 있사옵니다. 언제 한번 들르시지요."

호에게는 빗소리도 연화의 목소리도 들리지 않는다. 이 순간, 세상에 오직 두 사람뿐인 듯하다. 비가 그치고 연화가 걸음을 옮기자 그 뒷모습을 보며 그제야 호가 깨어났다. 마음속 어딘가 오래전부터 울리고 있던 음 하나가 살아난다. 잊힌 곡조의 처음처럼, 다시 이어야 할 연의 첫머리처럼. 호는 서둘러 연화 앞에 다가서며 힘주어 말한다.

"내 꼭 그대를 보러 가겠소."

호가 돌아서 가자 섬섬이 그를 이상하다는 듯 말한다.

"행색으로 보아 출셋길도 끊기고 그저 동네나 휘젓고 다니는 것 같은데. 후에 찾아와도 절대 아는 척 마시오. 요즘 이상한 이들이 많아 술을 질펀히 마시고도 나중에 발뺌하지 않소? 아씨는 그저 병조판서 대감만 잘 모시면 그날로 팔자 펴는 거라.”

섬섬의 말은 들리지 않았다. 연화는 호의 뒷모습이 멀어져가는 것을 바라볼 뿐이다. 그 모습이 보이지 않을 때까지 오래도록.

설은 마루 끝에 앉아 저녁 어스름을 바라보며 발끝으로 돌멩이를 굴리고 있다. 몇 번이고 쌓았다 무너뜨린 돌탑은 이제 아무렇게나 흩어져 있다. 설은 마루에 누워 눈을 감는다.

‘바람에 잎사귀들이 비비대는 소리는 이렇게… 꽃잎이 분분히 떨어지는 소리는 이렇게…’

손가락이 허공을 가른다. 가야금 줄을 뜯는 듯 귓가에 그 소리가 닿는다.

“네게는 보이지 않는 가야금이라도 있는 모양이구나?”

호의 목소리에 설이 벌떡 몸을 일으킨다. 호는 도포 소맷자락에서 곱게 빚은 화과자를 꺼내어 내민다.

“화과자란다. 꽃처럼 곱지 않니?”

설은 한참이나 그것을 들여다보다 조심스레 한입 베어 문다. 달콤한 향이 퍼지자 설의 얼굴에도 환한 미소가 번진다.

"정말 맛있어요, 오라버니."

어머니는 바느질을 멈추고 오누이를 바라보다 시선을 거둔다. 가슴 엔 아릿한 바람이 분다.

"어머니, 이것 좀 드셔 보세요. 꽃처럼 곱고 꿀처럼 달아요. 어서요."

어머니는 설이 내민 것을 받지만 입에 가져가지 못한다. 그러다 어깨가 들썩이도록 기침한다.

"약은 드셨어요? 아끼지 마시고 제때 드셔야 합니다."

"괜찮다. 몸이 좀 으슬으슬하구나."

설은 평상 위의 가야금을 잡는다. 어머니와 오라버니의 대화가 언제 끝날지 모르니 일전에 배운 곡을 연습이라도 할 참이었다.

"이제 그건 그만하고 쉬세요. 아니, 가져오지 마세요. 기방에 나가기로 얘기가 되었으니 지금보다 살림이 조금 나아질 거예요."

"자식 등골 빼먹는 것도 모자라 이젠 나만 편히 있으란 말이냐? 콜록콜록."

"그런 게 아니라⋯"

그때 울려 퍼진, 달콤하면서도 가슴 저릿한 그리움을 담은 소리. 영원한 이별이 아닌 재회를 기약하는, 그러니 잠시만 그리워하고 너무 슬퍼하지 말라는 위로까지 담고 있다. 감미롭다는 말로는 부족했다. 호는 말을 잇지 못하고 설을 돌아본다. 어머니 역시 언제 기침이 멎었는지 설을 바라본다.

"설아."

설은 연주에 빠져 듣지 못하는 모양이다.

"설아!"

"네?"

"그런 곡조는 어디서 배운 것이냐⋯?"

"그냥⋯ 들려서요. 달빛 아래 매화 꽃잎이 이별을 고하며 떨어지는 소리예요, 오라버니. 봄이 가고 있으니까요."

설은 무심한 표정으로 답하며 현을 계속 뜯는다. 호는 매화나무를 바라본다. 하얀 꽃잎이 어둠 속에서 빛을 머금고 흘러내리듯, 그 음률은 달콤하면서도 가슴을 저릿하게 파고들었다. 호의 가슴속 깊은 곳에서 잊혔던 그리움이 불쑥 피어올랐고, 오래전 기억들이 물 위의 그림자처럼 차츰 떠올라 형체를 드러냈다. 달빛도 그 소리를 따라 처마를 타고 흘러 마루 끝에 머물다 온 집 안 가득 번졌다. 소리가 머문 자리는 꽃잎이 질 때처럼 아련했다.

'보인다⋯ 이런 연주는 처음이다. 장악원의 그 누구도 이런 소리를 낸 적 없었다.'

며칠 뒤. 호는 대궐처럼 으리으리한 집 앞에서 깊은숨을 내쉰다. 낮에 보면 지체 높은 대감 댁처럼 보일 이곳은 한양 최고의 기방 백련각이다. 대문을 두드리니 하인이 모습을 드러낸다.

"새로 오신 가야금 선생이시지요?"

호는 고개를 끄덕였다. 기방은 처음이었다. 부엌에서 적을 굽는 냄새가 진동하고 그 앞에선 아낙들이 채소를 다듬고 있었다. 그는 너른 마당을 가로지르며 꽃나무를 둘러보다 기생들과 눈이 마주쳤다. 저고리를 벗고 머리를 한쪽으로 늘어뜨린 채 세수를 하고 있었다. 호는 얼른 고개를 돌리고 갓을 눌러쓰며 하인을 따라간다. 하인은 그를 힐끗 보더니 웃으며 한마디 던진다.

"그래서야 어디 저 계집들을 가르칠 수나 있겠소? 보통이 아닌데 말이오."

호는 수련실이라 쓰인 문 앞에서 다시 숨을 고른 뒤 조심스레 발을 거두며 안으로 들어섰다. 진한 분 내음에 잠시 숨이 막힐 듯 어지러웠다. 눈앞엔 색색의 한복을 곱게 차려입은 기생들이 각자의 가야금을 앞에 두고 있었다. 태어나 이렇게 많은 여인들이 눈앞에 있는 것은 처음이다. 아니, 여인을 본 일이라곤 어머니와 설뿐이었다. 식은땀이 흐른다. 호는 자리를 잡고 앉는다.

“자, 그럼…”

그의 당혹스러움을 눈치챘는지 기생들이 킥킥 웃기 시작한다. 호는
더 말을 잇지 못하고 가야금에 손을 얹는다. 첫 음이 방 안에 울리자
순식간에 웃음이 사라졌다. 기생들은 숨을 죽이고 연주에 귀 기울인
다. 호는 눈을 감는다. 그 순간 어디선가 은근하게 풍겨오는 백단나무
향이 코끝을 스쳤다. 낯설지 않은 향. 그리고 곧 노랫소리가 들려왔다.

桐千年老恒藏曲　오동나무는 천 년을 묵어도 제 곡조를 간직하고,

梅一生寒不賣香　매화는 평생을 춥게 지내도 그 향기를 팔지 않는다.

月到千虧餘本質　달은 천 번 이지러져도 본질이 변하지 않으며,

柳經百別又新枝　버들가지는 백 번 꺾여도 새로운 가지가 돋는다.[1]

호가 천천히 눈을 떴다. 연화가 있었다. 멍하니 눈앞의 여인을 바라
보았다. 꿈결 같은 순간. 다른 기생들은 그 둘을 의아하게 바라봤다.

[…에 있사옵니다. 언제 한번 들르시지요.]

빗속에서 분명히 들었던 말. 호는 그제야 자신이 얼마나 들떠 있었
는지를 깨닫는다.

쿵쿵.

북이 울리듯 고동친다. 무심결에 가슴에 손이 올라간다.

1　출전은 명확하지 않으나, 조선 중기 문인 신흠(申欽)과 관련된 시로 소개되는 경우가
　　많음

쿵쿵.

그때 이 여인의 목소리가 아득하게 들렸던 것도 어쩌면 이 심장 소리 때문이었을 것이다. 호는 떨리는 입술을 열어 미소 짓는다.

'그대구려.'

등잔불 아래 마주 앉은 두 사람의 그림자가 벽에 어른거린다. 어머니가 설을 걱정스러운 눈길로 보더니 호를 향해 단호히 말한다.

"저 아이에게 아무것도 가르치지 말거라."

설은 잠결에 이불을 걷어차고 있다. 호가 이불을 다시 덮어준다.

"재주가 있습니다. 조금만 더 가르치면 누구보다 깊은 소리를 낼 거예요. 저는 노력으로 간신히 재주를 이어가지만 설은⋯ 타고난 재능이 있어요."

"재주가 있으면 그게 어떻다는 것이냐!"

어머니는 바느질감을 내려놓고 목소리를 높였다. 설이 몸을 한번 뒤척였지만 깨진 않았다.

"계집에게 재주는 독이다. 아무리 귀한 향이라도 그릇이 맞지 않으면 독이 되는 법이다."

말은 그렇게 했지만 가슴 깊은 곳은 쓰렸다. 세상은 설의 재주를 품을 만한 그릇이 아니었다. 호 역시 설을 바라보다가 깊은 한숨을 내쉰다.

"설이 좋아합니다. 서책도 못 읽게 하니 몹시 답답할 거예요."

"아직도 모르느냐? 품기만 하고 쓰지 못하는 재주는 저 아이를 집어삼킬 것이야. 다 저 아이를 위해 하는 말이다. 그저 얌전히 있다가 좋은 혼처 자리만 있으면…"

좋은 혼처라는 말에 이번엔 어머니가 깊게 한숨을 쉰다. 몰락한 양반 가문. 겨우 목숨을 부지한 처지에 어울리는 혼처란 것이 어디에 있을까. 어미의 속도 모르고 하루가 다르게 고와지는 딸이 안쓰럽고 서글펐다. 호는 더 말하지 못하고 방을 나섰다. 답답함이 가슴을 짓눌렀지만 숨 돌릴 곳은 이 좁은 마당뿐. 세상이 아무리 넓어도 지금 그에게는 이곳이 전부다. 그는 하늘을 올려다본다. 달빛이 희미하게 담장을 넘어와 마당을 비추고 있다.

'이 아이의 재주를 묻어둘 순 없다. 세상이 허락하지 않더라도 나는 이 아이의 선율이 머물 곳을 찾아가도록 바람이 되어 줄 것이다.'

호는 숨을 길게 내쉬며 악보를 그리기 시작한다.

“오늘은 술 한 잔하고 가세요.”

“그러세요. 수업이 끝나면 휑하고 가버리시니, 여간 섭섭한 게 아니랍니다.”

호의 얼굴이 붉어진다. 그 난처한 기색이 재밌는지 기생들이 교태를 부리며 웃어댄다. 낡고 해진 옷차림에도 숨길 수 없는 품위와 맵시, 까치발을 들어도 턱에 닿을까 말까 훤칠하기까지한 이 미남자를 두고만 볼 백련각 기생들이 아니었다. 그가 처음 온 날부터 누가 먼저 그를 방으로 끌어들이느냐로 내기를 거는 등 한바탕 난리가 있었다.

“가야금 곡조에 오고 간 정이 얼마인데요. 오늘도 그냥 가시면 저희들 정말 섭섭합니다. 술값일랑 걱정 마시고요.”

“특별히 드리는 수업료라 생각하시고… 정 미안하시면 도련님께서도 저희에게 즐거움을 선사해 주시면 되잖아요.”

의미를 헤아리지 못한 호가 어리둥절한 얼굴을 하자 기생들이 낄낄거린다. 그때 연화가 방으로 들어섰다.

“나가들 보거라.”

연화의 날카로운 한마디에 기생들이 입을 삐죽이며 방을 나선다.

“언제까지 모른 척하실 겁니까?”

연화가 그의 눈을 똑바로 응시하며 말한다. 호는 무엇을 잘못했는지 곱씹는다. 늘 같았다. 가야금을 가르치고 돌아가는 것. 그게 전부였다. 연화가 말없이 걸음을 옮긴다.

뒤따라간 곳은 백련각 뒤편, 빽빽한 숲으로 둘러싸인 호숫가였다. 연화는 커다랗고 평평한 바위 위에 서서야 호를 돌아보았다.

"참으로 무심하세요."

바람이 스친다. 호는 연화의 발끝을 본다. 조금만 더 뒤로 가면 호수에 빠질 것 같다. 연화가 바위 끝으로 한발 물러나며 말한다.

"도련님께서는 아무것도 모른다는 듯, 아무 일도 없었다는 듯 굴지요."

연화의 치맛자락이 흔들리자 호가 한 발 앞으로 다가선다.

"조심하시오."

또 한 발. 연화가 물러난다.

"그래서 저는 하루에도 몇 번씩 저에게 물었답니다. 나는 대체 당신에게 무엇이었나…"

호가 한 발 앞으로 다가가며 손을 내민다.

"더 이상은 안 되오. 위험하니 잡으시오."

연화가 그 손끝을 본다.

"저만 도련님께 마음을 빼앗긴 것일까 무서웠답니다."

연화의 발끝이 바위 끝에서 흔들리는 찰나, 호는 망설임 없이 연화를 당겨 품에 안는다. 물소리만이 푸드덕 날아가는 새의 날갯짓 소리만이 들린다. 호가 연화를 안은 채 입을 연다.

“여인이 먼저 속을 드러내게 하다니 나는 참 못난 사내요.”

연화의 입술이 무언가를 말하려는 듯 달싹달싹한다.

“허나… 내가 먼저 그대를 마음에 품었소.”

호가 연화의 손을 자신의 가슴에 얹는다.

“느껴지시오? 그대를 비에 젖지 않게 하려던 그 마음 그대로요.”

호가 부드럽게 말한다. 연화의 얼굴이 달아오른다. 처음 느끼는 부끄러움에 고개를 숙이며 호의 품으로 파고든다.

“나는 가진 것 하나 없는 사람이오. 그래도 괜찮겠소?”

연화가 고개를 끄덕인다.

“그대만 원한다면 그대에게는 재물을, 집과 땅을 줄 사람도 있소. 허나 나는 그러지 못하오. 그래도 괜찮소?”

연화가 다시 고개를 끄덕인다. 기생이란 길가에 피어있는 꽃처럼 지나가는 이 아무나 꺾을 수 있는 그런 존재인데… 그동안의 수치스럽고 모욕적인 세월이 다 이 사람을 만나기 위한 것이었나 싶다.

“또… 지금 당장 혼인할 수 없소. 내 형편이 그러지 못하오. 이것도 괜찮소?”

혼인이란 말에 연화가 호를 바라본다. 그 눈에 눈물이 맺히더니 이내 떨어진다.

“왜…”

호가 연화의 눈물을 닦아준다. 그런 약조는 기대도 안 했다. 그저 진심 하나만을 원했는데. 차마 가질 수 없어서 품지도 못했을 그 꿈을 이 사내가 이루어 주려 하고 있다. 연화는 호의 목을 감싸안는다.

'내 이 사람에게 기생도 신의가 있음을 보여주리라. 훗날 변심하더라도 이 순간을 마음에 새겨 이런 사람이 있었노라 기억하리라.'

"아니에요… 너무 좋아서요."

세상이 품지 못한 여인을 한 사내가 품었다. 어디에도 머물지 못하던 여인에게 머물 자리가 생겼다.

설은 마루에 누워 별을 바라보고 있다. 천천히 흐르는 별빛에 눈꺼풀이 점점 무거워졌지만, 호가 돌아올 때까지는 잠들 수 없었다. 이윽고 호의 발소리가 들리자 설은 벌떡 일어난다. 마당을 건너오는 호가 설을 보며 환하게 웃는다. 설은 얼굴을 찡그리며 손으로 눈을 가린다. 호가 놀라 다가온다.

"왜 그러느냐? 눈이 아픈 것이냐?"

설이 손을 내리며 장난스레 배시시 웃는다.

"아니요. 오라버니 얼굴이 눈부셔서요."

호가 웃으며 설의 볼을 살짝 꼬집는다.

"어머니는 일찍 자리에 드셨습니다. 오늘은 어떤 걸 그려주실 겁니까?"

설이 종이를 내밀며 묻는다.

"기다렸어요. 오라버니께서 그려주시는 걸 빨리 연주하고 싶어서요."

호가 설의 머리를 쓰다듬는다.

'네게는 악보가 필요 없다는 걸 너는 알고 있을까. 그저 손끝을 움직이기만 해도 소리가 너를 따라 흐른다는 것을⋯'

호는 붓대를 입술에 대며 미소 짓는다. 설은 종이를 한 번 보고 오라비를 한 번 봤다 한다. 오늘따라 그의 얼굴이 더욱 환하다.

"오라버니, 무슨 좋은 일이라도 있으십니까?"

설이 커다란 눈망울로 묻는다.

"사실은⋯"

설이 호에게 바짝 다가온다.

"아니, 됐다."

"말씀하셨으면 끝까지 하셔야지요. 이게 뭡니까."

삐죽 내민 입술에 호가 웃는다. 결국 그는 고개를 끄덕인다.

"좋다. 내 너에게만 말해주마."

호는 방을 흘끗 본 뒤 목소리를 낮춘다.

"내게 정인이 생겼단다."

"정인이요?"

"마음에 담은 사람을 뜻한단다."

설이 호의 말을 읊조린다.

“마음에 담은 사람…”

“눈을 감아도 아른거리고 곁에 있어도 그리운 이. 결국 평생 함께하길 바라는, 단 한 사람을 말한단다.”

설은 그 뜻을 완전히 이해하지 못했지만, 따뜻하고 소중한 것임이 분명했다.

“오라버니의 정인은 누구신지요?”

호는 마치 연화가 눈앞에 있는 듯 그 모습을 그려낸다.

“혹시… 기생이 아닌지요? 그들은 남자들에게 몸과 웃음을 판다 들었습니다. 천한 이들인데 왜…”

순간 호의 눈매가 잠시 매서워졌지만 곧 다시 부드러워진다.

“설아. 법도라는 이름 아래 가려진 삶을 들여다보면 그들도 우리와 똑같은 사람이란다.”

설은 남들과는 다르게 말하는 오라버니의 말이 어렵다.

“세상 사람들은 갈라놓는 걸 좋아하지. 천인과 양반, 노론과 소론… 그들은 모른단다. 진정한 힘은 나뉨이 아니라, 하나됨에서 비롯된다는 것을. 그 힘이 백성을 향한다면 더 좋은 세상이 될 텐데 아직은 깨닫지 못하고 있지. 왜 자신들이 조금 더 힘 있게 태어났는지, 무엇이 진정 도를 향하는 것인지 말이다.”

호의 말이 길어지자 설은 어느새 다시 가야금을 뜯고 있었다. 호는 붓을 들었으나, 선 하나 그리지 못한 채 붓끝만 종이 위에서 맴돌았다. 문득 스며든 밤바람이 그의 마음 어딘가를 간질인다. 그 바람은 오래도록 감춰두었던 이름을 속삭이는 듯했다.

"이번에 매분구(賣粉嫗)가 오면 죄다 새로 장만해야겠수, 진주분도 다 떨어져 가고, 연지도 사야 하고… 언니는 필요한 것 없수?"

명화가 분첩을 두드리다 말고 거울을 들여다보며 울상을 짓는다.

"나도 이제 늙나 보우. 이 누렇게 뜬 얼굴 좀 보소… 속상해라."

다시 진주 가루를 듬뿍 집어 얼굴에 두드리자 그 가루가 공중에 하얗게 날렸다.

"뭘 하고 있기에 대답도 없수?"

연화는 바느질에 집중하고 있다.

"언니!"

그제야 연화가 명화의 말을 들은 듯 살짝 눈살을 찌푸린다.

"애는… 귀먹겠다."

"여태 내가 말하고 있는 걸 듣지도 못했으믄서… 그런데 웬 바느질 이유?"

명화가 가까이 오더니 연화의 손에 든 비단을 만진다.

"아유, 곱기도 하다. 침모한테 맡기지 왜 직접 하고 있수? 그런데 이

거, 이거 여자 옷이 아닌데? 혹시 그 가야금 선생 것이오?”

연화의 뺨이 붉게 물든다. 곧 비단을 가슴에 대보며 일어선다.

“이 정도면 맞을까…”

“언니한테 대보면 어찌 아우? 아니지, 그이 품에 안겨봤으면 딱하고 감이 올 텐데. 아직인 게유?”

연화가 그 말에 곱게 눈을 흘긴다. 수줍음과 기쁨이 뒤섞인 미소가 살포시 번진다.

“그나저나 병판은 어쩌려 그러우? 그 인간, 언니가 이러는 거 알면 이를 갈 텐데.”

“그분께는 나 아니어도 화병에 꽂아둘 꽃은 많단다.”

연화가 비단 안쪽에 명주 솜을 덧대기 시작한다. 자신의 값을 높이려 치장하는 것이 아닌, 한 남자를 위해 옷을 짓는다는 게 이리 행복한 줄은 몰랐다. 연화의 손길이 더 바쁘게 움직인다.

설이 보자기를 꼭 끌어안고 저잣거리를 지나고 있다. 어머니 심부름으로 북촌에 갔다가, 호와 함께 집으로 돌아가려 궁으로 향하는 길이었다. 나비 모양과 정교한 꽃장식이 달린 머리꽂이를 들고 거울을 보

는 여인, 콩고물을 버무리며, "인절미요." 하고 손님을 부르는 아낙, 꽃
신 몇 짝 늘어놓고 곰방대를 피우며 장기 두는 노인. 평소 같으면 이들
을 구경하느라 걸음을 멈췄겠지만, 오늘만은 그것도 설의 걸음을 붙잡
지 못했다. 그런데 골목 어귀에서 걸음이 멈춘다.

"누굴 가르치려 들어? 괘씸한 놈!"

"서자 주제에 아버지가 관심 좀 가져 주신다고 지깟 놈이 뭐라도 된
줄 알고. 오늘 이놈 버르장머리를 고쳐 주자!"

설은 골목 안을 들여다본다. 여럿이 한 아이를 마구 짓밟고 있다.

'행색을 보아하니 양반댁 도령들 같은데. 어찌 저런 짓을 하고 있을까.'

쓰러진 아이 위로 발길질이 이어지고 있다. 아이는 팔로 얼굴을 막
을 뿐 다른 저항을 하지 않는다. 설은 주위를 둘러보다 작은 돌멩이를
집어 든다.

'머리만 맞지 말아라.'

발길질을 가장 거세게 하는 아이를 향해 던졌다. 그러나 그것은 쓰
러져 맞고 있던 아이의 머리통에 가서 탁, 소리를 내더니 힘없이 떨어
졌다. 머리를 맞은 아이도, 발길질을 하던 아이들도 황당한 얼굴로 설
을 본다.

"뭐야 저 계집은? 네가 던졌냐?"

"그, 그래! 여럿이서 하나를 그리하다니. 부끄럽지도 않니?"

아이들은 머리를 감싸쥐며 일어나는 아이와 설을 번갈아 보고 있는
데, 설이 저벅저벅 걸어와 돌 맞은 아이의 팔을 잡고 냅다 달리기 시작

했다. 아이들은 멍한 얼굴로 바라보다 이내 쫓아오기 시작했다. 설과 아이는 과일을 바구니에 담는 사내, 약과를 손님에게 건네주는 아낙, 꽃 삿갓을 쓰고 걷는 기생들을 휙휙 지나 한참을 달린다.

냇가까지 달려온 둘은 숨을 몰아쉬며 주저앉는다.

"헉, 헉… 너는 왜 남의 일에 참견해서 귀찮게 만드냐?"

"기껏 맞아 죽을 뻔한 걸 살려줬더니…"

설은 아이의 머리를 바라보며 잠시 미안한 표정을 짓더니 말을 잇는다.

"그럼 그걸 보고 지나치니? 그리고 넌 왜 맞고만 있어? 한 놈 팔뚝이라도 물어야지!"

설이 제가 더 열이 나서 말한다.

"맞고 있는 게 편해."

"…뭐?"

아이가 냇물에 무심히 돌을 던진다. 찢어진 입가엔 피가 말라붙고 눈자위는 벌써 멍이 지고 있었다. 설이 그런 아이를 가엾다는 듯 바라본다.

"그렇게 한번 맞아주면 한동안은 잠잠하거든. 귀찮게 하지도 않고."

"그럼 이번이 처음이 아니란 말이잖아? 저들이 누군데?"

"…형."

설이 벌떡 일어나더니 팔을 걷어붙이고 씩씩거린다. 아이가 픽 웃으며 설의 소매를 잡아당겨 앉으라는 시늉을 한다.

"괜찮아. 난 서자니까···"

"서자가 뭐!"

"너 서자라는 말 몰라? 서자란"

설이 그 말을 뚝 끊는다.

"알아! 근데 그게 어때서?"

설이 다시 앉으며 말을 잇는다.

"우리 오라버니가 그러는데 세상 사람들은 갈라놓는 걸 좋아한대. 모두 똑같이 태어난 사람인데 말이지. 그건 좋은 게 아니랬어."

아이가 묘한 눈으로 설을 바라본다.

"서자도 사람이야. 그러니까 저들이 널 또 괴롭히면 너도 같이 때리고 맞서. 저들이 널 서자라서 때린다면 못난 짓이고, 맞는 너도 비겁한 거야. 다시는 그러지 못하도록 알려줘야 해."

설이 치마를 털며 일어선다.

"난 간다."

"···저기."

"아, 여기."

설이 흰 무명천 조각을 건넨다. 아이는 그것을 쉽게 받지 못하고 있다.

"얼른!"

설이 천 조각을 아이의 손에 쥐어 주더니 뛰어간다. 아이는 그것을 펼쳐 얼굴을 닦으려다 곱게 접어 품에 넣는다.

설이 장악원 앞에서 문이 열릴 때마다 안을 들여다보고 있다. 이윽고 기다리던 이가 나타나자 얼굴에 활짝 웃음이 피어난다.

"오라버니! 오라버니!"

선인과 함께 나서던 호가 놀란 듯 멈칫하다 이내 미소 짓는다. 그러나 곧 다시 걱정스러운 낯빛이 된다. 흐트러져 삐져나온 머리카락, 땀으로 얼룩진 얼굴….

"그런데 네 꼴이…"

설이 그 마음을 알겠다는 듯 환하게 웃으며 대꾸한다.

"심부름 다녀오는 길입니다. 오라버니와 함께 돌아가고 싶어 기다렸어요."

호는 곁에 있는 선인을 바라본다.

"장악원에서 함께하시는 분이시란다."

"윤 설이라 합니다."

"총명한 눈빛이 오라비를 쏙 뺐구나."

선인이 손을 내민다. 설이 무슨 뜻인지 몰라 오라비를 쳐다보니 호가 고개를 끄덕인다. 설이 선인의 손을 두 손으로 살며시 잡는다.

"오라버니처럼 가야금을 하시나요? 손마디가 갈라지고 굳은살이 박였습니다."

선인이 부드럽게 웃는다.

"나는 거문고를 탄단다. 거문고를 아느냐?"

"거문고… 거문고라면 시에서 읽은 적 있습니다."

"시?"

설이 다시 호를 보자 호가 웃으며 고개를 끄덕인다.

"거문고를 타려 하니 손이 아파 어렵거늘, 북창 소나무 그늘에 줄을 얹어 걸어 두고, 바람에 절로 우는 소리 이것이야말로 듣기 좋다."

시를 다 읊은 설이 스스로 기특하다는 듯 가슴을 쭉 편다. 선인은 그답지 않게 큰 웃음을 터뜨린다.

"하하하! 옳다, 옳아. 굳이 손 아파하며 탈 이유가 있느냐. 오늘은 바람에 절로 우는 거문고 소리를 들어봐야겠구나."

"아직 어려 철이 없습니다. 결례를 범했다면 용서해 주십시오."

"네 마음이 음악이로구나. 언젠가 이 아이의 가야금 소리를 들어보고 싶소."

선인이 떠나고 호와 설만 궁 앞에 남았다. 호는 잠시 망설이더니 설을 바라본다.

"설아, 같이 갈 데가 있다. 만나야 할 사람이 있어."

설은 마냥 들뜬 걸음으로 앞서간다. 자신보다 앞서서 뛰어가듯 하는 설을 보니 호는 절로 웃음이 났지만, 마음 한 켠은 무거웠다. 연화의 고운 차림이 설의 마음에 상처를 낼까, 설이 언젠가 내뱉은 천하다는 말이 연화의 귀에 머물까, 내내 마음에 걸렸다.

연화는 갓 지은 밥을 마지막으로 찬합에 담은 뒤 보자기를 여몄다. 방으로 돌아와 붉은 연지를 지우고 가체를 벗은 뒤 수수한 옷으로 갈아입었다. 쓰개치마를 눌러쓴 연화의 품에는 곱게 개어 넣은 도포 한 벌이 담겨 있었다. 수상쩍게 쳐다보는 기방의 큰어머니, 근심스러운 눈길로 바라보는 섬섬의 시선쯤은 이제 개의치 않는다.

숲에 이르렀을 때, 호는 정자에 홀로 앉아 있었다. 그의 시선은 냇가에서 물을 튀기며 노는 아이에게 머물러 있었다. 어딘지 모르게 호를 닮은 그 아이를 바라보는 순간, 연화의 가슴 한쪽에서 오래도록 머물렀던 갈망이 잔잔히 일렁였다. 연화가 미소를 띤 채 정자로 다가서자, 호가 일어나 맞는다.

"많이 기다리셨어요?"

"막 왔소. 앉으시오."

호는 연화의 손을 잡아 정자로 오르게 한다. 행여 연화가 발을 헛디

딜까, 그 잠깐의 순간도 눈을 떼지 않는다.

"손이 많이 차구려. 거기 조심하시오."

연화는 그 말보다, 그가 입은 얇은 도포만 눈에 들어왔다. 연화가 앉자 호의 시선은 다시 아이에게로 돌아간다.

"아이는 아이인가 봐요. 날씨가 이런데도 저리 물장난을 하고 있으니…"

호가 미소 지으며 고개를 돌린다.

"누이동생이오. 설아, 이리 오너라."

연화는 놀란 듯 눈을 크게 떴다. 정자 쪽으로 달려온 설은 연화와 호를 번갈아 가며 멀뚱멀뚱 바라본다. 그저 이 여인에게서 좋은 냄새가 난다고 설은 생각한다.

"누구셔요? 오라버니처럼 장악원에서 연주하시는 분입니까?"

호는 잠시 당황하며 연화를 바라본다. 연화도 대답을 찾지 못하며 찬합을 열어 호와 설 앞에 수저를 놓는다.

"입맛에 맞으실지 모르겠어요. 별것 아니지만 드셔보세요."

설은 얼마 만인지 모를 진수성찬에 눈이 휘둥그레진다. 밥을 한 숟갈 뜨자 연화가 고기반찬을 올려준다. 설은 잠시 연화를 바라보다 입에 넣는다. 그걸 보고 연화는 노릇노릇 구워진 전을 놓아주는데 설은 주는 대로 잘도 받아먹는다. 호는 그런 설을 바라보다 시선을 거두었다. 마음 한구석이 괜스레 아려왔다.

"이런 걸 언제 다 준비하였소. 그대도 힘들 텐데…"

"아니에요. 그리고 이건…"

연화는 보자기를 내민다. 호가 잠시 연화를 바라보다가 조심스레 매듭을 풀자 설도 눈을 반짝이며 그 속을 힐끗 들여다본다. 명주 솜을 덧댄 도포가 고이 접혀 있었다. 호는 말을 잇지 못한 채, 한참이나 그것을 바라본다.

"오라버니, 정말 곱습니다! 촉감 좀 보세요. 손끝에 닿기도 전에 사르르 흘러내릴 것 같아요. 어서 입어 보시어요! 어서요!"

설의 재촉에 호가 못 이기는 척 입어 본다. 그리고 나서는 쑥스러운 미소를 연화에게 보낸다.

"어떠오?"

연화는 말없이 웃을 뿐이었다.

"꼭 맞습니다! 품도, 색도 꼭 맞아요. 이건 딱 오라버니 것입니다. 정말 곱습니다."

설은 제가 더 신이 났다.

"고맙소."

호는 도포를 벗고 자리에 앉는다. 연화가 그 앞에 고기를 놓아준다.

"어서 드세요."

"그 정인이시지요? 눈을 감아도 아른거리고 곁에 있어도 그리운. 평생 함께 하길 바라는 단 한 사람. 맞지요? 언니가 오라버니의 정인이시지요? 오라버니께서 하신 말씀을 다 기억하고 있습니다."

연화의 입가에 잠시 미소가 번졌으나 이내 그늘이 드리웠다. 예전엔

저잣거리를 지날 때마다 시기 어린 눈길을 받는 것도, 제게 넋을 놓은
사내들을 타박하는 펑퍼짐한 아낙들을 향해 웃어 주는 것도 은근한
낙이었다. 그러나 요즘은 아이를 업은 평범한 여인이 그저 부러울 뿐
이었다.

"기생이 무언지 아세요?"

연화가 설에게 묻는다. 호가 고개를 저으며 연화를 본다.

"자, 다 먹었으면 이제 가자꾸나. 어머니께서 걱정하시겠다."

언젠가 해야 할 이야기였지만, 지금은 아니다. 설이 무심코 한 말에
연화가 상처 입을까 두려웠다.

"아직 음식이 남았는 걸요…"

호가 설을 보며 고개를 젓자 설이 아쉬운 기색으로 눈을 음식에 둔
채 일어난다.

"참, 기생이 무어냐고 물으셨죠? 기생은 천인이지요."

연화는 설이 골라낸 콩을 보고 밥에서 콩을 고르다 젓가락을 멈춘
다. 미세하게 젓가락 끝이 떨린다.

"그리고 양반, 중인, 상민도 있지요. 사람들은 가르는 걸 좋아해서
그냥 다 갈라놓았어요. 그뿐이에요. 기생은 그중 천인에 속하는 사람
이에요."

"그래서?"

호가 묻자 설은 찬합을 보다가 고개를 든다.

"그래서…요? 그래서, 무얼 말하라는 말씀이세요?"

설이 연화를 바라본다. 연화는 고개를 숙이고 손끝만 매만지고 있다.

"저는 오라버니를 이해할 수 없습니다. 다 똑같은데 질문이 왜 필요하지요? 굳이 물으시는 건 무언가 다른 점을 찾아 답하고 또한 그 다름에 대해 어떻게 생각하는지 답하라는 것인데 오라버니께서도 사실, 이 세상을 가르려는 사람들과 같은 마음이 아니신지요?"

설의 당돌한 말에 호는 당황한 기색을 보인다. 연화 또한 놀라지만, 곧 입가에 미소가 스민다.

"똑같은 걸 두고 다른 답을 요구하는 당신이 틀렸어요. 얼른 드세요. 음식은 식기 전에 먹어야 더 맛있답니다."

연화가 설 앞에 반찬을 놓아주자 설은 다시 앉아 크게 한 입 먹는다.

"오라버니 때문에 더 배가 고파졌어요."

"종종 같이 나오셔요."

설은 찬합이 바닥을 드러낼 때까지 맛있게 먹는다. 두 사람은 그런 설을 흐뭇하게 바라본다.

"이렇듯 맛있는 밥을 먹었는데 보답을 해드리고 싶습니다."

연화가 호를 바라보자 호는 가야금을 설 앞에 놓는다.

"이 아이 가야금 솜씨가 일품이라오. 들려줄 수 있겠느냐?"

설은 소매로 입을 한번 훔치더니 가야금을 잡고 자세를 바로 한다.

"제게도 저런 동생이 있으면 한답니다."

연화가 호의 귀에 속삭인다. 설의 가야금 곡조가 잔잔히 퍼지는 가운데, 이번엔 호가 연화의 귓가에 말한다.

"여인이 할 수 있는 일이 많지 않은 세상이지만 저 아이만큼은 제 재주로 무언가 할 수 있도록 해주고 싶소. 저 맑은 소리를 마음껏 펼칠 수 있도록."

연화가 고개를 끄덕인다.

'저도 같은 마음이에요. 저리 고운 아가씨에게 그게 무엇이든 해드릴 것입니다.'

오 년 후.

돌담 아래에서 키를 낮추고 있는, 그러나 다리가 아픈지 이따금 일어나 한 번 몸을 쭉 편 뒤 다시 무릎을 굽히기를 반복하는 키가 크고 다부진 체격의 도령이 있다. 그리고 이런 그를 동네의 아낙들이 정신 없이 훔쳐보고 있다.

"이 마을 사람은 아닌 것 같은데… 어쩜 저렇게 인물이 좋으실까?"

아낙들이 절구를 찧다 말고 아예 대놓고 그를 보고 있다.

"저 짙은 눈썹에 오똑한 콧날. 얼굴은 곱상한데 어깨는 떡 벌어진 것이 사내 중 사내로구먼."

"저런 사내랑 하루만 살아보면 내 죽어도 원이 없겠네."

아낙은 절구 속 찹쌀을 손으로 주무르며 도령과의 하룻밤을 상상하는 듯한 표정을 짓는다.

"봄바람이 살랑살랑 부니 이 여편네 마음속에도 바람이 드는구만. 그만 떠들고 얼른 하자고."

도령은 이제 키를 낮추는 것도 잊고, 오직 한 곳만 바라보고 있다. 좌의정의 아들, 이 준. 그 옆엔 답답한 듯 발을 동동 구르는 하인 덕쇠가 있다.

"도련님, 한 시진이나 지났다니까요! 얼른 가셔야 한다니까요!"

덕쇠의 말에도 준은 입술에 손가락을 가져다 대며 조용히 하라는 시늉을 한다. 그리고 다시 시선을 돌린다. 매화나무 아래 평상에 앉아 가야금을 뜯는 한 여인. 그가 서 있는 자리에서는 칠흑 같이 긴 댕기 머리만 보일 뿐이었다. 덕쇠가 속을 태우며 속삭였다.

"도련님도 참, 저 아씨의 뒤통수만 보려고 오시는 거유?"

준은 여전히 시선을 여인에게 둔 채 덕쇠의 말에 대꾸하지 않는다. 도련님이 아씨의 뒷모습만 보고 있던 게 애가 탔던지 자신이 몸을 움직여 그 얼굴을 보려고 야단이다. 늘 같은 자리에서 가야금만 뜯으니 얼굴은 통 보지 못했다.

"이렇게 이짝으로 한 발짝, 그리고 저짝으로 두 발짝 움직이면, 옴마야!"

그런데 덕쇠가 그 얼굴을 본 순간 입을 다물지 못한다.

"왜 그러느냐?"

"도련님, 우선 심호흡부터 하시고. 후… 하… 이렇게 들이마시고 내뱉고…”

덕쇠는 준의 허리춤을 잡고 과장된 몸짓을 한다.

“대체 뭘 하느냐? 여인의 얼굴을 훔쳐보는 건 군자의 도리가 아니다. 그만 가자꾸나.”

‘하긴 이렇듯 가야금 소리를 훔쳐 듣는 것 또한 도리는 아니지.’

준은 피식 웃는다. 처음에는 그저 사부학당 시절 벗을 찾아왔다가, 어디선가 들려오는 가야금 소리에 이런 가난한 마을에도 가야금을 뜯는 이가 있나 하고 호기심이 일었을 뿐이다. 그러나 그날 이후, 그는 매일 이곳으로 걸음을 옮기고 있다. 여인의 손끝에서 흘러나온 음은 나뭇잎 끝에 맺힌 물방울이 떨어져 잔물결을 그리듯 맑고 투명했다. 그 작은 울림이 준의 가슴 깊숙한 곳을 두드렸다. 출사라는 이름으로 내려앉은 무게, 성균관의 끝없는 책더미, 아버지의 은근한 압력으로 굳어진 돌덩이에 금이 가듯 미세한 균열이 일었다. 그 틈새로 스며든 소리는 봄바람처럼 준의 가슴께를 간질이며 무거운 돌을 조금씩 흔들어내렸다. 그러자 갈라진 틈으로 겹겹이 쌓인 어둠이 서서히 흩어져 사라졌다. 준은 그제야 오래 참아온 긴 숨을 내쉴 수 있었다.

준은 발길을 돌리려다 덕쇠가 왜 그러는지 궁금하여 덕쇠가 했던 대로 한 발짝, 두 발짝 더 걸음을 옮겼다. 준의 눈에 여인의 얼굴이 들어온 그 순간 정신이 혼미해졌다. 하얀 피부, 커다랗고 까만 눈, 피어오른 붉은 입술. 그렇게 넋을 잃고 바라보는데 눈이 마주쳤다. 그 반짝이는 눈이 그의 마음속 깊은 곳을 헤집었다. 시간이 멈추고 순간이 영원처럼 느껴지는 그때. 매화 꽃잎이 바람에 흩날려 두 사람 사이에 꽃비가 되어 내린다.

"설아, 밖에 있느냐? 콜록콜록."

어머니가 부르는 소리에 여인은 시야에서 사라졌다. 설은 열여덟 꽃다운 나이에 꽃 같은 여인이 되어 있었다. 준은 설이 사라진 뒤에도 그 이름을 마음에 새기듯 불러본다.

'설… 설이라…'

"아따, 저렇게 고운 아씨는 내 살다 살다 처음이오. 안 그렇소, 도련님?"

"그만 가자꾸나."

덕쇠의 말에 정신을 차린 준은 발길을 돌린다. 떠나려는 걸음이 무겁다. 하지만 여기 더 있다가는 이름을 부를 것 같고, 마음을 넘을 것 같다.

'나도 별수 없는 사내구나… 여인의 얼굴만 보고 이리 마음이 흔들리다니.'

수련실에서 나온 호는 마당에서 한참을 서성이고 있다. 오늘은 연화

가 통 모습을 보이지 않았다. 내일을 기약하며 대문을 나서려는데, 저편에서 제 몸통만 한 물동이를 힘겹게 들고 오는 아이가 보였다.

'아범이 말한 아이구나.'

[얼마 전 들어온 계집입니다요. 삐쩍 마르고 얼굴도 볼품없어 기생 팔자는 안 되고, 물 긷고 밥 짓고 수발 드는 데 쓰고 있지요. 거동 못 하는 노모에 애는 줄줄이. 입 하나라도 던다고 일가가 맡기고 갔지요.]

호가 아이에게 성큼성큼 다가가 물동이를 번쩍 들고는 놓아야 할 자리에 내려놓는다. 아이는 멀뚱히 그를 볼 뿐이다. 호가 아이의 눈높이에 맞추어 몸을 낮추고는 도포 소매에서 다과를 꺼내 내밀었다. 아이의 눈이 커졌다. 머뭇거리며 손을 내미니 호가 그 위에 다과를 올려준다. 그때 행랑아범이 숨을 몰아쉬며 뛰어온다.

"아이고, 아직 계셨군요. 다행입니다."

"무슨 일입니까?"

"오늘 가야금에 조예가 깊은 대감께서 오시는데 연주하기로 한 기생이 병이 나서 말입니다요. 다른 기생으로는 어림도 없고 하여 선생께서 한 곡 해주신다면…"

두 손을 비벼가며 부탁하는 아범에 호는 고개를 끄덕인다.

늦게까지 백련각에 머문 건 처음이었다. 연주를 마치고 방들이 늘어선 복도를 지나는데, 한 방에서 귀를 찌푸리게 하는 소리가 들렸다.

"네년이 나서서 말린다? 기생 주제에."

호가 발걸음을 멈췄다.

“연화 네년이 지금은 반반한 얼굴로 최고 기생 소리 듣는다지만 그래봤자 기생일 뿐이지. 곧 퇴물이야. 그러니 몸값 높을 때 처신 잘해두어라.”

끈적한 조롱, 비릿한 말들이 무참히 던져진다. 호의 주먹이 절로 쥐어졌다.

“더러운 몸뚱이 기둥서방이라도 있으면 다행이고, 후처라도 되면 그게 네년에게는 장원급제다.”

호는 문을 열었다. 텁텁한 술 냄새와 눅진한 열기. 그 가운데 연화가 있었다. 상투를 튼 양반 둘 사이에서 머리채가 붙들린 채 억지로 술을 들이켜고 있었다.

“네 놈은 또 뭐야?”

연화는 입술을 깨문다. 이 방에서 당한 치욕보다 더 큰 고통은 지금 이 모습을 그가 보고 있다는 것이다. 연화가 술병을 받아 든다.

“마시겠어요.”

그제야 양반들이 머리채를 놓았다. 호가 걸어가 연화의 손에서 술병을 빼앗은 뒤 한 모금도 남기지 않고 술을 들이켰다. 그리고 술병을 들어 보인다.

“이 술이 이 여인과의 약혼주입니다.”

방 안이 일순 조용해졌다. 양반들이 멍하니 그를 바라봤다.

“미처 대감들께 알리지 못했군요.”

그리고 연화 곁에 섰다.

"대감 앞에서 실례를 범한 이 여인은, 제가 데려가겠습니다."

말을 마친 그는 연화의 손을 잡고 나온다.

두 사람은 백련각을 나와 한참을 말없이 걸었다. 연화는 손끝만 바라보았고, 호는 그런 연화를 보며 걸었다. 바람이 불자 연화의 치맛자락이, 그리고 머리카락이 호를 스쳤다. 밤이 깊어 장사치들도 장사를 접은 장터. 큰 은행나무 아래 평상에 이르렀다.

"잠깐 앉읍시다."

연화는 잠시 망설이다 조심스레 앉았다. 마음이 여전히 진정되지 않았다.

"···왜 그러셨어요."

"..."

"어쩌자고 그런 말씀을··· 약혼이라니요···"

호는 잠시 연화를 바라보다 고개를 끄덕였다.

"미안하오. 약혼주라니, 참··· 허락도 구하지 않고 말이오."

고개를 숙이고 있던 연화가 호를 본다.

"그런 뜻이 아니란 걸 아시잖아요. 저를 구해주시려는 말씀이라는 건 아는데···"

호는 연화를 가만히 바라보다 말한다.

"어느 사내가 순간을 모면하려 평생의 약조를 꺼내겠소. 진심이었소."

어둠 속에서도 호의 눈빛은 깊고 또렷했다. 연화의 눈에 눈물이 맺혔다. 호가 가만히 연화의 손을 감쌌다.

"순서가 이게 아니지만, 허락해 주겠소? 약혼 말이오."

오랫동안 기다려 온 말이었다. 연화가 고개를 끄덕인다. 호가 연화를 품에 안으며 부드럽게 웃는다.

"약혼주는 정식으로 다시 합시다."

"우라질."

숨이 턱 막혀왔다. 온몸이 식은땀에 젖었고 옷이 살갗에 들러붙었다. 거친 숨에 가슴이 들썩이자 폐 안쪽에서 치밀어 오른 뜨거운 불길이 목구멍 끝까지 차올랐다. 또다시 같은 꿈이었다. 비가 세차게 퍼붓는 창경궁 뜰. 붉은 빗물 속에서 사람의 형상이 일렁였다. 그것은 웅덩이 속에서 허우적거리며 손을 뻗고 있었다. 무언가를 향해 닿을 듯 닿지 못하는 그의 손이 허공을 긁었고 절규는 벼락처럼 터져 나와 심장을 가르며 내리쳤다. 그 순간, 어둠 속에서 뱀 같은 눈빛들이 번뜩였다. 붉은 빗물 위로 그림자가 길게 드리워졌다. 그것은 누구의 것도 아니면서 족쇄가 되어 발목을 감았다. 빠져나올 수 없는 어둠의 사슬이었다. 임금은 어둠 속에 한참을 앉아 있다 도포를 벗었다. 현실과 꿈의 경계는 오래전 무너졌다. 책가도로 채워진 한쪽 벽면을 더듬자 문이 열리고 작은 방이 드러난다. 아무도 모르게 마련해 둔 은밀한 장소. 그 곳엔 목봉과 활, 검들이 가지런히 놓여 있다. 손끝으로 그것들을 훑다 검을 집는다. 깊은 숨을 들이쉰 뒤, 한 동작 한 동작에 힘을 싣는다. 검 이 허공을 가를 때마다 등에 들러붙은 눅진한 것들이 베어져 나가는 듯했다. 몸을 닦고 새 도포를 걸친 뒤 그는 부용정으로 향한다. 달빛이 구름 사이로 어슴푸레 비쳤다.

'옳은 길을 걷고 있는가…'

백 가지 정무, 천 가지 질문에 막힘이 없는데 이 한 가지 앞에서는 늘 머뭇거린다.

[과인은 사도세자의 아들이노라.]

즉위식에서 외친 한마디. 수십 년간 조선을 쥐락펴락해 온 노론 벽 파에 대한 전면 도전이었고 그들의 손아귀에 휘둘리지 않겠다는 선전 포고였다. 그로부터 이 년. 확신은 늘 흔들린다. 이내 고개를 젓는다.

'내가 이루지 못하더라도 후대가 그 길을 걷는다면 결국 그런 세상 에 닿는다.'

자갈밭이라도 걷고 또 걷다 보면 언젠가는 길이 되리라. 스스로를 그저 길을 닦는 사람이라 여겼다. 발밑의 작은 돌을 집어 어릴 적 하던 물수제비를 뜬다. 물 위를 튀는 돌을 보면 마음이 진정되곤 했었다. 그 러나 물결에 이는 파문처럼 가라앉았던 감정들도 다시금 원을 그리며 되살아났다. 돌은 짧은 순간 미끄러지듯 물을 건넌 뒤 이내 물속으로 사라졌다. 그날이 떠오른다. 경희궁에 돌이 날아들던 밤, 무당을 앞세운 어둠의 무리들. 몸을 꼿꼿이 세웠지만 곤룡포 아래 손끝과 목덜미가 싸늘히 젖어 있었다.

늦은 밤임에도 규장각에서 불빛이 새어 나왔다. 그가 돌아서는데 규장각 제학 채제공이 나타났다.

"전하, 밤이 깊었는데 어찌 이리 나와 계신 겝니까."

임금은 따스한 눈길로 그를 바라본다. 아버지인 사도세자를 지키기 위해 목숨을 걸었던 이. 지금은 자신을 위해 칼날 앞에 서 있다. 그는 당파를 초월해 합리적 조정 능력을 펼쳤고 노론의 저항을 뚫고 꿋꿋이 앞으로 나아가는 강직한 사람이었다. 임금의 과업에 반드시 있어야 할 신하, 또한 벗이었다.

"밤공기가 청명하여 잠시 걸었소. 그대야말로 어찌 아직 주합루에 있는가?"

"소신, 지혜가 부족하고 행동이 굼떠 세월만 축내고 있사옵니다."

임금은 잠시 그의 얼굴을 바라본다. 그 얼굴엔 의심도 망설임도 걷어낸 신념만이 있었다.

'이 사람 하나만으로도 내 길이 틀리지 않았음을 안다.'

임금은 조용히 고개를 끄덕이며 돌아선다. 채제공은 달빛 아래 그 뒷모습을 오래도록 바라본다. 길게 드리운 그림자가 오늘은 유독 무겁게 느껴졌다. 그러나 그 그림자는 흔들리지 않았다.

백련각의 밤은 여느 때처럼 소란스러웠다. 청사초롱이 불을 밝히고, 곳곳에서 노랫소리와 웃음이 흘러나왔다. 하인들은 술과 음식을 들고 분주히 오갔고, 기생들은 대문 앞에서 가마에서 내리는 이들을 맞았다. 술에, 흥에, 여인에 모두가 취해 있는 밤. 단 한 사람만이, 그 어떤 것에도 취하지 않은 채 자리에 앉아 있었다. 유상흔이 끔찍이 싫어하는 탕평채가 상에 나오는 순간부터 분위기는 얼어붙었다. 이어 연화를 기다리는 동안 다른 기생이 연주하는 가야금 소리를 들으며 몇 번이나 손을 들어 연주를 끊었다가 나중에는 직접 현에 손을 얹고 잘못된 부분을 지적했다. 지적을 당한 기생은 홍시처럼 빨개진 얼굴로 한쪽에서 훌쩍이고 있다. 기생들은 숨죽인 채 불안한 눈빛을 주고받았다.

"이제 그만 연화를 불러오너라."

병조판서 유상흔의 목소리는 낮고 차가웠다.

"아이참! 대감 나으리, 연화 언니만 찾으시면 저희가 섭섭하잖아요."

애교 섞인 말로 술을 따르던 기생은 그 싸늘한 눈빛에 말문을 닫는다. 또 하나가 슬그머니 다가와 품에 기대려 하자 유상흔이 조용히 말한다.

"네년은 목숨이 아깝지 않은 모양이구나."

기생은 얼굴이 새파래져 물러났다.

“언니가 오늘 몸이 좀 안 좋아서요. 오늘은 저랑 보내세요. 이 춘월이도 연화 언니 못지않답니다.”

또 다른 기생이 어설픈 거짓말로 비위를 맞추려 다가오는데 손이 떨려 술병을 떨어뜨리고 만다. 그때 기생들의 시선이 문간으로 향한다. 연꽃이 수놓인 희디흰 버선발, 자줏빛 치맛자락이 흔들리며 방으로 들어선다. 연화가 치맛자락을 거두며 유상흔 앞에 앉자 다른 기생들이 잰걸음으로 물러난다. 연화는 바닥에 나동그라진 술병을 보더니 발 너머 계집종에게 말한다.

“술을 더 준비해주렴.”

잠시 후 술병이 오고, 연화가 잔을 채운다. 기분이 나아진 유상흔이 술을 단숨에 들이켰다.

“왜 이리 늦었느냐.”

“천한 년을 이리도 귀히 여겨주시니 늘 감사할 따름이었습니다.”

“마음을 정한 것이냐? 암, 그게 너를 위한 길이다. 여자는 그저 사내 그늘에 있어야 행복한 법. 내 값은 후하게 쳐주마.”

연화의 입꼬리가 조금 올라간다. 호와 함께 있을 때는 나오지 않는 얼굴이다.

“얼마나 쳐주실 건가요?”

연화의 도발적인 말투와 눈빛이 유상흔의 호승심을 건드렸다. 역시 잘 골랐다는 생각에 이번엔 유상흔의 입꼬리가 올라간다.

“무엇이든 말해보거라. 네가 말하는 것 따위도 마련할 수 없는 사내라면 널 가질 자격이 없지.”

연화가 천천히 손을 들어 대감의 가슴팍에 올린다. 손끝은 부드럽고 눈빛은 더없이 유혹적이었다. 유상흔의 눈이 가늘어진다.

“심장을 주십시오. 대감의 이 심장 말입니다.”

유상흔의 눈이 좁아진다.

“무슨 소리를 하는 것이냐.”

“그 심장, 제게 주실 수 있습니까?”

그는 이마를 찌푸린다. 무슨 의미인지 알 수 없었고, 그래서 더 불쾌했다.

“농은 그만하자꾸나. 그래, 무엇을 원하느냐.”

“금은보화에 비단은 줄 수 있어도 이 심장은 제 것이 안 되겠지요? 그래서 아니 됩니다.”

연화가 그의 잔에 술을 가득 따른다.

“제게 심장을 준 이가 있습니다. 그분께 제 모든 걸 바칠 겁니다. 이것이 제가 드리는 마지막 잔입니다.”

유상흔이 잠시 말이 없다가 천천히 웃는다.

“내 이제껏 살아오며 들은 농 중에 가장 재미있구나.”

연화는 일어나 큰절을 올린 뒤 방을 나간다. 유상흔이 빈 잔을 내려다본다.

“그렇게 되는지 어디 한번 보자꾸나.”

종묘제례가 있는 날. 궁궐은 장엄한 적막 속에 잠겨 있었으나, 의식을 준비하는 발걸음은 분주히 오갔다. 전각의 섬돌 위에는 하늘을 상징하는 등가, 그 아래 뜰에는 땅을 상징하는 헌가가 마주 서서 음양의 조화를 이루었고, 전각 앞 월대에는 일무원들이 도열했다. 북이 세 번 울리자 향연 위로 세 가닥 연기가 피어올라 하늘에 닿고, 사발의 술은 천천히 관지의 구멍으로 흘러들어 땅을 적셨다. 혼은 향을 타고, 백은 술을 따라 제자리에 모셔온다는 오래된 믿음 그대로였다. 초헌례가 시작되자 등가의 선율로 보태평이 울려 퍼지고, 헌가의 현과 관, 타악이 응답하며 하늘과 땅의 화음이 맞물렸다. 일무원들은 왼손에는 약(籥, 피리 모양의 관악기)을, 오른손에는 적(翟, 꿩의 꼬리깃을 꽂은 장식)을 들고 열두 보의 발걸음을 그렸다. 청흑의 소매가 천천히 공기를 가르자 월대 위에는 마치 시간이 멈춘 듯한 정적이 흘렀다. 그러나 그 순간, 임금의 귀는 균열을 잡아냈다. 북의 박자가 미묘하게 늦었고, 편종과 편경의 울림은 한 박자씩 어긋났다. 그로 인해 일무원들의 걸음 또한 박자와 맞지 않아 약과 적이 그리는 선이 어딘가 꺾여 보였다. 모두가 경건히 고개를 숙였지만, 임금의 눈썹은 두 차례 꿈틀거렸다. 장엄해야 할 보태평은 흐트러져 있었고, 그 불협은 의식의 무게를 갉아먹고 있었다. 아헌례에서는 가락이 정대업으로 옮겨갔다. 칼과 창을 든 무무(武舞)의 대

형이 월대 위에서 펼쳐졌지만, 박자는 여전히 맞아떨어지지 않았다. 북은 홀로 힘겹게 박자를 지탱했고, 종과 경의 여음은 돌바닥 위에서 자꾸만 흩어졌다. 임금의 마음은 제례의 본뜻에 닿지 못한 채, 그 어긋남에만 붙잡혀 있었다. 종헌례와 망료례가 끝날 무렵, 술잔은 모두 비워지고 종소리는 차츰 가라앉았다. 그러나 임금의 귀에는 끝내 불협의 잔향만이 남아 있었다. 제례가 마무리되자마자 그는 희정당으로 김용겸을 불러들였다. 잠시 눈을 감고 있는데 곧 그가 들어선다. 임금은 눈을 감은 채 말한다.

"예(禮)는 천지의 질서요, 음악은 천지의 조화라 했네. 오늘 연주는 빠르고 난잡하여 제를 드리는 내내 마음을 흐리게 했네. 악(樂)의 조화가 깨지니 예도 함께 무너지는 것이지. 해서, 자네가 장악원을 맡아주게."

그가 머리를 숙이며 난감한 기색을 드러낸다.

"아뢰옵기에 황송하오나, 신은 장악원의 관원도 아닌데 어찌 그들과 음악을 논할 수 있겠사옵니까…"

"율려신서를 아는가?"

"예, 전하. 비록 송나라 채원정의 음악서이오나 세종대왕께서 이를 바탕으로 조선의 악기와 음률을 바로잡으셨고, 이에 궁중 음악의 기틀을 세우는 근간이 되었습니다. 이것은 그저 저의 얕은 지식이옵고 음악은 이론만으로 되는 것이 아니온데, 소신은 종과 석경의 음만 겨우 분별할 줄 아는 정도일 뿐이옵니다."

"그거면 됐네. 악은 내면을 움직이고 예는 외면을 움직인다 하였네. 악이 지극하여 조화를 이루면 백성이 서로 화합하고, 예가 지극하면 백성이 순종하게 된다는 말처럼 예와 악은 하나가 곧 둘이고, 둘이 곧 하나이니. 그대가 나와 함께 장악원을 세워주게."

산에서 내려온 설은 호와 함께 장터를 거닐고 있었다. 마침 장이 선 날이라 장터는 온통 흥겨운 소리와 냄새로 가득했다. 꽹과리를 신명 나게 울리는 광대패, 시끌벅적한 흥정 소리, 전 부치는 기름 냄새까지. 쓰개치마를 쓴 설이 그 사이로 눈을 반짝이며 장구경을 하고 있다.

"설아, 이것 어떠냐?"

호가 보랏빛 노리개를 들어 보인다. 설은 고개를 저으면서도 노리개에서 눈을 떼지 못한다. 빛바랜 저고리와 발목 위까지 댕강 올라간 치맛자락. 여인의 나이가 되었으나 늘 남루한 차림인 동생이, 그 보랏빛에 마음을 빼앗긴 모습을 보니 호는 가슴이 저릿했다. 그런 호의 시선을 느꼈는지 설은 바랜 저고리의 소매 끝을 숨기며 웃어 보인다. 호는 무리라는 것을 알면서도 값을 치르고 설에게 노리개를 안겨준다. 설은 머뭇거리다 받아 들었지만 곧 얼굴에 환한 빛이 번졌다.

‘저 아이 자체가 보물이다. 아름다움뿐만 아니라 세상 누구도 가지지 못한 재주를 지녔다. 만일 세상에 알려진다면 시기와 찬탄이 뒤엉킨 이름으로 오래도록 남게 될 것이다.’

몇 년간 호는 설의 재능을 키우기 위해 애썼다. 하지만 그 노력들은 다른 의미로 허사였다. 장악원의 악보는 물론, 어디든 곡을 짓는 이가 있다 하면 찾아가 악보를 베껴왔다. 그러나 설은 그것들을 단숨에 넘겼고 이내 전혀 다른 가락을 풀어냈다. 설의 곡조는 봄날 꽃망울이 터지듯 맑게 솟았다가 이내 불꽃처럼 피어올라 허공을 밝혔다. 한여름 숲 그늘에 스미는 바람처럼 은근히 흘러가다가 갑자기 번개를 내리치기도 했다. 그것은 가을 저녁 노을처럼 하늘 끝까지 번져 긴 자취를 남기고 마침내 눈이 온 세상을 덮듯 고요히 내려앉아 마음 깊은 곳에 오래 머물렀다. 설에게 악보는 이미 굳은 돌과 같았다. 그러나 설은 맑은 물이 되어 그 위를 흘렀고 마침내 그 돌마저 깎아 새로운 형상을 빚어내고 있었다. 호는 점차 깨달았다.

‘이 아이는 악보를 초월했구나.’

그 후로는 악보 대신 사람을 찾아다녔다. 처음엔 모두 설을 계집이라 얕잡아보았다. 하지만 설이 연주를 시작하면 그들은 하나같이 입을 다물고 고개를 숙였다.

“가르칠 게 없습니다. 아니, 가르칠 수 없습니다.”

그러던 끝에 호는 산중에 은거하는 가야금 명인을 찾아갔다. 설은 다른 이들 앞에서 하던 것처럼 연주를 시작했다. 누구도 흉내 낼 수 없는 곡조였다. 그러나 명인의 표정은 흔들림이 없었다. 다만 연주가 끝난 뒤 미간을 잠시 좁히고는 고개를 천천히 끄덕였다. 이번에는 명인이 가야금을 뜯기 시작했다. 처음에는 단순한 음들이었다. 그러나 곧 갈라지고 번지며 끝내 겹겹이 뒤엉켜 산과 나무, 바위의 숨결 사이로 스며들었다.

'역시 명인이구나…'

호가 감탄을 하는데 곁에 있던 설은 갑자기 숨을 들이켰다가 가슴께를 움켜잡았다. 호가 설을 붙잡으려 했으나 명인은 손을 들어 막았다. 가야금의 마지막 울림이 사라지자, 설은 천천히 고개를 들었다. 두 눈에는 이슬 같은 빛이 맺혀 있었다.

"물을 좀 마시게 하고 오너라."

설이 나간 뒤 호가 떨리는 목소리로 물었다.

"저 아이가 왜 저러는 것입니까?"

명인은 대답하지 않았다. 대신 설이 돌아오자 말했다.

"내가 연주했던 곡조를 다시 해보거라."

설은 숨을 고른 뒤 가야금 앞에 앉았다. 곧 눈을 감고 손끝으로 현을 울리기 시작했다. 그것은 단순히 음을 따라 하는 것이 아니었다. 그 음들 사이로 스며 있던 바람의 결, 나무의 숨, 바위 아래 고여 있는 침묵까지 되짚었다. 그러나 이내 소리는 명인의 것과는 전혀 다른 결을 타기 시작했다. 더 깊고 부드럽고, 서늘했다. 호는 자신도 모르게 몸을 굳혔다. 소리는 분명 아름다웠다. 그러나 그 안에는 설명할 수 없는 것이 담겨 있었다. 선율이 닿는 순간 호는 날카로운 통증과 숨기고 싶은 기억이 가슴을 긁고 지나가는 듯한 감각을 느꼈다. 그리고 그것은 정확히 심장 한복판을 파고들었다. 설이 마지막 음을 마무리하자 명인은 고개를 떨구었다. 바람조차 멈춘 듯 침묵이 오래 머물렀다.

"나보다 더 멀리 다녀왔구나."

호는 굳은 얼굴로 산을 내려왔고 내내 말이 없었다.

"…설아. 다시는 아까처럼 연주하지 마라. 알겠지?"

설은 이유를 묻지 않았다. 그 눈빛에 담긴 무게가 말보다 먼저 다가왔기에 고개를 끄덕였다. 호는 노리개를 이리저리 대보는 설을 본다. 어떻게 하면 이 아이의 소리를 더 많은 귀에 닿게 할 수 있을까. 악보를 읽지 못하는 이들, 그저 적힌 대로만 따르며 음악의 숨결을 놓치는 이들, 규율에 얽매여 곡조를 흉내 낼 뿐 본질을 모르는 이들. 그런 연주자는 많았다. 어쩌다 비범한 자가 있어도, 결국은 거기까지였다. 하지만 설은 달랐다. 호는 노리개를 쥔 설의 손끝을 바라본다. 산에서 들었던 설의 곡조가 다시금 스쳐 간다. 명인의 말도 함께.

[상나라에 달기라는 여인이 있었지. 노래와 춤으로 임금을 병들게 하고, 결국 한 나라를 무너뜨렸다고 한다. 음악이란 사람을 살릴 수도, 죽일 수도 있는 것이다. 저 아이가 누군가를 죽이려 든다면 그 손끝은 칼보다 날카롭고, 살리려 든다면 어떤 명의도 따르지 못하리라.]

호는 가슴 어딘가가 묘하게 일렁였으나, 이내 고개를 저었다.

‘사람을 죽이는 음악이라⋯ 그럴 리 없다. 나는 저 아이를 지켜 저 아름다움이, 저 재주가 빛나도록 할 것이다.’

여전히 북적이는 장을 지나, 그 끝자락에서 호는 설을 데리고 필동 안쪽 골목으로 접어들었다. 골목 끝, 겉으로 보아선 무얼 하는 곳인지 짐작조차 어려웠다. 썩은 흙벽의 입구에는 거미줄이 얽혀 있고, 나무 기둥에는 칼자국이 가득했다. 호가 미닫이문을 밀자, 삐걱 소리를 내며 문이 열렸다. 설은 들어가기를 망설였지만 호가 들어오라는 끄덕임을 하자 안으로 발을 들인다.

“대체 뭘 하는 곳입니까?”

설이 거미줄을 피해 몸을 낮추며 물었다. 정면에는 각종 칼과 도끼, 한쪽 벽면에는 명주실이 걸려 있고, 그 아래 찢어진 나무, 검게 그을린 나무들이 즐비하다. 한가운데 장작불 위에는 거문고가 타고 있고 그 위로 솥이 걸려 김이 모락모락 나고 있다. 나머지 벽에는 온갖 악기가 있다. 설의 눈이 환해졌다. 쓰개치마가 발치로 흘러내리는 것도 잊은 채 악기들 곁을 조심스레 오가며 손끝으로 살핀다.

“오셨습니까.”

머리도 수염도 하얗게 센, 허리가 굽은 노인이 안쪽에서 나온다.

“그간 무고하셨는지요.”

호가 예의를 갖춘다. 설은 악기 앞에서 여전히 넋이 빠져 있었다. 이윽고 한 가야금 앞에 서서 눈을 감고 향기를 맡는다.

“오라버니, 오동나무 향이 너무 좋습니다. 이리 와서 맡아보시어요.”

설이 오라비의 팔을 잡아끈다.

“좋으냐?”

“그럼요. 향을 맡고 있으니 마음이 편안해집니다. 오랜 벗을 다시 만난 듯해요.”

“네 것이다.”

설이 놀라며 믿을 수 없다는 듯 오라비를 바라본다. 노인이 남매의 모습을 흐뭇하게 보다 입을 뗀다.

“도련님께서 부탁한 것입니다. 조선에서 나는 최상품의 오동나무지요. 여인의 손에 맞춰 가볍게 만들었으나 소리는 묵직하게 울리도록 했습니다.”

“네가 좋아하는 매화를 그려 넣었단다.”

호의 말에 설은 가야금 뒤편을 살핀다. 매화 한 송이가 섬세하게 새겨져 있었다.

“세상에 하나뿐인 가야금이네요.”

설이 손끝으로 매화를 살며시 쓰다듬는다. 호가 연주를 해보라는 듯 손짓하자, 설은 노인을 바라보았다. 노인이 고개를 끄덕이자 설은 바닥에 앉아 현을 고른다. 가야금에 하얗고 긴 손가락이 내려앉는다. 오동나무의 향이 번지는 가운데, 설의 오른손이 현을 퉁기자 왼손이 물결처럼 따라 올랐다. 소리는 바람을 품고 학처럼 솟았고, 손끝은 구름을 어루만지듯 부드럽게 흘렀다. 선율은 바닥을 스치며 번져 나갔고,

그 여운은 오래도록 공기를 맴돌았다. 노인의 깊은 주름 사이로 감탄이 번졌고, 눈빛엔 놀람과 경외가 엉켜 있었다.

"놀라울 따름입니다. 저런 연주를 하는 이가 세상에 있었다니…"

쾅! 갑자기 미닫이문이 소리를 내며 안으로 쓰러졌다. 설의 손이 멈췄고 호와 노인의 시선이 동시에 문 쪽을 향했다. 한 사내가 쓰러져 있었다. 부여잡은 옆구리 사이로 피가 홍건히 새어 나온다. 호는 본능적으로 설 앞으로 나섰고, 설은 오라비의 등 뒤에 몸을 숨긴 채 조심스레 고개를 내밀었다.

"누구시오? 무슨 일이오?"

호가 노인을 보며 물었다. 노인은 사내의 곁으로 가 상처를 보더니 담담히 말한다.

"칼에 맞았군. 다행히 깊진 않으시네. 안심하십시오. 아는 이입니다."

호는 그제야 긴장을 풀고 사내에게 다가간다.

"괜찮소?"

"누군데 남의 일에 참견이야?"

사내가 아픈 걸 참는지 눈썹 사이를 찌푸리며 퉁명스럽게 말한다.

"입은 살았군. 가만히 누워 계십시오. 움직이면 상처가 더 심해지니."

노인이 약을 찾으러 자리를 떴다. 사내는 신음을 삼키며 땀에 젖은 얼굴을 돌렸다.

"젠장. 더럽게 아프네."

"조금만 참으시오. 약을 가지러 갔소."

　호는 느릿하게 움직이는 노인을 답답하다는 듯 바라봤지만 입을 다물었다.

　"노인네 굼뜨기는… 퉤!"

　사내의 침에 피가 섞여 있다. 자신을 불안한 눈빛으로 지켜보는 선비를 흘끗 보다 이내 뒤에 앉은 계집에게로 눈길을 돌린다.

　"노인장, 약을 만들어 오는 거요?"

　고통이 심한지 그의 말끝이 떨렸다. 설은 보다 못해 무명천 조각을 꺼내 호에게 건넸다.

　"오라버니 이걸로라도 우선…"

　호가 그것을 받아 사내의 옆구리를 꾸욱 누른다.

　"젠장, 계집의 것 따위는 필요 없어."

　분노와 아픔이 뒤섞여 목소리가 거칠게 튀어나온다.

　"그래도 이걸 좀… 아직 멀었습니까?"

　호가 문 안을 향해 외쳤다. 설의 천 조각은 순식간에 새빨갛게 물들었다.

　"치우라니까!"

　사내가 얼굴을 찌푸리며 손을 내저었다.

　"다친 주제에 잠자코 있을 것이지. 움직이면 더 심해진다는 말을 못 들었나?"

　여전히 호의 등 뒤에 있던 설이 사내를 보며 혼잣말을 하는데 그 소리가 컸던 모양이다.

“너 뭐라고 종알거렸어?”

사내가 설을 노려봤다. 설은 겁먹은 기색도 없이 ‘뭐? 어쩌라고?’ 하는 눈빛으로 그를 바라봤다. 피투성이 사내의 눈에 그 계집아이가 들어왔다. 다가오지도 못하는 주제에 눈빛에는 분명 걱정이 담겨 있었다.

“젠장.”

집으로 돌아가는 길, 호는 설의 가야금을 메고 설은 오라버니 옆에서 종종걸음으로 걷는다. 사내의 치료가 끝나는 것까지 보느라 늦어졌다.

“놀란 것 같구나. 괜찮니?”

호가 걱정스러운 듯 묻는다.

“그이의 상처에 비하면 제가 놀란 건 아무것도 아니지요. 어떤 자이길래 그런 상처쯤은 대수롭지 않게 여겼을까요?”

“사연 없는 인생은 없단다. 괜한 마음 쓰지 말거라. 다시 만날 일 없는 자다.”

유혹적이면서도 강렬한 향이 방을 채우고 있다. 집에서는 결코 맡을

수 없는, 다른 세상에서 온 듯한 향기였다. 한쪽 벽을 차지한 병풍도 눈길을 끌었다. 진홍과 금빛으로 수놓은 모란과 국화가 검은 바탕 위에서 더욱 도드라졌다. 손을 뻗으면 꽃잎이 흩어질 듯 생생했다. 옆방에선 한창 흥이 오르는지 노랫가락과 여인의 웃음소리가 섞여 들려왔다. 연화가 술상을 들고 방으로 들어섰다. 호가 이 방에 들어선 건 처음이었다. 문턱을 넘는 그의 걸음이 연화의 마음을 떨게 했다. 그가 떠날까 두려웠던 수많은 밤들이 스쳤다. 호가 먼저 연화의 잔에 술을 따랐다. 연화는 그 손길을 가만히 바라보다가 입을 열었다.

"이 사내, 저 사내에게 따르던 기생년의 술이라 불쾌하십니까?"

자신의 술잔을 채워 준 이는 없었다. 늘 남의 잔을 먼저 채웠던 삶. 그런데 오늘 밤은 연화의 잔이 먼저 찼다. 호가 부드럽게 웃었다.

"오해 마오. 그대의 잔에 내 마음을 먼저 담고 싶었을 뿐이오."

그가 잔을 비우고, 조심스럽게 입을 열었다.

"나는 염치없는 사내요. 가진 건 없고, 내게 있다고 믿는 것도 고작… 당신을 곁에 두고 싶다는 마음 하나뿐이오."

연화는 말없이 그의 말을 곱씹었다. 하룻밤을 청하는 것일까? 그런 밤이었다면, 오래전 이미 내어주었을 것이다.

"내게는 봉양해야 할 어머니가 있고 여동생도 있소."

"…"

"어머니는 아직도 명문가 양반집 여인이라는 생각을 못 버리며 살고 있소. 그러니 당신과의 혼인을 반대할 수도 있소. 그것이 당신을 힘들게 할 수 있소.”

연화의 눈이 커진다.

“혼인을 한다 해도 나는 여전히 가난할 것이오. 장악원에서 일하는 것만으로는 부족해 행사를 다니며 집을 비우는 일이 많을 것이고, 당신은 자주 홀로 남게 될 것이오. 살다 보면 젊은 날 왜 그랬을까 후회할 수도 있소. 그래도 괜찮다면…”

연화의 눈에 눈물이 고인다. 호는 숨을 깊게 내쉰 뒤, 도포 속에서 작은 주머니를 꺼냈다. 가느다란 가락지 하나가 그 안에 있었다.

“나와… 혼인해 주겠소?”

그는 연화의 손을 잡아, 천천히 가락지를 끼웠다. 그리고 연화의 뺨을 타고 흐르는 눈물을 조심스럽게 닦았다. 더는 말이 필요 없었다. 호의 입술이 연화의 손등에 먼저 닿았다. 이윽고 그의 팔이 연화의 어깨를 감쌌고, 손끝이 천천히 등을 쓸었다. 서툴지만 진심 어린, 떨리지만 따스한 손길이었다. 바스락, 옷감이 스치는 소리와 함께 연화의 머리카락이 베개 위로 흘러내렸다. 서로의 눈빛이 조심스레 마음을 어루만졌고, 숨결이 어깨를 타고 내려갔다. 그가 머문 자리마다 조용한 온기가 피어났다.

한편, 백련각의 다른 방. 유상흔은 천천히 술잔을 입에 댄다. 그의 얼굴에는 의미를 알 수 없는 미소가 번졌다가 곧 사라진다. 옆에는 그림자처럼 따라다니는 심복이 있다. 그는 술 한 방울 마시지 않고 그저 자리를 지키고 있다. 옆에 앉은 기생이 눈치를 보며 술을 따른다. 다른 기생들도 애써 웃음을 지으며 그의 기분을 맞추려 했지만, 방 안 공기는 쉽게 풀어지지 않는다. 한 기생이 조심스럽게 잔을 들고 다가섰다. 떨리는 손끝으로 술을 따르며 심복을 힐끔 바라보았다. 혹시 도와줄 수 있을까, 그의 눈빛 너머에 작은 연민이라도 있을까. 그러나 심복의 눈빛은 무표정하고 단단했다. 유상흔이 잔을 비운 뒤 내려놓으며 말한다.

"제법이구나. 기생년 마음에 든 바람이 그리 오래 머문 것이었을 줄이야."

입꼬리가 천천히 말려 올라갔다.

"이 셈을 어찌해야 할지 생각해야겠구나."

그가 술잔을 만지작거리며 묻는다.

"누구냐?"

유상흔의 낮은 목소리가 방 안을 가른다.

"그게 저…"

기생은 쉽게 입을 떼지 못한다. 이름을 말한다면 그가 살아남지 못할 것이란 확신이 스쳤기에.

"난 똑같은 질문을 두 번 하는 걸 싫어한단다."

기생은 손톱을 깨물며 어쩔 줄 몰라 한다. 유상흔이 잔을 내려놓았다.

"피곤하구나. 다른 아이를 부르거라. 그리고 이 아이는 도성에서 멀리 떨어진 곳으로 치우거라."

치우라는 의미가 무엇인지 아는 기생이 다급히 입을 연다.

"…저희 집 가야금 선생이에요."

설은 바느질감이 든 보자기를 품에 안고 걷는다. 어머니의 병세가 깊어지면서 적성에도 맞지 않는 바느질을 도맡게 된 뒤로는, 이 길이 일상이 되었다. 북촌으로 이어지는 이 길은 대낮에도 어둡고 인적이 드물어 위험하다는 소문이 있었지만, 멀리 돌아가기에는 햇볕이 너무 뜨거웠다. 그늘 끝에서 바람이 불자 설은 걸음을 멈추고 쓰개치마를 벗는다. 그때 바스락. 나뭇잎 사이로 소리가 들렸다. 설은 귀를 기울인다. 다시 쓰개치마를 쓰고 걸음을 옮기려던 순간, 또 한 번 바스락. 분명 사람의 기척이었다. 설이 멈추자 소리도 함께 멎는다. 심장이 쿵쾅거리고 손에는 땀이 배기 시작한다. 발걸음을 재촉하는데 발끝이 그만 돌부리에 걸렸다. 보자기가 나뒹굴고 몸이 앞으로 고꾸라졌다. 그때 성큼성큼 다가오는 사내의 커다란 발. 설은 눈을 질끈 감고 두 손을 모아 빌기 시작했다.

"사, 살려주세요. 제발… 가진 건 없으니 저를 그냥 보내주시면…"

온갖 상상을 하며 빌고 있는데 주위가 조용하다. 설이 실눈을 뜨고 올려다보니 커다란 덩치의 사내가 햇빛을 등지고 자신을 빤히 쳐다보고 있다. 그의 손엔 설의 보자기가 들려 있다.

"뭐하냐?"

"네?"

"계속 그렇게 자빠져 있으려고?"

설은 잠시 멍한 얼굴로 그를 바라보다, 그가 자신을 해칠 마음이 없다는 걸 느끼자 급히 몸을 일으켜 옷매무새를 고쳤다. 눈길은 자연스레 보자기를 쥔 손에서 그의 얼굴로 옮겨졌다. 낯이 익은 얼굴이다. 설이 그를 생각해 내려는 듯 눈을 가늘게 뜨는데 사내가 침을 퉤, 내뱉는다.

"젠장."

그 말에 설의 눈이 번쩍 뜨였다.

"혹시…!"

그때 칼 맞으셨던 분 아니신가요? 라고 물을 수는 없을 터.

"저를 보신 적 있으시죠? 필동의 작업장에서 말입니다. 최 노인의…"

"흠흠."

사내는 심드렁한 얼굴로 고개를 돌리더니 갑자기 얼굴을 바짝 들이댄다. 설은 놀라 한발 또 한발 물러나는데 등 뒤로 나무가 느껴졌다. 더 이상 물러날 곳이 없다. 설은 그다음 일이 두려워 다시 눈을 꼭 감는다. 꼭 쥔 주먹이 부들부들 떨리고 있다. 사내의 숨결이 닿을 만큼 가까워졌다.

"흉 지겠네. 그러게 잘 뛰지도 못하면서."

설이 얼굴을 더듬어보는데 따끔한 통증이 일었다. 아마 넘어지며 긁힌 듯했다.

"그런데 왜 말을 낮추시오? 나는 그쪽을 존대하고 있는데⋯요."

살았다는 안도감일까, 아니면 그가 자신을 해치지 않을 것이라는 믿음 때문이었을까. 사내는 머리를 긁적이며 딴청을 피운다.

"뭐, 그럼 안 되나?"

"안 될 건 없지만, 그런데 다친 데는 괜찮소?"

설의 눈길이 그의 옆구리로 향했다.

"오누이가 어찌 그리 남의 일에 관심이 많아? 오지랖 하고는."

그는 그 말만 남긴 채 다시 사라졌다. 설은 그 뒷모습을 잠시 바라보다가, 넘어진 자신이 우스워 피식 웃으며 집으로 향했다. 더 멀리서 지켜보는 눈길을 느끼지 못한 채.

"그나저나 연습들은 했는가?"

"연습은 무슨⋯ 먹고살기도 바쁜데."

붓을 쥔 이가 심드렁하게 대꾸한다. 옆에서 아쟁을 조율하던 머리가 희끗한 악사가 한숨을 쉰다.

"봉직 일수만 가지고 품계 올려주던 옛날이 그립구먼."

"그래도 태형제가 없어진 게 어디유. 그것 때문에 그만두는 이들이 한둘이 아니었잖수."

"태형제가 아니라도 달포가 멀다 하고 사람이 바뀌는 것을. 게다가 요샌 들어왔다가 며칠도 못 버티고 나가질 않나. 그나저나, 자네 뭘 그리 적고 있나?"

묻는 이에게 그는 책을 들어 보였다.

"주상께서 직접 시험 보신다잖아. 악학궤범을 그럴듯하게 풀이하면 기회가 있다 이 말씀이지."

"그건 가전악 시험에만 해당하는 것이 아닌가?"

"이 사람아, 실력이 있다고 보이면 일품이라도 올라갈 게 아닌가."

펼쳐진 악보에는 낙서처럼 삐뚤빼뚤한 기호들이 가득했다. 어떤 이는 평소에 하지 않던 연습에 매진하고 또 어떤 이는 까막눈인 주제에 음악서를 거꾸로 들고 뚫어져라 보고 있었으며, 어떤 이는 이러지도 저러지도 못하고 맴돌고 있었다. 분주한 움직임 속에서도 호는 그저 평소처럼 악보를 그리고 가야금을 뜯을 뿐이었다. 그 얼굴엔 미소가 떠나질 않는다.

[이 심장은 이제 제 것입니다.]

그 밤. 연화의 말간 얼굴이, 가슴에 입술을 대며 속삭이던 목소리가 귓가를 스친다. 호는 붓을 잠시 멈추고 턱을 매만졌다.

'일감을 더 구해야겠지. 식구도 하나 더 늘었으니.'

호는 다시 가야금을 뜯는다.

"모두가 들떠 있는데 어찌 그대만 평정을 유지하고 있소."

곁에 있던 선인이 말을 건넨다. 그 역시 이런 분위기와 사람들과는 아무 상관 없어 보인다.

"사실 마음속 한 사람이 자꾸 말을 걸고 웃어 보이는 통에 오히려 평정을 잃고 있습니다."

호는 그답지 않은 말을 한다. 연화를 만난 뒤로 그는 참 그답지 않은 말들과 행동을 하고는 한다. 그 말에 선인이 잠시 먼 곳을 본다.

"가야금 곡조란 그 아래 슬픔을 두어야 한다고들 하지만, 마음이 흐르면 그 또한 진실한 음악이지."

호가 손을 멈추고 선인을 바라본다.

"부끄럽습니다. 예인의 길을 택했으면서도 듣는 이를 위한 음률보다 제 감정만 담았군요."

"정확한 음과 박보다 중요한 건 연주하는 이와 듣는 이가 함께 웃고 또 울 수 있는 마음이오. 그보다 더 좋은 것이 어디 있겠소?"

호는 자리에서 일어나 선인에게 깊이 고개 숙인다.

"스승을 곁에 두고도 그 뜻을 몰랐습니다."

"실력이나 학식으로 보나 오늘 그대에게 좋은 일이 따를 듯하오."

호가 앉으며 고개를 젓는다.

"당치도 않은 말씀입니다."

다시 호의 손끝이 현을 퉁기는 순간, 가장 굵은 줄이 툭 끊어졌다.

소리를 들었는지 선인의 미간에 주름이 파인다.

"이런 적이 없었는데…"

호가 끊어진 줄을 잠시 보다가 품에서 단검을 꺼낸다.

"괜찮습니다. 줄이야 갈아 끼우면 됩니다."

호가 끊어진 줄을 잘라내는데 선인이 묻는다.

"참, 누이동생은 잘 있소? 이제 많이 컸겠군."

선인은 거문고에 대한 시조를 읊었던 어린 설의 낭랑한 목소리를 떠올린다.

"예. 이제 과년한 나이입니다. 얼마 전 가야금을 사주었는데 어찌나 기뻐하던지요. 매화를 새겨 넣었습니다. 봄마다 흩날리는 꽃잎 아래서 뛰놀곤 했는데 이제는 그 꽃보다 더 곱습니다."

임금은 기대를 안고 자리에 들었다. 김용겸을 제조로 삼아 악정의 기강을 다잡고, 연습하는 이에게는 품계를, 솜씨 있는 이에게는 상금을 내렸으니 달라졌을 것이라고. 처음엔 화가 치미는 듯 한쪽 눈썹이 서서히 올라가더니 이내 체념한 듯 의자 깊숙이 몸을 기울이고는 지친 표정으로 연주를 듣고 있을 뿐이었다.

'지금껏 이런 실력으로 제사를 모셨단 말인가? 연희를 베풀고? 이러니 예(禮)도 바로 설 수 없는 것이다. 이토록 엉망인 소리가 어찌 예가 되겠는가…'

"다음, 가야금의 윤 호."

임금은 손을 내저을 뿐이다. 호는 두 손 모아 허리 굽혀 예를 표한 뒤 호흡을 가다듬는다. 그는 긴 손가락을 현에 맡기면서 눈을 감는다. 그의 선율이 어디선가 불어오는 맑은 바람에 실려 다른 이들의 귓가로 흘러간다. 눈을 감고 있던 임금이 번쩍 눈을 뜬다.

'바로 이거야. 음도, 박도. 그렇지!'

임금은 어느새 손가락으로 박에 맞추어 의자 팔걸이를 두드리고 있었다. 임금의 반응에 전악의 표정이 밝아지고 악사들은 놀라움을 금치 못한다.

"저 이가 저토록 뛰어났소?"

"얌전한 샌님 같더니… 어찌 전하 앞에서 저리 한 치의 어긋남 없이 연주할 수 있단 말이오?"

호는 그저 자신의 연주를 즐기고 있었다. 연주가 끝나자 바람이 그의 얼굴을 한 번 간질이더니 또 다른 곳으로 갔다. 그가 천천히 눈을 뜬다. 임금이 그에게 다가선다. 그러자 주위의 모든 이들이 한 걸음씩 물러난다.

"그대, 윤 호라 했는가?"

"예, 전하."

"그대가 아니었으면 내 미간 주름이 더 늘었을 터. 묻겠다. 악(樂)이 무엇이라 생각하는가?"

호는 터져 나올 듯한 심장을 억누르며 답했다.

"예, 전하. 그것은 물과 같사옵니다. 탁하면 흐르지 못하나 맑으면 만물을 비춥니다. 그 맑음으로 사람의 마음을 씻어 도리를 따르게 하는 길이라 사료되옵니다.”

임금은 미소를 지으며 고개를 끄덕였다.

“그대 말이 시와 같구나. 허나 물은 흘러가다 마르기도 하지 않는가?”

호가 곧 대답했다.

“그러하기에 악은 또한 바람과 같사옵니다. 눈에 보이지 않지만 사방을 감돌아, 메마른 가슴에 스며들고, 때로는 천둥처럼 울려 억눌린 것을 풀어주옵니다.”

임금은 잠시 눈을 감았다가 다시 물었다.

“사람의 마음만 다스린다면 어찌 천지의 도라 하겠는가?”

호는 숨을 고르고 말했다.

“악은 하늘과 땅의 숨결을 본받아 만물을 조화시키는 것이옵니다. 그러므로 악이 바르면 마음이 바르고, 마음이 바르면 예가 서며, 예가 서면 나라 또한 평안해지옵니다.”

그 대답에 임금의 눈빛이 번뜩였다.

“옛말에 이르기를, 예는 절제요, 악은 화합이라(禮以節之 樂以和之, 예이절지 악이화지) 하였다. 예가 없으면 악은 흩어져 방탕해지고, 악이 없으면 예는 껍데기에 불과하다. 그러므로 예를 세움으로써 악을 바르게 해야 한다. 예가 근본이요, 악은 그 근본을 돕는 것이다.”

호가 고개를 숙이며 답했다.

“전하의 말씀이 옳사옵니다. 신은 다만 가야금 줄을 타고 흐르는 물이 되어, 전하의 뜻이 백성의 가슴에 바르게 닿도록 힘쓰고자 하옵니다.”

임금이 잠시 호를 바라보았다.

“가야금을 뜯을 때 무엇을 생각했는가?”

호는 잠시 고개를 들어 임금을 바라보앗다. 귀밑으로 희끗희끗한 머리카락과 깊게 팬 주름살을 가진, 그러나 젊은 얼굴이다. 호가 그의 앞에 무릎을 꿇는다.

“아비를 생각하는 마음으로 전하를 섬기겠다는 일념뿐이었사옵니다. 제 연주가 미약하나마 전하의 뜻을 밝히는 한 가닥 빛이 된다면 그것으로 족하옵니다.”

임금의 눈가에 물기가 어렸다. 아무도 함께 걷지 않던 그 길 위에, 자신을 위해 연주하는 자가 있었다. 잠시 침묵이 흘렀다.

‘이 자의 연주는 내가 가려는 길에 닿아 있다. 이런 이가 곁에 있다면…’

“그대의 말이 내 마음을 밝히는구나.”

“신의 생각이라기보다, 옛 글의 뜻을 제 가슴으로 새긴 것이옵니다.”

“여봐라. 윤 호를 가전악에 명하고, 전악을 도와 장악원의 악을 바로 세우게 하라.”

장악원을 나선 호의 걸음이 한결 가벼웠다. 마음에 품은 기쁨이 발끝까지 번졌고 세상마저 달라 보였다. 백련각 입구에서 연화를 기다리는 동안 그는 하늘을 올려다보며 자꾸만 웃음이 새어 나오는 자신을 어쩌지 못했다.

"서방님."

부드러운 목소리에 고개를 돌리니 연화가 다정한 눈빛으로 그를 바라보고 있었다. 호는 연화의 손을 덥석 잡는다. 연화의 놀란 얼굴은 이내 붉게 물든다.

"내가 장악원의 가전악이 되었소."

연화의 눈이 동그래졌다.

"가전악이 되었단 말이오! 그것도 전하께서 나를 직접 지목하셨소."

그의 눈빛이 반짝였고, 연화의 얼굴에는 햇살처럼 따스한 미소가 번졌다. 호는 연화의 허리를 감싸 들어 올렸다.

"어머!"

"전하께서 내게 악을 바로 세우자 하셨소. 함께 그 길을 걷자 하셨소."

연화를 조심스레 내려놓고 다시 손을 맞잡았다.

"그리 기쁘십니까?"

"기쁘오. 전하를 섬길 자격이 생겨서, 내 뜻을 펼칠 기회가 와서. 무엇보다 생활이 나아질 테니 당신을 위해 좋소."

그 말에 연화의 눈에 또다시 눈물이 맺힌다. 그를 만난 뒤, 콧대 높고 쌀쌀하기만 하던 연화의 눈에 눈물이 자주 고였다. 대개 기쁨과 행복에서 비롯된 것이었다.

"이 소식을 어서 어머님과 설 아가씨께 알려주세요."

"당신에게 가장 먼저 알리고 싶었소. 이제 가야지."

"잠시만요. 기다리세요."

연화는 안으로 들어갔다가, 잠시 후 쓰개치마를 들고 나왔다.

"이런 날에 고기라도 한 근 사가야 하지 않겠습니까. 저랑 같이 장에 들러요."

검은 도포를 입은 사내가 휘파람을 불며 장을 휘적휘적 걷고 있다. 세상 모든 게 지루하고 따분하다는 얼굴. 어깨를 부딪칠 상대를 찾으려 주변을 훑는다. 그러던 중, 한 쌍의 부부와 어깨가 스친다.

"실례가 많았습니다."

잘 걸렸다 싶었지만, 초라한 행색에도 행복으로 빛나는 이 점잖은 양반에게는 선뜻 욕이 나가지 않는다. 무엇보다 진심으로 사과하는 눈빛이 걸린다. 그런데 낯이 익다. 고개를 갸웃거리는 순간, 양반이 여인의 앞을 막아선다. 불쑥 알 수 없는 감정이 스친다.

'저런 얼굴 내 주위엔 없다.'

그의 곁에는 끝없이 욕망을 탐하는 자들뿐이다.

“젠장.”

사내는 육전으로 들어가는 그들을 지나쳐 단골 주막으로 향한다.

“주모!”

사내가 도포 자락을 뒤로 탁 젖히며 평상에 앉은 뒤 품에서 누군가 써 돌린 시사첩(時事帖)을 꺼낸다. 주모가 술 한 병을 가져오며 그의 꼬락서니를 보더니 혀를 끌끌 찬다. 궁녀로 일하다 퇴궁했다는 주모는 허리끈을 치마에 매지 않았다면 허리가 어디 붙어 있는지도 알 수 없을 만큼 푸짐한 몸집에 말투도 거칠어 여자로서 매력은 좀 떨어지지만, 양지머리로 푹 우린 장국밥 하나는 일품이기에 손님이 끊이지 않는다.

“어디서 도포를 하나 주워 입고 와서는.”

“그럼 나도 양반가 도련님처럼 보이는가?”

“대낮에 미친놈을 다 보겠다. 술이나 곱게 먹고 가시게.”

주모의 뒷모습을 바라보며 그는 사발에 술을 따른다.

“다행이네. 난 그놈들처럼 보이는 게 싫거든.”

술을 한 사발 들이켠 그는 손으로 김치를 찢어 입에 넣었다. 그러고는 시사첩을 집어 들고는 날카로운 눈빛으로 읽어 내려갔다. 발 디딜 곳 없고, 말 붙일 사람 하나 없이 자라며 글만이 유일한 벗이자 숨구멍이었다.

“글자 몇 줄이 세상을 바꾼다고 믿는 꼴이라니.”

한참을 읽다가 내려놓더니 다시 술을 들이켠다. 그러고는 슬쩍 옆구리를 눌러본다. 아직 다 아물지 않은 듯 얼굴이 일그러진다. 품에서 흰 천 조각을 꺼내어 본다. 빨아도 빠지지 않는 핏자국. 아까 그 계집이 떠오른다. 눈을 질끈 감고 손을 부들부들 떨던 모습. 놀라게 하려던 건 아니었다. 시장 어귀에서 모습을 보고 반가운 마음에 뒤를 밟았을 뿐이다. 말을 걸 생각도 없었다. 필동에서 본 뒤로 자꾸 눈에 밟혀, 노인의 집 주변을 서성였지만 그림자조차 보이지 않았다.

오늘도 허탕인가 했는데, 저 멀리서 환한 얼굴이 눈에 띄었다. 이제 봤으니 발길을 돌렸어야 했는데 이상하게도 그러지 못했다. 그냥 조용히 따라갔다. 그런데 살기(殺氣)가 느껴졌다. 자신 말고도 뒤를 밟는 자가 있었다. 그는 기척을 살피며 조심스레 발을 옮기는데, 상대는 눈치챘는지 이내 허공으로 사라졌다. 쫓아갈까 했지만, 그보다는 계집을 쫓아갔다. 남 일에 신경 써본 적 없고 심지어 자신조차 신경 쓰지 않던 삶이었다. 그런데도 왜 그랬는지. 놀란 눈을 보니 미안해지고 흰 뺨에 난 흉터를 보니 화가 났다. 알 수 없는 마음에 술만 들이켤 뿐이다.

사내가 술에 취해 비틀거리다 한 대문 앞에서 멈춰 선다. 솟을대문을 발로 걷어차며 고래고래 소리친다.

"여봐라! 게 아무도 없느냐!"

안에서 허둥지둥 누군가 오는 소리가 들리더니 이내 문이 열린다.

"도련님, 오셨습니까요."

"도련님? 지나가던 개가 웃겠다. 아니, 개자식이 지나가는데 개가 웃는다? 그거 말이 되네."

"어이쿠 도련님, 제발 목소리 좀⋯ 대감마님께서 다 들으십니다요."

하인이 안절부절못하며 사랑채 쪽을 힐끔거린다.

"요즘 심기가 몹시 불편하시니 도련님, 조금만⋯"

"이번엔 또 어느 계집 때문인가? 정사(政事)는 배워도 계집 다루는 법은 아직이신가 보군."

"도련님 제발⋯"

하인이 제발 자기 좀 살려달라는 시늉을 하며 발을 동동 구른다.

"왜 이리 소란스럽더냐."

모습을 드러낸 이는 병조판서 유상흔이다. 그의 눈빛이 싸늘하다. 하인은 이제 울 기세다. 승하 역시 지지 않으려는 듯 아비를 똑바로 바라본다.

"못난 놈. 다른 집 자식들은 학문에 힘써 조정에 뜻을 두는데, 넌 날마다 술독에 빠져 허우적대는구나."

"그래도 계집년 치마폭에 빠져 허우적대는 꼴보다는 낫지 않습니까."

"뭐라!"

유상흔의 이마에 핏대가 선다.

"아니란 말씀은 안 하시네요. 이제 아들은 충분하니 딸년이 필요하신가⋯ 한양 바닥 양반들 사이에선 저를 개자식이라 부른다는데. 그렇다면 아버님은 뭐가 되려나?"

승하가 이러는데 이골이 난다는 듯 유상흔이 고개를 흔든다.

"언제까지 이렇게 살 생각이냐?"

"글쎄요. 개자식이 개같이 살아야지 어떻게 살아야 한답니까?"

승하가 한쪽 눈썹을 치켜올리고는 피식 웃는다. 그러더니 우물가로 가 제 몸에 물을 여러 바가지 퍼붓는다.

"아버님과 이야기하고 나면 몸이 근질거려서요. 이제 좀 살 것 같네."

어머니는 몸이 반쯤 꺾일 듯 기침을 하면서도 환히 웃는다. 그 모습에 호의 마음 한쪽이 시큰하다.

"내일은 꼭 의원에 모시고 가겠습니다. 이제 그만 마음의 짐을 내려놓으세요. 제 일도 잘 풀리고, 설도 저리 곱게 자라지 않았습니까. 노력에 따라 전악도 될 수 있어요. 장악원의 가장 높은 자리입니다, 어머니."

그 세월, 욕심이 많았다. 과거를 보지 않으면 어떻고, 출사하지 못하면 어떠한가. 설을 명망 있는 집안에 시집보내지 못하면 또 어떠한가.

"우리 셋, 그저 평안하게 살자꾸나. 악으로 예를 세우고 임금을 보필하는 것 또한 사내가 할 일이다. 그리고 이제 너도 가정을 이룰 때가 되지 않았느냐. 어미는 그걸 보면 여한이 없을 것 같구나."

호는 연화를 떠올린다. 며칠 뒤에 연화를 집에 데려올 것이다. 동네 사람 몇을 불러 마당에서 조촐하게 혼례를 치를 생각을 하고 있다.

"어머니, 오라버니, 식사하세요."

설이 상을 들고 방으로 들어오자 벽에 반쯤 기대 있던 어머니가 몸을 바로 세웠다.

"이게 웬 고깃국이더냐?"

그러더니 호와 설을 번갈아 본다. 고깃국이라면 이름 붙은 날에나 먹는 귀한 음식이었다.

"장에 들러 조금 사왔습니다."

"이 비싼 걸…"

어머니는 수저를 들지 못하고 바라만 본다. 설은 그 모습이 마음 아프기도 하고, 이런 궁상에 화가 나기도 한다.

"어머니, 어서 드세요. 오늘처럼 좋은 날이 어디 있어요. 오라버니가 기쁜 마음으로 사 오신 건데, 어머니께서 이러시면… 우리 기쁘게 먹어요."

설이 애써 밝게 말하자 그제야 어머니와 호도 수저를 든다. 호의 가슴이 먹먹해진다. 어머니의 눈에도 눈물이 고인다.

'그래, 이만하면 더 바랄 것이 없다.'

준은 설의 집 돌담 옆에 서 있었다. 북촌 본가로 향하던 발걸음이 어쩐 일인지 이끌리듯 이곳으로 닿았다. 그의 시선은 평상에 앉아 가야금을 연주하는 설에게 머물러 있다. 가늘고 긴 손가락이 현 위를 미끄러진다. 고개를 살짝 숙인 채 음악에 몰두한 설의 자태는 담장을 타고 흐르는 곡조만큼이나 고왔다. 준은 다가설 수도, 그렇다고 물러설 수도 없는 채로 그저 담장 너머의 여인을 바라볼 뿐이었다. 그때, 뒤에서 익숙한 목소리가 들린다.

"아따, 도련님. 내 이럴 줄 알았다니까요. 집에 오신다는 기별은 받았는데, 아무리 기다려도 오질 않으시길래 찾아왔어라."

준은 덕쇠의 말에도 설에게서 시선을 떼지 못하고 있다.

"이렇게 바라만 본다고 뭐가 됩니까요. 하긴 글공부만 한다고 계집 근처에는 가본 적도 없으니… 이번에는 도련님이 저한테 한 수 배울 차례요."

덕쇠의 손에 끌려 도착한 곳은 필동의 세책방이었다.

"필요한 서책은 이미 책쾌(冊儈)가 왔을 때 다 샀거늘. 게다가 이곳은 이야기책을 다루는 곳이지 않느냐."

덕쇠는 준의 말을 들은 척도 않는다.

“이보시오!”

먼지 쌓인 서책들 사이에서 구부정하고 볼이 쑥 들어간 사내가 모습을 드러내더니 준을 빠르게 훑는다.

“필사로 생계를 잇는 분으로는 보이지 않는데 여긴 어쩐 일로⋯”

덕쇠가 손을 휘저으며 말했다.

“이야기책을 찾소.”

“이야기책이라 하면 여러 종류가 있는데 그중 어떤 걸 찾으시는 건지⋯”

“그런 것 있잖소? 유생이 담장 너머 처자에게 시 한 수 적어 기왓장에 묶어 던지고. 그리하여 둘이 정을 나누는 그런 것 말이오.”

주인이 준을 힐끗 보자 준은 어깨만 으쓱한다. 덕쇠가 말을 잇는다.

“왜 그런 것 있지 않소. 이팔청춘 남녀가 불같은 사랑을 하다 부모 반대에 헤어지고 여인은 병이 나 드러눕고, 유생 역시 식음을 전폐하며⋯”

주인이 고개를 갸웃거리며 다시 준을 보자 준은 시선을 돌린다.

“그런 것이라면 저쪽에 몇 권 있으니 따라오시지요.”

준이 그를 따라가려 하자 덕쇠가 다시 막아섰다.

“도련님이 뭘 알겠소?”

덕쇠는 이제 두 손을 모으고 꿈꾸듯 말한다.

“어쨌거나 둘은 부모 반대를 물리치고 한 폭의 그림 같은 곳에서 술을 주고받고 시를 지으며 행복한 시간을 보내는데.”

그 목소리마저 가늘어진다. 준은 도무지 이해 못 하겠다는 표정으로 고개를 젓는다. 그때 덕쇠가 손뼉을 탁 치자 준이 놀라 어깨를 움찔한다.

"알고 보니 둘은 헤어진 남매였으니! 하지만 여차저차해서 남매라는 것은 오해였고 혼인하여 아들딸 많이 낳고! 그 아들은 재상 자리에 오르고, 딸은 군자의 부인이 되었다는 그런 거 말이오."

주인이 수염을 쓰다듬으며 의미심장한 눈빛으로 고개를 끄덕인다.

"허허, 뭘 좀 아는 양반이구먼. 딱 맞는 게 있소이다. 잠시만 기다리시오."

주인은 안으로 사라졌다. 준이 덕쇠를 향해 한숨을 내쉰다.

"덕쇠야, 도대체 무엇을 하는 게냐? 이런 곳에서 시간을 낭비할 것이라면 난 돌아가겠다."

"아따 도련님. 다 생각이 있어서 그라요."

달빛이 서늘하다. 흔들리는 등불 아래, 유상흔은 난초 잎을 닦고 있다. 세상에서 가장 귀한 것을 다루듯, 숨소리조차 죽인 채 조심스레 손을 움직인다. 잎맥 위를 미끄러지는 손끝은 오래된 강박처럼 느리고 집요했고 그것은 보는 이의 속을 바짝 조였다. 그 앞에는 심복이 무릎을 꿇고 있다. 정적을 깨며 유상흔이 입을 열었다.

"그래, 어떻더냐."

남자는 설의 모습을 떠올리다가 머뭇거린다.

"…고왔습니다."

등불에 비친 유상흔의 눈빛이 서늘하게 빛난다.

"잘 되었구나. 꽃은 아름다울수록 꺾고 싶은 법이지."

그 말에 심복은 말없이 고개만 깊이 숙였다. 유상흔은 난초의 줄기 하나를 집어 올렸다. 손끝에서 잎 하나가 뚝, 하고 꺾였다.

"둘째가 일곱 살 무렵이었지. 종놈의 아이가 갖고 놀던 볏짚 인형을 탐내더군. 저는 더 좋은 게 많았는데도 그 더럽고 하찮은 것을 가지고 싶어 하더군. 아이들 마음이란 게 그렇지. 자기한테 없으면 일단 가지고 싶거든. 나는 일단 두고 보았네."

그의 목소리는 담담했다.

"아들놈은 달라는 말도 않더군. 대신 종놈의 어미가 소셋물을 떠가면 그것을 엎고, 밥상을 들여가면 밥상을 엎고, 형과 동생을 불러 서로 매질하게 하더군. 하루도 아니고 며칠을. 결국 그 종놈이 인형을 둘째 방 앞에 놓고 갔다네. 그런데도 아들놈은 그것을 들이지 않더군. 종놈이 끝내 무릎을 꿇고 빌었네. 제발 받아달라고."

유상흔의 입가에 웃음이 스친다.

"그때 깨달았다. 무릎을 꿇게 하려면 저렇게 해야 하는구나. 받은 만큼만 돌려주는 것은 잘못된 셈이었구나."

그는 꺾인 난초 잎을 내려다본다. 잘린 단면이 서서히 붉게 물들어 갔다.

"꺾어 와라. 꺾인 꽃을 보면 그년도, 그놈도 마음이 달라지겠지."

임금은 책장을 넘기고 있었으나, 눈은 글자를 훑을 뿐, 마음은 멀리 있었다. 낮에 가전악과 나눈 대화가 머릿속을 떠나질 않았다.

[이 연희는 백성과 기쁨을 나누는 자리라 들었습니다. 맹자께서 악이란 더불어 즐기고 누리는 것이라 하셨사온데… 이 연주는 마음을 끌어당기는 열과 흥, 즐김이 없으니 백성과 마음을 나눌 수 없사옵니다.]

[즐김이란 곧 쾌락이 아니던가? 나는 악이 도를 닦고 마음을 다스리는 길이라 여겼다. 정결하고 엄숙한 기율 속에 길이 있다 믿었는데. 즐긴다라…]

호는 고개를 깊이 숙이며 덧붙였다.

[즐김은 경박함이나 욕망이 아니옵니다. 마음을 열고 숨을 고르게 하는 힘, 미소 짓게 하는 울림. 그 또한 음악의 본질이라 사료되옵니다.]

문득, 언젠가 잠행에 나섰을 때 들었던 들녘의 노래가 스쳤다. 모내기하던 농민들이 주고받던 가락. 단순하고 거칠었으나 힘겨운 노동 속에서 잠시 숨을 고르고 호흡을 맞추게 하는 울림이 있었다. 그 순간만큼은 그들의 그을린 얼굴에 웃음이 번졌던 것을 기억한다. 임금은 고개를 저었다.

'즐김을 도라 할 수 있는가…'

임금은 책장을 덮고는 다른 책 몇 권을 꺼내 들었다. 일이 잘 풀리지 않을 때마다 그는 책들에 파묻히곤 했다. 햇살이 서안(書案)에 그림자를 만들자, 활자 사이로 어린 날의 기억이 스며들었다.

[아바마마, 왜 구름은 하얗습니까? 세상은 무엇이며, 백성이란 무엇입니까?]

[세상은 네가 찾아야 할 것이요, 백성은 네가 지켜야 할 이들이란다.]

[세상은 어디에 있습니까?]

[네 마음속에 꿈틀거리고 있단다. 언젠가 자신을 불러주길 기다리면서. 사람들은 그것을 꿈이라 부르지.]

그 기억은 그리움이었다. 그리고 그리움은 언제나 아프게 밀려왔다. 돌아갈 수 없는 과거 아니, 돌아가고 싶지 않은 날들. 그러나 그는 그 안에서 잃어버린 아버지의 그림자를 더듬고 있었다. 임금은 장악원으로 향했다. 그때도 지금도 현을 고르는 소리, 그윽한 오동나무 향은 그의 마음을 가라앉혔다. 그리고 떠오르는 또 하나의 기억. 아버지를 영원히 잃었다는 것을 깨닫고 숨죽여 울던 밤, 어린 그를 장악원으로 데려갔던 이가 있었다.

[마마, 이건 마마의 가야금이 될 것입니다.]

[하지만 나는 이것을 뜯을 줄 모르는걸.]

[그런 건 상관없습니다. 아름다운 풍경, 그리운 이, 잊고 싶지 않은 기억을 떠올려 보십시오. 그것은 마마의 음악이 될 것입니다. 그리고 오래도록 남을 것입니다.]

그때는 알지 못했다. 그러나 지금은 안다.

'나의 아버지는 자신을 보아주지 않는 부정(父情)을 잊기 위해 이곳을 찾았겠지. 광증이 도지면 연주로 자신을 다스리고 버티어 나갔으리. 간신들이 그것을 향락이라 몰아세웠고 결국 음악마저 빼앗았지만⋯ 칼과 무기에 잠식되기 전까지 이곳은 그의 유일한 안식처였으리라.'

임금은 눈을 감는다. 스쳐가는 바람, 흙냄새, 오동나무 향⋯ 그리움은 음악이 된다. 그리고 음악은⋯

준은 덕쇠와 설의 집 돌담 옆에 서 있다. 밤새 쓴 연서를 손에 꼭 쥐고, 덕쇠의 말을 그 어느 성현의 말씀보다 귀중하다는 표정으로 들으면서.

"아씨가 나오면 제가 이렇게 딱 막아서서, 우리 도련님이 전할 말씀이 있다고 할 거라. 아씨께서 아무것도 모르는 얼굴로 저를 보겠지요?

그때 도련님께서 나서면서, 아, 여기서 도포 자락 한 번 휘날리시는 것 잊지 마시고요. 연서를 건네며 딱 한 마디만 하고 돌아서시우.”

“한 마디만? 묻고 싶은 게 수천 가지인데.”

“아따, 사내가 말이 많으면 멋대가리가 없어 보이니 일단 한 마디요.”

둘이 미리 맞춘 대로 연습을 하고 있는데 설이 모습을 드러내자 급히 자기 위치로 후다닥 돌아갔다. 곧 덕쇠가 나서자 설이 놀란 듯 그를 쳐다본다.

“아씨, 결례인 줄 알지만 잠시 시간을 내어주시겠습니까? 우리 도련님께서 전할 말씀이 있으시답니다.”

자신이 제법 점잖다고 느낀 덕쇠가 준을 보며 눈을 찡긋한다. 준이 도포 자락을 휘날리며 나설 준비를 하려는 그때,

“집 앞에 외간 남자가 서성인 것이 첫째 결례요, 결례인 줄 알면서 행함이 둘째 결례이지요.”

예상 못한 설의 말에 덕쇠가 당황하며 준을 돌아본다. 준이 얕은 숨을 쉬며 앞으로 나선다.

“무례를 범했습니다. 전할 것이 있었으나 달리 방도가 없어 부득이 이리하였습니다.”

설이 준의 얼굴을 바라본다. 어쩐지 낯익은 얼굴. 준이 연서를 꺼내지만 손끝이 머뭇거린다.

“도련님, 어서 줄 건 주셔야죠.”

준은 잠시 생각하다 연서를 북북 찢는다.

"도련님, 왜 이런다요!"

놀란 덕쇠가 외쳤다. 준은 설을 보며 담담히 말한다.

"제가 쓴 것이 아닙니다. 이야기책에서 베낀 문장들이지요. 그러니 온전히 내 마음이라 할 수 없지 않겠소."

덕쇠는 고개를 젓는다. 일이 틀어졌다고 생각하며 뒤돌아 힘없이 터덜터덜 걸어간다. 눈만 깜빡이며 서 있는 설을 보며 준이 한 발짝 다가선다.

"나도 내 마음을 모르겠소. 그래서 알고 싶어 왔소."

준은 설의 눈을 들여다본다. 그 눈이 한없이 맑다.

"그대의 가야금 소리가 나를 이끌었는지, 그대의 아름다움이 나를 사로잡은 것인지. 아니면 그 눈에 나를 담아 주길 바란 것인지…"

심장이 방망이질하는 소리가 들린다. 더 말을 잇다간 심장이 터질 것 같아 준은 고개를 한 번 숙인 뒤 돌아선다. 걸음을 떼면서도 돌아보고 싶은 충동을 겨우 참아내는데 설의 목소리가 들린다.

"그래서 아셨나요?"

준이 걸음을 멈추고 돌아섰다. 설이 미소를 띠고 그를 바라보고 있다.

"왜 늘 거기 서 계셨는지, 어찌하여 제 가야금 소리에 머무셨는지… 아셨습니까?"

작업장 한쪽, 해묵은 평상 위. 승하가 부스스 일어나 머리를 긁적이며 하품을 길게 뽑는다. 목에서 뚝 소리를 내며 고개를 돌리다 노인이 나무 깎는 것을 지켜본다. 노인의 등이 더 굽은 것 같다. 마치 그가 세상에 날 때부터 그랬던 것처럼.

"이보시오, 노인장."

노인이 말없이 승하를 바라본다.

"노인장은 이 일이 재미있소? 그래서 날마다 이리 쪼그리고 앉아 악기를 만드시오?"

노인이 다시 칼을 든다. 나무껍질이 벗겨질 때마다 서걱이는 소리가 짧게 실린다. 그도 참 무심히 말할 뿐이다.

"어디 재미 때문에 하겠습니까. 이 일을 한 뒤로 허리를 펴지도 못하고 무릎이 시려 겨울에는 일어나는 것도 힘이 듭니다. 아침에는 손의 관절이 풀어질 때까지 한참이 걸리지요."

"그런데 왜 하시오? 먹고 살기 어려워 그러오?"

노인의 손이 잠시 멈춘다. 그리고 나직이 말한다.

"기다리고 있습니다."

노인의 눈빛이 묵직해지는 것을 승하는 놓치지 않는다.

"보은할 날을 기다리고 있습니다. 보은을 해야 할 사람이 있습니다."

노인의 눈이 먼 곳을 향한다. 그 옛날, 그 시간으로 향하듯. 승하는 다시 팔베개를 하고 눕는다. 그 얼굴에 씁쓸함이 스친다.

"그래도 노인은 좋겠소. 기다릴 무언가가 있고 해야 할 일이 있으니 말이오. 내 이 무료하고 지루한 삶보다는 훨씬 낫구려."

아직 젊은 나이임에도 임금의 귀밑에는 새치가 드리웠고, 이마에는 깊은 주름이 새겨지기 시작했다. 신하들의 말을 듣는 동안에도 버릇처럼 미간은 찌푸렸다.

"전하, 아니 되옵니다."

임금은 깊은숨을 내쉬며 신하들의 얼굴을 둘러보았다. 제각기 스스로의 옳음을 굳게 믿는 얼굴이었다. 이 나라와 조정을 지켜왔다는 자부심, 그 뒤에 보이는 기득의 안온함. 높고 단단한 벽 앞에 홀로 선 기분이었다.

"어찌 안 된다는 말부터 하는 것이오?"

낮은 목소리가 전각에 울려 퍼졌다. 그러나 돌아온 것은 무거운 침묵뿐이었다. 자신이 말해 이루어진 것이 있었던가. 임금의 입가에 씁쓸한 웃음이 번졌다. 그때 좌의정이 고개를 들고 나섰다.

“전하, 서얼을 과거에 등용하게 되면 이 나라의 질서가 무너지옵니다.”

“무너진다니 그 까닭을 들어봅시다.”

신하들의 표정에 피로와 짜증이 스쳤다. 당연히 안 되는 것을 왜 묻는단 말인가.

“전하, 조선을 받치고 있는 두 기둥은 유교의 도와 사대부입니다. 서얼을 등용하는 것은 이 기둥을 무너뜨리는 것과 다름없습니다.”

임금의 한쪽 눈썹이 올라간다.

‘조선을 받치는 힘이 사대부라면, 과인과 백성은 어디에 있단 말인가.’

좌의정이 말을 이었다.

“신분 질서가 흔들리면 조정이 어지러워지고, 양반가의 젊은이들은 좌절하게 될 것입니다. 부디 이 명을 거두어 주시옵소서.”

임금은 마음에 忍(참을 인)을 새기며 최대한 부드러운 목소리로 답한다.

“과거의 문턱에 가로막혀 꿈조차 꾸지 못하는 이들이 있소. 그 꿈을 외면하고 싶지 않소. 과인에게는 이제 새로운 인물과 새로운 생각이 필요하오.”

“허나 전하, 관직의 수는 정해져 있고, 서얼까지 들이면 가문마다 분쟁이 일어날 것이옵니다. 부디 통촉하여 주시옵소서.”

“통촉하여 주시옵소서.”

신하들이 일제히 머리를 숙였다. 허나 임금의 눈엔, 질서를 말하며 제 자리를 지키려는 이들의 속내가 훤히 보일 뿐이었다.

‘고인 물은 썩는다. 새 물이 흘러들어야 새 시대가 열린다.’

임금은 고개를 젓는다. 이내 가늘게 숨을 내쉬며 말을 이었다.

"서얼 중에도 재능 있는 자가 많소. 신분 하나로 그 능력을 묶는 것이 과인은 안타깝소."

"허면 관직의 위상은 어떻게 되겠사옵니까?"

임금의 목소리가 단호해졌다.

"결국 지키고 싶은 건 자리로군. 백성의 꿈을 꺾어가며 지켜야 할 자리는 없소."

임금은 등을 곧게 펴고 천천히 시선을 들었다. 결단을 내릴 때마다 그는 늘 신하들의 얼굴을 바라보았다.

"서자든 적자든, 인품과 학식이 있다면 그걸로 충분하오. 기준 또한 그것이면 족하오. 세상은, 시대는 이미 달라지고 있소. 그대들은 그 앞에서 무엇을 할 것이오?"

임금은 자리를 박차고 일어나 밖으로 나섰다. 등 뒤에서 웅성거림이 일었다.

"대감, 이대로 두실 겁니까?"

한 대신이 좌의정에게 다가가 속삭였다. 불안이 어린 목소리, 동요하는 눈빛. 좌의정은 아무 말 없이 조정 대신들을 둘러보았다. 두려움과 분노가 엉켜 있는 눈빛들. 그 시선을 나누며 다른 대신이 나직이 말했다.

"이 나라가 누구 덕에 존립하고 있는데 말입니다. 그런데 자꾸만 이렇게 우리와 엇나기만 하시니… 이 나라가 장차 어떻게 되려는지…"

또 다른 대신이 끼어든다.

"전하께서는 무엇이 중요한지 아직 모르는 것 같습니다. 아니, 알고도 분간하지 못하는 것일지도요."

그러나 그 말에는 확신보다 불안이 더 깊게 깃들어 있었다.

"이 나라의 기강이 무너질 게 뻔합니다. 우리가 이렇게 가만히 있어도 되는 겁니까?"

말은 다르나 그들은 모두 같은 두려움을 품고 있다. 새로운 피가 흐르면 물은 혼탁해지고, 그 탁류를 따라 왕권이 더 깊숙이 들어올 것이다. 그 순간까지 침묵하던 병판 유상흔이 입가에 여유로운 미소를 띠며 입을 열었다.

"너무 염려들 마시오."

단 한 마디에 시선이 일제히 병판에게 쏠린다. 불안과 긴장 사이에서 그의 말은 무게를 달리했다.

"무슨 방도라도 있습니까, 병판?"

모두 그 답을 기다리며 유상흔을 바라보았다. 그가 천천히 입을 열었다.

"오랜 세월 흐르는 강에 새 물을 붓는다 한들 그 물줄기가 바뀌겠소? 새 물도 결국 그 흐름에 휘말려 본래의 강줄기에 스며들 뿐이지요."

대신들이 고개를 끄덕였다. 말의 의미 때문이 아니라 그 말을 한 이가 병판이라는 사실이 그들을 안도하게 했다.

오늘은 이상하리만큼 눈이 쉽게 떠졌다. 준은 이불 속에서 눈을 가늘게 뜬다. 왠지 모르게 이 햇살이 자기만을 위한 것 같았다. 일어나 옷매무새를 단정히 하고 서책을 폈지만, 글자가 눈에 들어오지 않음은 당연했다. 방으로 들어오던 해상이 준을 둘러싼 공기가 환함을 느끼고 의아해한다. 어릴 적부터 함께 자라온 죽마고우인 김해상과는 성균관에서도 동방을 쓰고 있다.

"뭔가, 이 난데없는 광채는?"

준은 대답 없이 방을 나가고 해상은 이상하다는 듯 고개를 갸우뚱거린다. 세수를 하면서도, 조금은 당돌하지만 그것마저도 귀엽게 느껴지는 설의 말투가 떠올라 자꾸 웃음이 나온다.

[그 말씀을 이렇게 어렵게 하시는 건가요? 공자님 이야기까지 하시면서요?]

커다란 눈동자가 자신을 한심하다고 나무라는 듯했다. 그 말에는 장난기가 가득했지만 마음을 정확히 꿰뚫고 있었다. 그것이 옳다. 만나고 싶으면 그리 말하면 될 것을. 모든 일에 명분을 앞세우고 그에 따라 행동했는데 어제는 왠지 그답지 않았다고 생각하며 혼자 웃다가 이내 쑥스러운 듯 고개를 흔든다.

"아따, 도련님! 입이 찢어지겠어라! 그리 좋으시오?"

준이 흠칫 놀라 돌아보니 덕쇠가 서 있다.

“너는 왜 또 온 것이냐?”

“바늘 가는 데 실이 가고, 범이 가는데 바람이 가는 게 당연한지라. 그리고 도련님이 또 일을 그르칠 수 있으니 지가 딱 붙어서 조언을 해야지라.”

준이 손을 휘휘 저으며 말한다.

“나 혼자 갈 것이다. 따라오지 말거라.”

“아따 도련님! 이제부터가 진짜 중요하다니께요! 지가 딱 붙어서 요래라 조래라 알려줘야 한당께요!”

덕쇠는 이 순진한 도령이 영 불안한 모양이다. 준은 더 말하지 않는다. 어차피 멀찌감치 떨어져 힐끔거리며 따라붙을 테니까. 준이 고개를 저으며 앞장서자, 덕쇠는 제가 더 신이 났는지 콧노래를 흥얼대고 엉덩이를 살랑살랑 흔들며 뒤를 따른다.

장악원 뜰에는 거문고, 가야금, 아쟁, 비파, 해금 등 현악기 악사들이 모여 음을 맞추고 있다. 편경, 편종, 특경, 특종, 방향, 절고 등 타악기들은 모두 장악원의 기물이기에 악사들은 정해진 시간 외에는 손댈

수 없었다. 이들은 흩어져도 되었으나 한쪽 구석에서 잡담을 하며 시간을 보내고 있다. 호는 음이 어긋난 악기를 조율하거나 악보나 연주에 대해 악사와 이야기를 나누고 있었다. 악기들을 다 살핀 뒤 호는 선인에게 다가갔다. 그의 고개는 먼 곳을 향해 있었다.

"때로는 무엇을 보고 계신지 여쭙고 싶을 때가 있습니다."

"아무것도 보고 있지 않소. 아니, 볼 수 없다는 말이 정확할 것이오."

호는 그 시선이 머무는 곳을 따라 본다.

"어찌 항상 무언가를 보고 있다는 생각이 드는지 모르겠습니다."

"살기 위해 곤두세운 감각일 뿐이오."

호는 잠시 망설이다 조심스레 말을 이었다.

"그런 생각도 한답니다. 눈이 보이는 자들이 놓치고 있는, 눈을 뜨고도 보지 못하는 것들을 보고 계시다는 생각 말입니다."

선인이 그 말에 허허 웃는다.

"나 같은 장님을 뭘 그렇게까지 생각을 한단 말이오."

"아까 가야금이 귀해 따뜻한 아랫목에 두었다는 이가 있었습니다. 제 딴에는 아끼느라 그리한 것인데 오히려 해가 되고 말았지요. 괜스레 가슴이 철렁 내려앉았습니다."

선인이 가만히 듣고 있다가 호를 향하여 고개를 돌린다.

"귀히 여긴다면 오래 간직하는 법도 함께 고민해야 합니다. 마음만 앞선다면 결국 상처 입게 될 것입니다. 마음을 주는 자도, 받는 자도."

말을 잇던 호는 왜 그런 말을 꺼낸 건지 모르겠다는 듯 미소 짓는다.

"이런, 말이 길었습니다."

선인은 대답 대신 가만히 고개를 돌릴 뿐이다. 그의 시선 끝에, 말없는 그리움이 어른거리는 듯했다.

설은 오늘도 바느질감을 안고 길을 나섰다. 평소와 다른 점이 있다면, 어깨에 가야금을 메고 있다는 것. 그리고 무엇보다, 얼굴에 번지는 웃음을 감추지 못하고 있다는 점이었다.

[무례가 아니라면 저에게 시간을 나누어 주시겠습니까? 조금 전에 말씀드렸듯이 제 이런 마음을 확인하고 싶어서입니다. 다른 뜻은 아니옵고 학문에 정진하는 선비라면 모르거나 불확실한 것에 대해 탐구하는 집념을 가져야 한다고 배웠습니다. 지금 저는 이 문제를 풀어야 하는데, 그것은 낭자만이 도와줄 수 있으니 저를 좀 도와주십시오.]

준은 말을 빠르게 쏟아냈다. 설은 그 말을 들으며 고개를 갸웃했다.

[또한 공자께서 말씀하시길…]

[그러니 쉽게 말하면… 저를 만나기를 청하시는 건가요?]

[…그렇습니다.]

[그 말씀을 이렇게 어렵게 하시는 건가요? 공자님 이야기까지 하시

면서요?]

[⋯이 준입니다. 낭자의 이름을 여쭈어도 되겠습니까?]

도령의 얼굴이 붉게 물드는 걸 본 순간, 그 붉음이 옮았는지 설의 뺨도 발그레해졌었다. 두 사람은 만날 약조를 하였고 지금 설은 그를 만나러 가는 길이다. 그런데 문득 등 뒤에서 시선이 느껴졌다. 설은 돌아보지 않았다. 대신 귀를 곤두세운다. 풀잎이 스치는 소리, 땅을 밟는 낮은 진동.

'백 걸음 이내.'

해가 떨어지지 않은 것을 다행이라 여기며 걸음을 재촉하는데 어느 순간 소리가 사라졌다. 그리고 다음 순간, 비명을 지를 틈도 없이 누군가가 입을 틀어막는다. 가야금이 바닥에 내던져지고 설의 발은 질질 끌려갔다. 저항조차 못 할 정도로 강한 힘이었다.

설이 끌려간 곳은 동네 아이들이 도깨비가 나온다고 하는 외진 헛간이었다. 사람의 흔적이 닿은 지 오래라 군데군데 거미줄이 얽히고 먼지가 뿌옇게 앉아 있다. 그자는 설을 헛간 한구석으로 밀어 던졌다. 문이 닫히자, 사방이 캄캄했다. 설은 두려움에 온몸을 떨었다. 소리를 질러야 하는데, 목이 막힌 듯 어떤 소리도 나오지 않는다. 설은 희미하게 보이는 그자를 올려다본다. 그자가 천천히 입가로 손을 올리더니 복면을 벗는다.

"차라리 죽이는 편이 내겐 쉽겠군."

너무도 낮고 담담한 목소리. 그 눈빛은 어둠 속에서도 섬뜩하게 빛

났다. 설은 몸을 잔뜩 웅크린 채 그저 양팔로 제 어깨를 감쌌다. 그자
는 소리 없이 다가오고 있었다.

저잣거리를 지나던 준이 걸음을 멈췄다. 그 시선을 따라가니 여인들
서넛이 댕기를 고르고 있다. 준의 눈길은 그중 한 아리따운 여인에게
닿아 있었다. 덕쇠가 못마땅한 얼굴로 혀를 찼다.

"도련님, 가야금 아씨를 만나러 가는 길 아니오? 그런데 고새 딴 여
인한테 눈이 가면 쓰겠소?"

그러나 준은 이미 그 여인 곁으로 다가가 있었다. 훤칠하고 반듯하
기로 소문난 좌상 댁 도령이 다가가자, 여인들은 은근한 눈짓을 주고
받는다.

"이보시오."

준의 낮은 목소리에 한 여인이 눈을 과하게 깜빡이며 답한다.

"예, 도련님? 말씀하시어요."

"이 댕기, 제가 사도 되겠습니까?"

"예에?"

준의 손엔 여인들이 머리에 얹어보던 바로 그 댕기가 들려 있었다.
여인들은 어이없다는 듯 쑥덕거리며 돌아선다.

"안목이 높으십니다. 요즘 운종가에서 유행을 이끄는 아씨들에게
가장 인기 있는 것입지요."

준은 값을 치르고 조심스레 댕기를 만져보았다. 오래전부터 설의 뒷

모습을 보아온 준은, 그 댕기가 빛이 바래고 해졌다는 것을 알고 있었다. 무엇보다 이 고운 빛깔이 잘 어울릴 것 같았다. 그는 댕기를 품에 넣고 약속 장소로 향했다.

승하는 마지막 술잔을 탁 내려놓고 소매로 입가를 훔쳤다.

"슬슬 가면 맞겠군."

엽전 몇 닢을 상 위에 놓고 도포 자락을 휘날리며 일어섰다. 휘적휘적 걷다 골목으로 접어드는데 사내 몇이 어깨를 부딪치며 지나간다. 본능적으로 주먹이 움찔했지만 한숨을 쉬고 다시 갈 길을 가는데, 누군가 앞을 가로막는다.

"어이! 오랜만이야."

승하의 눈빛이 의아하게 변한다.

"이런⋯ 나를 못 알아보다니 섭섭하군."

섬뜩한 웃음과 함께 드러난 앞니 빠진 빈자리. 승하는 피식 웃는다. 어디 이런 놈들이 한둘이랴. 그에게 맞아 멍든 놈, 부러진 놈, 쓰러진 놈들을 일렬종대로 세우면 아마 목을 한껏 빼도 그 끝이 보이지 않을 것이다. 승하가 손을 휘휘 젓는다.

"오늘은 바쁘니 다음에."

돌아서는 순간 뒤에서 나무 막대가 날아들었다. 승하는 번개처럼 몸을 비틀어 피했다. 그러자 구석에 숨어 있던 사내들이 비열한 웃음을 띠며 모습을 드러낸다. 승하가 목을 한 번 꺾더니 귀찮다는 듯 그들을 바라본다.

“젠장. 바쁘다니까.”

말이 끝나기 무섭게 승하의 몸이 날아올랐다. 옆의 놈 턱을 주먹으로 쳐올리고, 뒤의 놈 어깨에 발을 내려 꽂는다. 앞에서 달려오는 놈의 복부에 주먹을 꽂아 쓰러뜨리고, 다시 일어서는 놈의 얼굴을 팔꿈치로 가격한다. 손을 털고 돌아서는데, 뒤에서 단도가 번쩍였다. 승하는 몸을 틀어 그 단도를 발로 차 날려버린다. 단도마저 빼앗긴 놈은 주먹은 쥐고 있었지만, 덜덜 떨며 코피까지 흘리고 있다.

“덜떨어진 놈.”

그는 휘적이며 다시 길을 나선다. 설이 다니는 길목, 그곳엔 높은 나무가 있었다. 그 나무에 오르면 설의 모습이 한눈에 들어왔다. 나무를 향해 걸어가는데 기다란 무언가가 떨어져 있다. 들어올리자 보자기가 풀리며 가야금이 드러난다. 승하의 눈빛이 날카로워진다. 그는 가야금을 다시 보자기로 단단히 싸고 어깨에 멘 뒤 뛰기 시작한다.

얼마나 뛰었을까. 사방을 헤매도 그가 찾는 사람의 모습은 보이지 않는다. 땀에 젖어 숨을 몰아쉬던 승하가 멈춰 서더니 불안한 눈빛으로 주변을 찬찬히 돌아본다.

“대체 어디 있는 거야!”

승하의 절박한 외침에 나뭇가지에 앉아 있던 새들이 퍼덕이며 날아올랐다.

설은 몸을 잔뜩 움츠린 채 다가오는 남자를 쳐다본다. 얼굴은 윤곽만이 보일 뿐. 싸늘한 그의 기운에 설의 몸이 더 떨려온다.

"죽으면 안 된다. 살아서 네가 겪은 일을 낱낱이 고하거라."

서늘한 음성이 헛간 안을 울린다. 피하고 싶어도 등 뒤는 단단한 벽. 이 어두운 공간에 단 둘뿐이다. 남자가 설의 저고리를 거칠게 풀어 헤친다.

"으, 으읍…"

비명을 질러보려 했으나, 입을 막은 재갈 탓에 소리는 나오지 않았다. 눈물만 뺨을 타고 흘러내린다.

"네가 할 일은 네 오라비에게 이 일을 고스란히 이야기하는 것이다. 그가 무릎을 꿇도록."

그 말이 설의 귀에 온전히 닿을 리 없었다. 그는 한 손으로 설의 두 손목을 틀어쥐었고, 몸으로 그녀를 짓눌렀다. 아무리 몸부림쳐도 그 힘을 이기기에는 턱없이 부족하다.

쾅! 그때 헛간 문이 떨어져 나가며 한 줄기 빛이 쏟아진다. 그리고 그곳에 승하가 서 있다. 승하는 망설임 없이 그 남자를 걷어찬다. 남자는 헛간 구석으로 나가떨어지고 승하의 시선이 설을 향한다. 설의 하얀 어깨를 보자 한순간에 열기가 식었다. 눈에는 핏발이 서고 쥐고 있던 주먹이 떨린다. 승하는 가라앉은 눈빛으로 남자를 바라본다. 그가 가슴팍을 쥐고 일어선다.

승하가 그에게 가까이 다가서자, 그가 의아한 눈빛을 보이더니 쏜살같이 헛간 밖으로 도망간다. 승하는 그를 쫓아 나가려다 설을 보고 걸음을 멈춘다. 설이 떨리는 손으로 매듭을 풀려 하고 있었다. 승하가 단숨에 그 매듭을 풀고 도포를 벗어 얼른 어깨에 씌워 준다. 설은 눈물과 땀으로 얼룩진 얼굴로 승하를 바라보더니 그대로 그의 품으로 쓰러진다.

"이제 그만 가자니까요, 도련님. 여태 안 왔으면 밤새 기다려도 안 올 거요."

덕쇠는 아까부터 준에게 돌아가자고 채근하고 있다. 해는 이미 저물었고 배도 고프고 무엇보다 목을 빼고 서성이는 도련님이 안쓰럽기 그지없다.

"먼저 가거라."

"제발 좀 갑시다. 이렇게 오래 집을 비우면 어르신께서 찾습니다요."

준은 한숨을 내쉰다.

"약속 장소를 잘못 말하지 않았을까?"

"필동 끝에서 오른쪽 골목으로 꺾어 곧장 걷기만 하면 이곳 나온다고. 아씨께서도 와본 적 있다 하셨고요."

"그럼 시간을 잘못 전한 걸까?"

덕쇠가 두리번거리다 긴 나뭇가지를 주워 세우며 말한다.

“천하대장군의 그림자가 길을 완전히 가로지를 만큼 길어지는 때라 분명 말했습니다요.”

준은 고개를 끄덕인다.

“먼저 가거라. 난 조금 더 있다 가겠다.”

덕쇠는 준을 바라본다. 이십 년을 함께 컸다. 지금 그가 혼자 있고 싶어 한다는 것을 안다. 덕쇠는 준보다 더 축 처진 어깨를 하고 돌아서서 간다.

어둠이 깔리면서 달이 천천히 떠올랐다. 그 달빛 속에 매화 향이 희미하게 떠올라 그의 마음을 파고든다. 준은 눈을 감는다. 눈을 감으니 두 눈동자가 맞닿았던, 그들 사이로 꽃잎이 흩날리던 그때가 떠오른다.

‘그때인가…’

준은 등에 멘 봇짐을 푼다. 도포 자락을 뒤로 하고 곧게 앉아 먹을 갈기 시작한다. 손끝에서 번지는 먹빛. 소매를 걷어 올린 그는 한 획 한 획 정성스레 글을 써내려간다. 그리고 품에서 댕기를 꺼내어 조심스레 그 위에 올려둔다. 전하지 못한 마음 하나를 달빛 아래 남긴 채, 그는 천천히 돌아섰다.

설은 희미한 신음을 내며 식은땀을 흘리고 있다. 그런 설을 바라보던 승하는 이를 악문 채 얼굴을 찡그린다.

‘내 얼굴을 보더니 그제야 도망을 갔다?’

아무리 생각해도 이해되지 않는다. 승하는 고개를 세차게 젓는다.

'어쨌든 그놈은 내 손에 죽는다.'

그때 설이 천천히 눈을 뜬다. 몇 번 눈을 깜빡이던 설의 시야에 승하의 얼굴이 들어온다. 놀라 몸을 일으키는데 도포가 흘러내리며 어깨가 드러난다. 승하가 얼른 시선을 거두며 고개를 돌린다.

"저기…"

승하의 말을 듣기 위해 설이 고개를 들이밀다 어깨가 드러나 있는 걸 알고는 급히 도포를 다시 걸친다.

"그놈. 놓쳤다."

설은 아까의 일을 생각한다.

"왜 이런…"

"그런 놈들의 머릿속은 백날 생각해도 알 수 없다. 개한테 물린 거라 생각해."

승하의 말투가 늘 그렇듯 퉁명스럽지만, 평소보다 묘하게 부드럽다. 그는 바닥에 떨어진 저고리를 주워 설을 보지 않은 채 내민다. 그런데 어째, 이 일이 이렇게도 쑥스럽단 말인가. 승하는 얼굴이 달아오르는 걸 느낀다. 귓가에 옷감과 살갗이 스치는 소리가 너무나 크게 들려 괜히 귓구멍을 쑤신다. 심장은 다시 미칠 듯이 뛰고 있다.

"다 됐어."

그 말에 승하가 돌아본다. 옷고름의 매무새를 다듬는 설의 손끝이 가늘게 떨린다. 잠깐 사이 수척해진 것 같아 승하의 주먹에 또 힘이 들어간다.

달빛 아래, 두 사람은 말없이 걷는다. 승하는 긴 나뭇가지를 하나 주워 갈대를 툭툭 치며 앞장선다. 설의 걸음이 그를 따라오지 못할까 천천히 걸으며 몇 번이고 힐끔 돌아본 끝에 말을 건넨다.

"저···"

설도 동시에 입을 연다.

"오늘···"

설은 고개를 들지 못하고 입술만 오물거린다. 잘 들리지 않지만 고맙다는 말 같다. 승하의 입꼬리가 싱글거리더니 앞장서 걷는다. 그러다 다시 미간이 좁혀지며 눈에 힘이 들어간다.

'그놈. 반드시 죽여버린다.'

그때 설이 멈춰 선다.

"왜 그래?"

승하가 급히 곁으로 다가온다. 머리를 숙여 자기 어깨쯤에나 올 설의 얼굴을 살피더니 그답지 않게 걱정스러운 표정을 짓는다.

"어디 아픈 거야?"

"가볼 곳이 있어."

"지금?"

"바보같이··· 잊고 있었어."

설은 되돌아 뛰고, 승하도 곧장 뒤를 따른다.

설이 멈춘 곳은 준과 만나기로 약조한 곳이었다.

“대체 여기는 왜 온 거야?”

승하가 숨을 고르며 묻자, 설은 주위를 두리번거리다 실망한 기색으로 말한다.

“없어.”

“뭐가?”

“그 사람. 만나기로 했는데 가버렸나 봐⋯”

승하는 잠시 생각에 잠기다 무엇이 머릿속을 스쳤는지 버럭 소리를 지른다.

“누굴!”

설이 놀란 눈으로 보자, 승하가 멋쩍었는지 턱을 한 번 쓰다듬으며 할 수 있는 한 나직하고 부드럽게 묻는다.

“그러니까, 누구를 만나는데?”

설은 대답 대신 두리번거리다 냇가로 가더니 바람에 실려 온 듯한 종이 한 장과 댕기를 집어 든다. 조심스레 펼친 종이는 물에 젖어 먹이 번져 있었지만, 몇 글자는 알아볼 수 있었다. 설은 종이를 말리며 담담히 이야기를 풀어놓는다. 오늘 일로 승하가 한층 가깝게 느껴지기도 했지만 어쩐지 오래전 이런 냇가에 함께 앉아 있었던 벗처럼 여겨지기도 했다. 하지만 승하의 표정은 진지한 빛이 머물다가 이내 어두워지고 다시 무언가를 깨달은 듯 변화무쌍이다.

“거 참, 웃기는 자식일세. 그 뭐냐, 남녀칠세부동석도 모르는 놈 같으니라고. 게다가 이런 첩첩산중에 단둘이! 도대체 뭘 하려고⋯”

승하가 말끝에 돌멩이 하나를 집어 냇가로 휙 던진다. 첩첩산중이라는 말에 설이 피식 웃는다.

"그럼 지금 우리도 첩첩산중에 단둘이 있는 건데?"

그 말에, 아니 우리라는 말에 승하의 얼굴이 다시 벌게진다. 그리고 심장은 또 왜 이리 요란한지. 괜히 부아가 치밀어 올라 입안에서 다시 중얼거린다.

"젠장."

2장

현 위에 떨어진 꽃의 숨결은 흔들리고

부용정은 하늘과 땅이 맞닿은 것처럼 신비로웠다. 호는 주변을 천천히 걸으며 그 황홀한 아름다움에 잠시 넋을 잃었다. 누각은 잔잔한 물 위에 떠 있는 듯했고, 물 아래로 드리운 그림자는 실물보다도 더 선명해 현실과 환영의 경계를 흐렸다. 연꽃 향이 물결 위로 은은히 번져와 호의 가슴에 스치듯 닿았다가 천천히 사라진다. 눈을 감으니 멀리 대숲을 스치는 바람, 풀벌레와 귀뚜라미 우는 소리가 들려온다.

"이보다 더 좋을 수는 없을 듯하군."

임금의 목소리에 호가 예를 갖춘다. 임금도 눈을 지그시 감았다 뜬다.

"여봐라."

내관이 검은 비단에 싸인 것을 가져와 조심스레 풀자, 가야금이 모습을 드러냈다. 그는 그것을 두 손으로 받쳐 임금 앞으로 바친다.

“그때 그대는 그리 말을 했지. 악은 즐기는 것이라고. 나는 한 번도 그리 생각해 본 적이 없는데⋯ 해서 배워 보고 싶어졌네.”

호가 고개를 들어 임금을 바라본다. 임금이 주저하지 않고 그 자리에 앉자 내관이 이를 만류한다.

“전하, 정자 안으로 드시어 의자에 앉으심이 어떠신지요?”

“오늘 밤은 이곳, 이렇게 앉는 것이 적당하다. 안으로 들면 달도 없고 귀뚜라미 우는 소리도 들리지 않지 않느냐. 괜찮다.”

내관이 물러나자 호가 임금 앞에 앉는다. 줄을 퉁기자 아주 맑은 소리가 달빛 속으로 퍼진다.

“달빛의 소리입니다.”

이어 또다시 줄을 뜯는다.

“귀뚜라미 우는 소리로구나.”

호는 대답 대신 엷게 미소 짓더니 또 한 줄을 뜯는다.

“이것은 제 누이동생의 웃음소리입니다.”

“허허, 정말 그러하구나. 자네가 나를 웃게 만드는군.”

호의 눈매가 진지해지더니 고개를 들어 임금을 바라본다.

“지금 웃으셨다면 제 연주가 전하의 마음에 닿은 것이겠지요.”

“그러하다. 그대 연주에 마음이 즐거워졌네.”

“제가 즐거운 마음으로 연주했기에 그것이 전해진 것입니다. 이것이 악을 즐기는 것이 아니고 무엇이겠습니까?”

임금이 그 말을 읊조린다.

"마음이··· 전해진다."

"제가 슬픈 마음으로 연주한다면 전하께서는 그 또한 느끼시겠지요?"

"허나 그런 감정이 꼭 필요한가? 즐거움은 쾌락을 낳고 슬픔은 절망을 부르기 쉽다. 나만 감당하면 될 것인데 다른 사람까지 그리 만들 이유가 있는가?"

호가 잠시 침묵하다 말한다.

"아뢰옵기 송구하오나, 다른 이의 마음을 느끼지 못하면, 그 마음을 헤아릴 수도 없습니다. 기쁨은 마주 웃어야 진정 기쁨이 되고, 슬픔은 서로를 어루만질 때에야 비로소 위로가 됩니다. 또한 곤경에 처한 이를 불쌍히 여길 줄 알아야 손 내밀 수 있지요. 말이 닿지 못하는 자리, 그 빈 곳을 메우는 것이 곧 악이옵니다."

"측은지심이로군."

"예, 전하. 남을 불쌍히 여기는 마음이 있어야 도울 마음도 생기고 그래야 도울 길도 보이는 것이라 사료되옵니다."

임금은 부드럽게 웃는다.

"내 백성을 향한 마음이 그러해야겠구나."

호가 고개를 숙인다.

"송구하옵니다, 전하. 저는 그런 뜻이 아니옵고···"

"아니다. 그대의 말이 맞다. 오늘 참 많은 것을 배우는군."

임금이 앞에 놓인 가야금을 가만히 쓰다듬는다.

“어린 시절, 난 장악원에 종종 가곤 했네. 나무 향이 배인 그곳에서 마음이 가라앉고는 했지. 이 악기도 그 시절, 그곳에 있던 이가 내게 만들어준 것이네.”

호가 고개를 들어 임금의 가야금을 유심히 바라보았다. 이내 다가가 조심스레 줄 하나를 살며시 튕긴다.

“좋은 악기입니다. 이런 악기를 만드는 이라면 조선에서도 손꼽히는 실력자일 것입니다.”

아직 떨리는 줄을 바라보던 호의 머릿속에, 문득 등이 굽은 최 노인의 모습이 스친다.

“가야금 줄은 명주실을 꼬아 만드는데 이것은 보통의 방법이 아닙니다. 이와 똑같은 기법을 쓰는 이를 제가 압니다.”

“그대가 아는 이라면?”

“예 전하. 필동에 사는 노인인데 악기를 만드는 이옵니다.”

임금이 고개를 젓는다.

“그런 방법을 쓰는 이가 또 있는지 몰라도⋯ 자네가 말한 그이는 아닐세. 이 가야금을 만든 이는 벌써 오래전에 세상을 떠났다네.”

“송구하옵니다 전하.”

호가 고개를 숙인다.

“그 시절이 떠오르네. 아바마마와 어마마마와 손을 잡고 거닐던 어느 한때, 궁에 들어온 고양이를 쫓아 종일 뛰어다녔던 하루⋯ 무수히 많은 날들이 지나가고, 결국 단 하나의 얼굴만이 남더군. 그리움이라 하는 것은 그런 것이겠지.”

그는 달빛 아래 가야금을 바라본다.

“이제 나는 흩어진 날들의 조각을 모아 한 줄의 뜻을 세우고자 하네. 그러기 위해선 자네의 손과 마음이 필요하네. 나와 함께해 주겠는가?”

“왜 말끝마다 젠장이야?”

또렷이 자신을 바라보는 얼굴에 승하의 심장이 쿵쾅거린다. 또 그 말이 튀어나올까 봐 입을 꾹 다문 채 털썩 앉는다. 밤은 고요하고 달빛은 유난히 밝다. 냇물 소리마저 노랫가락처럼 들린다.

“달이 참 곱다.”

설이 승하 곁에 무릎을 세우고 앉는다. 승하도 힐끔 하늘을 본다.

“맨날 떠 있는 그 달이구만.”

“지금 저 달은 무슨 소리를 내고 있을까?”

설이 눈을 감자 승하는 그 옆얼굴을 바라본다.

秋風玉露洗銀河　가을바람과 옥 같은 이슬이 은하를 씻은 듯

月色由來此夜多　달빛은 예부터 이런 밤이 좋았다[2]

설이 눈을 뜨자 승하는 흠칫하며 고개를 돌린다.

"이름이 뭐야?"

설이 승하를 바라보며 묻는다.

"승하. 유승하."

"좋은 이름이네."

"좋긴. 다른 이들은 날 뭐라 부르는지 아냐?"

설은 고개를 젓는다. 승하가 옆에 떨어진 작은 나뭇가지를 주워 냇물에 적시더니 넓적한 돌바닥에 무언가를 쓴다. 설이 고개를 내밀고 쳐다본다.

犬(개 견)

"내 이름. 개새끼라고."

승하의 입꼬리가 올라가더니 피식, 헛웃음을 짓는다. 달빛에 비친 그의 눈이 어딘가 서글퍼 보인다. 설이 그 글자를 보고 잠시 생각하다가, 승하가 쥐고 있던 나뭇가지를 쥐고 승하가 그랬던 것처럼 냇물에 한 번 담갔다가 글씨를 쓴다.

太(클 태)

“봐, 조금만 바꾸면 전혀 다른 게 되잖아.”

“그 조금이 얼마나 어려운지 아냐? 세상도, 사람도 절대 안 변해. 그러니 나 같은 놈은 개새끼 소리를 계속 듣는 것이고.”

설이 가만히 그를 바라본다.

“세상을 바꾸란 소리가 아니야. 사람을 바꾸란 말도. 너부터 네가 얼마나 좋은 사람인지 알아야지. 그럼 너 자신은 변할 수 있으니까.”

승하는 말없이 설을 본다. 얼굴이 달아오르고, 뜨거운 기운이 귓불까지 번진다.

“그, 그런데 내가 좋은 사람인지 네가 어떻게 알고?”

설의 얼굴이 가까이 다가오자, 승하가 놀라 뒤로 물러난다. 설이 방긋 웃으며 손가락으로 이마를 가리켰다.

“여기 쓰여 있어. 좋은 사람입니다. 그런데 안 그런 척하고 다녀요. 이렇게.”

이제 심장이 정말 터질 것 같다. 승하는 괜히 어깨를 문지르며 말한다.

“근데 왜 자꾸 너, 너 반말이냐?”

동네 어귀에서 승하는 가야금을 설에게 건넨다. 방 안까지 들어가는 것을 보고 싶지만, 동네 사람들의 이목이 아무래도 신경쓰인다. 평소 같았으면 무시했을 텐데 설의 이름이 사람들의 입에 오르내린다면 상당히 거슬릴 것 같다.

“오늘 고마워.”

설이 승하를 올려다보며 말하자 승하의 입술이 잠시 굳어진다.

"그놈은 반드시 잡아 죽여 버릴 테니 걱정 마."

그 말에 설의 눈이 커지다가 이내 부드럽게 풀린다.

"정말 그럴까 걱정되는걸. 아무 일도 없었으니 그만 잊어버려. 나도 그럴 거야."

"들어가라."

설은 돌아서 걷는다. 설이 등을 돌린 뒤에도, 승하의 시선은 한참이나 그 뒷모습을 놓지 못한다. 설은 발걸음을 재촉한다. 골목을 돌 무렵, 담장 너머로 가야금 소리가 들려온다.

"오라버니!"

가야금을 뜯던 호가 손을 멈추고 설을 바라본다.

"왜 이리 늦은 게냐. 밤이 깊었는데⋯"

나무라는 말투지만 그 눈빛은 한없이 다정하다.

"설이 왔느냐? 콜록콜록."

어머니가 방문을 열고 얼굴을 내민다.

"계집애가 왜 이리 밤이슬을 맞고 다니는 게야. 별일이 있었던 것은 아니지?"

"아니에요. 걱정 마시고 쉬셔요, 어머니."

"밥부터 차려 먹거라. 끼니를 거르면 못 쓴다."

어머니는 기침을 하며 다시 방문을 닫는다. 호는 악보를 들여다보며 다시 가야금을 뜯는다. 하지만 손끝이 머뭇거린다. 어디선가 끊긴 가락, 마음에서 맴도는 음률이 손끝까지 닿지 않는다. 붓대를 입술에 대고 생각해 보지만, 끝내 종이 위로 흐르지 못한다. 그 모습을 바라보던 설이 가야금에 손을 얹는다. 눈을 감고 가만히 현을 짚는다.

"그래, 이거야."

호가 놀란 듯 설을 바라본다.

"어찌 내가 만들고 싶은 가락을 연주하였느냐? 이 악보를 미리 보았느냐?"

설은 고개를 저으며 가만히 미소 짓는다.

"그냥… 손이 그렇게 움직였어요."

호는 설과 가야금을 번갈아 본다. 설의 곡조는 단순한 소리가 아니었다. 그의 마음속에 고이 품어 두었던 음률, 아직 말로 다 꺼내지 못했던 감정들을 고스란히 담고도 더 깊고 멀리까지 다다랐다. 그것은 호가 한 번도 가보지 않은 저 너머의 소리였다.

'내가 평생 좇아온 것. 저 아이는 처음부터 거기 서 있었구나.'

유상흔은 한 손에는 기보(棋譜)를 들고, 다른 손끝으로는 바둑알 하나를 천천히 굴리고 있다. 그러다 백돌을 탁 내려놓는다. 앞에 무릎 꿇은 심복은 고개를 깊이 숙인 채 숨소리조차 삼킨다.

"그것이…"

심복이 말을 잇다 고개를 젓는다. 잘못 본 것일 수도 있었다.

"다음번엔 반드시 마무리하겠습니다. "

유상흔은 잠시 생각하더니 흑돌을 내려놓는다.

"한 번 둔 수는 무를 수 없다. 그렇다고 같은 수를 다시 둘 수도 없지… 결국 다른 수로 이겨야 하는데…"

"면목 없습니다."

"고기는 천천히 씹는 맛에 먹는다지만 너무 오래 씹으면 질겨지고, 결국 뱉어야 한다. 끝을 보는 수밖에."

"그렇다면…?"

"그래. 가장 더러운 꼴까지 보는 팔자인가 보구나. 이까짓 일에 이리 오래 걸리다니."

유상흔은 다시 기보와 바둑판을 번갈아 가며 한참 보다가, 아직도 그 자리에 무릎 꿇고 있는 심복을 발견하고는 손을 저어 물린다. 심복은 고개를 한 번 까딱하더니 조용히 일어선다. 유상흔은 마지막으로 백돌을 내려놓은 뒤, 죽은 흑돌을 바둑판에서 톡 걷어낸다.

속적삼에 얇은 겉저고리만 걸친 기생들이 경대 앞에 앉아 분을 칠하거나 화장품의 향을 맡으며 한가로운 시간을 보내고 있다. 그러나 연화는 제 방에서 기와가 무너질 듯 깊은 한숨을 내쉬었다. 방 안엔 색색의 치마와 저고리가 수북이 쌓이고 있다. 지난달 청나라 비단으로 지은 치마까지 벗어 던지고 망설이고 있을 때, 명화가 주전부리를 들고 들어온다.

"밤 숙실과가 맛있게 졸여져 좀 가져왔는데. 언니 밤 좋아하잖수. 그런데 이게 다 뭐유? 웬 치마, 저고리를 이렇게 벗어 놨수…"

연화는 한숨 섞인 목소리로 말한다.

"그 많은 것들 중에 입을 게 없단다…"

"대체 어딜 가기에… 혹시 언니…?"

"내 옷 좀 봐주렴. 뭐가 괜찮을까? 이 노랑 저고리에 분홍치마는 너무 어려 보이려나? 이 옥색 저고리는? 사람이 너무 창백해 보이지? 이럴 줄 알았으면 포목집에 다녀오는 것인데…"

명화는 분주히 옷을 들었다 놨다 하는 연화를 놀란 눈으로 보다가 이내 부러운 듯 쳐다본다.

"그 가야금 선생 댁에 가는 거유?"

연화가 명화의 손을 덥석 잡는다.

"오늘 저녁에 간단다. 너무 떨리는구나. 무얼 사 가야 할지도 모르겠어. 고기가 좋을까, 떡이 좋을까?"

명화는 그 손을 따뜻하게 감싸며 말한다.

"지금까지 본 중에 오늘 언니가 최고로 행복해 보이는 구려. 정말 여인네 같아…"

그 말에 연화가 명화를 살포시 안는다.

"행복해… 정말 행복해. 이 행복이 날아갈까 무서울 정도로…"

명화가 연화의 등을 토닥이다 이내 부드럽게 떼어놓는다.

"이럴 때가 아니잖수. 어서 차려입고 장에도 가봐야 하지 않겠수?"

두 사람은 치마, 저고리들 속에서 한참을 고민했다. 연화는 결국 진달래가 곱게 수놓인 치마에 옅은 분홍빛 저고리를 입고 장으로 나섰다.

이미 양손 가득히 떡과 고기, 과일을 샀는데도 어딘가 허전한 듯 자꾸 주위를 둘러본다. 포목집 앞을 지나던 중, 고운 빛깔의 비단이 눈에 들어온다. 설이 옷을 해 입는다면 너무나 어여쁠 것 같다는 생각이 들지만 고개를 젓는다.

'비단을 사 갔다간 사치스럽다 여기실지 몰라. 혼인 후 제일 먼저 해 드려야지.'

호와 약속한 때가 다 되어 간다. 연화는 호와 처음 만났던 곳에 서 있다. 갑작스레 소낙비가 쏟아지던 날, 비를 가려주었던 호의 옆얼굴이 떠오른다. 그때 예감했다. 이 얼굴이 평생 잊히지 않으리라는 것을.

문득 비라도 내리는 듯, 연화는 하늘을 향해 손바닥을 펼쳐본다. 입가에 미소가 번진다.

'평생 당신만을 따를 것입니다.'

연주법을 배우러 청나라에 간 전악 대신 호가 박을 치며 끝을 알린다. 이마에 맺힌 땀방울을 닦으며 돌아서는데 김용겸이 임금을 대동하고 장악원으로 들어서고 있다.

"주상 전하 납시오."

악사들이 일제히 허리를 숙인다.

"허어… 방해가 되지 않으려 했건만. 가전악을 보러 왔을 뿐이오."

호가 나아가 예를 올린다. 임금의 손짓에 제조가 앞으로 나선다.

"다름이 아니라 장악원의 악기를 더 보충해야 할 것이오. 문제는 경옥을 비롯하여 강려석, 중려석 등 상태가 고른 돌들을 골라야 할 터인데 자리가 비어 있으니 자네가 좀 알아봐 주어야 할 듯하오. 포상은 후하게 하겠소."

호의 머릿속에 한 얼굴이 스친다.

"그 말씀 받들겠사옵니다. 최고의 악기를 바치겠습니다."

임금이 웃는다.

"짐에게 바치는 것이 아니라 그대들 것이오. 악은 혼이 담겨야 참된 법이니, 우리 손으로 만든 악기로 우리 소리를 연주해야 하지 않겠소."

임금이 제조와 함께 돌아간 후, 호는 곧장 궁문을 향해 걸음을 옮기는데 뒤에서 누군가 다급히 부른다.

"가전악! 이것 좀 봐주시오!."

호가 돌아보자 한 악사가 안절부절못한 얼굴로 해금을 들고 있다.

"어쩐 일인지 계속 괴상한 소리만 나고⋯"

호는 마음이 급했지만, 곧장 그것의 줄을 튕겨본다.

"줄이 습기를 머금은 채 오래 매여 있어 그렇습니다. 이대로 두면 악기가 상할 것입니다."

호는 단검을 꺼내어 줄을 잘라낸다.

"우선 이것은 잘라내고 내일 봐드리겠습니다."

호가 다시 걸음을 옮기는데 선인이 다가오며 말을 건넨다.

"오늘은 발걸음이 급해 보이오."

호가 선인을 바라보며 몸을 바로 한다.

"정인을 집으로 데려가려 합니다. 이제 가족으로, 아내로 옆에 있게 하고 싶어서요."

선인이 그 말에 부드럽게 웃는다.

"보이지 않아도 느껴지오. 그대 얼굴이 얼마나 빛나고 있는지. 어서 가보시오. 여인을 기다리게 해선 아니 되니까."

“내일 다시 말씀드리겠습니다. 아! 가까운 날에 집에서 같이 식사라도 하는 게 어떠신지요. 우리 설이 연주도 듣고 싶다 하지 않으셨습니까?”

“듣던 중 반가운 소리오.”

“그럼 약조한 걸로 알고 가 보겠습니다.”

호가 바삐 걸음을 옮기다 문득 멈춰 선다. 오늘따라 붙잡는 이들이 있구나 싶어 웃으며 다시 걸음을 재촉한다. 그 걸음 소리를 들으며 선인도 몸을 돌리는데, 아까 그 악사가 다시 온다.

“이 칼을 두고 가셨는데요.”

선인이 그것을 받아 들고 무심코 뒤를 돌아본다. 이미 멀어진 호의 발걸음이 귓가에 남는다.

장을 지나던 호는 자꾸만 뒤를 돌아보게 된다. 누군가 따라붙는 기척에 신경이 곤두선다. 그러던 순간, 소매 끝이 불쑥 잡힌다. 돌아보니 사람이 보이지 않는다. 내려다보니 쓰개치마에 가려졌지만 분명 낯이 익은 아이가 서 있다.

“백련각 아이로구나. 그렇지?”

아이는 고개를 끄덕인다.

“그래, 무슨 일이더냐?”

아이는 입술을 오물거리며 쉽게 입을 열지 못한다. 호는 잠시 기다리다 주위를 둘러보고는 낮게 말한다.

"이곳은 너무 북적이는구나. 저리로 가서 말하자꾸나."

호는 아이의 등을 토닥이며 인적이 드문 골목으로 향한다. 연화가 기다리지만, 백련각 아이라면 그냥 지나칠 수 없다. 애초에 손 내미는 이를 마다하지 못하는 성격이었다.

성균관의 동재와 서재는 명륜당을 사이에 두고 나란히 자리하고 있었다. 평소 동재와 서재는 마주치기만 해도 불씨가 튀었고 사소한 말한마디에도 언성이 오르기 일쑤였지만, 이날만큼은 어쩐 일인지 조용했다. 전날 외출의 여파로 유생들이 방에서 졸고 있었기 때문이다. 손으로 턱을 괸 채 눈을 감은 이, 책을 베고 서안에 엎드린 이, 머리를 젖히고 방구석에 기대 잠든 이까지 제각각이었다. 재직들은 다음 강의 시간이 가까워지자 조심스레 방들을 돌아다녔다. 누구는 이부자리를 걷고 누구는 졸린 눈을 비비며 몸을 일으켰지만 책을 펴는 이는 드물었다. 그 와중에도 단정히 앉아 서책을 들여다보는 이가 있었으니, 바로 준이었다.

"자네, 뭘 그리 뚫어져라 보나?"

침을 묻혀가며 이야기책을 넘기던 해상이 준을 보며 갸웃거리다 묻는다. 준은 그제야 정신이 든다.

"시험이 얼마 안 남았지 않나. 불통을 받지 않으려면 자네도 이야기 책은 접어두고 공부를 해야 할 걸세."

해상이 콧방귀를 뀌며 말한다.

"이 안에 세상 진리와 이치가 다 담겨 있다네. 그런데, 자네 왜 같은 쪽만 보고 있나 그래?"

"그건⋯ 이 부분이 어렵기 때문이라네. 내 존경각에 가서 다른 서책도 좀 가져다 봐야겠네."

해상은 문지방을 넘는 준을 보며 고개를 갸웃거린다.

"어렵다고? 어디 한 번 볼까?"

해상이 준이 보던 책을 들춰보다 피식 웃는다.

"저 친구 책을 거꾸로 보니 어렵지 않을 리가 있나."

그러고는 다시 누워 이야기책에 빠져 들었다.

한편, 준은 존경각으로 향하던 발걸음을 멈추더니 이내 방향을 틀어 외삼문을 나선다. 문 앞에서 기다리던 덕쇠가 반가운 얼굴로 달려온다.

"어쩐 일이더냐. 본가에 무슨 일이라도 있는 것이냐?"

"본가는 그저 평안하지라. 도련님, 내 이럴 줄 알았소. 얼굴은 피죽도 못 얻어먹은 양반코롬 이렇게 삐쩍 말라가지고는⋯ 며칠 동안 얼굴이 많이 상했소."

덕쇠는 준에게 얼굴을 가까이 대고 요리조리 살핀다.

"그런데 어딜 가는 길이십니까?"

"그냥… 잠깐 바람이나 쐴까 하고."

시선을 피하며 걷는 준을 보면서 덕쇠가 외친다.

"갑시다! 결판을 내버려야지 안 되겠소. 그 아씨를 딱 불러다가 왜 그날은 나오지 않았는지 물어보고 옵시다."

준 역시 궁금해 미칠 지경이었다. 그날 왜 나오지 않았는지, 시와 댕기는 보았는지. 무엇보다 그저 보고 싶었다.

"사내가 칼을 뽑았으면 무라도 한 번 썰고, 붓을 들었으면 한 획이라도 그어야 하지 않겠습니까."

덕쇠가 사뭇 비장하게 말한다.

"나 역시 궁금하긴 했다. 혼자 생각하여 답을 구하려 한다면 괜한 오해만 쌓일 뿐. 직접 여쭙고 답을 듣는 편이 현명한 처사인 것 같구나. 내 비록 촌각을 다툴 정도로 바쁜 나날을 보내고 있지만 이리 찾아온 너의 정성도 있고 하니…"

"또! 또! 또! 뭘 그리 구구절절 말한다요. 갑시다, 도련님."

준 역시 비장한 얼굴을 하고 설의 집으로 발걸음을 옮긴다.

호는 장터의 좁은 골목길 끝으로 아이를 데려갔다. 아이는 겁먹은

얼굴이다.

"이제 말할 수 있겠느냐? 도움이 필요하면 말해다오."

언젠가 그랬던 것처럼 호는 무릎을 굽혀 아이의 눈높이에 맞췄다. 다그치지 않고 기다리는, 기꺼이 들어주겠다는 눈이다. 아이는 고개를 떨구었다. 잠시 머뭇거리다가 겨우 입을 뗀다.

"저 나으리…"

"그래, 편히 말하거라."

호가 다정히 말하는데 아이가 돌연 무릎을 꿇었다. 어깨를 떨며 울먹이는 목소리가 이어진다.

"아버지는 얼굴도 본 적 없고, 어머니는 병환으로 누워 계신 지 오래고, 동생들은 남의 집에 팔려 갈 신세랍니다. 정말 죄송해요, 죄송합니다. 이렇게만 하면 저희 식구 평생 먹고 살 돈이 생깁니다…"

호가 어리둥절한 얼굴로 바라보았다. 그 사이, 아이는 쓰개치마를 벗어 던지고 저고리마저 풀어 헤치며 머리카락을 흐트러뜨린다.

"이게 무슨…"

호가 떨어진 저고리를 주워 아이에게 내밀었다. 그 순간 아이가 돌연 날카로운 목소리로 외쳤다.

"살려주세요! 도와주세요! 이 나리가 저를…"

"얘야, 도대체 무슨…"

사람들이 웅성이며 몰려들기 시작한다.

한편 연화는 처마 밑에서 사람들을 바라보고 있다. 아이의 손을 잡고 걷는 어미의 모습에 한참 시선이 머문다. 오랫동안 꿈꿔 왔던, 어쩌면 꿈을 꾸는 것마저 허락되지 않았던 일이었다.

'일이 늦어지시는 걸까…'

자신보다 호가 더 초조해하고 있으리라 생각하며 손거울을 꺼내 들고 얼굴을 매만진다. 그때 한 무리의 포도군사들이 지나가고 사람들이 수군거린다.

"어떤 미친놈이 계집아이를 범했다는구만."

"세상이 어떻게 되려고… 이거 원 무서워서 딸자식 밖에 내놓지도 못 하겠군."

"그러니 계집들은 집 안에만 있어야 한다는 옛말 틀린 게 하나 없는 거라고."

연화는 그런 말들에는 귀 기울이지 않는다. 거울을 보며 붉은 연지를 살짝 덧바른다.

'곧 오시겠지.'

호는 눈앞의 일이 도무지 현실 같지 않았다. 아이는 머리가 헝클어진 채 비명을 지르고 사람들이 몰려들더니 포도군사들까지 왔다.

"당장 저놈을 끌고 가라!"

두 명의 포도군사가 양쪽에서 달려들어 호의 팔을 잡아 밧줄로 묶는다. 호는 자신을 묶는 것에 정신이 들어 소리친다.

"잠깐만! 대체 이게 무슨 일인지 모르겠으니…"

포도군사 중 한 명이 호를 힐끗 본다.

"무슨 일인지는 가보면 알겠지. 수작 말고 얼른 가지 못해!"

호를 거칠게 잡아끄는데 호는 몸을 틀며 외친다.

"나를 기다리는 사람이 있소. 그 사람이 지금…"

"이놈이 대체 뭐라는 거야?"

"나를 기다리는 사람이 그곳에…"

그러나 그의 외침은 곧 날아든 몽둥이에 끊긴다. 연화가 기다리는 쪽을 돌아보며 저항하던 호는 그대로 고꾸라진다. 포도군사들이 그의 팔을 붙잡아 질질 끌고 가자, 구경꾼들은 고개를 절레절레 흔들며 흩어진다.

'왜 이리 안 오시는 걸까…'

처마 밑에서 꼼짝 않고 있은지 두 시진 가까이 되었다.

'무슨 일이 있으신 걸까, 아니면 혹여 마음이 변하신 걸까…'

연화는 고개를 젓는다.

'그건 아닐 것이다. 그분께 가봐야겠어.'

불안한 마음으로 걸음을 옮기는데 누군가 앞을 막아선다. 병판의 심복. 그 얼굴을 알아본 연화는 날 선 목소리로 말한다.

"비키시게."

연화가 지나가려 하자 심복이 팔을 뻗어 다시 앞을 가로막는다.

"윤 호. 그자를 살릴 것인지 죽일 것인지, 대답을 듣고 오라 하셨습니다."

손끝에 힘이 풀리며 연화는 들고 있던 보자기를 떨어뜨렸다. 복숭아 하나가 굴러 심복의 발 앞에 멈춘다. 그는 그것을 흘끗 내려보고는 꾸욱 밟는다.

月(달 월)··· 梅(매화나무 매)··· 忘(잊을 망). 종이 위에 번진 먹빛과 얼룩진 글자. 어쩌면 가져와서는 안 될 것이었는지도 모른다. 누군가 오래전에 잊고 간 마음일 수도 있다. 설은 종이 끝을 조심스레 만지면서, 자신을 보며 얼굴을 붉혔던 이의 얼굴을 떠올린다.

'도련님이 오시지 않으면, 나는 그분을 찾을 길이 없는데···'

얕은 숨이 흘러나온다. 다시 종이를 접어 품에 넣는다. 북촌에서 돌아오는 길이었다. 집에서 펴 보았다가 어머니에게 들킬까 가지고 나와 다시 읽어본 참이었다. 설은 고개를 저으며 다시 부지런히 발을 옮긴다. 집에 가까워오자 저도 모르게 웃음이 번진다.

"좋은 일이라도 있냐?"

휘적휘적, 어느새 곁에 다가온 승하가 물었다. 설은 놀라 주위를 두리번거린다.

"어디서 오는 거야? 못 봤는데…"

승하는 대꾸 없이 설을 한 번 볼 뿐이다.

"히죽거리며 다니니 옆에 와도 모를 만하지."

설이 입을 삐죽이며 승하를 본다. 그 얼굴에 승하는 얼른 고개를 돌린다.

'왜 저 얼굴만 보면 몸이 굳어버리는지…'

늘 멀리서 바라보기만 했다. 매번 무사히 들어갔는지 보고 돌아섰는데, 오늘은 자신도 모르게 이쪽으로 향했다. 승하가 앞장서자, 설이 쪼르르 그 앞으로 가더니 뒷걸음으로 걷는다.

"오늘 오라버니께서 혼인할 분을 모시고 와."

"넘어진다."

"너무 고운 분이야. 태어나서 그렇게 고운 분은 처음이야."

승하는 '네가 더 곱다'는 말이 목구멍까지 차오르지만 꿀꺽 삼킨다.

"정인이 뭔진 알지?"

"정인?"

"마음에 담은 사람이라는 뜻이야."

"별… 앞이나 보고 걸어."

그러나 설은 못 들은 듯 말을 잇는다.

"눈을 감아도 아른아른하고 곁에 있어도 그리운 이. 그래서 결국 평생 함께하길 바라는 단 한 사람. 그런 게 정인이야. 어어어!"

돌부리에 발이 걸린 순간, 설의 몸이 휘청였다. 승하가 재빨리 설의 허리를 감싸안아 당긴다. 그러나 이내 무슨 짓을 했는지 깨닫고는 얼른 설의 곁에서 떨어진다. 설 역시 놀란 얼굴이다.

한편, 준은 덕쇠와 함께 설을 기다리고 있다.

"아이고! 저기 오네요. 환해진다 했더니 아씨네요!"

덕쇠를 따라 밝아지던 준의 얼굴이 금세 굳어진다. 설이 다른 이와 나란히 걸어오고 있었다. 말없이 오가는 눈빛이 이상하리만치 다정했다.

"그만 가자꾸나."

"아니, 아무리 자고 일어나면 휘딱휘딱 변해서 눈 돌아갈 시간도 없는 세상이고, 여인네 마음은 갈대와 같다고 하지만…"

준이 걸음을 돌리자 덕쇠 역시 어깨를 떨군 채 뒤따른다. 그러다 준이 갑자기 멈춰 선다. 그 바람에 덕쇠는 준의 등에 부딪칠 뻔했다.

"왜 그러십니까요."

"다시 가봐야겠다. 부정확한 사실로 그릇된 판단을 할 수도 있으니."

"도련님! 척 하면 삼천리고 두말하면 잔소리, 세 말하면 입만 아프다 하였소."

설과 승하가 집 앞에 멈춰선다.

"바래다줘서 고마워."

"바래다주긴 누가!"

승하는 자기도 모르게 소리부터 버럭 지른다. 설이 놀라 움찔하자 이내 미안해하는 얼굴로 최대한 목소리를 낮춘다.

"그, 내가 가던 길에 네 집이 있었던 거다. 나도 계속 갈 길 가야겠다, 그럼."

설이 들어가려다 말고 다시 뒤를 돌아본다.

"곧 잔치가 있어. 그땐 떡도 하고 전도 부칠 것이니 너도 꼭 와. 알았지?"

설이 들어간 후에도 승하는 그 자리에 한참이나 서 있다가, 피식 웃으며 돌아선다.

이제 골목 어귀에는 덕쇠와 준만이 남았다. 덕쇠는 준의 팔을 끌어당긴다.

"이제 돌아갑시다, 도련님. 북촌의 아씨들이 도련님이랑 연을 닿아 보겠다고 지한테 얼마나 부탁을 하는지 몰라요. 그러니 우리 그중에 하나 골라 봅시다. 예?"

그러나 준은 미동도 없다. 그저 설의 집 담 너머를 바라볼 뿐이다. 평상에 앉은 설의 손끝에서 맑고 따스한 음이 흘러나온다. 그 선율은 아침 햇살처럼 퍼지며 이슬 맺힌 꽃잎을 스치는 산들바람처럼 가만히 마음을 어루만진다.

'기쁨이 가득 담긴 소리군.'

"아따, 도련님 잘 알지도 못하는 아씨한테 왜 이렇게 목을 맨다요… 어서 갑시다, 도련님."

준이 씁쓸한 눈빛으로 돌아선다.

"네 이놈, 바른 대로 고하지 못하겠느냐!"

포도대장의 호통이 어둠을 가르며 쩌렁쩌렁 울린다. 호는 의자에 꽁꽁 묶여 있다. 옷은 찢길 대로 찢겼고, 온몸은 피투성이가 되어 축 늘어져 있다.

"저놈을 일으켜 세워라!"

포졸이 물 한 바가지를 퍼붓자 호가 움찔하며 힘겹게 눈을 뜬다.

"나는··· 모르는 일이오. 그 아이에게 물어보시오···"

"이놈이 끝까지 잡아떼는구나. 전에도 아이에게 돈과 음식을 주며 유인한 것을 본 자가 있다. 그것이 뜻대로 되지 않으니 이번에는 강제로 범하려 하던 것이 아니냐!"

"그저 가엾어 보였을 뿐이오···"

"저놈이 강상의 도를 무너뜨리고도 반성은커녕 변명만 늘어놓는구나. 제 죄를 알 때까지 매우 쳐라!"

호의 입에서 끝내 참아왔던 비명이 터져 나왔다. 목구멍이 찢겨 나가는 듯한 울부짖음은 마당을 뒤흔들고도 모자라 담장을 넘어 하늘로 산산히 부서졌다. 매질이 퍼부어질 때마다 살이 갈라지고 피가 튀어 돌바닥에 떨어졌다. 호의 몸은 의자에 묶인 채 덜컥거렸고 숨은 끊어질 듯 희미하게 이어졌다. 귀를 틀어막은 자조차 비명을 막아내지 못했고, 차마 볼 수 없어 눈을 돌린 자의 등줄기에도 식은땀이 흘렀다. 호는 피와 땀에 범벅이 된 채, 의식의 끝자락에 겨우 매달려 있었다. 부서진 몸으로도 붙잡은 것은 오직 하나였다.

'나를 기다리는 사람이 있다…'

"장악원의 가전악 윤 호가 포도청에서 고초를 받고 있다 하옵니다."

차를 우려내던 임금의 한쪽 눈썹이 올라간다.

"포도청?"

"아뢰옵기 송구하오나, 낮에 장터에서 계집아이를 범하려 했다 합니다."

임금은 찻잔을 들었다가 잠시 멈춘다. 찻물이 천천히 기울어지는 동안, 그의 눈빛이 서서히 가라앉는다. 옆에 있는 이는 자신이 죄를 지은 양 손끝을 매만지며 눈치를 살핀다.

"대낮 장터에서… 그것 참 운이 나쁜 자로군. 알아보게."

임금은 찻물을 한 모금 삼킨다. 혀끝에 닿는 온기는 있었으나, 마음은 이미 먼 데 닿아 있다.

'그자를 도성에서 삼천 리 밖으로 쫓아내야 할 이유가 무엇이란 말인가…'

계집이 십이 세가 넘었기에 극형은 면하나, 장 백 대에 도성 삼천 리 밖으로 귀양 보내는 형이 따른다. 곁을 물리고 임금이 생각에 잠긴다.

'정치의 수는 아니다. 가전악 하나로 뒤흔들 자리는 아니니. 그렇다면 사사로운 악의인가, 복수인가···'

임금은 고개를 젓는다.

'절대 그런 짓을 할 자가 아니다.'

그 믿음은 함께 현을 뜯던 순간마다 쌓인 것이다. 호가 그동안 어떻게 살아왔는지 알 수 없어도 한 가지 분명한 것은, 절대 그가 그런 일을 할 리 없다는 것이다.

"이거 놔요. 놓지 못해!"

연화가 자신을 잡는 하인들을 뿌리치며 유상흔의 대문을 들어선다.

"이러시면 안 됩니다요."

"놓으라 했어요. 오늘 꼭 뵈어야 합니다."

마당의 소란에 유상흔이 모습을 드러낸다. 그리고 연화에게 눈길을 준다.

"이 밤중에 네가 웬일이냐?"

연화는 숨을 고르며 그를 노려본다.

"당장 멈추세요. 대감."

그가 말없이 느긋하게 수염을 쓸어내린다. 연화의 목소리가 한풀 꺾인다.

“멈춰 주세요, 제발…”

“무슨 소리를 하는지 통 모르겠구나.”

연화가 그 자리에 무릎을 꿇으며 바닥에 얼굴을 묻는다.

“제발…”

그 한마디가 땅에 스미듯 흩어진다. 유상흔의 입가에 미소가 번진다.

“그 사람이 포도청에 끌려갔다 하옵니다. 아시지 않습니까?”

“들었다. 죄가 워낙 흉악하니 벌써 소문이 자자하더구나.”

연화는 이를 악문다. 결심이 깃든 눈으로 그를 바라본다.

“그이를 살려주신다면… 대감 뜻대로 하겠습니다.”

“뜻대로?”

“그러니 살려만 주십시오. 그렇게만 해주신다면 다시는 그 사람을 찾지 않겠습니다.”

유상흔의 입꼬리가 비죽이 올라간다.

“내 집 문턱은 절대 넘지 않겠다던 네가 제 발로 기어들다니. 재미있구나.”

유상흔은 주위를 물린 뒤 연화에게 다가간다. 자기 발밑에 있는 연화를 내려다보며 말한다.

“그자는 어찌 그런 잔인무도한 짓을 저질렀는지… 그런 자에게 인생을 걸려 했으니 너 또한 가엽게 여기마. 공덕을 하나 더 쌓는 셈 치도록 하자꾸나. 약조는 잊지 말거라.”

“잊지 않겠습니다. 그러니 어서…”

유상흔의 눈매가 가늘게 접힌다. 오래 묵은 체증이 내려간 것처럼 그의 표정은 가벼워 보인다.

"허나 그놈을 지금 풀어주면 네년이랑 야반도주라도 할지 내 모르는 것 아니냐. 네가 내 집에 들어오는 날 그놈에게 자비를 베풀어주마."

"…"

"그놈 목숨, 네년에게 달렸다는 걸 명심해라. 하루라도 빠를수록 좋겠지."

창살 틈으로 달빛이 드리운다. 피범벅이 된 채 축 늘어진 호는, 생기 없는 눈으로 천장을 바라보고 있었다. 그때, 조심스레 다가오는 발소리. 쓰개치마를 눌러쓴 여인이 섰다.

"도련님…"

호가 겨우 몸을 일으켰다. 한 줄기 희미한 빛이 그의 눈동자에 닿는다.

"섬섬아, 네가 여길 어떻게…"

호는 창살을 붙들고 섬섬의 뒤를 두리번거린다.

"혼자 왔어라. 아이고, 얼굴 좀 보소. 사람이 다 망가져 버렸네…"

호가 힘겹게 웃었다. 그것은 고통을 눌러 담은, 먹먹한 미소였다.

"괜찮다. 그래, 난 죄가 없으니 곧 나갈 수 있을 것이다. 그러니"

그 말을 끊으며 섬섬이 마음을 먹은 듯 말한다.

"도련님, 제 말 잘 들으셔야 합니다."

호는 고개를 끄덕인다. 맑은 눈으로 자신을 바라보는 이 다정한 선비에, 섬섬은 눈물이 먼저 나오려 한다.

"이제 연화 아씨를 찾지도, 궁금해하지도 마세요. 몰랐던 사람처럼 그렇게 살아야 한당께요."

"그게 무슨⋯"

"다 끝난 일이오. 아씨 곧 병판 대감 댁으로 들어가세요. 무슨 말인지 모르겠어라? 그 댁 첩이 된다고요."

호의 얼굴이 굳는다.

"그러니 여기서 나가면 다 잊고 사시오. 찾지도 궁금해하지도 말고."

"그럴 리 없다. 그럴 리가⋯ 연화를 만나기 전까지는 믿을 수가 없구나. 그만 돌아가거라."

섬섬이 가여운 눈으로 그를 바라보더니 품에서 주머니 하나를 꺼내어 건넨다. 호가 그것을 열자 연화에게 주었던 가락지가 나온다. 호가 멍하니 그것을 바라본다.

"이제 내 말을 믿겠소? 애초에 우리 아씨는 댁 같은 사람이랑 엮이면 안 되었어라. 여기서 나가면 다 잊어버리고 사시오. 안 그러면 또 이런 꼴을 당할 테니⋯"

호는 고개를 저으며 중얼거린다.

"나는 그래도⋯ 믿지 못하겠구나."

섬섬이 깊은숨을 내쉰 뒤 말을 잇는다.

"이 말도 전하라 합디다. 그날 밤 심장을 돌려주겠다고."

그 말에 호의 눈에 남아 있던 한 줄기 빛이 꺼진다.

[이 심장은 이제 제 것입니다.]

그날 밤 연화가 속삭이던 목소리가 여전히 귓가에 맴돈다.

'이미 준 것을 어찌 돌려받을 수 있겠소. 혹여 돌려받는다 해도 이미 의미를 잃어버린 것이 아니겠소…'

섬섬은 울음을 꾹 삼키며 말한다.

"다시는 우리 아씨를 찾지 마시오. 여자는 시집가서 비단옷 입고 금은보화 안고 사는 게 행복 아니겠소? 도련님도 우리 아씨 만나지 않으면 인생 잘 풀릴 것이오."

잠시 침묵이 흐른다. 호가 낮게 묻는다.

"정녕 그게 행복이더냐?"

섬섬이 목끝까지 차오르는 눈물을 억누르며 대답한다.

"행복하다 하더이다. 당신 같은 이랑 만난 세월이 아깝다 하더이다. 이제라도 정신 차려서 다행이라 그리 말합디다."

호는 쓰디쓴 미소를 지으며 고개를 끄덕인다. 섬섬이 돌아서려 할 때, 그가 부른다.

"행복하라 전해다오. 내가 찾아갈 걱정은 하지 않고 살아도 된다고 말이다…"

섬섬은 끝내 참지 못하고 눈물을 흘리며 돌아선다. 호는 가락지를 쥐고 중얼거린다.

"그것이 행복인 줄 알았더라면 진작 그렇게 했을 터인데… 내 욕심에…"

설은 짚신 한 짝이 벗겨지는 줄도 모르고 포도청으로 달려갔다. 문 앞에 다다른 설은 거대한 성문과 그 앞을 지키고 선 포졸들 앞에서 주춤할 수밖에 없었다.

"오라버니를 만나러 왔어요. 윤 호라는 분인데⋯"

포졸이 고개를 젓는다.

"지금은 너무 늦어 면회가 불가하오. 날이 밝거든 다시 오시오."

"잠깐이면 되어요. 그보다 일이 뭔가 잘못된 것 같아서⋯"

설의 눈가가 떨린다. 고개를 숙이니 눈물이 턱끝을 타고 떨어진다.

"어쨌든 지금은 들어갈 수 없으니 내일 다시 오시오."

"잠깐이면 됩니다. 아니면 이곳에서 가장 높으신 분을 만나게 해주세요. 제 얘기를 들으시면 우리 오라버니는 그런 사람이 아니라는 걸 아실 거예요."

포졸이 설의 행색을 본다. 눈물로 얼룩진 얼굴, 헝클어진 머리, 한 짝만 신은 짚신.

"이런 이들이 하루에도 수십이오. 자기가 아는 그이가 그럴 리 없다는 이들 말이오. 하지만, 이곳은 아무런 증거도 없이 사람을 가두고 책임을 묻는 그런 곳이 아니오."

그 말에 설이 털썩 주저앉는다.

"죄가 없다 밝혀지면 곧 풀려날 테니 집에 가서 기다리시오."

설이 고개를 흔든다.

"여기서 기다릴 겁니다."

설이 무릎을 안고 몸을 웅크린다.

"우리 오라버니⋯ 얼마나 무서우실까⋯"

설은 고개를 들어 문 쪽을 바라보다 하늘을 올려다본다. 검은 구름이 달을 가리고 있다.

연화는 밤새 꼿꼿이 앉아 있었다. 섬섬이 전한 말이 귓가에서 떠나지 않는다.

[온몸이 피투성이에⋯ 어찌 사람한테 그런 짓을 해놨는지⋯ 밤새 담 너머로 비명 소리가 들렸다 하더이다⋯]

연화는 가슴을 치며 눈물을 삼킨다.

"섬섬아."

들어선 섬섬의 눈가에도 밤새 흘린 눈물 자국이 남아 있다.

"병판 댁에 전하거라. 내일 그 집으로 들어간다고."

"예?"

"첩을 들일 때마다 꽃가마를 보냈다던데 내게는 필요 없다고 전해라. 그리고 약조, 잊지 말라고도."

그때 방 밖에서 하인의 목소리가 들린다. 섬섬이 문을 열자, 설이 서 있다. 흐트러진 머리카락 사이로 핼쑥한 얼굴이 드러나고, 저고리 소맷자락 끝은 까맣게 눌어 있다. 연화는 울컥 솟는 감정을 누르며 섬섬에게 나가 있으라 고갯짓한다.

"어제… 오라버니를 많이 기다리셨지요?"

"아무리 기다려도 오질 않더군요."

차가운 연화의 목소리에 설이 손톱을 뜯으며 말한다.

"사정이 있었어요… 언니가 기다리셨을 것 같아 이렇게 날이 밝자마자 찾아왔어요…"

연화는 자신의 곱게 손질된 손톱을 보며 빈정거리듯 말한다.

"그분께서 이제야 정신을 차린 모양이지요. 기생에 빠져 허우적대다가 막상 혼인을 하려니 정신이 들었나 봅니다."

연화는 설이 말할 틈을 주지 않고 말을 이어간다.

"하염없이 기다리다 보니 저 또한 그런 생각이 들더이다. 가난한 살림, 꼬장꼬장한 시어머니, 시집도 안 간 여동생… 숨이 막혔습니다. 오히려 다행이라 생각합니다."

설은 그 말에 모든 게 제 잘못인 듯 미안한 마음이 든다. 망설이다 입을 연다.

"사실… 오라버니께서는 옥에 갇혀 있어요, 언니."

그 말에 연화의 가슴이 찢기는 듯 미어진다.

"하지만 언니께서는 아시잖아요. 우리 오라버니 남 상하게 할 줄 모르는 분이시라는 것. 곧 풀려나실 겁니다. 그러니…"

연화는 눈물을 꾹 삼킨다. 살아만 있으면, 먼발치에서라도 볼 수 있으리라.

"게다가 옥에 갇혀 있다니. 제 운이 틔었나 봅니다. 그동안 그분을 잘못 본 것 같습니다. 혼인하는 일은… 없을 겁니다."

연화가 경대를 보며 머리를 매만진다. 그 손끝이 미세하게 떨렸다. 설은 자꾸만 나오는 눈물을 소매로 훔치고, 꾹 다문 입술에 힘겹게 미소를 얹는다.

"조금만 기다려 주세요… 오라버니께서 언니를 찾아오실 거예요."

돌아서 방을 나가려는 순간, 연화의 냉랭한 목소리가 들린다.

"다시는 저를 찾아오지 마십시오."

설은 어깨를 들썩이며 방을 나갔다. 문이 닫히자 연화는 참았던 눈물을 쏟아냈다. 한참 뒤 옷가지를 챙기다 경대를 보니, 눈물로 번진 붉은 연지가 남아 있다.

별빛조차 닿지 않는 옥 안, 창살을 사이에 두고 호와 설이 마주 앉아 있다. 피투성이 얼굴, 반쯤 감긴 눈을 하고도 호는 눈물짓는 설이 더 안쓰러운 듯 말한다.

"얼굴이 수척하구나. 걱정 말거라. 곧 나갈 수 있을 것이다."

설은 말없이 고개를 끄덕인다.

"어머니께서는 어떠시냐?"

설은 잠시 망설인다. 어머니는 식음을 전폐하고 자리에 누워 있었다. 그러다 겨우 일어나면 정화수를 떠놓고 한참을 빌다가 다시 쓰러졌다. 설이 아무리 말려도 소용없었다.

"어머니께서는… 괜찮으세요. 오라버니 생각하며 끼니도 꼭 챙기시고, 기운 내시려 애쓰세요."

호는 안도한 듯 고개를 끄덕인다.

"어머님 약이 떨어질 때가 되었을 텐데 내일은 약방에 다녀오너라. 내 이름을 대면 약을 받을 수 있을 것이다."

설은 머뭇거리다 말을 꺼낸다.

"저… 연화 언니를 만나고 왔어요. 기다리실 것 같아서요."

호의 얼굴이 잠시 굳는다.

"괜한 일을 했구나."

"…?"

"사실 일부러 나가지 않았단다. 역시 어머니를 저버릴 수 없더구나. 화려하게 살아온 연화를 감당할 자신도 없고. 내 뜻은 그렇게 전한 셈이다."

"오라버니…"

"그러니 앞으로는 괜한 짓 말거라."

설이 믿을 수 없다는 얼굴로 바라보자 호가 고개를 젓는다.

"그 얘긴 그쯤 하자꾸나. 밤이 늦었으니 그만 가보거라."

설이 고개를 젓는다.

"조금 더 있다 가겠습니다."

“가거라. 어머니도 혼자 계시지 않니. 어서…”

설이 한숨을 내쉬며 천천히 일어난다.

“설아.”

호가 무언가를 말하려다 이내 입술을 다물었다. 그리고 잠시 설의 얼굴을 바라보았다.

“미안하구나…”

설이 눈물을 꾹 참으며 고개를 끄덕인 뒤 돌아선다.

문이 닫히고 난 뒤, 호는 포도군사에게 간절히 청하여 얻은 종이를 펴고 붓을 쥔다. 모진 고문에 붓을 들기도 버거웠다. 피로 얼룩진 손끝이 종이 위에서 미끄러질 듯 흔들렸지만 호는 이를 악물고 악보를 그려나간다. 한 획, 한 획 그을 때마다 손끝이 부르르 떨렸다. 얼굴을 타고 흐르는 땀과 눈물이 피와 뒤섞여 종이 위에 뚝뚝 떨어졌다.

다음 날 아침, 포도청 앞에 쓰개치마를 쓴 여인이 한참을 서 있다. 연화다.

[놀라게 해 드렸나 봅니다. 난 그저 이것이 떨어져… 나와 부딪쳐 떨어진 것 같길래 그래서]

‘그날, 제 향낭을 주워 주셨으면 안 되었습니다. 우리는 만나서는 안 될 사람들이었습니다.’

[내 꼭 그대를 보러 가겠소.]

‘저를 보러 온다는 약조를 하면 안 되었습니다.’

처음 만났을 때의 호가 떠올라 연화는 미소 짓는다.

[느껴지시오? 그대를 비에 젖지 않게 하려던 그 마음 그대로요. 나는 가진 것 하나 없는 사람이오. 그래도 괜찮겠소?]

'제 마음을 알아달라 했어도 모른 척하셨어야 했습니다.'

그의 심장을 느낀 그날이 떠오르자 눈시울이 붉어진다.

'제게 당신의 심장을 주면 안 되었습니다. 그리 하지만 않았어도…'

언제였을까. 햇살은 따뜻하고 바람이 연한 결을 따라 스치던 날이었다. 봄이 짙어지며, 들판에는 노란 유채꽃이 물결을 이루고 있었다. 호와 연화는 사람들의 눈을 피해 멀리 강가를 따라 걸었다. 그러다 유채꽃이 흐드러진 밭으로 들어섰다. 두 사람은 아무 말 없이 꽃길을 걸었다. 호가 연화의 귀에 대고 무언가를 속삭이자 연화는 가만히 웃었다. 멀리서 들려오는 물소리. 꽃 사이를 날아다니는 꿀벌의 윙윙거림. 모든 것이 노래였다. 이번에는 연화가 호에게 다가가 귀에 속삭인다.

[세상이 끝나는 날, 딱 오늘 같으면 좋겠어요.]

호는 연화의 손을 잡았고 연화도 그 손을 꼭 쥐었다. 그때 호가 속삭였던 말.

[당신에게 아름답고 좋은 것만 보여주고 싶소.]

연화의 눈에서 눈물이 흐른다.

'아닙니다. 모든 것이 제 잘못입니다. 당신 같은 이를 마음에 두고 욕심을 낸 이 천한 년의 잘못입니다. 한 남자의 여자로 살겠다는 꿈을 꾼 제 잘못입니다. 바라만 볼 것을, 먼발치에서 바라만 볼 것을…'

연화가 쓰개치마를 벗는다. 그리고 그가 있을 법한 곳을 바라본다.

'이제 와 무슨 소용이겠습니까… 제가 없는 당신 인생이 더 행복하기를 온 마음을 다해 빌겠습니다. 그 마음으로 살겠습니다. 부디… 부디, 건강하시어요…'

연화가 천천히 큰절을 한다.

설의 손끝이 벌겋게 부어오른다. 바느질 솜씨가 서툰 데다, 마음이 온통 다른 데 가 있어 바늘에 계속 찔리고 있다. 일이 끝나면 음식을 싸서 호에게 갈 생각이다. 돌아오는 길에 다른 약방도 찾아야 했다. 호가 말해준 약방에 가 이름을 대니 재수 없다며 쫓아낼 뿐이었다. 함께 걱정하던 마을 사람들도 차츰 피하기 시작하더니 설이 지나가면 쑥덕거렸다. 그때, 까치 우는 소리가 들린다. 설은 얼른 고개를 들어 매화나무 위를 본다.

"어머니, 매화나무에 까치가 앉아 있어요!"

어머니의 퀭한 얼굴에 희미한 미소가 번진다.

"그래, 오늘쯤 소식이 오려나 보구나…"

설은 혹여 길이 엇갈릴까 호에게 가는 것도, 약방에 들르는 것도 미루고 그저 평상에 앉아 소식을 기다린다.

그 시각. 연화는 마지막으로 자신의 방을 둘러본다. 저기, 그가 앉아 있던 자리에 시선이 오래 머문다. 처음 이 방에 들어왔을 때 조심스럽게 대하던 모습이, 상처받을까 걱정하던 눈빛이 떠오른다.

[나와… 혼인해 주겠소?]

또다시 눈물이 고인다. 섬섬이 들어온다. 눈가가 벌게진 채로 연화를 보다 저고리 고름으로 눈물을 찍으며 말한다.

"가마가 왔어라…"

마당에는 꽃으로 치장한 가마가 있었다. 뒤늦게 소식을 들은 명화가 달려 나오지만, 연화는 명화를 향해 고개만 한 번 끄덕일 뿐, 말없이 가마에 오른다. 명화는 그런 연화를 차마 보지 못하겠다는 듯 고개를 돌리고, 섬섬은 그 뒤에서 두 손으로 입을 막은 채 어깨를 떤다.

'그이만 무사하다면… 그것만으로도 나는 살 수 있어.'

思相見只憑夢　　서로 그리워 만나는 건 다만 꿈에 의지할 뿐

儂訪歡時歡訪儂　　내가 임 찾으러 갈 때 임은 날 찾아왔네

願使遙遙他夜夢　　바라노니, 아득한 다른 날 밤 꿈에

一時同作路中逢　　동시에 함께 일어나 길에서 만나지기를[3]

가마가 병판의 집 문턱을 넘는다. 첩으로 들어가는 것이라 혼례식은 없다. 기별을 넣어도 유상훈은 나와보지 않는다. 아무래도 상관없다.

'지금쯤 그이는 집으로 돌아갔을까…'

3　조선 중기 기생이자 시인 황진이(黃眞伊)의 한시

오라버니가 금방 올 것이라 믿게 만든 까치가 야속하기만 하다.

'북촌에 다녀왔더라면 어머니 약도 사고, 오라버니 음식도 준비할 수 있었을 텐데.'

설은 얼른 안으로 들어가 호에게 가져갈 음식을 챙긴다.

'넋 놓고 앉아 있지 않았더라면…'

"계시오!"

밖에서 들려오는 소리에 설은 급히 나간다. 포졸 몇이 마당에 서 있다. 설의 얼굴이 밝아진다.

"여기가 윤 호의 집이오?"

"예, 그런데 오라버니는 같이 안 오셨습니까?"

설은 그들 뒤를 두리번거린다. 어머니도 소리를 들었는지 힘겹게 방문을 연다.

"누가 왔느냐?"

"관아에서 사람이 왔어요. 오라버니는요? 아직 그곳에 계신 겁니까?"

포졸 하나가 낮은 목소리로 말한다.

"어젯밤 죄를 인정하고…"

잠시 말끝을 흐린 뒤 덧붙인다.

"자결하였소."

소리가 멀게 들린다. 설은 어머니를 돌아보았다가 다시 그를 본다.

"무슨 말씀을 하시는 건지…"

그가 안타까운 눈빛으로 옆으로 비켜선다. 그 뒤 수레에 거적으로 둘둘 말린 무언가 덩그러니 실려 있다. 포졸이 그것을 마당에 내려놓는다. 설은 고개만 저을 뿐이다. 그들이 돌아가도 설은 그 자리에 굳은 듯 서 있다. 방 안에 있던 어머니가 기어 나오듯 마당으로 나온다. 땅을 짚으며 나오는 그 입에서는 짐승 같은 울음이 터져 나온다. 설은 떨리는 손으로 거적을 들춘다. 피투성이가 된 얼굴, 싸늘히 식은 오라버니의 얼굴이다. 설은 무릎이 꺾이듯 주저앉는다. 호의 얼굴로 손을 뻗는데 손끝에 닿는 살결이 차다.

시리도록 파란 하늘에 붉은 용을 단 꼭두가 날았다.

최 노인을 선소리꾼으로 하고 그가 불러온 이들이 건성거리며 상여를 메고 나가자, 상여 꼭대기의 꼭두는 파란 하늘에서 한풀이 하듯 춤을 춘다. 상여는 매서운 바람을 타고 하늘에 붉은 명정을 감고 돌며 승무를 추듯 강변 갈대밭 사이를 천천히 돌아 나갔다. 음악 속에 살다간 이의 마지막 길은, 요령의 딸랑거리는 소리와 갈대를 긁는 겨울바람뿐. 설은 아무 표정 없이 상여 옆을 걷는다.

薤上朝露何易晞　부추잎의 이슬은 어찌 그리 쉬이 마르는가

露晞明朝更復落　이슬은 말라도 내일 아침에 다시 내리건만

人死一去何時歸　사람 죽어서 한 번 가면 언제 다시 돌아오나[4]

　친척들의 발길이 끊긴 지 오래였다. 호가 보이지 않아 찾아온 선인과, 어디선가 소식을 듣고 온 최 노인만이 곁을 지켰다. 어머니는 무너지듯 무덤 앞에 엎드려 호의 이름을 부르며 눈물을 쏟는다. 설은 그 옆에 멍하니 서 있다.

　"어찌 이렇게 간단 말인고…"

　늘 무심하기만 했던 노인의 눈시울이 붉어진다. 선인은 말없이 눈을 감는다.

　[정인을 집으로 데려가려 합니다. 이제 가족으로, 아내로 옆에 있게 하고 싶어서요.]

　'그런 이가 왜… 여기에 누워 있는가…'

　하늘이 끝내 슬픔을 감추지 못한 듯 무겁게 내려앉았다. 잿빛 구름이 세상을 덮고, 첫 빗방울이 숨죽인 울음처럼 뚝, 떨어진다. 물방울 하나하나가 애잔하게 흙을 적시고, 차가운 줄기가 이어진다. 빗방울은 이내 굵어져 설의 얼굴을 타고 흘렀으나 설은 그저 굳게 입을 다물고 있다.

4　해로가(薤露歌), 상여가 나갈 때 부르는 노래

삼우제(三虞祭)는 홀로 치러야 했다. 장례가 끝난 후 어머니는 호를 부르며 오열하다 몇 번이고 혼절했고, 병세가 깊어져 거동조차 어려웠다. 물 한 모금도 삼키지 못했다. 살아서는 안 된다는 집념이 무거운 돌덩이처럼 가슴에 내려앉은 듯했다.

설은 포도군사가 건넨 종이를 쥐고 있다. 사건의 내막이 적힌 글인 줄 알고 떨리는 가슴으로 펴보았으나 그것은 피가 채 마르지 않은 악보였다. 설은 그것을 한참 바라보다 호의 서책과 악보가 쌓인 서랍 깊숙이 넣어 두었다.

“다녀올게요.”

어머니는 멍하니 천장만 보고 있다. 설은 어머니의 손을 꼭 쥐고 나서 방을 나간다. 설이 나가자 이불 밑에서 뜨거운 물이 흘러나왔다. 그럼에도 어머니는 여전히 눈 하나 깜빡이지 않았다.

북촌에서 오는 길 내내 설의 머릿속은 뒤엉켜 있었다. 바느질 품삯으로 어머니 약재를 사기에는 턱없이 부족했다. 약방에 들러야 했지만 벌이가 없는 집에 외상을 줄 리 만무했다. 설은 이런 식으로 호의 빈자리를 느끼는 것에 가슴이 저릿했다.

‘그럴 리 없어⋯ 오라버니께서⋯’

모든 일이 다 믿기지 않는다. 무엇보다 어머니와 자신을 두고 그렇게 갔다는 것이 도무지 마음에 닿지 않는다. 가슴 깊은 곳에서는 뜨거운 무언가가 치밀었다가 이내 싸늘하게 가라앉기를 되풀이했다. 설은 고개를 젓는다. 당장은 어머니를 살려야 한다. 그러다 떠오른 이름, 연화. 마음은 멀어졌을지라도, 어머니 이야기를 꺼내면 등을 돌리진 않을 것이다.

두려움과 망설임 끝에 설은 백련각 앞에 섰다. 초조하게 문 앞을 서성이는데 마침내 문이 열렸다. 하지만 나온 이는 다른 여인이다.

"연화 아씨를 찾아왔어라?"

"예, 저는…"

"누군지 알고 있어라. 가야금 선생 동생이지라?"

섬섬이었다.

"예. 언니를 좀 만나 뵙고 긴히 청할 일이 있습니다."

"그럼 잘못 찾아 왔어라. 여기 없소."

"제발 부탁이니 만날 수 있게 해주세요… 사정이 급하여 그럽니다."

섬섬이 잠시 망설이다 입을 연다.

"…시집갔소."

설은 멍한 눈으로 그녀를 본다.

"지금… 무어라 하셨는지요?"

섬섬이 다시 입을 뗀다.

"꽃가마 타고 병판 대감께로 갔어라."

"병판…?"

[병판을 여색만 밝히는 이로 판단해서는 안 될 것이다.]

준은 아버지의 심부름으로 병판 댁을 찾았다. 대감들이 첩을 들인 것을 축하하며 선물을 건네자 병판은 조롱조차 귀히 여기는 듯 웃으며 받았다. 준은 그 자리에 한시라도 더 있고 싶지 않아 대문을 나서는데 한 여인이 돌아서 간다. 익숙한 뒷모습에 빠르게 다가가 여인의 앞에 선다. 곧 준의 얼굴이 밝아진다.

"역시 맞았군요."

설은 그를 올려다보았으나 말없이 지나친다. 준은 잠시 당황했지만 다시 따라가 앞을 막아섰다.

"잠시 시간을 내줄 수 있겠습니까?"

설은 고개를 젓는다.

"잠깐이면 됩니다. 내게 빚진 것이 있지 않소? 잠깐이면 되니…"

설은 돌아서려다 그가 병판의 집에서 나온 것을 떠올리고 고개를 끄덕인다.

다실(茶室)에 마주 앉은 두 사람. 무슨 말을 어떻게 꺼내야 할지 몰라 입술만 달싹이고 있는데 설이 쓰개치마를 벗는다. 준은 그제야 설이 상복을 입고 있음을 알았다.

"상중이셨군요. 죄송합니다."

설의 흰 얼굴은 파리한 빛이 돌았고, 입술은 메말랐으며 눈가는 아직 부기가 가시지 않았다. 준은 어찌할 바를 몰라 얕은 한숨을 내쉰다. 설이 잎차를 한 모금 마신 뒤 말한다.

"병판 댁에서 나오시던데 혹⋯ 그 댁이 본가입니까?"

준은 설에게 자신의 이름을 말해준 것이 떠올라 조금은 서운한 마음이 든다.

"이 준. 제 이름입니다. 그러니 그 댁이 제 본가일 리는 없지 않겠습니까."

설은 맥이 빠진다. 혹여 준이 그 댁과 관련이 있으면 연화에 대해 물어볼 수 있을 터인데. 두 사람 사이에 잠시 침묵이 흐른다. 그때 옆자리에 몇몇 사내들이 자리를 잡으며 떠들었다.

"여기에 아주 끝내주는 계집이 있다네."

"자네 눈은 발가락에 달렸는데 내 그걸 어찌 믿겠는가. 가서 술이나 마시세."

"저기! 저기 있네."

그들은 차를 나르는 여인에게 눈길을 주고 있다.

"오호⋯ 이번엔 제대로 보았구먼. 과연 절색일세."

설은 더 이상 그 자리에 앉아 있을 이유가 없었다. 지금 앞에 있는 이가 찾아오기를 기다리며 마당에서 가야금을 뜯던 나날이 아득히 멀게만 느껴진다.

"연회만 잘 치르면 두둑이 챙겨준다고 했는데… 가전악도 없이 잘 될지 모르겠군."

가전악이라는 말에 설의 심장이 툭 내려앉았다. 장악원 악사들인가 보다.

"대체 그자는 어디로 간 거야? 성실한 줄 알았는데 이리 연습을 빠지고… 쯧쯧. 역시 사람이 높은 자리에 오르면…"

"이 사람이 이렇게 깜깜이었네 그려. 여태 그 소식을 못 들었어?"

사내들은 목소리를 조금 낮추며 쑥덕거린다. 설은 오라비를 두고 떠드는 소리를 견딜 수 없다.

"저는… 그만 돌아가야겠습니다."

일어서는데 앞에 놓인 찻잔을 치며 손에 차를 쏟았다. 준이 벌떡 일어나 설의 곁으로 온다.

"괜찮습니까?"

설의 손이 떨리고 있다.

"이보시오. 찬물을 좀 가져다주시오. 어서!"

"데이셨어요? 아이고 저런…"

일하던 이가 급히 찬물을 가져온다. 준은 품에서 작은 천 조각을 꺼내 찬물에 담갔다가 설의 손 위에 조심스레 대어준다.

"그게 정말인가?"

"그렇대도. 백련각에서 일하는 놈이 그랬다니까… 병판이 연화라는 기생년 때문에 약이 바짝 올라 가전악을 그리 만든 것이래도!"

그 말에 설의 귀가 번쩍 뜨인다.

"아무래도 흐르는 물에 대고 있어야겠소."

준은 벌겋게 부은 설의 손을 보며 안절부절못한다.

"아무리 그래도 사람을 그렇게 만들까… 그럴 수는 없네."

"이 답답한 사람아. 원래도 인간이 흉악스러워서 멀쩡한 사람을 망가뜨린 게 이번이 처음도 아니라니까 그러네."

"이 친구 참. 눈 뜨고 꿈을 꾸는 친구일세. 어디 말이 되는 소리를 해야지. 그보다 일어나세. 환갑 잔치 시간이 다 되었어."

장악원 악사들은 궁 밖에서 각종 연회, 높은 관리나 거상들의 잔치에 가서 연주를 하고 받은 돈으로 생활을 이어가고 있었다. 그들이 다실을 나서자 설의 머릿속에 여러 가지 생각이 한꺼번에 밀려온다. 갑자기 자리에서 벌떡 일어나 그들을 뒤쫓았다. 준은 영문도 모른 채 설을 따라 나간다.

설은 장터 안을 정신없이 달렸다. 시야에서 멀어져가는 악사들을 놓치지 않으려 애썼지만, 사람들의 어깨 사이로 그들의 모습은 어느새 사라졌다. 설은 사람들을 헤집고 걸어가려 했지만 발걸음이 점점 무거워졌다. 몇 번이나 골목을 돌고 같은 자리를 맴돌아도 그들을 찾을 수 없었다. 한참을 더 헤매다가 결국 걸음을 멈췄다. 사방에서 웃음소리와 장사꾼의 외침이 쏟아졌지만, 정작 들려야 할 목소리는 어디에도 없었다. 그때, 뒤에서 들려온 목소리.

"대체 무엇을 찾는 것입니까…?"

멍하니 선 설의 곁으로 준이 다가와 선다.

"집으로 갑시다. 바래다드리겠습니다."

설이 힘없이 고개를 젓는다.

"당장에라도 쓰러질 것 같은 사람을 혼자 보낼 수는 없습니다."

두 사람은 말없이 걸었다. 설의 집 앞에 멈춰 서며 준은 작은 숨을 내쉰다. 고개 숙인 채 돌아서는 설을 준이 잡는다.

"잠깐. 한 가지 묻고 싶은 것이 있습니다. "

준은 잠시 뜸을 들인다.

"사내와 함께 있는 걸 본 적 있습니다. 혹시 정인입니까? 만약 그렇다면 더는 불편하게 하지 않겠습니다."

설이 아무 말 없자 준은 애타는 마음에 먼저 입을 연다.

"허나 늘 그랬듯 멀리서 보는 것까지는 말리지 마십시오. 그것은 제 마음이니 낭자가 말릴 수 있는 것이 아닙니다."

마음을 접자고 수없이 다짐했건만 오늘 다시 마주하니 어찌나 반가운지, 상한 낯빛을 보니 어찌나 가슴이 저린지… 그것이 접는다고 접어지는 것이 아님을 알았다.

"아는 이입니다."

그 한마디에 준의 얼굴에 환한 빛이 내려 앉는다.

"하지만 지금 저는… 그 누구에게도 마음을 주며 지내는 일, 할 수 없습니다."

설이 들어가고 준은 닫힌 문을 한참 바라보다가 돌아선다. 지금, 이 라는 말에 언젠가는 달라질지도 모른다는 희망을 품고.

설은 놋대야에 무명천을 적셔 물기를 짠 뒤, 어머니의 얼굴과 손을 조심스레 닦는다. 앙상한 손은 오래된 나뭇가지처럼 딱딱했다. 등잔불 마저 꺼진 어두운 방에서 낮에 들은 이야기를 곱씹는다. 가전악, 백련 각, 연화 그리고 병판. 설은 고개를 젓는다.

'마지막에 오라버니는 마음을 바꾸었다. 그렇다면 병판이 그리 할 이유가 없는데…'

낮, 계집아이, 장터…

'장터? 집으로 돌아오는 길은 장터를 지나지 않아도 되는데…'

그때 어머니의 몸이 벌떡 뛰더니 검붉은 피를 토해낸다. 설은 놀라 천으로 피를 닦아 낸다.

"어머니, 어머니. 괜찮으세요?"

어머니의 코 밑에 손을 대본다. 희미하나마 숨이 붙어 있다. 설은 어 머니의 손을 꼭 쥔 채 무릎을 꿇고 옆에 머문다. 지금 자신이 할 수 있 는 일은 그것뿐이었다.

“약을 어서 지어와야 할 텐데…”

옷을 갈아입히려 서랍을 여는데 진동이 뜯어진 저고리가 눈에 들어온다. 잊고 있었던 목소리.

[네가 할 일은 네 오라비에게 이 일을 고스란히 이야기하는 것이다. 그가 무릎을 꿇도록.]

흐릿했던 기억의 조각들이 또렷해진다.

‘오라버니께서 무릎을 꿇어야 할 이유… 그게 언니와 관련된 것이었을까?’

설은 눈을 감고 기억을 더듬는다.

며칠 동안 먹지도 자지도 못한 채 어둠 속에 앉아 있다. 호가 그렇게 된 까닭을 거듭 되짚었다. 다실에서 들었던 말들이 모두 진실이라 단언할 수 없지만, 호가 그런 짓을 저지르고 스스로 목숨을 끊었다는 말보다는 믿을 만했다. 서랍장 위 삼베에 싸인 것을 본다. 장례가 끝난 뒤 선인이 내민 것이다. 그것은 호가 다른 이의 악기를 고쳐주다 두고 간 단검이라 했다. 삼베를 펼쳐 검집에서 칼을 뺀다. 차갑게 빛나는 칼날. 호가 그런 치욕을 당하고 고통스럽게 죽어갔을 순간들이 스친다.

‘죽여 버릴 거야.’

그것을 꽉 움켜쥔 채 마당까지 나왔다. 하지만 더 이상 발이 앞으로 나아가질 않는다. 칼을 든 손은 떨리고, 발은 차마 더 내딛지 못한 채 멈춰 섰다.

‘내가 병판을 죽여 잡혀 간다면 어머니는…’

설은 다시 방으로 돌아와 털썩 주저앉는다. 그리고 어머니의 얼굴을 바라본다.

설은 다시 뜬눈으로 밤을 지새웠다. 새벽녘, 기어가듯 다가가 어머니의 코 밑에 손가락을 대었다. 아침이면 가장 먼저 하는 일이었다. 그것이 하루의 시작이자 유일한 희망이었다. 바싹 마른 어머니의 얼굴을 한참 바라보다 시선을 돌렸다. 문득 방 한구석의 가야금이 눈에 들어왔다.

'저것이라면…'

설은 망설임 없이 가야금을 메고 장악원으로 향했다. 악사에게 팔아 약재값을 마련할 생각이었다.

[오라버니, 오동나무 향이 너무 좋습니다. 이리 와서 맡아보세요.]

[좋으냐? 네 것이다.]

가야금에 새겨진 매화를 손끝으로 어루만지는데 이내 눈물이 뚝, 현에 떨어진다.

'지금은 울 때가 아니야. 어머니를 살리는 것이 먼저야.'

장악원 앞에서 악사들이 지나가길 기다리는데, 벽에 붙은 방이 눈에 들어온다. 사람을 뽑는다는 내용이다.

'장악원에 들어가면 정기적인 수입이 생길 것이고 오라버니처럼 기방에 나가면 어머니의 약값을 마련할 수 있어.'

가슴이 쿵쿵 뛰었다. 막연한 상상일 뿐인데도 온몸이 긴장한다. 곧 고개를 젓는다.

‘별 생각을 다 하는구나.’

그 순간, 다실에서 들은 말이 스친다.

[그보다 일어나세. 환갑 잔치 시간이 다 되었어.]

‘병판을 가까이서 볼 기회라···’

설은 주위를 둘러본다. 도포를 입고 갓을 쓴 사내들이 지나간다.

‘도포로 몸을 가리고 갓을 쓰면 얼굴이 드러나지 않아. 보름이 멀다 하고 사람이 바뀐다고 했으니 악기만 제대로 다룰 수 있다면 들어갈 수 있지 않을까?’

또다시 심장이 떨려 온다.

‘조심만 한다면··· 무엇보다 그런 걸 따질 처지가 아니다.’

설이 방을 다시 읽는다. 그러다 곧 멈칫한다.

‘호패! 사내라는 것을 증명해 줄 호패가 없어···’

마음이 다시 꺾인다. 그러나 이내 한 사람이 떠오른다.

작업장 문을 여니 최 노인이 나무를 깎고 있었다. 평상에 누워 있던 승하가 설을 보고 벌떡 일어난다. 예상치 못한 인물의 등장에 눈을 껌뻑이다 이내 얼굴이 밝아진다.

“어르신···”

노인이 손을 멈추고 일어난다.

“여긴 어쩐 일로···”

"저를 좀 도와주세요."

노인이 다가온다.

"무슨 일이십니까. 천천히 얘기해 보십시오."

"저 장악원에 들어가야 해요."

감정을 드러내지 않는 노인의 눈동자가 미세하게 흔들린다.

"누가 어딜 들어간다고?"

듣고 있던 승하가 얼빠진 얼굴로 되묻는다.

"호패가 필요해요. 도와주실 거죠?"

"너 지금… 뭐라고 한 거냐?"

노인은 멍한 얼굴로 아무 데나 앉을 수 있는 곳에 가 앉는다. 설은 간절한 눈빛으로 말을 잇는다.

"호패만 만들어 주시면 제가 다 알아서 해요. 어르신밖에 없어요…"

"뭘 도와주고, 뭘 알아서 하겠단 거야!"

답답한 듯 승하가 소리를 높이지만, 설은 오직 노인만 바라본다

"장악원에 들어가야 해요. 악사가 될 거예요."

그 말에 노인이 눈을 감는다. 깊은 한숨이 새어 나온다.

"거긴 사내들만 들어가는… 너 설마… 사내가 되겠다는 거야? 그래서 호패를… 도대체 왜."

승하 역시 멍한 얼굴이 되어 설을 바라본다. 노인이 천천히 입을 뗀다.

"…그럴 수는 없는 일입니다…"

설이 거듭 말했으나 노인은 눈을 뜨지 않은 채로 고개만 천천히 저을 뿐이었다. 몇 번 더 말하다 안 되겠는지 설이 일어선다. 문을 열며 돌아보지 않은 채로 말한다.

"저는… 반드시 궁에 들어갈 거예요."

문이 닫히고 나서야 승하는 정신이 돌아오는지 설을 따라 나가려는데 노인이 그를 부른다.

"부탁이 있습니다."

"우선 갔다 와서. 잠시만 기다리시오."

승하는 문을 나서려다 팔을 붙든 노인의 눈빛을 보더니 걸음을 멈춘다.

"말해 보시오. 나 같은 놈이 해줄 게 있는지 모르겠지만."

솟을대문을 지나 중문을 넘고 사랑채 안마당을 거쳐, 다시 문 하나를 지나면 안쪽 깊숙이 별채가 있다. 이름 없는 그 방의 주인, 연화다. 벽에는 청연색 휘장이 드리워져 있고 수묵으로 그린 국화 병풍이 펼쳐져 있다. 최고급 오동나무 서랍장 위에는 비단 보자기로 싸인 함들이 수북하고 송화, 목단, 공작 등 화려한 자개가 새겨진 패물함들이 줄지어 놓여 있다. 그러나 그것들의 주인은 무엇에도 눈길을 주지 않는다. 유상흔이 방에 들어와도 연화는 쳐다도 보지 않고 하던 일을 한다. 그가 연화의 치마 밑에 무언가를 툭 던진다.

"패물이라면 제게도 많습니다."

연화는 그리운 이를 생각하며 수놓는 것을 이어 간다.

"네가 착각을 단단히 하는구나. 내가 주는 것이 아니다."

연화가 의아해하며 주머니를 열어본다. 가느다란 가락지 하나. 떨리는 손으로 그것을 집어든다.

"이것이··· 어찌 대감께···"

유상흔은 연화가 놓은 수의 문양을 보며 입꼬리를 올린다.

"그놈에게서 나온 것이라는구나. 네가 그토록 그리워하는 그놈 말이다. 특별히 널 위해 가져왔다."

연화의 눈동자가 흔들린다. 그 손이 유상흔을 향하다 허공에 멈춘다.

"그렇게 볼 것 없다. 너의 고마운 마음 다 알겠으니. 그 가락지나 만지작거리며 위안 삼으려무나. 허나 너무 얇아 곧 닳아 빠지겠구나."

연화는 더 이상 손을 뻗지 못하고 바닥을 짚는다. 방 안을 가득 메운 패물과 자개함들, 벽에 드리워진 청연색 휘장, 국화 병풍. 그 모든 것에 숨이 턱 막힌다.

"살려주신다고··· 목숨만은 살려주겠다고 약조하지 않으셨습니까···"

"꽃병에 잡초까지 꽂아두는 이가 있더냐."

연화는 괴로운 듯 온몸을 웅크렸다. 무언가 말하려 했으나 목구멍 깊은 곳에서 끓어오른 숨결은 찢긴 숨소리가 될 뿐, 말이 되지 못하였다. 마치 목소리를 잃은 이의 신음 같았다. 유상흔은 수염을 쓸며 무심히 말을 이었다.

"내 너에게 한 가지 교훈을 일러줄 터이니 들어보아라. 이 세상에서 문제를 해결하는 방법은 딱 하나다. 그 문제를 없애는 것. 문제가 사라지면, 답을 찾을 필요도 없지 않느냐."

그는 문을 나서며 덧붙였다.

"혹여 딴마음 품지 말거라. 오라비 없이 세상을 살아가야 할 그 가엾은 계집까지 어떻게 하고 싶진 않으니 말이다. 너는 그저 창가에 놓인 꽃처럼 있으면 된다. 물을 주면 받고, 햇살이 들면 고개를 들고."

문이 닫히자 연화의 어깨가 들썩인다. 가락지를 움켜쥔 손이 바들바들 떨린다. 숨이 턱끝까지 차올랐고 마침내 터져 나온 울음은 이내 걷잡을 수 없이 커져 목이 메도록, 속이 다 뒤집히도록 쏟아졌다. 연화는 바닥을 치며 온몸을 통째로 던지듯 통곡했다.

"어머니, 저 왔어요."

예전 같으면 마당으로 들어서는 발소리만 들려도 먼저 문이 열렸을 것이다. 끼니는 챙겼느냐, 날 저물기 전에 다니라는 잔소리도 함께. 다시 그런 날이 올까, 생각이 스치자 설은 고개를 젓는다. 그저 갑자기 문을 열면 놀라실까 봐 소리를 낸 것뿐이었다. 어머니는 초점 없는 눈으로 천장만 바라보고 있었다. 시선을 따라가 보아도 거기엔 곰팡이

끈 자국뿐이다.

'저기에 오라버니 얼굴이라도 그려 넣으신 걸까…'

설은 가야금을 내려놓으며 얕은 숨을 쉰다.

'무겁다…'

어머니의 얼굴을 손끝으로 조심스레 더듬는다. 가난하지만 단정했던 분, 그 품에서는 늘 좋은 냄새가 났었다. 지금 누워 있는 이가 정말 어머니가 맞나 싶다. 설은 벽에 기대어 눈을 감는다.

아침 햇살이 스며들자 흠칫 놀라 눈을 뜬다. 곧장 어머니 곁에 다가가 숨결을 확인하고서야 안도의 숨을 내쉰다.

'어머니를 저리 둘 수 없어.'

정지를 뒤졌지만 국물 낼 것 하나 없고, 방을 둘러봐도 내다 팔 세간 역시 없다. 게다가 일을 하고 싶어도 여인이 할 수 있는 일은 없었다. 그때 설의 머리에 번뜩, 생각이 지나간다. 서랍을 열어 태우지 못한 호의 옷을 꺼낸다. 어머니는 천장만 보고 있지만, 혹시나 하는 마음에 그것들을 품에 안고 다시 정지로 간다. 설은 숨을 깊게 내쉰 뒤 저고리 고름을 푼다. 곧 하얗고 가녀린 어깨가 드러난다. 치마와 그 안의 속곳까지 벗은 맨다리 위로 호의 바지를 입었다. 허리춤을 여러 번 접어 단단히 동인 뒤 발목에도 대님을 동여맸다. 마지막으로 옥색 도포를 걸치자 넉넉한 품에 어깨는 축 내려앉고, 긴 자락은 바닥까지 닿는다.

'우리 오라버니 이렇게 큰 사람이었구나…'

눈물이 차오르는 것을 가까스로 누르며 설은 눈을 깜빡였다. 머리카락을 올려 묶어 상투를 틀고 망건을 썼으나 영 마음처럼 고정되지 않아 자꾸 흘러내렸다. 반짇고리를 가져와 도포의 소매와 자락은 안으로 접어 꿰맸다. 여전히 크지만, 형제에게 물려받은 듯 보이기도 하고 아까보다는 낫다. 설은 가야금을 등에 단단히 멘 채 조심스레 집을 나선다. 동네 사람의 눈총이 따가운데 괜한 이야깃거리까지 던져주고 싶진 않다. 차가운 공기가 뺨을 스치자 얼어붙은 몸이 더 움츠러든다.

아직 개시한 전이 없어 장터 역시 인적이 없다. 설은 마을이 생기기 전부터 있었다는 은행나무 아래 자리를 잡는다. 아이 대여섯이 손을 잡고 돌아야 할 만큼 큰 나무였다. 지쳐서였는지 아니면 생각이라도 붙들고 있지 않으면 안 될 것 같아서였는지 이런저런 생각에 잠긴 사이 문득 햇살이 정수리로 쏟아졌다. 어느덧 한낮이었다. 눈을 뜨고 있었지만 달라진 풍경에 한잠을 자고 일어난 듯 멍하다. 눈 앞에 펼쳐진 풍경이 눈이 부시다. 색색의 옷을 입은 사람들로 북적이고, 음식 냄새가 진동하며, 호객 소리가 장터를 가득 메우고 있다. 설은 손을 내밀어 손바닥을 편다. 저들에게 닿는 햇살이 자신에게도 닿는지 알고 싶었다. 손바닥이 환해진다. 그리고 따뜻하다.

'다행이다⋯'

호가 만든 곡을 연주하기 시작하지만, 그것은 곧 광대패의 소리에 묻힌다. 그래도 손을 멈추지 않는다. 누가 들어도 감탄할 만한 가락이었지만 혼자 다른 세상에 놓인 사람처럼 누구의 눈에도, 귀에도 닿지 않는다.

'나조차 내 소리가 들리질 않는데 누가 듣고자 하겠는가.'

그때, 설 앞에 무언가가 툭 떨어진다. 고개를 드니 삿갓을 쓴 검은 옷의 사내가 인파 속으로 사라지는 것이 보인다. 꽤 큰돈이다. 설은 그것을 손에 꼭 쥐고 자리에서 일어선다. 얼어붙었던 몸이 그제야 풀린다. 육전에 들러 사골을 사고, 약방에 가 약을 짓는다. 전날 설을 매몰차게 쫓아냈던 약방 주인은 설을 알아보지 못하는지 친절하기까지 하다. 장터를 빠른 걸음으로 나서던 설이 멈춘다. 댕기와 장신구를 파는 전. 여인들이 서로의 머리에 댕기를 대어 보며 웃고 있다. 설은 그 모습을 잠시 바라보다 한 사람을 떠올린다. 어딘가 오라버니를 닮은 눈빛, 준. 하지만 곧 고개를 젓는다.

작업장 한가운데, 장작 위로 검게 그을린 거문고가 숨을 토하듯 일렁이자 붉은 연기가 피어오른다. 노인이 물을 붓자 촤아, 하는 소리와 함께 흰 수증기가 피어오른다. 문이 열리며 검은 옷의 사내가 들어선다. 평상에 삿갓을 벗어 던지더니 말없이 드러눕는다. 승하다. 노인은 그를 흘긋 한 번 보고는, 다시 나무를 깎기 시작한다.

"물어보지도 않소?"

승하가 천장을 보며 말한다. 노인 역시 시선을 돌리지 않고 답한다.

"제가 말씀드리지 않았어도 그렇게 하셨겠지요."

[부탁이 있습니다. 저 아이를 지켜봐 주십시오.]

[삶이 한순간에 바뀌면 잘못된 길로 들어서는 줄도 모르고 나아갑
니다.]

그날 노인의 말이 어렴풋이 떠오른다. 삶이 바뀌고 길을 잃는다는
게 어떤 것인지는 잘 모르겠다. 다만 설을 지켜야겠다는 마음은 이미
정해져 있었다. 늘 해오던 일이었으니까. 장터 한복판, 아무도 듣지 않
는 연주를 하며 구걸하고 있었다. 낡은 도포, 헐거운 갓, 야윈 어깨. 그
모습을 떠올리는 순간 승하의 얼굴에 그늘이 드리운다.

'왜 그런 차림을⋯ 설마 장악원에? 아니지, 그렇다면 그런 식으로
연주할 리도 없는데. 도대체 왜⋯'

승하는 삿갓을 다시 집어 들고 문을 나선다. 노인이 그의 뒷모습을
바라보며 숨을 내쉰다.

설은 동네 어귀에 들어서자 걸음을 멈추고 주위를 살폈다. 집에 숟
가락이 몇 개인지도 아는 처지들이다. 처음엔 몰락한 양반이라 하면
다 역적의 일가라 여겨 멀리했지만, 아비의 평판과 호의 성정에 이웃
들은 마음을 열었다. 호는 아이들에게 글을 가르쳤고 나뭇짐이나 물지

게를 든 이를 도왔으며, 다툼이 나면 부드럽게 시비를 가려주곤 했다. 그런데 이제 모두가 등을 돌렸다. 사람이 그리 다정한 데는 다 시커먼 속내가 있었다며 저들끼리 입방아를 찧었다. 지금 이 복색으로 들어가면 외간 사내가 풍비박산 난 집을 드나든다며 정체를 캐려 들 게 뻔했다. 설은 불빛이 꺼질 때까지 기다렸다. 이윽고 골목을 도는데 달빛 아래 누군가 서 있다. 그는 하늘을 올려다보다 다시 주위를 둘러보기를 반복한다. 설은 갓을 앞으로 내려쓰고 그를 지나쳐 집으로 향한다.

"잠깐! 이보시오!"

준의 부름에 걸음을 멈춘다. 뒤돌진 않지만 설의 어깨가 약간 움찔인다.

"말씀 좀 묻겠소. 혹 이 댁에 기거하십니까?"

설은 그렇다고 해야 할지 아니라고 해야 할지 몰라 가만히 있는다.

"이 댁의 일가이십니까?"

준은 낯선 이의 침묵에 점점 경계심을 갖는다. 이 동네를 자주 드나들며 누가 어디 사는지는 익히 알고 있었다. 설이 어머니, 오라비와 함께 산다는 것도. 하지만 지금 이 낯선 사내는 오라비도, 예전에 덕쇠와 자신이 함께 본 그 사내도 아니다.

"초면에 실례인 줄은 알지만, 무관한 분이라면 어찌 들어가시는 것입니까?"

설은 숨을 고른다. 목소리를 내면 들킬 것이고, 대답하지 않으면 더 수상하게 볼 것이다.

“잠깐.”

최대한 목소리를 낮게 깔며 말한 뒤 문 안으로 들어간다. 종이와 먹을 꺼내 글을 써 내려간다.

‘나는 이곳에 새로 이사 온 사람입니다. 여기 살던 이들은 멀리 떠났다고 들었습니다. 다시는 한양으로 돌아오지 않는다는 말 또한 남겼다 합니다. 그러니 더 이상 잡을 수 없는 인연을 이곳에서 찾지 마십시오.’

설은 밖으로 나와 준에게 종이를 전해준 뒤 들어간다. 준은 잠시 그 뒷모습을 바라보다 그것을 펼쳐 든다.

‘떠났다… 그런데 왜 저 이는 굳이 글로 써서 알려준 것일까…’

설이 준에게 보낸 답신이라는 것을 그는 알지 못했다.

다음 날, 설은 동이 트기 전 호의 도포를 걸치고 장터로 나섰다. 전날 큰돈을 던져준 이가 혹시 다시 온다면, 연주로 고마움을 전하고 싶었다. 그 돈이 마음에 빚처럼 남아 있었다. 자리를 잡던 설의 눈에 저만치 악기를 멘 이들이 들어온다. 장악원의 악사인가 싶어 눈여겨보니 다실에서 본 그 패거리다. 또 그 다실. 설도 뒤따라 들어갔다. 옆에 자리 잡긴 했지만 어떻게 말을 꺼내야 할지 몰라 망설이는데, 차를 나르는 여인이 다가온다.

“주문…”

여인은 말을 다 잇지 못하고 설을 빤히 바라보다 돌아선다. 들켰나 싶어 서둘러 일어서는 찰나, 여인이 차와 화과자를 내려놓는다.

“사람 마음을 맑게 한다는 연잎차에요. 특히 화과자는 아무에게나 내놓지 않는데 선비님께만 특별히 드리는 겁니다. 호호호.”

교태 섞인 웃음과 함께 치맛자락을 꽉 조이며 돌아간 여인은 설을 흘끔거리며 다른 여인들과 쑥덕댄다. 설은 멀뚱히 화과자를 바라보다, 조심스럽게 한 입 베어 문다.

[화과자란다. 꽃처럼 곱지 않니?]

기억이란 참 묘하다. 기억하고 있다는 사실조차 잊고 지냈건만 어느 순간 불쑥 떠올라 그 존재를 알린다.

‘오라버니께서 주셨던 그것처럼 달콤하구나. 그분이 나에게 어떤 분이셨는데⋯’

설은 무슨 용기에서인지 갓을 눌러쓰고 악사들에게 다가간다. 그들은 계집 이야기를 나누며 한껏 흥에 겨워 있었다.

“잠시 이야기를 나눌 수 있겠습니까?”

사내처럼 굵은 목소리는 아니지만 당당한 눈빛과 점잖은 말투에 악사들은 한 자리 내어준다. 설의 가야금을 보며 한 이가 묻는다.

“혹시 장악원 소속이오?”

악사가 수시로 바뀐다고 하니 그렇다고 대답해도 의심할 리 없었다.

“그렇습니다. 아직 들어간지 얼마 안 되어 그곳 돌아가는 사정도 알고 세상 사는 이야기나 좀 나눌까 하고요.”

“신참이었구먼. 그러시오, 그럼.”

설은 조심스레 말을 꺼낸다.

“일전에 저잣거리에서 가전악에 대한 해괴한 이야기를 들었는데…
그 진실이 궁금하여…”

그러나 그들은 설의 얼굴만을 빤히 쳐다보고 있다.

“사내가 어쩜 이리도 하얗고 보드라워 보이는지. 분세수라도 하는
것이오?”

“분세수?”

“그 왜 팥이나 녹두 가루로 만든 분을 사용하는 세수법이 있네. 그럼
이렇게 희고 고와진다던데.”

그들의 얼굴이 가까이 다가오자, 설이 얼굴을 뒤로 빼며 답한다.

“예예. 그렇습니다. 이야기를 계속 해도 되겠습니까? 가전악 윤 호
라는 자에 대한 이야기인데…”

“아, 그 불쌍한 양반에 대한 소문이 저잣거리에도 파다하게 퍼졌나
보군.”

“그 소문이… 사실입니까? 그러니까…”

설은 차마 그 다음 말을 잇지 못한다.

“사실이다마다! 병판이 백련각 기생한테 긴 세월 공들였는데 보람
도 없이 고것이 가전악이랑 연분이 나니 그 사달이 난 것이지.”

“백련각에서 일하던 아이였다지? 아비는 없고 병든 모친에 동생들
이 줄줄이… 병판이 돈으로 그 아이를 샀다더군. 일이 그렇게 되고
아이도 사라졌다지, 아마.”

설의 속눈썹이 파르르 떨린다.

“그것이 진정 사실입니까?”

“아무렴! 백련각에서 일하는 놈도, 그 집에 술을 대주던 놈도 다들 그렇게 말하던 걸. 게다가 점잖은 자였네. 그런 일을 저지를 위인이 아니었어.”

“그럼 그럼. 주상께서도 아끼신다 했네.”

“그 가전악만 불쌍하게 되었지. 사나운 기생년 팔자를 다 뒤집어 쓴 셈이니…”

설이 나지막이 말한다.

“병판… 그자가 확실합니까?”

“그러니 그자에게 시집을 간 것이 아니겠나.”

짐작은 했지만 그래도 고통스러운 건 마찬가지였다.

어떻게 그 자리를 빠져나왔는지조차 기억나지 않았다. 주먹을 꼭 쥐어보려 해도 힘이 들어가지 않았고 온몸의 기운이 다 빠져나간 듯했다. 설은 휘청이며 겨우 집에 왔으나 평상에 앉아 오랫동안 움직이지 못했다. 멍하니 허공만 바라보다 힘겹게 일어나 방으로 들어간다.

“저 왔어요.”

어머니 곁에 다가가 손을 꼭 잡는다. 천장만 바라보던 어머니의 흐릿한 눈동자가 처음으로 설을 향한다.

“제가 보이세요? 저 설이에요.”

“…”

“어머니, 정신이 좀 드세요?”

설이 놀라 어머니의 손을 더욱 꽉 잡는다.

“…호…”

혼미한 정신 속에서, 도포를 입고 갓을 쓴 설의 모습이 호로 보였던 것일까. 어머니의 손에서 일순간 힘이 느껴진다. 그러나 이내 스르르 풀려 털썩, 하고 바닥으로 떨어진다.

“어머니! 어머니!”

아무리 손끝에 힘을 줘도 어머니의 손은 더 이상 그 힘을 받아주지 못했다. 그것이 마지막이었다.

검은 연기가 피어오른다. 장례를 치른 뒤 설은 어머니의 옷가지들을 태우며 그 연기를 멍하니 바라본다. 더 이상 눈물도 나오지 않았다. 가슴을 스치고 지나가는 것은 그저 한 줄기 찬바람뿐이다. 곡도, 초혼도 하지 않았다. 한 많은 세상에 돌아와 좋을 것이 없으니까. 이제 남은 건 하나. 어서 어머니와 오라버니 곁으로 가는 것. 설은 방을 둘러본다. 어머니가 시집올 때 해왔다는 오동나무 서랍장, 기름값이 아까워 밝히지 않았던 등잔, 그리고 주인을 잃어버린 호의 가야금. 작은 상에 둘러앉아 저녁을 먹던, 가난한 삶에 늘 속으로는 투정을 하였던 순간이 마치 처음부터 없었던 일처럼 느껴진다. 설은 호의 단검을 품에 지닌다.

　병판의 집 인근, 설은 골목 어귀에서 유상흔이 나오길 기다리고 있다. 마침내 솟을대문이 열리며 가마꾼들이 평교자를 들고 나온다. 가마 위에는 기품 있게 차려입은 대감이 타고 있다. 가마 옆에는 복면을 쓴 사내가 있다. 설은 그가 자신을 해하려 했던 자임을 알아본다.

　'그렇다면 가마에 탄 이가 병판이다.'

　주위를 경계하는 그 사내를 보니 설의 가슴이 두근거린다. 마음을 다잡으려 품 안의 단검을 만지지만, 떨리는 마음이 쉬이 가라앉지 않는다. 설은 숨을 고르며 가마를 따라 천천히 걸어간다. 장터 어귀에 이르자 설은 몸을 돌려 사람들 사이로 숨어들고, 그늘진 골목 한켠에서 단검을 꺼낸다. 가마는 멀어졌지만 북적이는 장터에서 가마보다 걸음이 빠를 것이다. 어디를 어떻게 찔러야 할까, 자신의 가슴에 검끝을 가져가며 찔러 넣는 깊이를 가늠하는데 탁, 검집이 설의 손목을 가볍게 내리친다.

　"아얏!"

　설이 놀라 손을 움켜쥔다. 단검은 땅에 떨어지고 그 앞에 누군가 선다. 검집을 바닥에 꽂고 선 사내. 삿갓 아래로 드러난 얼굴, 승하였다. 설이 검을 주우려 하자 승하가 그것을 주워 건넨다. 설이 받아 다시 품에 넣으려는데 그 순간 승하는 설의 팔을 끌어당겨 어깨에 둘러멘다.

"놔! 놓으라고!"

설이 소리를 지르며 버둥거리지만, 승하는 단단히 설을 안은 채 북적이는 장터를 벗어난다.

작업장 앞, 설은 여전히 발버둥 치며 소리친다. 그 소리에 노인이 문을 여는 순간, 승하가 설을 메고 들어와 평상에 내려놓는다.

"거 쪼그만 게…"

설이 일어나려 했으나 승하가 어깨를 눌러 앉힌다.

"대체 무슨 일입니까?"

노인의 눈에 들어온 건 설의 창백한 얼굴, 바싹 마른 입술, 무엇보다 빛을 잃은 눈동자다. 설은 나가려는 의지를 접은 것인지, 아니면 기운이 다 빠져버린 것인지, 이내 맥없이 앉아 움직이지 않는다.

"우선… 좀 드셔야 할 것 같습니다."

노인은 안채로 들어간다. 승하는 설의 얼굴을 뚫어져라 본다. 며칠 전, 사내의 복색으로 가야금을 뜯던 설을 본 뒤 장터에서 계속 기다렸다. 끝내 모습을 드러내지 않아 돌아가려던 찰나, 장터로 들어서는 설을 보았다. 당장 달려가려 했지만 이런 차림으로 나서면 괜한 오해를 살 것 같아 보고만 있는데, 설이 자기 가슴에 칼을 들이대는 것을 보고 망설일 새도 없이 뛰어들었다.

"죽기라도 하겠다는 거야, 뭐야! 계집애가 겁도 없이 자기 몸에 칼을…"

설은 말없이 누워 등을 돌린다. 승하는 한숨을 내쉬고는 안채로 들어간다. 노인이 죽을 쑤고 있었다.

"덮을 만한 걸 좀…"

"그 아이의 오라비를 기억하십니까?"

요전 날 칼을 맞았을 때 걱정스러운 눈빛으로 자신을 바라보던 것이 생각난다. 얼굴은 기억나지 않아도 그이의 눈빛이 그랬다는 것은 기억난다.

"그이가 세상을 떠났답니다. 그리고 어머니 역시 며칠 전 오라비의 곁으로 갔다 합니다."

승하는 말도 나오지 않아 멍한 얼굴로 돌아서는데 노인이 말을 잇는다.

"원하는 대로 해주려고 합니다. 장악원에 들어가게 해달라 찾아오지 않았습니까."

승하가 노인을 돌아본다.

"도와줄 것입니다. 정식 악사가 될 수 있도록요."

"장악원? 그 뭐냐, 정식 악사는 사내들만 할 수 있다는데 그걸 도와주겠다, 그 말이오?"

"예 그렇습니다. 교방에 여악(女樂)도 있으나"

승하가 다가오더니 노인의 멱살을 잡는다.

"미쳤어?"

"그래야 살 수 있으니까요."

승하를 똑바로 바라보는 노인의 목소리가 단호하다.

"저 아이는 다 잃었습니다. 살고 싶을 리가 없지 않습니까."

승하가 움켜쥔 손에 잠시 힘을 주었다가 이내 멱살을 털썩 놓는다.

"지금처럼 두시겠습니까? 아무것도 못한 채, 저 아이가 스스로 무너지는 걸 바라만 보시겠습니까."

정적이 흐른다.

"저 아이에겐 아직 악(樂)이 있습니다. 그저 좋아하던 것이 아니라 유일하게 의지할 수 있는 것이지요. 마음의 독을 풀 수 있는 유일한 길이기도 합니다. 그저 음악만 생각하고 연주할 수 있는 곳, 그곳이 바로 장악원입니다."

"독이라…"

"예. 오라비가 억울한 누명을 쓰고 죽었는데 마음에 독이 찰 수밖에요. 또한 어머니까지 그리…"

"잠깐! 억울한 누명이라니?"

승하가 노인의 말을 끊는다.

"누군가의 잔인한 소행으로 누명을 쓰고 옥살이를 하다 자결했다고 합니다. 지금 저 아이를 살게 하는 것은 독입니다. 하지만 그 독은 결국 자신을 갉아먹게 되겠지요. 해서 그것을 악으로 풀어내야 합니다."

"어떻게 풀어낸단 말이오? 풀어낼 수는 있단 말이오?"

"저 아이의 몫이겠지요. 악기 앞에 설 힘이 남아 있다면, 늦지 않았다고 생각합니다."

"무슨 삶이 이렇게 거지 같은지… 살기 위해 계집이 사내가 되어 목숨을 건 외줄타기를 해야 한다니. 젠장."

"한을 품고 사는 삶을 버티지 못할 겁니다. 살릴 방도가 있다면 그것을 해보는 것이 마땅한 줄로 압니다. 정식 악사가 되어야만 제대로 된 음악을 할 수 있습니다."

승하는 무엇이 옳은 것인지를 모르겠다. 노인이 승하를 진지한 눈빛으로 쳐다본다.

'미안합니다… 도련님의 그 마음을 이용했습니다. 그 연정으로 상처받을 운명이오나 저는 아씨를 지키는 것이 먼저이옵니다. 그것이 제가 진 빚을 조금이나마 갚는 일이옵니다.'

승하는 이불을 챙겨 설을 덮어준다. 마음과는 다른 말이 나간다.

"똑똑할 것이라고는 생각도 안했다만 그리 멍청할 것이라고도 생각 못 했다."

이불을 끌어당기는 손끝을 보니 마음이 무너지는 것 같다. 그때 노인이 죽을 내온다.

"호패를 준비해 드리지요. 장악원에 들어갈 수 있도록 말입니다."

"그것이 이제 와 무슨 소용입니까."

"혼자 사는 여인의 삶은 더 험난할 겁니다. 장악원으로 들어간다면 먹고살 길도 열리고 좋아하는 연주도 마음껏 할 수 있으니까요. 조심만 한다면 괜찮을 것입니다."

설이 피식 웃는다.

"제가 왜요? 제가 왜 살기 위해 그런 노력을 해야 한단 말입니까."

"그럼… 지금 죽기라도 하겠단 소리야 뭐야!"

보다 못한 승하가 버럭 소리를 지르며 나선다.

"그래, 차라리 죽어버렸으면 좋겠어!"

설이 벌떡 일어나 승하를 향해 소리를 지른다. 승하는 놀란 눈으로 설을 바라보다 못 견디겠다는 듯 문을 거칠게 열고 밖으로 나간다.

"어찌 되었든 살아야 하지 않겠습니까. 누굴 위해 죽으려 한단 말입니까."

설은 앞만 보고 멍하니 있다.

"삶이라…"

"무엇을 하든 허망하게 목숨을 던지면 아무것도 할 수 없이 죽을 뿐입니다. 일단은 살아남아야 합니다. 오라비의 한을 풀어주기 위해서라도 말입니다."

"해서, 저더러 사내로 살다 그를 죽이라… 이 말씀이신가요?"

"때를 기다려야 한다는 것입니다. 그와 가까이 마주할 수 있는 그때 말입니다."

설이 무언가를 알아챘다는 듯이 노인을 쳐다본다.

'저는 지금 모험을 하고 있습니다. 그 끝에서 무엇을 마주하게 될지 저 또한 알지 못합니다. 아씨 손에 쥐어질 것이 칼이 될지, 가야금 줄이 될지…'

설의 눈빛이 출렁거린다. 노인이 그것을 보고는 설의 마음을 굳힐

만한 마지막 말을 한다.

"선하디선했던 오라버니가 그리 허망하게 떠났고, 어머님 역시 한을 품은 채 세상을 등지셨지요. 죽을 만큼 애써보지도 않고 이대로 다 놓을 생각이십니까?"

'제발⋯ 음악의 끈을 놓지 마십시오⋯'

노인은 마음에 품은 것과는 다르게 설을 자극한다. 설은 다 식은 죽을 바라보더니 숟가락을 든다.

"호패를 만들어 주세요."

며칠 뒤 아침, 작업장 안은 나무 깎는 소리만 들린다. 승하는 자리에 앉아 있지 못하고 이리저리 서성이며 괜히 악기의 줄을 퉁겨 본다. 손에는 연고가 들려 있다. 검집으로 내리쳤을 때 설의 손목에 든 멍이 영 마음에 걸렸던 것이다. 노인은 그 모습에 고개를 절레절레 젓더니 다시 나무를 다듬는다. 승하가 작업장의 뒷문을 힐끗 보다가 노인에게 말한다.

"내가 이해가 안 돼서 그러는데"

하지만 그 말을 끝마치지 못하고 눈만 껌벅인다. 노인이 승하의 눈을 좇아가니 설이 안쪽에서 걸어 나오고 있다. 갓 아래로 보이는 작은 얼굴과 옥빛 도포로 가린 야윈 몸. 승하의 눈에는 사내가 아닌 여인의 모습이 그대로 보였다. 노인은 설을 슬쩍 보더니 나무에 칼을 대며 담담히 말한다.

"제 눈에는 그럭저럭 사내처럼 보입니다만 다른 이의 눈에는 어찌 보일지… 아무래도 노인의 눈은 믿을 것이 못 되니까요."

그 말에 설이 승하를 보는데 그는 몸을 돌려 팔베개를 하고 눕는다. 사실 외면한 것이 아니라 도포 소매 아래 설의 손이 가늘게 떨리는 것을 차마 볼 수 없어서였다. 노인이 품에서 무언가를 꺼내 설 앞에 내놓는다.

"김 류…"

설이 그 이름을 읊조리며 노인을 보자 그는 그 눈빛의 의미를 알겠다는 듯 말한다.

"지난 홍수로 전라도의 한 마을이 통째로 사라졌습니다. 그때 떠내려간 떠돌이 악사의 이름입니다. 일가도 연고도 없던 자라 문제는 없을 겁니다."

설은 조심스럽게 호패를 품에 넣는다. 말없이 고개를 숙이고 문을 나선다. 문이 닫히는 소리에 승하가 천천히 눈을 뜬다.

"높은 바람 소리라…"

노인이 돌아보았을 때 이미 승하는 작업장을 나간 뒤였다. 문틈 사이로 바람이 한 줄기 들어온다.

한낮의 장터는 사람들로 북적인다. 고소한 기름 냄새를 풍기며 전을 부치는 아낙들을 지나, 달궈진 쇠를 두드리는 소리가 한창인 대장간을 지나, 빛깔 고운 옷감이 휘날리는 포목점을 지나, 큰 나무 아래에서 신명나게 한판 벌이고 있는 광대들을 지나는 동안에도 설은 그런 것들이 원래 존재하지 않는 것처럼 그저 앞만 보고 걷고 있다. 화려한 꽃이 수놓인 전모를 쓴 기생 몇이 설을 보며 눈웃음을 지어도 알아채지 못한다.

"김 류, 김 류…"

설은 갓 아래로 작게 중얼거렸다. 이미 죽어버린 마음이 죽은 이의 호패와 딱 맞는단 생각에 피식 웃음이 난다. 노리개를 파는 노점 앞에서 설의 걸음이 멈췄다. 여인 둘이 서로의 옷깃에 노리개를 달아주며 웃고 있었다.

[설아, 이것 어떠냐?]

귓가를 스치는 오라버니의 목소리. 그 웃는 얼굴, 성한 얼굴이 설의 마음을 저릿하게 만들었다. 설은 입술을 질끈 깨물고 눈가의 물기를 삼켰다.

'내가 왜 살아 있는지를 잊어선 안 된다.'

결심한 순간부터 마음을 다잡아왔지만, 막상 문 앞에 오니 쉬이 그 문턱을 넘지 못하고 있다. 그때 어깨에 묵직한 것들을 멘 사내들이 지나간다.

"우방차비 중에서도 몇이 도망을 갔다며?"

"도망간 이들이 어디 그뿐인가. 이번에도 각 고을에서 인원을 충원할 모양이야. 그나저나 이번 시험에는 무슨 곡이 나오려나…"

"이달에는 꼭 품계를 올려야 할 텐데 말일세."

설은 벽 쪽으로 돌아서서 몸을 숨기고 갓을 더 깊이 눌렀다. 다시 발을 떼려는 순간, 등 뒤에서 익숙한 목소리가 들린다.

"죽는 건 무섭지 않다더니, 문 하나 앞에 두고 뭐가 무서워 이러고 있냐?"

언제부터 거기 있었는지, 벽에 기대어 있던 승하가 팔짱을 풀며 말한다. 기생들이 눈웃음을 치며 설을 본 것도, 노리개 노점 앞에서 한참을 서 있던 것도 다 지켜보았다. 설은 승하 곁을 지나쳐 걷는다.

"어깨는 펴고, 등은 곧게. 그리고 주먹은 꽉 쥐는 거다."

승하는 그 뒷모습을 바라보며 짧게 한숨을 내쉰다.

"시험을 치르러 온 자는 등록부터 하시오."

장악원 제조가 자리에 앉아 있고, 전악이 그 옆에서 시험을 보기 위해 온 자들을 살핀다. 악기를 하나씩 든 사내들이 줄을 서 있고, 장악원 악사들은 그들을 보며 쑥덕인다. 설은 조용히 그 틈에 섞였다.

'이곳이 장악원이구나…'

전악의 얼굴을 본 순간, 마음 깊은 곳이 아렸다.

'오라버니께서 살아 있었다면… 저 자리에 계셨겠지.'

설은 심호흡을 한 뒤 등을 곧게 세우고 다리가 긴 상 앞으로 가 호패를 보인다.

"어디에서 왔소?"

"남촌이오."

설의 목소리가 거칠다. 밤새 베개에 얼굴을 파묻고 소리를 질러 목을 쉬게 했다. 받아 적던 이가 호패를 돌려주면서 설의 얼굴을 빤히 들여다본다. 설은 눈에 띄지 않을 만한 자리를 찾으며 빠른 걸음으로 걸어가는데, 덩치가 남산만 한 사내와 부딪쳐 바닥에 나동그라진다.

"파리 새끼가 앉은 것마냥 사알짝 스친 건데 어찌 그리 나자빠진대유?"

사내가 건넨 손을 뿌리치고 설은 돌계단으로 내려간다.

잠시 후, 등록이 마무리되자 이름이 하나씩 불린다. 제조와 전악이 연주를 듣다가 가부를 결정하면, 불합격자는 떠나고 합격자는 남아 시험을 지켜본다. 불합격이 거듭되자 장내엔 긴장감이 감돈다. 제조와 전악은 이제 말도 하지 않고 손만 휘젓는다.

"다음, 충주에서 온 송만덕."

설과 부딪쳤던 사내다. 바지는 잘록하고 저고리 사이로 배가 튀어나온, 예술성이라고는 전혀 없어 보이는 만덕을 보더니 전악은 별 기대 없이 시작하라고 손을 든다. 그러나 곧 청아한 대금 소리가 퍼진다. 제조와 전악도 자세를 고쳐 집중하고 가야금을 조율하던 설도 잠시 멈추고 연주를 듣는다. 탁.탁.탁. 그때 선인이 지팡이를 짚으며 오더니 설과 조금 떨어진 곳에 앉는다. 설이 놀라 얼른 고개를 돌린다. 그러다 다시 선인을 본다.

'저분은 나를 볼 수 없다.'

선인은 미소를 머금고 고개를 끄덕인다.

'좋은 연주가다. 마음을 어루만지는 음률이군.'

만덕의 연주 후 몇이 더 불합격되고 이름이 다시 불린다.

"다음, 남촌에서 온 김 류."

설이 앞으로 나서자, 주변이 술렁인다.

"무슨 사내가 저리 고울까."

"호리호리한 몸집 하며 계집이라 해도 믿겠네. 저래 가지고 어디 사내 구실을 하겠는가."

"모르는 소리 말게. 시대가 변하니 사람 체형도 얼굴도 변하는 법이지. 저런 사내가 요즘 계집들 사이에서 인기가 좋다네."

설은 가야금을 내려놓고 앉아 천천히 숨을 들이쉰다. 손끝이 줄을 튕기자, 한 순간에 공기가 바뀐다. 그곳에 있는 모든 이들이 숨을 죽인 채 설의 연주를 기다렸다. 설이 뽑은 곡은 영산회상 중에서도 가장 느리고 장엄한 상령산이었다. 다시 첫 줄을 튕기는 순간, 맑고 낮은 울림이 허공에 머물다 천천히 번져갔다. 깊고 먼 산중의 새벽 같은 음률이 인간 세상의 번잡함을 저편으로 밀어냈다. 줄 하나를 따라가면 또 다른 울림이 이어지고 그 끝에는 말로 다다를 수 없는 경계가 있었다. 망각과 기억 사이, 삶과 죽음의 경계를 헤집듯 흘렀다.

연주가 끝난 뒤에도 누구 하나 먼저 입을 떼지 못했다. 사람들은 저 세상에 다녀온 듯 설을 멍하니 바라보았고 제조와 전악도 마찬가지였다. 전악은 무겁게 잠긴 눈으로 설을 바라보다가 조심스레 제조의 기색을 살폈다. 만덕은 자신의 손을 내려다보며 고개를 끄덕였다. 돌계단을 지나던 선인 역시 걸음을 멈춘 채 귀 기울이고 있었다.

'악보 그대로를 연주했다. 악보를 그린 이가 만들고자 했던 세계를 정확하게 표현했다.'

선인은 도포 안쪽의 팔을 더듬었다. 소름이 돋았다.

문을 나선 뒤에도 만덕은 설 곁을 졸졸 따라붙었다.

"이륙좌기면 이랑 육이 붙은 날이 맞지유? 당장 내일부터 연습 시작이라는 소리인디…"

만덕은 한마디 대꾸도 듣지 못하지만 아랑곳하지 않고 설 옆을 따라 걷는다.

"시험을 잘 보면 상금도 준다는데… 그걸 받아야 밥이나 먹고 살 텐데 막상 올라와 보니 걱정이 이만저만이 아니에유. 베 한 필로 어찌 먹고산다고."

설은 눈길 한 번 주지 않고 걷는다.

"지 고향에서 이걸 불면 만날 뱀 나온다고 아버지한테 등짝 처맞았는데… 이제는 마음껏 불 수 있어 그건 좋아유."

만덕이 오 년 묵은 최상품 쌍골대로 만들었다는 대금 자랑까지 늘어놓으며 따라붙지만, 설은 그를 지나쳐 골목길로 들어선다.

"찬바람이 쌩하고 부는구먼. 그쪽 연주를 듣고 한양에 오길 정말 잘했다는 그 말을 하려고 했는데…"

만덕은 설이 사라진 골목을 멍하니 바라보다가, 못내 아쉬운 듯 발길을 돌린다.

익숙하던 길이 오늘은 끝없이 이어졌다. 발끝은 흙바닥에 자꾸 미끄러지듯 걸려 휘청였고 두 다리는 쇳덩이를 매단 듯 무거웠다. 가야금을 멘 어깨는 짓눌려 한 걸음마다 뻐근하게 쑤셔왔다. 동네 어귀에 다다르자, 설은 갓을 더 깊이 눌러쓰고 눈길을 피하듯 조심스레 발걸음을 옮겼다. 집 안에 들어서자마자 갓을 벗고 그대로 바닥에 몸을 내던졌다. 배는 고팠고 온몸이 저릿했지만, 먹을 생각도, 잠들 마음도 들지 않았다.

'사는 것이 참… 고단하구나.'

잠깐 눈을 감았을 뿐인데, 잠이 들었던 모양이다. 설은 일어나 어둠에 익숙해질 때까지 기다렸다가 서랍에서 보자기를 꺼내어 바닥에 펼친다.

[집에서 나오십시오. 사람들이 알아본다면 일을 해보기도 전에 목숨을 잃게 될 것입니다.]

챙길 짐이라곤 호의 서책과 악보, 그리고 빛바랜 옷가지뿐이다. 봇짐을 메고 마당으로 나선 설은 한참 동안 집을 바라본다.

[별이 많구나. 설아, 이 가야금에 온 우주가 들어있다는 것을 아니?]

[가야금에 우주가요? 우주는 저 하늘에 넓디넓은 것이라 알고 있는데 그게 어찌 이 속에 있다는 말씀이십니까?]

둘의 모습을 흐뭇하게 바라보던 어머니가 보인다.

'그자의 말을 전했더라면⋯ 언니를 만나지 말라 간청했더라면⋯ 평생을 가슴 아파하셨겠지만 그래도 살아는 계셨겠지. 그러면 어머니께서도⋯ 모두 내가 놓쳤다.'

설은 돌아서서 집을 나온다.

'다시는 돌아올 수 없을 것이다.'

"사내의 복색을 했다고 하나 밤길에 홀로 다니는 것은 위험합니다. 이쪽으로 오시지요."

노인이 작업장의 뒷문을 연다. 그를 따라가니 작은 마당을 품은 ㄱ자 모양의 별채가 나온다.

"저는 작업장에 딸린 방에서 지내니 아씨께서는 이곳에서 지내십시오."

돌아서려는 그에게 설이 말한다.

"저는 제 몸 하나 누일 수 있으면 그걸로 됩니다. 그마저도 사치입니다."

"잊으셨습니까? 그 호패를 만든 이가 저라는 것을. 아씨께서 위험해지시면 제 목숨도 무사하지 못할 겁니다."

"드릴 수 있는 게 아무것도 없습니다. 언제 갚는단 기약도 못 합니다."

노인은 대꾸 없이 작업장으로 들어간다.

'갚아도 다 갚을 수 없는 보은이라는 게 있습니다. 제가 아씨께, 도련님께 그리고… 대감마님께 그렇습니다.'

성균관에 부산한 기운이 감돈다. 시험에 찌들어 시체처럼 떠다니던 유생들이 내일 외출 일을 앞두고 모처럼 생기를 찾았다. 명륜당 앞 은행나무 아래에 모여 반촌의 어느 집에서 무엇을 먹고 마실지를 두고 논쟁을 벌이며 한껏 고양되어 있었다. 모두가 들떠 있었지만, 단 한 사람만은 예외였다. 요즘 유행이라는 혼돈주 이야기에도 책장만 넘겼고, 외출 일이 되어도 아침부터 종일 책만 들여다보고 있다. 그날 밤, 존경각. 텅 빈 서가에 마지막 등불 하나만이 꺼지지 않은 채 남아 있었다. 서안 앞에 앉은 이는 준. 책들이 어지럽게 쌓인 그곳에서, 그는 묵묵히 책장을 넘기고 있었다.

"아직 계셨습니까?"

문단속을 하러 서리가 들어오자, 준이 책들을 책꽂이에 넣는다.

“막 일어나려던 참이었네. 공연히 자네를 번거롭게 했군.”

“아닙니다. 돌아오는 길에 들르는 것입니다. 그런데 어찌 오늘 같은 날도 존경각에 계십니까?”

준이 책을 다 꽂은 뒤 서리를 스쳐 지나가며 말한다.

“배움이 부족하니, 반촌의 술잔보단 존경각 등불을 태우기로 했다네. 가봄세.”

그가 나간 뒤 서리가 감탄한 듯 중얼댄다.

“역시 좌의정 댁 아드님은 뭐가 달라도 다르시군.”

방으로 들어온 후에도 준은 서책을 편다. 잠시 후, 바깥이 떠들썩하더니 문이 벌컥 열리며 술 냄새가 훅 들어온다. 갓을 삐뚤게 쓴 해상이 벌게진 얼굴로 들어서며 준을 보고는 피식 웃는다.

“오늘 같은 날에도 책이군.”

해상이 털썩 앉으며 갓을 휙 벗어 던진다. 준은 눈길도 주지 않고 책만 본다.

“그날 이후로 자네는 책 귀신이 붙은 것처럼 이러고 있네.”

해상이 책 너머로 얼굴을 들이밀자 준은 책을 좀 더 들어 그의 얼굴을 떼보려 했다. 하지만 해상의 얼굴은 그대로 따라 올라와 준을 본다.

“취했으면 자게. 방해가 된다면 내가 나가지.”

준이 일어나려 하자 해상이 그의 어깨를 눌러 앉힌다.

“얘기를 좀 해보라고. 도대체 같은 책을 이렇게 닳도록 읽는 그 이유

말일세.”

해상이 그에게 몸을 기울이며 은밀하게 속삭인다.

“자네는 다른 무언가를 보지 않기 위해 이러는 걸세. 아니면 머릿속에 떠오르는 그 생각을 떨치기 위해서든가. 내 말이 틀렸는가? 자네 같은 위인들이 대개 그렇거든.”

“틀렸네.”

“뭐가 틀렸다는 겐가?”

해상이 준의 손에서 책을 빼앗는데 그 안에서 종이가 툭 떨어진다. 해상이 그것을 펼쳐 읽는다.

“그러니 자네가 틀렸다는 걸세. 난 이것을 보고 있었네. 이 서찰이 그 낭자와 내 사이에 남은 유일한 것이라 여겨져서⋯ 사실 그 낭자가 내게 준 것도 아니지만⋯”

준이 종이를 접어 다시 책 속에 끼워 넣은 뒤 나간다. 해상은 그가 다시 문을 열지 않을까 잠시 있다가 그 종이를 다시 빼내어 유심히 본다.

“필체는 틀림없이 계집인데 그 낭자가 준 것은 아니라⋯”

사정전의 공기는 무겁고도 서늘했다. 아침 볕이 살창 너머로 스며들고 있었지만, 임금의 얼굴에는 생기가 없다. 밤새 뒤척인 그는 희미한 빛을 보며 눈을 감는다.

[아바마마, 살려주시옵소서! 저를 여기에서 꺼내주시옵소서!]

[누가 내게 물을 갖다주오. 물 좀 주시오! 제발 물을 좀 가져다주시오!]

창경궁 선인문 뜰에서 부르짖던 아비의 절규. 피맺힌 목소리가 다시 귀에서 울렸다. 고개를 저으며 눈을 뜨지만 눈길을 돌릴 곳은 어디에도 없었다. 임금이 신하들을 천천히 둘러본다.

'보아하니 오늘도 길어지겠군.'

"먼저 혜민서에 관한 건이오."

낮고 단호한 목소리에 숨은 격정이 실렸다.

"약재 공급이 지연되고, 진휼청 또한 손을 놓고 있다는 보고를 받았소. 백성의 생명을 살피는 것이 군왕의 첫 책무인데, 이 어찌 된 일이오?"

좌의정이 나서며 말했다.

"약재의 시세가 급등하여 유통이 줄고 특히 경기 내륙은 조달이 어렵다는 장계가 있사옵니다. 백성을 위하는 마음은 지극하오나 당장은 인력과 예산이…"

임금이 말을 잘랐다.

"짐이 본 것은 백성들의 얼굴이오. 혜민서 앞에서 아이를 안고 선 아비, 한밤 중 문을 두드리던 부녀자. 그들의 절박함이오."

임금이 손짓하자 내관이, 임금이 친히 작성한 시책 초안을 바쳤다.

"경기와 한성부터 시험 시행하시오. 약재 조달을 위해 조운과 역로를 새로 정비하고 구휼 품목을 곡물뿐 아니라 약재와 옷감까지 확대하시오. 조달은 삼남 지방의 수령들에게 하달하여 책임지게 하되 매월 장계를 올리게 하시오"

"전하, 그러면 호조의 예산이…"

"호조는 책임지는 부서요. 군왕이 명하고 백성이 피를 흘리면, 예산은 거기서 나와야 하오."

잠시 침묵이 흐른다. 좌의정이 고개를 숙였다.

"명 받들겠습니다."

"그리고 진휼청은 각 고을의 실질 구휼 대상자를 명부로 정리하여, 익월 상신토록 하시오. 이름 없는 자들을 이름으로 불러야 한다는 것이 짐의 생각이오."

대신들 사이에서 한숨 소리가 들렸다. 임금은 개의치 않고 도승지를 본다. 그러자 그가 책 한 권을 들고 앞으로 나섰다. 조선과 외국의 구휼 제도를 정리한 책이다.

"이 책의 요지를 간추려 각 관아에 내려보내고, 문맹자가 많은 고을은 훈장이 읍소에서 매일 백성에게 읽어주게 하시오."

"하오나 전하, 군사비와 교정청 예산도 이미 빠듯한 실정이라…"

"짐이 명했소."

임금의 목소리는 흔들림이 없었지만 이마에는 식은땀이 맺혀 있었다. 신하들은 그가 고집스럽게 밀어붙인다 여겼을 뿐, 그 땀방울을 보는 이는 없었다.

회의가 끝나자, 임금은 밖으로 나선다. 짧은 숨을 내쉰 뒤 지친 어조로 내관에게 이른다.

"장악원으로 가지."

장악원 뜰에는 악사들이 악보를 살피거나 연습에 몰두하고 있다. 설은 구석에서 현을 조율하고 있었다.

'정식 악사까지 될 필요가 있었을까. 여악(女樂)으로 있어도 잔치에는 갈 수 있었을텐데…'

이 문턱을 넘는 순간부터 하루도 편할 날이 없었다. 위태롭고 조심스러운 나날, 그리고 끊이지 않는 긴장. 하루에도 몇 번씩 따라붙는 시선에 설은 몸이 굳곤 했다. 악사의 복장으로는 얼굴을 가릴 수 없어 그나마 반이라도 숨길 수 있었던 갓이 그리울 지경이다.

'아니… 어르신의 말씀처럼 그렇게 사는 것이 더 위험했을 것이다.'

설은 고개를 흔들며 생각을 떨쳤다. 옷깃 스치는 소리, 악사들이 악기를 만지는 미세한 음 하나하나에 귀를 세우고 소리에 집중했다. 곧 북소리가 울리고 이십여 명의 악사들이 자리를 잡는다. 뒤이어 보허자에 맞추어 광수무를 출 여기들과 정읍에 아박무를 출 흑수의를 입은 춤꾼들이, 다시 보허자에 향발무를 출 붉은 옷의 춤꾼들이 차례를 기다린다. 꽃잎 같은 여기들이 걸어들어오자, 앞을 보지 못하는 선인과 악보를 유심히 보는 설을 제외한 모든 악사의 시선이 그리로 간다. 전악이 박을 치자 여민락 연주가 시작된다. 하지만 이내 불협의 음이 튀어나왔다. 악사들이 당황해 서로를 살피고 악보를 들춰본다. 설의 귀도 그 틀어짐을 놓치지 않았다.

'한낱 종이보다 제 귀를 믿는 자가 또 있군.'

다시 연주하는데 부는 악기에서 또다시 튀는 음이 들린다. 전악이 박을 쳐 연주를 멈춘다. 대금을 부는 이들이 만덕을 본다. 만덕은 민망한 듯 머리를 긁적이며 악보를 보는데 여전히 무언가 이해되지 않는다는 얼굴이다.

"또 자네군. 송만덕. 마지막일세. 이번에도 틀리면 사객연에서 빠질 각오를 하게."

다시 연주가 시작되는데, 이번엔 현악기에서 어긋난 음이 나온다. 설에게 시선이 집중되고 전악의 차가운 목소리가 울린다.

"김 류, 이번엔 자네인가. 악보를 다 외우지 못했나, 아니면 남들이 천재라 하니 자만한 건가?"

"악보는 다 외웠습니다."

"허면? 실력만 믿고 연습을 게을리했단 말이군."

그 말에 설이 담담한 얼굴로 말한다.

"제 연주가 틀린 것이 아니라 이 악보가 잘못되었습니다."

장내가 술렁인다. 침묵만 지키던 이가 처음으로 입은 연 것도 놀라웠지만 감히 악보를 부정한 대담함이 더 큰 충격이었다. 마침 임금이 들어서서 이를 지켜보고 있었다.

"악보가 틀렸다고? 그래, 그 근거는 무엇이냐?"

그때 호의 목소리가 속삭이듯 스쳤다.

[네 귀를 믿어라, 설아. 그것은 어떤 것보다 진실하단다.]

"제 귀입니다. 악은 듣는 자의 귀로만 진실을 가를 수 있지요. 악보는 종이에 담긴 그림자에 불과합니다. 물을 그릇에 담으면 모양이 달라지고, 글씨는 옮겨 적으면 획이 흐트러집니다. 그러나 흐르는 물이 스스로 길을 찾듯, 울림은 귀에 이르면 거짓 없이 본디 빛깔을 드러냅니다. 눈은 형상에 속을 수 있으나, 귀는 소리의 맥을 놓치지 않습니다. 악은 곧 그 맥에 실린 숨결이옵니다."

전악이 눈을 가늘게 뜨며 물었다.

"네 말에 책임질 수 있겠느냐?"

설은 대답 대신 줄을 튕겼다. 그것은 악보에 나온 음계로 연주하는 것보다 더 부드럽고 조화로웠다. 악사들이 고개를 들어 설을 바라보았다. 설이 연주한 대로 따라 해본 이들도 놀란 기색을 감추지 못했다. 전악이 악보를 가져오게 해 확인하니, 과연 설의 말대로 그 부분이 잘못 필사된 것이었다.

"잘못 옮겨졌군. 그런데 그걸 어찌…"

연습이 끝나자 전악은 임금에게 다가간다.

"송구하옵니다, 전하."

"아닐세. 정사의 고단함을 장악원에서나마 풀 수 있었네. 그런데 김류라 했던가? 그 가야금 연주자 말일세."

"그러하옵니다, 전하. 이번에 새로 든 자입니다."

"악보보다 제 귀를 믿는다… 게다가 저 당찬 기세. 가까이에서 한번 보고 싶구나."

설이 장악원을 나서는데 만덕이 그를 놓칠세라 따라온다.

"내 생각도 꼭 같았는데. 거기서 그 음계대로 연주하면 아무래도 이상했구먼유."

설은 대꾸하지 않고 걸음을 재촉한다.

"그런데 왜 처음엔 말 안 했대유?"

그 말 역시 무시하며 가는데 저 앞에서 승하가 걸어온다. 설은 계속 걸음을 옮기고, 만덕은 멈춰서서 소리친다.

"그러면 나중엔 왜 말했대유?"

승하가 무섭게 힘주어 보니 만덕은 덩치에 어울리지 않게 겁을 먹고서는 꾸벅 절한 뒤 잰걸음으로 사라진다. 승하는 설에게 다가간다.

"별일 없었지? 노인장 댁으로 가는 길이면 나도 가던 참이다."

설은 고개를 숙인 채 그를 지나쳐 걷는다. 승하는 성큼 걸어가더니 가야금을 가로채 어깨에 짊어지고는 앞장선다. 설이 제 것을 다시 메려고 하자 승하는 싱글거리며 가야금을 다른 어깨로 옮긴다.

"달라니까."

승하가 갑자기 멈추더니 설의 얼굴에 닿을 듯 가까이 다가간다.

"계속 이럴 거냐?"

"뭘?"

설이 한 발짝 물러나며 말한다.

"네가 자꾸 이러면 마치 사내한테 매달리는 계집처럼 보지 않을까 해서. 지금 그 얼굴과 행동 영락없이 그렇거든."

과연 지나가던 이들이 둘을 흘끔거린다. 설은 더 말하지 않고 갓을 내린 뒤 걸어가고, 승하는 그 모습을 보며 피식 웃는다.

"궁에서는 저게 사내라는 걸 믿는다는 거지? 역시 궁은 눈이 있어도 제대로 보지 못하는 천치들만 모였군."

승하가 문을 열자, 노인이 봇짐을 싸고 있다. 뒤이어 설이 들어오자, 노인이 일어선다.

"며칠 다녀올 곳이 있습니다. 이곳을 비울 텐데 괜찮으시겠습니까?"

설의 눈에 잠시 불안이 스치지만, 고개를 끄덕인다.

"제 걱정은 마시고 다녀오십시오."

설이 안채로 들어가는 것을 본 뒤 승하가 어색하게 말을 꺼낸다.

"그러니까… 내가 그러고 싶어서 그러는 건 아닌데 아무래도…"

"그렇게 하십시오. 혼자 두는 것이 불안했습니다. 저분, 지켜드리는 데 도련님만 한 분도 없으니까요."

그 말에 승하가 고개를 끄덕인다.

"그런데 어딜 가는 게요?"

"좋은 나무가 있다 하여 남도 지방에 다녀오려 합니다. 열흘쯤 생각하고 있으나 더 걸릴지 모르겠습니다."

“나무라면, 악기 주문이라도 받았소? 백날을 있어도 오가는 이 하나 못 보았는데.”

승하가 턱을 쓰다듬으며 말한다.

“이제 곧 필요할 날이 올 것입니다. 때가 되었으니까요. 그럼 부탁드리겠습니다.”

노인이 나가는 것을 보고 승하는 안채를 흘깃 보다 그대로 팔베개를 하고 눕는다. 한참을 누워 있다 무료한 듯 몸을 일으키는데 설이 갓만 벗은 도포 차림으로 들어온다. 설은 악기들을 훑다가 한쪽에 세워진 가야금을 보더니 현을 퉁겨본다. 고개를 갸우뚱하며 부들을 조정한 뒤 다시 현을 퉁기는데 땡그르르 구르는 소리가 아닌 출렁이는 소리가 난다. 승하가 그 옆에 쭈그려 앉는다.

“뭘 알고나 만지냐? 괜히 노인네 일거리 만들지 말고 밥이나 먹자.”

설이 말없이 악기를 제자리에 두고 일어선다. 다시 안채로 들어가려 하자, 승하가 앞을 가로막는다.

“밥 먹자고. 이 몸이 보기보다 귀하게 자라 혼자 밥은 못 먹는 성미라.”

설이 그를 빤히 바라본다. 승하는 거절당할까 불안해하며 눈치를 보지만, 티 내지 않으려 애쓴다. 설이 문을 열고 나서는데, 승하가 재빨리 앞으로 나서며 문을 막는다.

“정신없는 놈. 갓.”

언제부터 있었는지도 모를, 평상에 아무렇게나 던져진 자신의 갓을 주워 먼지를 털고는 설의 머리에 씌운다.

“정신 똑바로 차리고 다녀.”

두 사람은 승하가 평소 가는 주막에 들어섰다. 승하가 평상에 자리를 잡고 앉자, 설도 그 맞은편에 앉는다. 주모가 환한 얼굴로 다가왔다.

“왜 이렇게 오랜만에 왔어? 그런데 웬일로 누굴 데리고 왔대.”

“우선 술 한 병하고 국밥. 고기도 있으면 좀 내오슈. 부드럽게 삶아서.”

주모는 설에게 관심을 보이며 요리조리 살핀다.

“이 예쁜 선비님은 누구시래? 얼굴이 요 내 주먹만 하네 그려.”

설이 갓을 좀 더 내리며 고개를 옆으로 돌리자, 승하가 주모를 힐끔 보며 말한다.

“관심 갖지 말게. 자네가 넘볼 만한 사람이 아니니.”

그 말에 주모가 샐쭉해져서는 돌아서서 걸어가더니 잠시 후 술병과 국밥, 수육, 상추를 상 위에 놓고 간다. 주모는 승하에게 눈길도 주지 않고 설에게 말한다.

“삼키지 않아도 넘어갈 것이니, 선비님 맛나게 드시고 자주 오시오.”

승하는 설 앞에 젓가락을 놓아주고 자신의 잔에 술을 따른 뒤 한 잔을 들이켰다. 설은 한참 동안 상만 바라보다 승하가 했던 것처럼 제 잔을 채우고는 벌컥벌컥 마신다. 처음 마시는 술에 설이 얼굴을 찡그리며 잔을 내려놓는다. 놀란 승하는 입을 벌리고 쳐다본다.

“지금… 뭐 하는 거냐?”

그런 설을 어이없다는 듯 쳐다보는데 설이 다시 술병을 들자 승하가 그것을 가져가 설의 잔에 따른다. 설은 다시 한 잔을 비우고. 승하는 그것을 아무 말 않고 보고만 있다. 설이 주위를 둘러본다. 사내들이 술을 마시며 심각한 표정으로 이야기를 나누고 있고, 다른 한 편에서는 뭐가 그리 우스운지 웃음이 끊이질 않는다. 승하가 고기 한 점을 설 앞에 놓아주고 젓가락으로 접시를 톡 톡 치며 먹으란 고갯짓을 한다.

"우리 오라버니도 이런 곳에서 술을 마시며 하루의 고단함을 잊어봤을까? 아마 없을 거야…"

설이 고개를 저으며 술을 따른다.

"어머니…"

어머니란 말에 설의 입술이 파르르 떨리는 것을 승하는 못 본 척하며 술을 들이켠다.

"어머니랑 날 먹여 살리느라 손가락 살갗이 다 벗겨지고 피멍이 들도록 가야금만 뜯었으니까. 사는 게 너무 힘들어서 다른 건 해보고 살 여유가 없었으니까…"

설은 연거푸 술을 마시고 그 모습을 보던 승하도 쓸쓸한 듯 술을 털어 넣는다.

밤이 깊어지자, 사내들도 하나둘 자리를 떠났고 주모는 술상을 치우고 있다. 설이 눈을 껌뻑껌뻑하며 술을 따르는데 자꾸만 흘러내리는 갓이 거추장스러운지 그것을 벗어 마당으로 던져버린다.

"이제야 좀 잘 보이네."

승하는 주변에 아무도 없다는 것을 알지만 깜짝 놀라 갓을 주우려는데 그때 설의 머리가 상 위로 고꾸라지려 한다. 승하는 한 손은 갓을, 나머지 손으로는 얼른 설의 이마를 받치고 자리에서 일어나 설을 업는다.

시끌벅적했던 장터는 고요해졌고, 어느덧 달빛만이 길을 비추고 있다. 설을 업고 걸음을 옮기던 승하가 문득 멈춰 선다. 등 뒤에 느껴지는 뜨거운 숨결, 들릴 듯 말 듯한 흐느낌. 승하는 깊은 한숨을 한 번 쉬더니 다시 걸어간다. 설이 울음을 그칠 때까지 한참이나 장터를 돌다가 작업장으로 들어간다. 작업장 뒷문 앞에서 잠시 망설였지만 곧 문을 열고 방으로 들어간다. 승하는 설을 조심스레 눕힌 뒤 베개를 받치고 이불을 덮어준다. 설의 뺨에는 마르지 않은 눈물 자국이 남아 있었다. 승하는 흘러내린 머리칼을 쓸어 올려주려다 멈칫했고, 손끝은 허공을 짚고 제자리로 돌아온다.

[곧 잔치가 있어. 그땐 떡도 하고 전도 부칠 것이니 너도 꼭 와. 알았지?]

언젠가 환하게 웃으며 말했던 모습이 기억난다.

"다시는 볼 수 없는 건가…"

승하는 설의 곁에 앉아 오래도록 그 잠든 얼굴을 바라보았다.

설은 돌계단에 앉아 가야금을 조율하고 있다. 부들을 조심스레 당겼다 놓으며 음을 맞춘다. 조율을 마친 현들을 하나씩 울려보던 그때, 익숙한 지팡이 소리가 귀에 닿는다. 선인이 설과 조금 떨어져 앉아 연습을 시작한다. 그러나 그는 연습보다 설의 움직임을 온몸으로 느끼고 있었다. 악보가 틀렸다던 담담한 목소리, 한 치의 망설임 없는 태도. 언젠가 장악원 문밖에서 들었던 맑고 또렷하던 그 목소리와 겹쳐 떠올랐다.

[거문고라면 시에서 읽은 적 있습니다.]

고개를 저으며 그 기억을 떨쳐내려 했지만, 여전히 아른거리는 어린 설의 목소리를 마음에서 지우지 못한다. 그때 설이 조용히 일어난다. 선인은 연주를 멈추고 멀어져가는 발소리를 듣는다. 감각이 뛰어난 이는 선인만이 아니었다. 설 또한 그의 시선을 느끼며 감각인지 경계인지 모를 낯선 기류 속에서 걸음을 옮기고 있다.

'눈먼 이가 알 리 없다. 눈이 멀쩡한 사람들도 내가 사내인 줄 아는데…'

순간, 앞이 어두워졌다. 설이 고개를 들자 만덕이 숨을 몰아쉬며 서 있다.

"한참을 찾았구먼유."

설은 대꾸 없이 지나치는데 만덕이 옆에 바짝 붙는다.

"말하면 듣는 시늉이라도 좀 해유. 됐고! 중요한 소식이 있구먼유. 연주 일정이 바뀌었대유."

그 말에 설이 걸음을 멈춘다.

"몰랐주? 이렇게 혼자 빙빙 돌기만 하니 알 턱이 있나. 요즘 같은 시상에서는…"

말이 길어지는 것에 설이 다시 걸음을 떼자 만덕이 서둘러 덧붙인다.

"성균관에 가게 됐구만유."

설은 무심한 얼굴 그대로였지만 만덕은 한껏 들뜬 표정이다.

"글깨나 읽고 문장 좀 짓는 양반들이 다 모인 곳이잖유. 악사 몇만 뽑았는데 우리가 된 거라니까유. 그런데 있잖유…"

만덕의 수다는 연습 중에도, 장악원을 나서는 길에도 계속되었다. 청계천을 건너 성균관 쪽으로 향하자 그 목소리는 더 커졌다.

"히야! 촌놈이 성균관 구경도 다 해보네유. 전하께서 활쏘기를 그렇게 좋아하신다면서유? 활 잘 쏘는 유생 하나 나오면 장원급제보다 높게 친다 하던데유."

만덕은 한 손에는 댓잎에 싼 부침개를, 다른 손에는 대나무 통에 든 식혜를 들고 번갈아 입에 가져간다. 그러면서 말하는 것도 쉬질 않는다.

"근데 이 식혜는 우리 동네 순자도 만들겠어유. 아 순자가 누구냐면 우리 동네에서…"

성균관 주변이 이날만큼은 이례적으로 붐볐다. 활쏘기 대회를 구경하러 모인 이들과 사람이 모이는 곳이면 어김없이 따라붙는 장사꾼들, 그리고 기생들까지 뒤섞여 한껏 시끌벅적했다. 길 양옆으로 좌판이 길게 늘어서 있고, 떡이며 전, 다식과 화채가 오고 가는 손에 따라 좌우로 흔들렸다. 장사꾼들은 육포와 엿 따위의 주전부리를 팔며 소리 높여 손님을 부르고, 가체를 화려하게 틀어 올린 기생들은 치맛자락을 나풀거리며 유생 곁에서 웃음과 향기를 흘리고 있었다.

"이럴 줄 알았으면 지두 치장을 좀 하고 오는 건데 그랬어유."

만덕은 못내 아쉬워하며 설을 보는데 설은 그저 무심히 허공만 보고 있다.

악사들은 대사례장 단상 뒤에 자리를 잡았다. 유생들은 각기 속한 편에 따라 색색의 옷을 입고 같은 색의 띠를 머리에 두르고 있다. 장내는 활기로 가득했고, 그 기운에 악사들마저 들뜬 모습이다. 만덕은 고개를 한껏 젖혀 식혜를 탈탈 털어 넣다가, 밥알 하나 나오지 않자 입맛을 다시며 통을 내려놓는다.

[화살이 홍심을 뚫는 것만큼 속 시원한 것이 없단다. 활을 쏜다는 건 온몸과 정신을 하나로 모아 오직 한 생각으로 화살을 떠나보내는 것이지.]

아버지가 성균관 이야기를 할 때면, 호의 눈은 기대와 설렘으로 반짝였고, 설은 옆에서 다과를 먹으며 그런 오라버니의 얼굴을 바라보곤

했다. 그때를 떠올리며 설은 활시위를 떠나는 화살을 눈으로 좇는다. 유생들의 활쏘기를 아무 생각 없이 지켜보던 설의 눈이 크게 뜨인다. 단상 위로 준이 올라오고 있었다. 머리에 청색 띠를 두르고 늠름하게 걸어오는 그는 오직 앞만을 향하고 있었지만 설은 그가 가까워질수록 고개를 푹 숙인다.

준이 자세를 바로잡고, 깊이 숨을 들이쉰다. 이어 활시위를 팽팽히 당긴다. 곧이어 바람을 가르며 날아간 화살이 시원하게 과녁을 뚫는다.

"명중이요!"

환호가 터지고 깃발이 펄럭이자 임금이 흡족한 미소를 짓는다. 준이 다시 한 번 활을 든다. 시위를 당기자 장내의 공기도 일순 조용해진다. 이번 화살도 홍심을 뚫으면 청색 편의 역전 승리가 확정된다. 모두의 시선이 준의 손끝에 집중된다.

"명중이요! 명중!"

청색 편에서 함성이 폭발하듯 터진다. 설도 고개를 들어 준을 본다. 활을 내려놓은 그의 얼굴에 환한 웃음이 번진다. 그 미소를 잠시 바라보던 설은 이내 고개를 숙인다. 단상에서 내려오던 준은 낯익은 얼굴에 무언가를 생각하듯 입술을 꾹 다물고 자리로 돌아간다. 대사례가 끝나자, 악사들은 짐을 챙겨 반촌으로 향한다.

"다들 목 축이러 간다는데 같이 갈 거지유?"

설이 말없이 만덕을 지나치자 그는 시무룩한 얼굴로 대금을 챙긴다. 그때 준이 설을 향해 걸어오고 있었다. 설이 황급히 몸을 돌리자 만덕의 얼굴이 금세 활짝 펴진다.

"저도 저 치들이랑은 어울리기 싫었구먼유. 둘이 한 잔 걸쳐유. 그래도 우리는 옳은 것을 얘기하던 사이 아니겠어유. 가지유."

설은 자신에게서 시선을 거두지 못하는 준을 느끼며 만덕을 따라간다.

문 안으로 들어서자 설은 절로 어깨가 움츠러든다. 갓 없이 드러난 얼굴이 눈에 띌까, 고개를 숙이고 앉아 있는데 일하는 여인이 다가온다.

"무엇으로 드시겠어요?"

무표정하던 여인은 설을 보는 순간 생기를 띠며 눈을 반짝인다. 만덕이 주문을 하려 하지만 여인은 그것을 귓등으로 넘기며 설에게 한쪽 눈을 찡긋한다. 설은 당황해 얼굴을 만지며 작은 목소리로 말한다.

"요기 될 만한 것 두 접시 주시오."

여인은 잠시만 기다리라 말하며 다시 한쪽 눈을 찡긋하더니 엉덩이를 살랑살랑 흔들며 간다.

"아무래도 반한 모양이에유. 하긴⋯ 박꽃처럼 하얀 살결에 콧날은 오똑하고 입술은 해당화 꽃잎처럼 피어오른 것이⋯"

만덕이 말을 멈추더니 설을 빤히 쳐다본다. 설이 그 시선에 고개를 돌리는데 저편 유생들 틈에 준이 앉아 있다. 설이 흠칫 놀라 다시 고개를 돌리자, 이번에는 준이 설을 바라본다. 해상이 도포 소맷자락을 건으며 준에게 술을 따른다.

"자네가 이런 곳에 오자 하고. 별일이군."

준은 말없이 잔을 입에 대었다 뗀다. 시선은 여전히 설에 머물러 있다.

'분명 틀림없는데…'

아까 그 여인이 술과 요리를 가져오며 설 앞에 가까이 놓는다. 만덕은 입술을 삐죽이며 접시를 슬쩍 자기 쪽으로 끌어온다.

"이건 특별히 도령께 드리는 것이니 오래 놀다 가시어요."

여인은 비음 섞인 목소리로 말끝을 길게 뺀 뒤 치맛자락을 잡고 돌아선다. 만덕이 설의 잔에 술을 채우고 자기 잔도 가득 채워 시원하게 들이켠다.

"한양 탁주는 달짝지근한 게 혀끝에 착 감기네유."

설이 슬쩍 준을 본다. 유생들과 이야기를 나누는 그의 모습에 괜히 마음이 쓸쓸해진다. 설은 잔을 비우고는 곧장 다시 따라 마신다. 한편 준과 함께 온 두 유생은 아까부터 옥신각신하는 중이다. 준은 그 틈에서 얼핏얼핏 설을 바라보다가, 이내 시선을 거두고는 잔을 만지작거릴 뿐이다.

"자네는 어찌 생각하나? 저 계집 말일세."

해상이 묻자 준이 주변 여인들을 흘긋 보고는 고개를 젓는다.

"또 시작이군. 어찌 그리 여색을 탐하는가. 그렇게 여인 생각으로 심중이 가득 차 있으니 학문이 들어설 틈이 있겠는가."

해상이야말로 또 시작이라는 표정이다.

"그런 게 아니라 저기 저 계집 말일세."

해상이 가리키는 손끝에 설이 있다. 또 다른 유생인 준식이 고개를 저으며 나선다.

"자네 촉도 다 됐군. 하긴 얼굴이 말갛고 눈은 아기같이 커다란 것이⋯ 아니! 어찌 계집이겠는가. 하도 계집 뒤꽁무니만 쫓아다니니 사내도 계집으로 보이는 걸세."

평소에도 고지식하기로 유명한 준식이 해상의 머리를 톡 치며 말을 잇는다.

"내 눈에는 말랑⋯ 아니 그저 연약한 사내로 보이네. 곱다는 건 인정하네. 저 외모에 계집으로 태어났으면⋯"

"모르는 소리 말게. 아무리 곱상해도 사내는 사내로 보이는 법. 계집이라는 것에 오늘 술값을 걸겠네."

그러자 준식이 해상의 도포 소매를 보며 말한다.

"그것만으로 무슨 재미가 있겠나. 이번에 나온 김영덕 선생의 화첩을 걸게. 이번 판은 그림이 살아 움직이는 것 같다 하여 슬그머니 덮고도 자꾸 다시 들춰보게 된다더군. 애호가들이 몸달아하고 있다지? 난 자네가 그토록 탐내던 족제비 털 붓을 걸겠네. 자네는?"

해상과 준식이 준을 본다. 평소 같으면 이런 시시한 내기에 끼는 걸 질색했겠지만 오늘만큼은 아니다. 가까이서 설을 보고 확인하고 싶다. 그래서 한마디 하려는데,

"됐네. 자네는 증인이나 해주게."

해상이 벌떡 일어나 술병을 들고 준식과 함께 설이 있는 자리로 간다.

"자, 내가 한 잔 따르지."

만덕은 얼결에 잔을 내밀고 해상은 술을 따르며 재빨리 설의 머리부터 발끝까지 훑는다.

'영락없는 계집일세. 그것도 다시 없는 절색이라⋯ 이런 미인을 두고 이깟 내기나 해야 한다니.'

한양 기생들의 몸에 점이 어디 박혀 있는지 눈 감고도 그린다는 천하의 해상도 설의 아름다움에 가슴이 두근거린다. 해상은 정신을 차리고 손을 가슴에 얹으며 너스레를 떤다.

"연주가 절로 마음을 울렸소. 해서, 잠시 술 한 잔 나눌 수 있을는지."

설은 긴장하여 술을 벌컥벌컥 들이켜는데 해상은 설의 희고 매끄러운 목과 깜빡이는 눈의 풍성한 속눈썹을 놓치지 않는다.

'게다가 남장을 한 계집이라⋯ 여러모로 구미가 당기는데.'

"그럼유. 지들이 영광이지유."

둘이 자리에 앉는 동시에 설이 일어난다. 그때 해상이 설의 손목을 덥석 잡는다. 한 손에 쏙 들어오는 가느다란 손목. 해상이 씩 웃는다.

"이리 일어서면 우리가 민망하지 않소. 잠시만이라도 좋으니, 아야야!"

어디서 나타났는지 승하가 해상의 팔을 거칠게 쳐낸다. 그러고는 설 옆에 털썩 앉는다. 지켜보던 모든 이가 놀라고 준도 무리들이 있는 쪽으로 온다.

"어디 기생집에서 하던 버릇을 여기서 하고 있어!"

승하가 설을 본다. 그 커다란 눈망울을 보니 속이 타들어 간다.

'저런 얼굴을 하고 있으니 이런 놈들이 알짱거리는 수밖에.'

평소 같으면 주먹이 먼저 나갔을 터였다. 그러나 승하는 설의 잔에 술을 부어 단숨에 들이켰다. 그러고는 덤덤히 내뱉는다.

"가져온 술은 나눠 마시도록 하지."

'확실히 알려줘야겠군. 얼씬도 못 하게.'

그리하여 모두 한자리에 앉았다. 말은 없지만 묘한 긴장감이 흐른다. 준의 시선은 설을 놓을 줄을 모르고, 승하는 굳은 얼굴로 술잔만 바라보고 있다. 해상은 입꼬리를 올린다.

'고관대작의 아드님 등장이라. 그렇지, 이런 여인에게 사내가 없을 리 없지.'

"초면에 무례를 범했습니다. 넓은 마음으로 용서해주시기를."

해상이 고개를 숙이자 설도 고개를 끄덕였다. 그러나 고개를 들던 해상이 묘한 웃음을 짓는다.

"헌데 이상합니다. 조금 전에 기생집에서 하던 버릇이라 하셨지요?"

그 말에 승하가 허를 찔린 듯 아무말도 못한다. 다른 이들은 무슨 뜻인지 몰라 해상을 본다.

"저는 그것이 여인의 손목을 잡았다는 말로 들렸습니다. 사내한테는 쓰지 않는 말 아닙니까."

승하는 말문이 막혀 주먹만 꽉 쥐고 있는데 설이 나선다.

"그것은 저에 대한 모욕입니다. 제가 아무리 약하고 계집같이 보여도 엄연한 사내입니다. 겉모습만 보고 사람을 헤아리는 유생들께선, 스스로의 눈을 먼저 돌아보셔야 할 것입니다."

잠시 정적이 흐른다. 승하는 단호히 말을 잇는 설에 피식 웃음이 나온다. 만덕은 설이 얼마나 억울하면 저럴까 싶어 거든다.

"이 치는 장악원 제일 가는 가야금쟁이이자 사내구만유. 제가 보증해유. 무슨 뜻인지 알주? 다, 다 봤단 말이에유!"

"봤다고?"

해상이 눈을 가늘게 뜨고 묻는다.

"봤주."

"뭘?"

만덕이 해상의 아래를 향해 눈짓하자 해상의 눈동자가 요동친다. 준은 당차게 말하는 설을 보며 마음속 의심이 확신으로 굳어졌다.

"한 잔 받으시지요."

설이 준을 바로 보지 못하고 술잔을 받는다. 준은 그런 설을 가만히 바라본다.

"자네가 웬일인가. 술은 백해무익하다며 잔조차 채워주지 않던 이가."

준식이 의아하다는 눈빛으로 준을 향해 말한다.

"그 생각은 변함없네. 술은 곡식을 허비하고 정신을 흐리게 하며, 취하면 주정과 다툼이 따르니 어찌 권할 수 있겠는가.”

준식은 질린 듯 얼굴을 찌푸리고 만덕은 어리둥절한 얼굴로 준을 본다. 승하가 안주를 손으로 집어 먹으며 말한다.

“선조 대왕께서는 술을 빚어 늘 취해 있는 자의 목을 직접 친 적 있었지. 한 가지 면만 보고 전부를 판단하다니. 너 같은 놈이 출사를 하면 딱 그 꼬라지가 나겠군.”

준은 그 말에 다부진 눈빛으로 대꾸한다.

“그렇다면 그쪽은 실제보다 과장해서 해석하는 경향이 있으시군요. 저는 술이 이롭지 않다고 했을 뿐, 술에 취한 자를 죽이자 말한 적은 없습니다.”

그리고 고개를 돌려 만덕을 본다.

“장악원의 악사 중 여인도 있습니까?”

승하의 눈썹이 치켜올라가고 설의 얼굴이 굳는다. 만덕은 빈 접시를 뒤적이며 말한다.

“정식 악사라면 없어유. 무동과 여기라면 모를까.”

“만약 사내로 변복한 여인이라면 가능하겠습니까?”

만덕은 고개를 갸웃하는데 승하가 쓴웃음을 터뜨린다.

“아닌 척해도 계집인지 아닌지 수없이 재고 있었군.”

준이 승하의 눈을 똑바로 보며 말한다.

“네 그렇습니다. 정확히 말하면 여인이라 확신하고 있습니다. 그것도 제가 아는 여인이라 생각하고 있습니다.”

승하가 뭔가 더 말하려는 찰나, 설이 준을 똑바로 본다.

"영 말귀를 못 알아들으시는군. 여인이라 생각하고 저를 보시니 그렇게 보이는 겁니다. 보이는 대로가 아니라 바로 보는 것이 학문의 시작 아닙니까. 성균관 유생도 그리 대단치 않다는 것 알고 갑니다. 자, 그만 가지."

설은 승하, 만덕과 함께 주점을 나간다. 해상과 준은 말없이 그 뒷모습을 바라본다.

'구들장에 누룽지처럼 붙어 책만 봤더니 나도 한물간 모양이군. 사내를 계집으로 착각하다니. 그런데 왜 자꾸만 눈길이… 설마 내가…?'

해상이 자신의 어깨를 감싸며 몸서리를 친다.

'그렇군. 답을 정해놓았으니 다른 답을 생각할 여지가 없었겠군. 하지만… 정말 모르겠군. 그 여인인지 아니면 그저 닮은 사람인지…'

"자, 그럼 이제 화첩을 내놓게."

준식은 해상의 도포 소매에서 작은 책을 꺼내 가지만, 해상은 멍하니 생각에 잠긴다.

반쯤 취한 만덕이 승하와 설을 따라붙으며 한 잔만 더 하자고 졸랐다. 승하가 눈을 부릅뜨고 으름장을 놓자 그제야 만덕은 어깨를 늘어뜨린 채 돌아섰다. 승하가 안채 문을 열며 말한다.

"다시는 그런 데 얼씬도 하지 마라."

설은 대꾸 없이 그의 곁을 스쳐 안으로 들어간다. 승하는 그 문이 닫힐 때까지 자리를 지켰다. 어두운 방 안, 설은 도포도 벗지 않고 그대로 바닥에 몸을 웅크린다. 승하는 깊은 한숨을 내쉬며 돌아선다.

"깜깜하군."

"진짜 힘들어 죽겠다니까. 전하께서는 한시도 우리를 가만 놔두질 않으시니."

규장각 문이 열리며 젊은 검서관 셋이 책을 품에 안고 탈진한 얼굴로 터벅터벅 걸어 나왔다. 그중 하나가 머리를 절레절레 흔든다.

"초계문신들도 매일 죽을 맛이래. 전하의 문답이 얼마나 깊고 치밀한지, 매번 논리로 포박당한다더군. 방에 들어설 때마다 심장이 덜컥 내려앉는다고… 오래 못 살겠단 말이 농담이 아니더라고."

그들의 소리는 규장각 안까지 들려왔다. 임금의 입꼬리가 살짝 올라간다. 서랍을 열어 책 한 권을 꺼낸 뒤 붓을 드는데 불현듯 몇 달 전 자객을 친국하던 순간이 되살아난다. 붓끝이 먹을 머금은 채 머문다.

[그뿐인가.]

[어차피 죽을 목숨. 다 말씀드리지요. 홍술해, 그 작자의 부인은 무당 점방을 통해 전하를 저주했습니다. 붉은 안료로 전하의 화상을 그

리고 그것을 화살로 쏘면 죽는다고 했지요. 이렇게 살아계시니 그 저주가 통하지 않았는가 봅니다.]

'자객, 저주, 밀서⋯ 다음은 무엇일지 기대되는군.'

임금은 고개를 저으며 서안 위 두루마리 더미들을 바라본다. 한 장을 집으려는 순간, 곁에 있던 내관이 조심스레 입을 연다.

"전하⋯ 이만 침소에 드시옵소서. 옥체를 상하실까 염려되옵니다."

"그러고 싶네만. 낮에는 조정 대신들과 쓸데없는 논쟁을 벌여야 하고, 그것이 끝나면 젊은 검서관들과 머리 터지게 싸워야 하니 한밤이 아니면 읽을 시간이 없네. 다 과인이 부족한 탓이지. 산책이나 하겠네."

곁을 물리고 홀로 거닐자 그제야 숨이 트인다. 둥근 달이 향원정을 넘고 있었다. 즉위 초부터 이어진 암살의 공포. 누구에게도 말하지 않았지만, 한순간도 긴장을 놓은 적 없었다. 부용정에 멈춰 섰다. 달빛이 물 위에 가만히 번진다. 가느다란 밤바람이 스쳐 지나갔다. 그 바람결에 섞여 어딘가에서 가야금 소리가 들려왔다. 누군가의 웃음소리처럼 맑고도 낯익었다.

[이것은 제 누이동생의 웃음소리입니다.]

왕은 고개를 들어 하늘을 본다. 호의 목소리가 마음 깊은 곳에서 들려오는 듯하다.

[지금 웃으셨다면 제 연주가 전하의 마음에 닿은 것이겠지요.]

[그러하다. 그대 연주에 마음이 즐거워졌네.]

임금은 쓸쓸한 웃음을 짓는다.

‘내 곁에는 늘 내가 놓치는 사람뿐이군. 이런 밤 그의 가야금 소리를 들을 수 있다면 심중의 고단함을 잊을 수 있을 텐데…’

소리가 사라진 자리에 그리움만이 남았다.

며칠 뒤, 한낮의 볕이 장악원에 스며들어 바닥에 그림자를 길게 드리웠다. 제조 김용겸은 악기들을 점검하고 있다. 목재의 결을 살피고 줄의 장력을 확인하는 그의 눈빛이 날카롭다. 곁에서 돕던 이가 말한다.

“지난 장마 때 목조 악기들이 많이 상했습니다, 제조 영감.”

“이것들은 못 쓰게 되었으니 모두 내어놓고 경상, 충청, 전라에서 오동과 밤나무를 들여오게. 일급 장인들을 불러 모으고 음률에 밝은 관리들도 제작에 참여시켜야 하네. 급료와 예산은 내 직접 호조께 말씀드리겠네.”

한편, 뜰에서는 악사들이 악기별로 모여 연습 중이다. 거문고장이 박을 치니 악사들이 일제히 술대로 현을 내려친다. 꼿꼿하면서 깊은 여운을 남기는 소리가 울린다. 나무 그늘 아래에서는 대금 악사들이 모여 쉬고 있었고 만덕은 흥얼대며 악보를 보고 있었다. 그때 서너 명의 악사들이 다가와 악보를 내민다.

“이 곡 한 번 불어보게.”

무슨 일인지 몰랐지만, 만덕은 곧 대금을 들었다. 낯설지만 흥겨운 가락. 궁중 음악과는 사뭇 달랐다. 악사들은 만족스러운 표정을 지었다.

“합격일세.”

“예?”

만덕은 어리둥절한 얼굴로 되물었다.

“자네 충청도 어디 촌구석에서 올라왔다고 하지 않았나. 그럼 한양에서 사는 꼬라지야 뻔할 테고. 해서, 자네를 우리 행사에 끼워주기로 했네.”

“행사⋯유?”

“일종의 부업이네. 각종 생신, 회갑, 혼례 등 음악이 필요한 곳이면, 특히 부잣집이라면 어디든 가네. 꽤 쏠쏠하지.”

말하는 이가 엄지와 검지를 모아 동그랗게 말며 귀에 속삭인다.

“뭐, 지는 좋아유. 돈도 돈이지만 이런 악보도 연주할 수 있구유.”

그들은 서로 눈짓을 보내더니 의미심장한 얼굴로 덧붙인다.

“단, 가입 조건이 있네.”

“조건⋯이유? 방금 합격이라 하지 않았어유?”

“흠흠! 자네, 김 류와 친분이 있다지? 그자도 데려올 수 있겠나? 자네하고는 꽤나 가깝다 들었는데⋯”

만덕은 저만치 떨어져 혼자 앉아 가야금을 연주하는 설을 바라본다.

“자자. 같이 가서 얘기해 보세.”

만덕은 악사들에게 떠밀려 설 앞으로 간다. 악사들은 한발 물러서며 만덕에게 잘하라고 주먹을 쥐어 보인다. 설이 가야금을 놓을 때까지 기다리던 만덕이 어색하게 입을 연다.

“저기⋯”

설은 고개도 들지 않은 채 악보를 들춰본다.

"장악원 월급으로는 먹고 살기 힘들잖아유… 그래서 그 생신, 회갑…"

만덕이 뒤를 돌아보자 악사들은 할 말을 입 모양으로 알려준다.

"아, 혼례 같은 행사에서 부업을 할 수 있다는데유… 그게 쏠쏠…"

그때 악보를 읽던 설의 손이 멈춘다.

"하겠소."

"그래서 말인데유. 같이… 응? 지금 뭐라 했어유? 하겠다 했어유?"

설은 고개를 끄덕인다. 만덕의 얼굴이 활짝 피며 뒤를 돌아본다.

"들었주? 하겠대유!"

악사들은 됐다, 라는 표정으로 좋아하고 만덕은 가슴을 쭉 내밀며 그들에게 다가가는데 그들은 만덕을 지나쳐 설에게 우르르 몰려간다. 그중 하나가 품에서 악보를 꺼내 설에게 건넨다.

"우리가 행사 때 늘 하는 곡들일세. 나흘 뒤 북촌 이 대감 댁 잔치가 있으니 연습해 오게. 내일부터 같이 맞춰볼 걸세. 뭐, 질문 있나?"

설은 고개를 젓는다.

"그럼 내일 이 시간에 보세. 에헴."

설에게 말하는 게 어색했는지 아니면 어려웠는지 그자는 돌아서서 큰 한숨을 쉰 뒤 간다. 설 곁에 있겠다는 만덕도 함께 끌려간다. 설은 가만히 손을 가슴에 가져다 댔다. 호의 단검이 손끝에 닿는다.

'드디어 기회가 오는 것인가.'

하늘은 아직 어둠을 머금고 있었고 땅에는 옅은 안개가 깔려 있었다. 그 적막을 가르며 삿갓을 쓴 이가 수레를 끌고 간다. 수레 위에는 나무들이 가지런히 실려 있다. 장악원과 가장 가까운 궁궐 담장 아래에서 수레가 멈추었다. 그가 삿갓을 벗었다. 그 아래로 드러난 얼굴, 최 노인이다. 먼 전각을 향해 깊이 절한 뒤 다시 삿갓을 눌러 쓰고 수레를 돌렸다.

주변이 서서히 밝아오고 기와 끝에는 새 한 마리가 내려앉는다. 어느새 아침이다. 노인이 작업장 문을 열자, 구석에서 자던 승하가 눈을 뜬다. 안채 쪽을 흘끔 본 그는 소리 없이 몸을 일으킨다. 노인이 삿갓을 벽에 걸며 입을 열었다.

"그간 무고하셨습니까."

승하는 자신을 긴장하게 했던 이가 노인임을 확인하자 하품을 하며 다시 드러눕는다.

"생각보다 오래 걸렸소. 그런데 빈손이오?"

"있어야 할 자리에 잘 두고 왔습니다."

노인은 벽에 세워둔 가야금을 들어 자리에 앉는다. 뼈마디가 드러난 손이 천천히 현을 짚다가 멈춘다. 눈빛이 미세하게 떨린다. 그때 안채 쪽에서 설이 걸어 나온다.

"울림통이 문제였습니다. 게으른 자가 먼지 한 번 털지 않아 잔뜩 쌓여 막혀 있더군요."

"조율도?"

설이 무심히 고개를 끄덕인다. 노인은 가야금을 세워 두고도 한동안 손을 떼지 못한다.

'이토록 완벽하고 깨끗한 조율이라니⋯ 저분이 지닌 것은 과연 무엇인가⋯'

설이 밖으로 나서자, 승하가 곧장 따라나선다. 노인은 둘의 뒷모습을 바라본다.

'음악이 마음의 독을 풀어준다 믿었다. 하지만⋯ 너무 쉽게 생각한 것은 아닌지⋯ 틈 하나 없는 단단한 성곽, 그 안에 고인 독⋯ 내가 너무 위험한 도박을 하고 있는 것은 아닌지⋯'

설은 궁으로 들어가고 승하는 벽에 기대어 그 모습을 보다 돌아섰다.

"한 번을 돌아보질 않는군."

그때 유상흔의 가마가 지나간다. 승하는 모른 척하고 발걸음을 옮기려 했으나 가마가 멈추고 유상흔이 못마땅한 얼굴로 그를 내려다본다.

"네 놈이 여기는 어쩐 일이냐."

승하는 한숨을 내쉬며 마지못해 고개를 돌린다.

"궁 밖을 걷는 데도 이유가 필요하답니까, 이 나라에서는?"

"절간에 처박아 하루하루 빌어먹게 했어야 할 놈을 거뒀더니, 애비한테 쌍심지를 켜고 대드는구나. 학문은 멀리하고 밖으로 나돌더니 부모 자식 간 예의범절도 잊은 게냐."

승하가 입꼬리를 비뚤게 올리며 우습다는 투로 말한다.

"학문을 닦은들 문과엘 나갈 수가 있겠습니까, 반쪽짜리라도 양반이라고 상놈들처럼 장사를 하겠습니까. 무예를 익혀 반정이라도 하란 말씀이신지요?"

유상흔의 얼굴이 일그러진다.

"이런 놈을 핏줄이라고 한때나마 공들인 것이 내 평생의 불찰이다. 가자."

승하의 주먹에 힘이 들어갔다. 가마가 떠나자 그는 귀를 만지작거리며 돌아선다.

"허유가 시냇물에 귀를 씻은 것이 이제야 이해가 가는군."

연화는 백련각 앞에서 불안한 눈길로 자꾸만 주위를 살피며 서성였다. 그러다 기다리던 이가 나오자, 쓰개치마를 벗고 그를 반갑게 맞이한다.

"섬섬아!"

연화는 섬섬을 보자마자 손을 덥석 잡는다.

“아이고, 얼굴이 대체 이게 뭐다요… 사람 얼굴이 어찌 이리 못 쓰게 되었댜…”

연화는 민망한 듯 웃는다. 바싹 말라버린, 원래 꽃이었는지 말라붙은 풀잎이었는지조차 가늠할 수 없는 얼굴에는 쓸쓸함만이 남아 있다.

“잘 지냈니? 큰어머님은 평안하시고?”

“여기는 늘 똑같지라. 생활은 어떻소? 그 대궐 같은 집에서 밥도 제대로 못 얻어먹는 것이어라? 피죽도 한 그릇 못 먹은 얼굴같소…”

“나는 괜찮다. 그보다 내가 부탁한 것은? 잘 전해주었고?”

섬섬이 고개를 젓는다.

“그것이… 그 집에 갔는데 아씨는 없고, 웬 선비 하나만 들어가는 걸 봤어라.”

연화가 놀라 섬섬의 팔을 움켜쥔다.

“아가씨가 계시지 않다니? 갈 곳도 없으실 텐데… 제대로 본 것이 맞아?”

“똑똑히 봤어라. 혹시라도 놓칠까 해 뜰 때부터 그 집 앞에 있었는데 오가는 이 하나 없었어라…”

섬섬이 묵직해 보이는 주머니를 내민다.

“어차피 그 집과는 끝난 인연 아니오? 치 떨리게 싫어하던 병판한테 시집까지 간 마당에… 가엾긴 해도 그것도 다 팔자 아니겠소…”

연화는 주머니를 받지 않고 다시 섬섬의 손에 쥐어준다.

“혹시 아가씨께서 찾아올 수도 있으니 그때 전해줘.”

연화는 걱정스러운 얼굴로 돌아선다. 등 뒤로 섬섬의 목소리가 들린다.

"내 말 잊지 마시오. 이제 더 할 수 있는 일은 없어라. 그저 도련님이 남기신 말처럼 행복하게 사시오."

연화는 돌아보지 않는다. 다시 쓰개치마를 쓰고 걸어간다.

'어떻게 내가 행복할 수 있겠는가. 온 세상의 빛이 사라졌는데… 숨 쉬는 것조차 죄스러운데… 이제 내가 할 일은 단 하나. 아가씨를 지켜드리는 것이다. 대체 어디로 가신 걸까…'

이 대감 집 앞에는 난초와 보자기 꾸러미를 든 선비들이 줄지어 서 있었다. 모두들 이제나저제나 대문 열리기만을 기다리며 눈치를 살피고 있다. 설과 만덕을 비롯한 악사들은 뒷문으로 들어섰다. 마당에는 여종들이 솥을 여러 개 걸어 국을 끓이고 있었고 다른 불에서는 고기가 지글거리고 전이 노릇노릇 익어갔다. 절구질과 맷돌 도는 소리, 매캐한 연기와 기름 냄새가 공기를 가득 메웠다. 만덕은 고기 냄새에 정신 못 차리고 침을 삼킨다. 시간이 되자 악사들은 안채 마당으로 자리를 옮겼다. 넓은 평상에는 긴 상과 방석이 놓였고 여종들은 상 위를 꽃으로 장식하느라 분주했다. 만덕은 두리번거리며 연신 감탄한다.

"한양 부자가 다르긴 다르구먼유. 이런 집에 살면 뒷간 가다 싸겠어유."

"하여간 촌티를 꼭 내지. 병판에 비하면 이 집은 발치도 못 따라가네."

병판이라는 말에 심장이 떨렸다.

'겨우 이름 하나에…'

설은 고개를 젓는다.

"거긴 언제 간대유? 잔치가 많은 것도 아니고 이제는 갈 일이 없는 것 아니에유?"

"그 많은 돈을 쓸 데가 없어 걱정인 자가 바로 병판일세. 무료해지면 악사와 광대를 불러 잔치를 연다네."

그때 설이 입을 연다.

"허나 그자가 우리를 부르지 않으면 갈 수 없지 않습니까."

"장악원에서도 손꼽히는 연주자가 둘이나 들어왔으니 소문나는 건 시간문제일세. 바빠질까 걱정이라면 몰라도. 자, 자리나 잡자고."

악사들은 조율을 시작하고 설도 터덜터덜 걸어가 앉는다.

'부르지 않으면 닿을 수도 없다니… 왜 거기까진 생각하지 못한 건지… 우습고 한심하구나…'

만덕의 눈에 물려 입은 것이 빤한 설의 낡은 도포와 해진 짚신이 들어온다. 그는 일부러 목소리를 높인다.

"곧 소문이 한양 바닥에 퍼질 테고, 두고 보시유! 잔치란 잔치는 모두 우리가 가게 될 테니."

대문이 열리자 청지기는 명단을 확인한 뒤 자리를 안내한다. 지체 높은 이들은 이 대감 곁 가까운 평상으로, 그렇지 않은 이들은 멀찌감치 떨어진 정자 위로 올라간다. 설은 병판이 와 있을까 살피지만 그의 모습은 보이지 않는다. 평상 중앙에 앉은 이 대감은 손님들을 맞고 있다. 상이 채워지자 기생들이 마당 가운데로 들어오고 악사들은 연주를 시작한다. 그러나 설의 머릿속은 곡이 들어설 틈이 없다. 오로지 병판으로 가득하다. 설은 이 대감의 자리를 바라보며 거리를 가늠한다.

'내 걸음으로 오십 보쯤.'

그리고 그 거리만큼 거쳐야 할 이들을 세어본다. 하인, 손님, 청지기…

'뿐만 아니라 그에게는 그림자 같은 심복도 있지.'

설은 이 대감에게 달려들어 심장을 찌르는 상상을 하다 이내 허탈하게 웃는다.

'어림없지. 이거야말로 불가하군.'

춤이 끝나자 이 대감이 옆에 있는 이들의 잔을 채우고, 기생들은 술 시중을 든다. 설이 그 모습을 멍하니 본다.

'기생이 되었어야 했나…'

해 질 무렵, 잔치는 끝났고 악사들은 청지기로부터 돈을 받고 흡족한 얼굴로 나선다. 새로 생긴 주막의 주모가 절색이라며 모두 그리로 향했지만 설과 만덕은 대문 앞에 서 있다.

"저기 말이유, 우리 연주 말이유…"

만덕은 설을 보며 머뭇거린다.

"내 연주가 잘못되었습니까?"

"잘못된 건 아닌데유… 그렇다고 잘못되지 않았다 할 수도 없구유. 음과 박이 딱딱 맞게 연주한 건 맞는데유. 그 뭐랄까…"

설은 더 들을 것도 없다 생각해 돌아서려는데, 만덕이 다급히 말을 잇는다.

"어깨춤이 절로 나는 곡인데 어째 가야금 소리는 그렇지 않았구먼 유. 난 어째 그럴 수 있는지 도통 모르겠어서… 신나는 곡은 신이 나 고 슬픈 곡은 슬퍼지는 건데…"

설은 대꾸 없이 만덕에게서 멀어진다. 곧 소낙비가 퍼붓기 시작하고 설은 어디로 가는지도 모른 채 걸음을 옮긴다.

"비 좀 그치면 가야겠어라, 도련님."

지전(紙廛) 처마 밑, 준과 덕쇠가 비를 피하고 있다. 덕쇠는 두툼한 보 자기를 들고 두리번거리는데 갑자기 준의 얼굴이 환해진다. 좀처럼 볼 수 없는 미소라 덕쇠가 그의 시선을 따라가는데, 남루한 옷차림에 갓 을 깊이 눌러쓴 왜소한 사내가 있을 뿐이다.

"먼저 가 있거라."

설은 생각에 잠겨 준이 다가오는 것도 모르고 있다.

'복수를 한답시고 이 꼴로 장악원에 들어갔건만… 그자를 만나기 는커녕 손끝 하나 닿기조차 어렵다니…'

그때 누군가 앞을 막아선다. 고개를 들자 준이 환한 얼굴로 자신을 바라보고 있었다. 그러나 설의 얼굴을 타고 흐르는 물을 본 그의 얼굴이 굳어진다. 곧 주변을 둘러보는데 주점 하나가 눈에 들어온다.

상 위에는 김이 오르는 국 한 그릇과 술 한 병이 놓여 있다. 설의 갓 끝에서 빗물이 뚝뚝 떨어진다. 준은 한동안 말없이 설을 바라보다 입을 연다.

"따뜻한 국물부터 한술 드시지요."

준은 품에서 천 조각을 꺼내 설의 얼굴을 닦아주려다 조심스레 앞에 놓는다. 설은 그것을 바라만 본다. 빗물에 젖은 도포와 저고리가 몸에 달라붙었지만 신경 쓸 기운조차 없다. 설이 술병을 집어들자 준이 그것을 가져가 설의 잔을 채운다.

"묻고 싶은 것이 있습니다."

술병을 들던 설의 손이 멈춘다. 고개를 들어 준을 본다. 여러 겹의 시간이 일렁이고, 오래된 기억이 스쳐간다. 설은 고개를 젓는다. 그리고 준을 마주보며 단호히 말한다.

"대답 드리지요. 저는 선비님께서 생각하시는 그 여인이 아닙니다. 그저 술 한 잔 나누어 마신 그뿐입니다. 그러니 다음부터는 제가 비를 맞고 걸어가도 모른 척하십시오."

준은 눈앞의 이가 장악원 악사인지, 잊을 수 없는 그 여인인지 따지지 않고 있었다. 지금 눈에 보이는 것은 작고 축 처진 어깨뿐이다. 준이 부드럽게 미소 짓는다.

“제가 묻고 싶은 것은 제 잔을 채워줄 수 있는지⋯ 사람을 앞에 두고 혼자 마시는 것은 주도에 어긋난 것 아닙니까. 자.”

설은 머뭇거리다 그의 잔을 채운다. 두 사람은 말없이 잔을 기울였다.

시간은 흘렀고 주점엔 어느새 두 사람만 남았다.

설이 제 잔에 술을 따르는데 병 끝이 자꾸만 비껴가 술이 잔 밖으로 줄줄 흘러내린다.

“이번엔 제가 한 가지 여쭈어도 되겠습니까?”

그 물음에 준이 고개를 끄덕인다. 설이 목소리를 조금 높인다.

“그냥 모른 척 지나가시지. 왜 저를 아는 척하셨습니까.”

그때 주모가 투덜거리듯 말한다.

“언제까지 그러고들 있을 거유? 문 닫을 시간이 한참 지났는데⋯”

“이제 그만 일어납시다.”

준이 일어나 설을 일으키는데 술에 취해 중심을 잃은 설이 그 품에 쓰러진다. 준은 그녀를 잡으며 낮게 속삭인다.

“이런 사람을 어찌 모른 척하고 지나가겠습니까.”

그 순간 문이 벌컥 열리며 누군가 들이닥쳤다. 승하였다. 작업장에서 안절부절못하던 그는 결국 장악원에서 필동까지 설을 찾아 헤맸고 불빛이 새어 나오는 곳마다 들이닥친 끝에 이곳까지 왔다. 승하는 한 걸음에 준과 설 사이를 갈라놓고 휘청이는 설을 붙들어 일으킨다.

“뭐 하는 짓이야!”

준도 물러서지 않는다.

"짓이라니요! 함께 술을 마신 것뿐입니다."

"이 지경이 되도록? 무슨 수작인지 몰라도, 꺼져."

"말씀이 지나치십니다."

승하가 설을 조심스레 앉힌 뒤 준의 멱살을 거칠게 잡는다.

"정신 못 차리게 술을 먹이고 밤늦게까지 붙들고 있으면, 그게 수작이지, 뭐야!"

준이 잡힌 멱살을 떼어내며 말한다.

"비를 맞으며 혼자 걷고 있더군요. 그저 비를 피하려고 데려온 것뿐입니다."

승하는 잠든 설의 얼굴을 바라본다. 곧이어 준의 시선도 그 위에 머문다.

"사는 게⋯ 고달파 보였습니다. 내딛는 걸음걸음이 위태로워 보이더군요."

승하는 말없이 설을 업고, 준은 가야금을 들고 뒤를 따른다.

"그건 이리 주고 이만 가봐."

"가는 곳까지 동행하겠습니다. 이것도 들어드리지요."

작업장 앞에 이르자 종루에서 묵직한 종소리가 울리기 시작했다. 통금이 시작된 것이다. 발길을 못 떼는 준을 보고 승하는 마지못해 말한다.

"들어와. 노인장은 또 어딜 간 거야."

설을 업고 안채로 들어가는데 준이 뒤따르자, 승하가 돌아서며 소리를 지른다.

"어딜! 저쪽에 얌전히 있어."

방에 설을 눕힌 뒤 아궁이에 장작을 넣는다. 준은 작업장의 악기들을 둘러보는데 승하가 이불을 평상에 놓는다.

"새벽엔 쌀쌀할 거다."

"결례인 줄 알지만, 하룻밤 신세를 지겠습니다."

준은 갓을 벗고 이불을 폈다. 평상 양 끝에 누운 두 사람. 눈이 마주치자 누가 먼저랄 것도 없이 나란히 등을 돌린다.

[정확히 말하면 여인이라 확신하고 있습니다. 그것도 제가 아는 여인이라 생각하고 있습니다.]

승하는 준이 설을 여인으로 의심하고 있는 게 영 신경이 쓰인다.

'그날 냇가에서 만나기로 했다는 이가 이놈인가⋯ 맞다면 왜 감추고 있는 거지? 복잡한 생각이라면 딱 질색인데. 젠장.'

"저 악사와는 언제부터 연이 있으셨습니까?"

승하는 대답 대신 과거를 떠올린다. 칼을 맞고 노인을 찾았을 때 오라비 등 뒤에 숨어 자신을 걱정하던 그 눈빛을. 승하가 되묻는다.

"저 녀석을 여인이 아닌 장악원의 악사이자 사내라고 믿는 것이냐? 네가 알고 있다던 그 여인이 아니라는 것을 인정한다는 말이야?"

"제가 묻는 것에는 답은 주지 않으시는군요. 아직 모르겠습니다. 너무 닮았는가 하면, 전혀 다른 사람 같기도 해서."

"그 여인을 연모⋯ 아니, 됐다. 잠이나 자."

승하는 눈을 감지만 쉽게 잠들지 못한다. 준 역시 복잡한 마음으로 천장을 바라본다.

다음 날 아침. 안채에서 가야금 곡조가 흘러나왔다. 잠시 눈을 떴던 승하가 다시 감으며 입가에 옅은 웃음을 머금었다.

'아프진 않은 모양이군.'

준은 안을 둘러보며 악기들을 구경하다 가야금 소리에 걸음을 멈춘다. 승하가 슬쩍 묻는다.

"저놈이 장악원 최고라던데. 나는 귀가 어두워 들어도 모르겠다만 어떠냐? 딱 봐도 높은 댁 아드님 같은데 음악에도 조예가 깊을 것 아니냐."

준은 가만히 듣다가 씁쓸하게 웃는다.

"한 가지는 알겠습니다. 저 이는 제가 찾던 그 여인이 아닙니다."

승하는 벌떡 일어나 준을 본다. 그 순간, 가야금 소리가 뚝 멎는다.

"어떻게?"

설이 들어오고 있었지만, 두 사람은 이를 모른 채 대화를 잇는다.

"제가 아는 그 여인의 곡조는 청명하고 아름다웠습니다. 때로는 고단함을 씻기고, 때로는 슬픔을 쏟아내게 했지요. 무엇보다 듣는 이를 행복하게 만들었습니다. 저 이가 장악원 최고일지 몰라도 제게는 아닙니다."

"지금… 뭐라는 거냐?"

"그 여인과 너무 닮아 혹시 남장을 한 게 아닌가 헛된 상상에 사로

잡혀 있었습니다. 하지만 저 연주를 들으니 알겠습니다. 전부 제 착각이었다는 것을요."

준은 한층 가벼워진 얼굴로 말한다.

"이제 분명해졌으니 정식으로 예를 갖추겠습니다. 이 준이라 합니다."

설 역시 표정 없이 또렷이 답한다.

"김 류입니다."

―――――

3장

―――――

꽃의 그림자는 물결에 사라지고

임금이 쌓인 상소 중 하나를 펼치려다 제조의 말에 손을 멈춘다.

"말씀 그대로입니다. 장악원에 악기가 필요할 쯤이면 궁문에 나무와 돌이 놓여 있었다고 하옵니다. 그것도 최상품으로요."

왕이 흥미롭다는 듯 턱을 매만진다.

"때맞춰 놓여 있다⋯ 누군가 필요할 때를 미리 짐작해 가져다 둔다는 말이오?"

"부제조와 장부를 정리하던 중 올해 예산 항목에서 나무와 돌이 누락된 것을 보고 물었더니 처음에는 품목에 넣었다가 후에 뺐다 하였습니다. 매번 궁문에 놓여 있었기 때문이라 하옵니다."

"장부를 거슬러 보았을 터인데?"

"예, 전하. 해마다 그랬습니다. 언젠가부터는 아예 사들인 내역조차 없었사옵니다. 그전에는 예산 책정 전에 궁문에 놓고 갔기에 품목으로 넣지 않았다고 하였습니다. 이번에는 예산을 책정한 후 놓고 간 것이라 추측되옵니다. 전하."

"이번엔 그자가 한 발 늦었다는 소리군. 그자의 정체는 아직 밝히지 못한 것이고?"

"예 전하. 해서, 이번엔 찾아낼까 하옵니다."

"장악원을 위하는 선한 마음이라면 굳이 밝힐 필요가 있을까 싶은데… 허나, 짐도 궁금하긴 하오."

제조가 잠시 사이를 둔 뒤 말한다.

"그 시작이 전하의 즉위 원년이옵니다."

임금은 잠시 말이 없다. 부용정 쪽에서 부는 바람이 문틈으로 스며든다. 임금의 눈빛이 서서히 날을 세운다. 잔잔했던 물결 아래 감춰진 무언가가 일렁인다. 그러다 입꼬리를 살짝 올린다.

"짐은 사람의 마음을 곡조로 듣는 법을 배웠소. 말은 감출 수 있어도 소리는 진실을 드러내지요. 장악원의 소리부터 살펴보시오. 이름은 숨겨도 곡조는 숨기지 못할 것이니."

임금은 잠시 생각에 잠긴다. 눈빛이 차분해지다가 이내 다시 날이 선다.

"허나 한 가지, 제조."

"예, 전하."

"짐은 정사에 있어 음모를 싫어하되, 음악에 있어선 음모를 탐하는 바요. 이유가 무엇이겠소?”

제조가 머뭇거리자 임금이 답한다.

“의도를 숨긴 음악이 더 간절하고 깊기 때문이지.”

장악원 뜰, 악사들의 연주에 맞춰 무동들이 춤을 춘다. 발놀림은 물 위를 미끄러지듯 부드러웠고 손짓은 구름을 쓸어내리는 듯했다. 그때, 짙은 색의 옷자락이 무대를 가르며 들어섰다. 처용이었다. 오방색 단령에 붉은 탈을 쓴 처용이 등장하자 분위기가 단숨에 바뀌었다. 첫걸음은 절제되었으나, 발끝에서 뿜어져 나오는 기운이 사방을 울렸다. 그는 다섯 방향을 향해 절도 있는 춤사위를 펼쳤다. 오방색 옷자락이 바람을 품으며 흩날릴 때, 마당에 깔린 햇빛마저 일렁이는 듯했다. 마침내 박이 울리며 춤이 끝났다. 처용은 정면을 바라보며 고개를 천천히 들었다. 탈 너머 눈동자는 보이지 않았지만, 묘한 생명감이 있었다.

설이 가야금을 챙기는데 잔치를 함께 다니는 악사가 다가온다. 저쪽에서는 악사들이 선인 곁에 모여 무언가를 이야기하고 있다.

“이보게, 나 좀 도와주게나. 시험이 코앞이지 않나. 내 이번에 품계를 올리려고 부지런히 나왔건만 시험 성적이 좋지 않으면 말짱 도루묵이니 자네가 좀 도와주게.”

그는 설의 손을 덥석 잡는다. 설이 당황해 손을 빼는데 그의 눈빛은 애달프기 짝이 없다.

“우리 집 사정, 자네도 알지 않은가. 노모에 새끼들은 줄줄이⋯ 부탁이네.”

잠시 망설이던 설은 고개를 끄덕인다.

어느새 어둠이 어스름이 내려앉았다. 연습을 마친 이가 어깨를 두드리며 웃는다.

“지난 오 년간 무얼 했나 싶네. 고맙네. 품계만 올라가면 이 은혜 절대 잊지 않을 것이네. 나란 놈이 원수는 갚지 않아도 은혜는 꼭 갚는 성격이라…”

몇 번이고 고마움을 전한 그는 돌아서며 덧붙인다.

“선인도 우리와 함께 다니기로 했네. 그리 고사하더니 무슨 바람이 불었는지 먼저 하겠다 하더라고. 눈은 멀었어도 손은 신이 내린 솜씨지. 이제 우리는 그 사람까지 얻었으니 한양 최고네! 이건 뭐 이름이라도 하나 지어야지. 어쨌든 정말 고마우이. 나 먼저 가네!”

그는 벌써 품계가 올라간 얼굴이다. 설은 그가 뒤에 한 말은 듣지도 않고 앞에 한 말을 읊조린다.

“원수는 갚지 않아도…”

준은 서책을 펼치고 앉아 있다. 그때 해상이 요란하게 방으로 들어온다.

“이거 원. 반촌에서 하숙을 하든가 해야지. 통금 시간 맞춰 들어오기 번거로워 못 해먹겠군.”

준은 대꾸하지 않고 책장을 넘기는데 해상은 갓과 도포를 아무렇게나 벗어던지며 이기죽거린다.

"그런데 자네 나한테 할 말 없는가?"

"무슨?"

준이 서책에서 시선을 떼지 않은 채 답한다.

"성균관에서 꽉 막힐 정도로 법도 운운하던 자네가 외박을 했단 말이지. 그건 필시 중대한 이유가 있을 거 아닌가? 요 며칠 박 교수 수업 때문에 혼이 쏙 빠져 못 물어봤네만 지금은 알아야겠네. 그날 밤은 어디서 무얼 했나?"

해상이 은근한 어조로 물으며 준에게 다가온다.

"숨겨둔 계집이라도 있는 건가?"

준은 대꾸할 가치조차 없다는듯 고개를 저으며 책장을 넘긴다. 그러나 해상은 무언가 짐작이라도 한 듯 말을 잇는다.

"혹시 그 여인을 만난 것인가?"

준의 손이 책장 위에서 잠시 멈칫한다.

"자네 가슴에 불을 질러놓고 홀연히 사라진 그 여인 말일세."

순간 준의 마음에 무언가 걸렸다. 주점에서 마주 앉았던 악사 류의 모습이 떠오르자 이내 고개를 저으며 답한다.

"벗. 벗의 집에서 하룻밤 신세를 졌네."

그 말에 해상은 못마땅하다는 듯 입을 삐죽인다.

"벗? 벗의 집에서 하룻밤 머물렀다고? 자네가 말이지? 됐네. 말하기 싫으면 싫다고 하게. 거짓말을 하다니.”

그는 자리에서 일어나 밖으로 나가고, 준은 책을 덮는다.

[그러니 다음부터는 제가 비를 맞고 걸어가도 모른 척하십시오.]

“그런 말을 하면 더 아는 척하고 싶고 더 보고 싶다는 것을 모르는 모양이군.”

준은 입 밖으로 새어 나온 말에 깜짝 놀라 외친다.

“보고 싶다니? 내가 지금 무슨 생각을 하고 있는 것인지. 이것은 측은지심이다. 측은지심.”

그때 밖에서 방으로 들어오려던 해상이 피식 웃는다.

“그렇지, 벗은 무슨. 연심이란 게 바로 그 측은지심에서 싹튼다는 걸 아직 모르는 모양이군.”

장사꾼들도 떠난 골목엔 정적만 남았다. 불빛 하나 없는 어둠 속에서 달빛만이 돌담을 쓰다듬고 있었다. 승하는 벽에 기대어 팔짱을 낀 채, 발끝으로 흙을 헤집으며 설을 기다리고 있다. 안에 있던 노인도 문 너머를 이따금 바라본다. 달빛을 따라 설이 걸어온다. 어깨는 축 처졌고, 걸음은 무거웠다. 설이 가까이 오자 승하의 얼굴이 굳는다. 꾹 다문 입술 아래 눌린 마음이 고스란히 드러났다. 설이 문을 열려 하자, 그를 내려다보던 승하가 낮게 말한다.

“명심해라. 넌 사내가 아니라 계집이다. 오늘은 좀 늦을 거다.”

설은 들어가다 말고 승하의 뒷모습을 바라본다. 늘 검은 도포를 걸치고 다니기에 그가 어둠 속으로 걸어가는 것처럼 보인다. 설이 문을 열자 노인은 여느 때처럼 쭈그려 앉아 나무를 깎고 있다. 안채로 들어가려는데 그가 그것을 벽에 세우며 말한다.

"태어날 때부터 삶의 모든 순간이 고단하고 험난한 인생이 있습니다."

설은 노인을 바라본다. 그가 봇짐을 싸며 말을 잇는다.

"서자란 많은 것을 누린 듯 보이나 정작 손에 쥔 건 하나 없지요. 손을 뻗어도 허공뿐. 어떤 이들은 그 공허를 쾌락으로 채우지만 그런 삶이 도련님께 가당키나 하겠습니까. 오히려 그런 쾌락에서 도망치실 분이니. 그저 숨만 쉬고 살아가는 것이 도련님께서 할 수 있는 전부였지요."

설은 한참 침묵하다가 냉소 섞인 목소리로 되묻는다.

"그래서 제가 저 이를 위로라도 해야 한다 말씀이십니까? 제가 누굴 위로할 처지랍니까?"

이 대감의 잔치에 다녀온 뒤, 설은 불안했다. 복수는 생각보다 멀고 아득했다.

"저 이도 억울하게 죽은 오라비가 있답니까? 아니면 그런 오라비만 그리다 눈 감은 어미가 있답니까? 그 복수를 하겠다고 사내로 하루하루를 버티는 제가 누굴 위로하라는 말씀이십니까? 그래도 제가 그 위로란 걸 해야 한다면, 어떻게 하면 되겠습니까? 말씀해 보십시오."

작업장엔 나무 타는 냄새만 감돌았다.

"괜한 말을 했으니 신경쓰지 마십시오."

노인이 봇짐을 여미며 덧붙인다.

"도성 밖에 채굴자가 기다리고 있어 다녀오려 합니다. 채석장까지 가게 되면 수일이 걸릴 것입니다. 도련님은 늦게라도 오실 것이니 안 채 문단속만 하십시오."

늦게라도 올 거라는 승하는 며칠간 모습을 보이지 않았다.

규장각의 밤은 조용했다. 사방의 책장은 검은 벽처럼 둘러 있고 촛대에는 굳은 촛농이 겹겹이 내려앉아 있다. 글줄을 좇던 임금은 피로에 눈을 감았다.

"전하, 부름을 받은 자가 도착하였습니다."

"들라 하라."

임금이 눈을 뜨자 새로 부임하는 수령이 들어와 예를 올린다. 임금은 바쁜 와중에도 현지로 부임하는 수령을 직접 만나 당부를 전하는 일을 즉위 이래 거른 적이 없었다.

"명일 아침에는 말을 전할 수 없어 이리 밤중에 불렀네. 앉게."

임금이 그를 찬찬히 살핀다. 총명한 눈빛, 세상의 때가 묻지 않은 맑은 얼굴. 이름 석 자만으로는 알 수 없는 인물이 앉아 있다.

"자네에게 십오 개월의 임기를 보장하겠다. 이유를 아는가?"

"수령이 자주 바뀌면 백성의 삶이 흔들리고, 또한 짧은 임기라면 토호 세력에 눌려 정사를 펼치기 어렵기 때문이옵니다."

"잘 아는군. 해서 짐은 수령권 강화를 우선으로 한다네. 때로는 수령의 작은 부정은 눈감아 주기도 하지. 부정을 권하는 게 아니라 순서가 그렇다는 것이다."

"명심하겠습니다."

"가보게. 가서 내 백성을 돌보게."

수령이 예를 올리고 고개 숙여 물러나려는 순간, 임금이 그의 걸음을 보고 말한다.

"한 걸음."

수령이 놀라 고개를 든다. 임금이 부드럽게 웃으며 말한다.

"백성의 마음을 헤아릴 때는 언제나 그들보다 한 걸음 앞서야 하네."

수령이 나간 뒤 임금은 깊은 한숨을 쉰다.

"말은 잘하는군. 한 걸음 앞서라니. 짐조차도 허덕이며 쫓아가고 있거늘…"

그가 규장각 문을 나서자 내관과 궁녀들이 따른다.

'목숨줄은 노론이 쥐고 있고, 시간은 없고, 사람은 부족하다.'

아득한 세손 시절, 무서운 꿈을 꾸었던 밤이 떠올랐다.

[아바마마도 두려운 게 있으십니까?]

[물론 있단다.]

[그럼 그것을 어떻게 떨치십니까?]

[네 어머니의 노래를 들으면 괜찮아졌지. 내 마음을 알아주는 이가 있다는 것에 마음이 놓였고, 다 괜찮다는 위로를 받았단다.]

"짐은 악사가 필요하다. 정무의 고단함을 잊게 해줄 수 있는 악사를 데려오너라."

"된장을 찍어 먹어봐야 된장인 줄 안대유. 척 봐도 형님은 주먹 꽤나 쓰게 생겼잖유. 맨날 시커먼 옷만 입고 다니는 게 아무래도···"

연신 인절미를 먹던 만덕이 캑캑거리며 술을 들이켠다. 그러고는 씨익 웃는다. 장악원을 나서는 설의 뒤를 만덕이 따라붙었고 준은 설을 기다리고 있던 참이었다. 만덕이 노천주점으로 두 사람을 이끌었다. 준은 만덕의 쉴 새 없는 수다에 고개를 끄덕이며 간간이 설을 바라본다. 설은 말없이 잔을 들 뿐이다. 만덕이 혼자 몇 사발을 비우더니 볼과 코끝이 벌겋게 달아올랐다.

"곁을 스치는 게 사람인지 바람인지도 모르는 양반인데 어째 매일 기다리는 이가 있는지···형님이 요 며칠 뜸하시니 이번엔 도련님이 와 계시고."

만덕이 설을 빤히 바라보다 이내 두 손으로 얼굴을 덥석 잡는다. 설의 눈이 놀라 커진다.

"뭐가 좋다고. 이 얼음장 같은 사내가…"

준이 상 너머로 손을 뻗어 만덕의 손을 떼어놓는다. 만덕은 반쯤 감긴 눈으로 중얼거린다.

"하긴… 이 조막만한 체구에서 냉기가 착, 또 한쪽에선 독기가 착 나오는데… 어쩐지 그게 다는 아닌 것 같다는 생각이 들더라구유."

설이 말없이 술잔을 비운다. 준이 입을 열려는 찰나, 만덕이 묻는다.

"선비님은 왜 오셨대유? 또 계집인지 사내인지 밝히러 오셨대유?"

준이 설을 바라본다.

"모른 척하라니 더 아는 척하고 싶고… 곁을 스치는 바람이 되고 싶지 않더군요."

만덕은 그 뜻을 가늠하지 못해 고개를 갸웃한다. 설 역시 취해서 한 말을 기억할 리 없다.

설과 준은 집으로 가 한 잔 더 하자는 만덕을 보내고 걷고 있다. 해가 기울며 거리와 기와, 담장의 그림자까지도 붉게 물들었다. 준은 설을 힐끗 본다. 어깨에 닿을 듯 말 듯한 키, 갓 아래로 드리운 작은 얼굴. 품에 안으면…

'내가 지금 무슨 생각을…'

준은 고개를 가볍게 저으며 숨을 내쉰다. 저 얼굴이 겪었을 오해와 고난을 생각하니 가슴이 아렸다. 대사례 후 술자리에서 그 하나를 보탠 것 같아 마음이 괜스레 무거워진다.

‘참 곱구나. 저 흰 살결을 한 번 만져보고⋯ 아니, 이건 측은지심이 지나친 거다!’

그때 설이 걸음을 멈췄다. 고개를 든 준은 그제야 작업장 앞에 다다랐음을 알았다. 잠시 말이 맴돌 뿐 입밖으로 나오지 않았다.

“그러니까⋯ 저녁때가 되었으니 요기라도⋯”

설이 의아하게 보자, 급히 말을 고친다.

“아. 그러고 보니 요기를 했군. 그럼 산책을 하는 게 어떻겠소? 소화도 시킬 겸. 아, 지금까지 쭉 걸어왔지. 그럼⋯”

그 순간, 승하가 나타나 준을 밀치며 문을 거칠게 열고 들어간다.

“헛짓거리 집어 치우고 그만 꺼져.”

설은 갑자기 나타난 승하에 놀란다. 준도 당황해 목소리를 높였다.

“도대체 예의라는 건”

그러나 더 말을 잇지 못했다. 승하가 지나간 자리로 피가 뚝뚝 떨어지고 있었다. 준은 급히 달려가 승하를 부축한다. 가까이서 본 승하의 얼굴은 식은땀으로 젖어 있다.

“괜찮으십니까?”

승하는 손을 뿌리치려다 몸을 휘청이며 쓰러졌다. 준이 재빨리 받쳐 들고 평상 위에 그를 눕혔다. 그 사이 설은 서랍장을 뒤져 천, 말린 약초, 약재 상자를 찾아온다. 준이 승하의 도포를 풀자 옆구리에서 피가 쏟아지듯 나왔다.

“이런 상처를 입고⋯ 기운도 좋으십니다.”

준은 주위를 둘러보다 타고 있는 거문고의 나무틀을 떼어냈다. 달궈
진 조각을 들어 잠시 보다 상처 위에 꾸욱 누르자 승하의 몸이 떨리며
신음이 터져 나왔다. 설은 얼굴을 돌린다. 준이 약초를 비벼 상처에 얹
은 뒤 천을 감기 시작하자 설이 다시 승하를 바라본다. 설의 걱정스러
운 눈빛에 준이 천을 단단히 동여매며 말한다.

"다행히 깊은 상처는 아닙니다."

설은 그 말에 고개를 끄덕이면서도 승하에게서 눈을 떼지 못한다.

"이분과는 어떤 인연인지 물어봐도 되겠소?"

설은 한순간 머뭇대다 오래된 기억을 더듬듯 천천히 입을 열었다.

"딱 이렇게 처음 만났습니다. 그때도 지금처럼 상처를 입고 저 문으
로 들어왔습니다. 저는 제 오 아니, 형님과 이곳에서 가야금을 보고 있
었고요."

그날의 기억. 매화가 새겨진 가야금, 오라버니의 따뜻한 목소리, 그
리고 환히 웃던 자신. 설은 무심결에 미소를 지었으나 그 기억은 이내
스르르 사라지며 닫혔다. 밀려오는 아득한 그리움. 준은 흥미롭다는
듯 미소를 지었다.

"그런데 형님이 있소?"

그 물음에 설의 얼굴이 식는다.

"이만 가시는 게 좋겠습니다. 오늘 일은 제가 대신 감사드리지요."

준은 돌아가는 내내 그 말이 귀에 남았다. 갑작스러운 내침에 속상

한 것은 아니었다.

‘왜 그가 대신 감사를 한단 말인가. 무슨 사이길래.’

그러다 고개를 흔든다.

‘무슨 사이냐니. 가까운 사이니 그런 말을 할 수도… 아니, 할 수 없지. 내가 왜 그 감사를 받고만 왔지? 다시 돌아가 물려야겠군.’

준은 뒤돌아 걸어가다 발길을 멈춘다.

‘내가 지금 무슨 생각을…’

가슴에 이름 모를, 하지만 낯설지 않은 감정이 스친다.

아침 햇살이 스며들자 승하는 얼굴을 찌푸리며 눈을 떴다. 낯익은 천장이 눈에 들어오자, 정신을 붙잡고 왔다는 사실에 안도하며 다시 눈을 감는다. 하지만 문득 떠오르는 기억에 벌떡 몸을 일으킨다. 순간 옆구리를 타고 번지는 묵직한 통증. 승하는 상처 부위를 본다.

‘그 자식, 제법이군.’

그러나 그 생각도 오래 가지 못했다. 설이 놋대야를 들고 오는 것을 보자 승하는 허겁지겁 도포를 끌어 입는다.

“그 선비님이 살리셨어.”

방금까지 떠올렸던 제법이란 말이 쏙 들어간다. 둘이 함께 있었던 것도 거슬린다.

“살리긴. 내가 살아난 거지. 밥 먹자. 한잠 잘 자고 일어났더니 배고프다.”

설은 대꾸 없이 안채로 들어간다.

“어이. 사람이 말을 하면 좀”

“갓.”

승하가 피식 웃는다.

“밖에 나갈 필요 없다. 다 수가 있으니.”

그는 밖으로 나가 기둥 아래 무언가를 새긴다. 비슷한 표시들이 날짜별로 꽤 많다.

잠시 후, 열서넛쯤 되어 보이는 소년이 상보자기를 들고 와 익숙하게 평상에 상을 차린다. 승하가 돈을 건네니 소년은 그것을 받고 꾸벅 고개를 한 번 숙인 뒤 돌아갔다. 승하는 설에게 앉으라 고갯짓하고 술병을 들어 잔부터 채운다.

“그래, 그 자식은 왜 또 온 거냐? 널 사내로 본 것 같던데 왜 수작질인지. 혹시 그놈 그 계집도 품고 사내도 품는다는 그 뭐냐⋯”

“상처가 아물지 않았으니 마시지 않는 게 좋을 거야.”

그 말에 승하가 콧방귀를 뀐다.

“의원도 아닌 놈이 손을 댔으니 영영 아물지 않을 거다.”

“왜 그런 거야?”

승하가 설을 잠시 쳐다보다가 질문을 이해했다는 듯.

“정신없이 취했을 때 등에 칼을 꽂겠다는 놈들이 있어. 허나 그것도 다 내가 뿌린 씨앗이지. 이렇게 하나씩 거둬들이는 것이고.”

그는 말끝에 술을 들이켠다. 두 사람은 말없이 밥을 먹는다. 승하는다 먹은 상을 내려놓고 도포를 젖힌다. 감긴 천을 풀고 상처 위에 술을 붓자, 미간이 절로 찌푸려진다. 설은 승하의 상처를 유심히 본다.

"칼? 찔린 거야?"

"칼. 정확히 말하면 베인 상처다. 찌르는 건 아무나 할 수 없지. 나 정도나 되어야?"

고통을 감추기라도 하듯 농을 섞는다.

"찔렸다면 어떻게 되는데?"

승하는 그 말에 멈칫하다 답한다.

"깊이 찔렸다면 목숨이 위험하겠지. 그런데 힘만으론 안 돼. 결심이 서고 정신이 끝까지 따라야 한다."

"누군가를 죽이려면 깊이 찔러야 하는구나. 그것도 심장을."

천을 다시 감던 승하의 손이 멈춘다.

"뭐? 지금… 뭐라고 했어?"

"나 누군가를 꼭 죽여야 하거든."

승하는 설을 머리부터 발끝까지 천천히 본다. 그의 시선이 상투를 틀어 올린 머리에서 옥빛 도포로 내려와 짚신에 머물렀다 다시 얼굴로 간다.

'복수… 이 모든 짓을 하는 이유가 복수 때문이었군.'

"그런데 그게 될까 싶어서. 그자를 마주했을 때 단숨에 죽이지 못하면 나는 목숨을 잃고 복수는 허사가 되겠지. 해서…"

"해서?"

승하의 목소리가 낮게 떨린다. 태연히 말하는 설을 보니 가슴 깊은 곳에서 화가 끓어올랐다.

"가르쳐줘. 단숨에 심장을 찌르는 법을. 그도 아니라면 다른 방법이 있는지. 실패하지 않고 오라버니의 원(怨)을 갚을 수 있게 도와줘."

승하가 말없이 설을 바라본다. 눈동자는 흔들리지 않았으나 서늘한 불꽃이 일렁인다.

"그럼 넌 내게 뭘 해줄 거냐?"

설이 잠시 생각하는 듯하다. 설이 입을 떼기도 전에 승하는 설을 거칠게 눕힌다. 한 팔로 어깨를 감고 다른 손은 설의 두 손목을 움켜쥔다. 설이 몸을 빼려 하자 그는 더 깊숙이, 더 가까이 파고든다. 숨결이 닿는 거리, 입술은 닿기 직전.

"사내가 계집에게 바라는 게 뭐겠어?"

승하의 손끝이 설의 뺨을 지나고 목선을 훑는다. 도포 저고리로 향하려는 순간, 설이 그를 또렷이 보며 말한다. 허벅지께 도포 자락을 꼭 쥔 채.

"줄게."

승하가 피식 웃으며 얼굴을 더 가까이 가져간다. 설의 어깨를 감싼 팔에 힘이 더해진다.

"뭘?"

설은 그 눈을 피하지 않는다.

"네가 원하는 거. 날 어떻게 해도 좋아."

그 순간, 승하의 얼굴에서 표정이 가셨다. 설을 감싸던 팔에서 힘을 풀었고, 몸을 일으켜 돌아앉아 눈을 감는다. 속에서 들끓는 무언가를 억누르듯 숨을 고른다.

"가르쳐줬다. 그 말도 안 되는 복수를 하려 들면 네가 먼저 죽는다는 걸. 그러니 꿈도 꾸지 마."

승하가 나간 뒤 설은 천천히 몸을 일으킨다. 주먹을 쥐려 해도 손끝이 떨려 힘을 줄 수 없다. 삶이 왜 이렇게 되었을까… 붙잡고 싶었던 것들은 한순간 사라져 잡을 수도 없게 되었는데.

진연을 앞두고 경현당의 마루와 마당은 화사하게 단장되었다. 은입사 화병마다 붉은 벽도화가 줄지어 꽂히고, 청자 받침 위엔 밀랍으로 빚은 연꽃과 연잎이 정갈히 놓였다. 그 사이사이 월계화와 당가화가 색조를 이루었고, 나인들은 화병마다 작은 새 모양의 목각을 걸었다. 진분홍 비단에 수놓인 잎새 장식은 햇살을 받아 잔잔한 빛을 퍼뜨렸고 궁중 연향 특유의 엄숙한 기운이 공기를 감쌌다. 때가 되자 궁궐 깊은 곳에서 악현들의 예악(禮樂)이 울려 퍼졌고 붉은 연희복을 갖춰 입은 장악원 악사들이 태평소, 대금, 해금, 편종 등을 조율한 뒤 정재에 어울리는 음률을 더했다. 이어 진고가 울리자 어가(御駕)가 경현당으로 들어섰다. 임금은 먼저 조정 신료들을 향해 잔을 들어 만복과 태평성세를 기원했고, 신하들 또한 잔을 받들어 예를 올렸다.

연향이 끝나고 어가는 홍화문을 향해 천천히 나아갔다. 이날은 백성에게도 하늘이 열린 날이라 여겨졌기에 궁 밖에서는 신료들이 떡과 음식을 가난한 이들에게 나누어 주는 풍속이 이어졌다. 가마가 사라질 때까지 악사와 신하들은 머리를 조아린 채 예를 다했다.

"각 악기의 장들은 표를 받아 호궤소로 가시오."

그때 내관이 설에게 다가와 조용히 속삭였다. 설이 의아한 얼굴로 그를 보자 그가 덧붙인다.

"궁에는 나비 한 마리, 풀 한 포기에도 귀가 있습니다."

내관이 간 뒤 주변에서는 무슨 일인지 궁금한 기색이 돌았고, 만덕 역시 궁금해하는데 설은 조용히 자리를 뜬다.

향기로운 봄밤. 설은 부용정을 향하고 있다. 창경궁과 창덕궁의 담장은 길게 이어져 있었고 삼단으로 쌓인 화강암 위로 나무들이 우거져 밤하늘을 가리고 있었다. 잠시 뒤 영화당의 기와가 어스름 속에 모습을 드러내고 그 너머 주합루와 서향각이 보인다.

[그래서요, 오라버니? 더 말씀해 주세요.]

[주합루는 주상 전하의 즉위 때 지어진 누각이라 전하의 애착이 크시다 하더구나. 밤낮 그곳에서 신하들과 개혁을 논하신다 들었다. 그

옆 서향각에서는 독서를 즐기신다 하고.]

'오라버니도 나처럼 이런 밤, 이 길을 걸으셨을까…'

이윽고 부용정이 모습을 드러낸다. 인적도, 불빛도 없이 오직 달빛만이 물 위에 흩어지고 있었다. 설은 유리정에서 손과 얼굴을 씻고 부용지로 다가갔다. 연못에는 아직 피지 않은 연꽃 봉오리들이 하얗고 붉은 빛을 머금고 있었다. 설이 고개를 숙이자 물 위에는 또 하나의 누각과 달, 그리고 자신의 얼굴이 비친다. 손을 뻗어 달을 만지려 할 때 또 하나의 그림자가 나타난다. 설은 몸을 일으켜 그림자의 주인을 향해 예를 올린다.

"부용정은 다른 누각과 다른 점이 있다네. 찾았는가?"

"다른 누각을 본 적 없어 잘은 모르겠습니다만, 부용정의 두 다리가 연못에 잠긴 형태가 특이하옵니다."

"물이 맑으면 갓끈을, 흐리면 발을 씻는다는 뜻을 본떠 설계한 것이라네. 그 의미를 짐작할 수 있겠는가?"

"자취지야(自取之也)… 발을 씻는 이를 탓할 것이 아니라 물이 이미 그 까닭을 내어준 것이라 여겨지옵니다."

임금은 가만히 웃는다. 곁의 내관은 놀란 눈으로 설을 바라본다.

"자네가 장악원 최고 가야금자비 김 류인가?"

설이 다시 예를 갖추어 절한다.

"제가 김 류는 맞으나 감히 최고라 할 실력은 못 됩니다."

"듣던 대로군. 작은 체구에 걸맞지 않은 기백으로 전악을 놀라게 했다지. 해서 짐이 자네를 택했네. 내 악사가 되어주게.”

작업장으로 돌아오며 설은 부용정에서 나눈 대화를 곱씹는다.

[선비는 글씨에 인성이 드러나고, 악사는 소리에 본성이 비친다고 하던데, 자네 생각은 어떤가?]

[잘 모르겠습니다. 생각해본 적 없습니다.]

그 말에 임금이 수염을 쓸며 미소 지었다.

[솔직하군. 보통은 궁색한 답이라도 꾸며내기 마련인데. 음악이 무엇이라 생각하는가?]

[사람의 목소리나 악기를 연주하여 내는 풍류이옵니다.]

[저 달은 어떤가? 저 달이 내는 소리를 연주할 수 있겠는가?]

설은 달을 한 번 본다. 은은히 빛을 내고 있을 뿐이다.

[달은 소리가 없습니다, 전하.]

[그럼 짐의 목소리는?]

[이 정도의 음계가 될 것입니다.]

설이 현을 짚으며 대답한다.

[연주가 가능하겠는가?]

[모든 소리가 음악이 되는 것은 아닙니다.]

부용정에서의 말들은 잠시 머무는 바람 같았고 물 위에 지는 한 점 꽃잎 같았다. 그러나 그 여운은 작업장 앞에 선 승하의 모습에 스르르 사라졌다.

“일찍 일찍 못 다니냐? 어딜 갔다 오는 건데?”

설은 대답하지 않으려다 계속 쫓아와 물을 것을 알기에 한숨을 한 번 쉬더니 답한다.

“연못.”

승하가 설을 따르며 묻는다.

“연못? 왜 빠져 죽기라도 하시려고?”

“연꽃 보러.”

설이 신을 벗고 마루로 올라가는 걸 승하가 잡는다.

“부용…정? 거길 왜? 거기는 주상이…”

승하의 눈동자가 요동친다.

“네가 주상을 뵐 이유가 뭐야. 묻잖아. 도대체 왜.”

“악사가 필요하시대.”

설이 건성으로 대꾸하는데 승하의 낯빛이 굳는다.

“악사? 궁에 악사가 너 하나냐? 왜 하필 너를…”

“피곤해.”

승하가 잠시 생각하는 듯하더니 설의 어깨를 움켜쥐고 기둥으로 밀어붙인다.

“사리 분별도 제대로 하지 못하는 녀석이 뭘 해? 뭘 한다고? 남녀칠세부동석. 네 놈도 그게 뭔진 알겠지.”

설이 몸을 빼려 하자 승하의 손아귀에 힘이 더해진다.

“남녀가 유별하고 그 법도가 엄격하다는 뜻이다. 궁은 말할 것도 없지. 금단의 구역이다. 그런데 넌 계집이 남장을 하고 궁의 음악원에 들어갔다. 악사들뿐 아니라 그 위에 전악, 더 위에 정이품인 제조를, 게다가 오늘 만난 주상까지 속였다. 몸을 사려도 모자랄 판에 누굴 만나? 죽고 싶어 환장을 했구나.”

설이 고개를 들고 승하를 바라본다. 그 눈동자에는 말로 다 하지 못할 피로와 고통이 담겨 있다.

“차라리 그냥 죽어버리면 편할 것 같아. 한 걸음 한 걸음이 힘들어. 숨 쉬는 게 벅차다고!”

승하의 손에 설의 떨림이 전해진다.

“그러니 제발… 이렇게 잡지 좀 마.”

승하는 설을 잠시 바라보다 힘없이 놓는다. 그리고 말없이 돌아선다. 안채 문이 닫히고 미닫이문까지 여닫히는 소리가 들린다. 설은 무릎을 세우고 앉아 생각에 잠긴다.

[금단의 구역이다. 그런데 넌 계집이 남장을 하고 궁의 음악원에 들어갔다. 몸을 사려도 모자랄 판에 누굴 만나? 죽고 싶어 환장을 했구나.]

‘내게 시간이 얼마나 남았을까. 들키기 전에 끝내야 해.’

설은 품에서 단검을 꺼낸다. 너무 작았다, 살의를 담기엔. 너무 가벼웠다, 원한을 품기엔. 문을 열고 밖으로 나선다. 풀잎 비비대는 소리까지 들릴 만큼 밤은 적막하다. 승하는 나갔고, 노인도 돌아오지 않았다. 설은 조심스레 작업장으로 향한다. 노인이 칼을 보관하는 궤짝을 열어 손을 더듬는다. 차가운 칼날이 스친다. 피 한 줄기가 손바닥을 타고 흐르지만, 옷자락에 닦아내고 주저없이 다시 손을 넣는다. 품에 감출 만큼 작지만, 단검보다는 길고 묵직한, 심장까지 파고들 칼을. 찾았다. 안채 마당에 선 설은 칼을 높이 들어 올려본다. 달빛이 칼끝에 번진다. 칼을 쥔 손을 앞으로 쭉 뻗어보았다. 생각보다 무겁고 팔과 어깨가 따라주지 않는다. 몇 번을 휘두르자 손목이 저려온다.

'정말 쉬운 게 아니었어···'

새로운 계절이 오고 있었다. 녹음은 짙어지고 매미 소리가 떠나질 않는다. 맑은 하늘에 느닷없이 먹구름이 끼더니 소낙비를 쏟곤 했다. 설은 잔칫집 연주를 마치고 대문을 나서는 참이다. 악사들 틈에 선인과 만덕도 섞여 있다.

"어째 해마다 더 더워지는 것 같네. 안 그렇소, 형님?"

형님이라 불리는 이가 옷을 풀썩거리며 답한다.

"손에 땀이 차 아주 혼났네. 목이나 축이러 가자고."

"그럽시다. 시원하게 탁주 한 사발 해야 잠이라도 잘 것 같으니."

설은 고개를 숙인 뒤 돌아서는데 악사 하나가 다급히 붙잡는다.

"우리끼리 얘기를 좀 했네. 이렇게 벌이하는 것도 다 자네들 덕분 아닌가. 우리 실력이야 형편없는 걸 모르는 바 아니고. 은혜를 모르면 금수와 다를 바 무어 있겠는가. 해서"

옆에 있던 이가 답답하다는 듯 말을 끊는다.

"뭘 말이 그리 길다요. 밥 한 끼 대접하고 싶으니 같이 가세나. 이런 건 거절하는 게 아니지. 자네도 오늘만큼은 빼는 것 절대 안 되네."

선인을 툭 치며 당부한다.

시원한 바람이 옷자락을 스친다. 탁주가 놓이고 상 위로 김이 모락모락 피어오른다. 술잔을 부딪는 소리에 웃음이 섞인다. 몇 차례 술주전자가 돌고 날이 어둑해졌다. 한 악사가 설의 대답을 기다리고 다른 이들도 설을 보고 있다.

"혼자입니다. 아버지는 어려 돌아가셨고 얼마 전⋯ 형님과 어머니를 잃었습니다."

어색한 정적이 술잔 사이를 지나갔다. 묻던 이가 당황해 말을 더듬고, 주위에서는 괜히 물었다는 눈치를 준다.

"아니 내가 그런 줄을 알았나. 늘 혼자 가는 걸 보고, 혹시 어린 나이에 혼인이라도 했나 싶어서⋯ 어쨌든 거, 미안하네."

그중 나이 지긋한 이가 설의 잔을 채운다. 잔을 받는 설의 오른손에 천이 서툴게 감겨 있다. 만덕이 그 손을 힐끔 보고는 입을 실룩였지만 아무 말 하지 않는다.

“나도 어린 나이에 양친을 잃었다네. 어쩌다 배운 재주 하나로 지금 껏 살아왔지. 그러다 보니 내 식구도 생기고 삶이란 게 어찌어찌 굴러 가더군. 자네 이렇게 성실히 살아가는 걸 보면 하늘에서 편히 계실 것 이네.”

옆에 앉은 이가 설의 등을 가만히 두드리며 고개를 끄덕인다. 설은 잔을 들고 잠시 그 표면을 바라보며 중얼거린다.

“편히⋯ 계실까요⋯”

“이 많은 걸 어찌 다 받아적었는가. 자네 서책 빌려달라는 이가 줄을 섰네. 내게 뇌물을 쓰며 은밀하게 청하는 자도 있었지. 어떤가? 이참 에 한몫 단단히 챙겨보는 것이.”

해상은 엎드려 작은 붓으로 필기를 베껴 쓰다 이내 그것을 내던지고 는 벌렁 누웠다. 준은 그저 서책에서 눈을 떼지 않는다. 해상이 이상하 다는 듯 누운 채로 그를 거꾸로 바라본다.

“왜 아무 말도 안 하는가? 이해하지 못하고 필기만 하는 것은 팔만 고생시키는 것이다, 남의 서책을 보고 필기하는 것은 공부가 되지 않 는다, 그런 이들이 조정에 나갈 생각을 하니 조선의 미래가 걱정된다

등등."

준이 책을 탁 덮는다. 드디어 무슨 말을 하려나 싶어 해상이 기대에 찬 눈빛으로 일어나 앉는다. 준이 무언가를 결심한 듯 말을 하려는데 해상이 어, 하는 얼굴로 가까이 다가온다.

"지금 그 얼굴. 그 눈빛!"

해상이 얼굴을 더 가까이 들이대자 준은 얼굴을 뒤로 뺀다.

"뭐가 말인가."

"일전에 이런 얼굴을 본 적 있지. 계집에 푹 빠진 자네 얼굴은 이런 것이군. 자, 말해보게. 내 이번엔 제대로 듣고 확실히 이뤄지도록 힘써보겠네."

해상이 결연하게 말하는데 준은 얼굴이 굳은 채로 벽에 걸려 있는 도포와 갓을 챙겨 방을 나간다. 빠르게 걸음을 옮기던 그는 눈을 질끈 감고 고개를 떨구었다.

"그나저나 이 녀석은 하루 종일 코빼기도 보이질 않으니…"

설을 기다리던 승하가 무료한 듯 작업장 안을 휘적휘적 둘러보다 구석에 세워진 검은빛 거문고 앞에 멈춰 선다.

"이놈은 뭘 모르는 내가 봐도 멋있군."

호기심에 현을 튕겼는데 너무 힘을 주었는지 거문고가 앞으로 쓰러진다. 부랴부랴 다시 세우며 망가진 건 아닌지 살피는데 뒤쪽에서 나무판이 툭 튀어나온다. 당황한 승하가 그것을 손으로 밀어 넣는데 안쪽으로 책이 한 권 보인다.

"뭐야, 이거."

먼지가 잔뜩 쌓인 책을 탁탁 털고 표지를 본다.

"경모궁악기조성청의궤? 경모궁이면… 장헌세자의 사당이 아닌가."

책장을 넘겨보던 승하의 눈이 커진다. 어느새인가 노인이 서서 그를 바라보고 있었다.

"이것이 어찌…"

노인은 늘 앉던 자리에 앉아 무심히 나무를 깎기 시작한다.

"궁에 있어야 할 것이지요. 제가 가지고 나왔습니다. 아니, 누군가 제게 맡긴 것입니다."

승하가 다가오지만 노인은 손을 멈추지 않는다.

"그것을 설명하려면 제 아비 이야기부터 해야 할 것입니다."

노인의 아비는 종이었다. 보잘것없는 삶에서 단 하나의 행운이 있었다면, 윤규태 대감의 종이었다는 사실이었다. 대감은 엄격하되 관대했고, 예의와 규율을 누구에게나 공평하게 적용했다. 지켜 마땅한 도리였고 일관성이 있었기에 오히려 편했다. 일한 만큼 새경이 있었고, 자식들을 굶기지 않아도 되었다. 겨울에는 손이 얼도록 빨래를 하지 않아도 되었고, 여름이면 땡볕 아래 하루 종일 일하지 않아도 되었다. 만일 그날, 그 일이 없었다면 아비는 종으로 살다 죽고, 노인 역시 그 뒤를 이었을 것이다.

잔칫날이었다. 대감은 검소했지만, 잔칫날만큼은 넉넉하게 음식을 마련해 모든 이가 배불리 먹게 했다. 잔치가 끝난 뒤, 여자들은 솥과 그릇, 술잔을 정리하고 있었다. 노인의 어미는 술을 보관하려 창고에 들어갔고, 틈을 노리던 한 양반이 뒤따라 들어가 어미를 범하려 했다. 아비는 망설임 없이 그 양반을 돌로 쳐 죽였다. 대감은 대문을 걸어 잠그고 종들의 입단속을 시킨 뒤, 아비와 어미, 그리고 소년이던 노인을 불렀다. 마님은 보자기에 패물과 비단을 싸고, 계집종은 옷가지와 이불을 챙겼다. 대감이 직접 반촌에 데려다주며 말했다. 살아남으라고.

한 목숨을 앗았고, 존경받던 대감을 죄인으로 만들었다. 살아야만 했다. 죄를 물을 이가 나타날까 가슴 졸이며 살았지만, 종살이 아닌 삶은 처음이었다. 어미는 살림에 기쁨을 느꼈다. 아비는 한 달에 몇 차례 위험을 무릅쓰고 대감 댁에 고기를 들였다. 대감은 다시는 발을 들이지 말라 했지만 그것은 끝나지 않았다. 노인도 반촌에서 반인(牛人)으로 살게 되리라 여겼다. 그러나 도살장의 피비린내는 견디기 어려웠으며 다들 고기를 먹지 못해 안달이면서도 그 일을 무시하는 것이 싫었다. 일을 배우게 한다고 아비가 도살장에 데려갔지만 토악질이 나 몇 번이나 뛰쳐 나왔다. 아비는 시간이 해결해 줄 것이라 믿었다.

여느 때처럼 대감 댁을 향하던 어느 날, 노인의 가슴이 쿵쾅거리기 시작했다.

노인과 승하 사이에 어느덧 작은 술상이 차려져 있다.

"그날 제가 따라가지 않았다면 운명이 달라졌을까요. 도련님."

이야기에 빠져 있던 승하가 턱을 쓰다듬는다.

"운명같이 거창한 걸 내 알 리 없지만. 다만 흐름을 바꾸는 건 한순간이 아니라 켜켜이 쌓인 모든 일들의 결과라 생각하오. 그날이 아니었어도 언젠가는 그 운명을 만났을 것이오."

잔치가 열리고 있었다. 생전 들어보지 못한 소리에 이끌려 앞뜰로 향했을 때 악사들이 연주를 하고 있었다. 형언하기 어려운 감정이 몸 안을 채웠고 나중에야 그것이 설렘이었다는 걸 알았다. 짧은 삶이 주마등처럼 스쳐 갔다. 그날 이후 살아갈 이유가 분명해졌고, 처음으로 하늘을 올려다보았다. 강렬한 햇빛에 눈이 부셨다. 온몸에 전율이 일었다. 그리고 한 얼굴이 불쑥 들어왔다. 자신보다 어렸지만, 그 아비의 반듯함을 그대로 닮은 윤치원이었다.

승하가 노인의 잔을 채운다.

"제대로 배운 주도(酒道)입니다. 훌륭한 집안에서 예의를 배운 태는 감출 수 없는 법이지요."

그 말에 승하가 피식 웃었다.

"그 훌륭한 집안에서 숨기고 싶어 하는 서자라는 사실도 감출 수 없지요. 제 존재가 그 집안의 오점이며 약점입니다."

"태어난 숙명은 어쩔 수 없어도 삶의 방향은 도련님 몫입니다. 저 역시 그날 삶을 택했습니다. 원하는 것을 찾았고, 그것을 하기로 마음먹 었으니까요.”

윤치원은 누구나 원하는 바를 꿈꿀 수 있고 노력하여 이뤄낼 수 있 다고 말하며 그를 윤규태 대감에게 데려갔다. 대감 앞에 선 노인은 그 에게 손을 펴 보였다.

[예인(藝人)보다는 장인(匠人)의 손이구나. 빛은 잠깐, 어둠은 길다. 그 래도 괜찮겠느냐?]

고개를 끄덕였다. 그저 음악을 할 수 있다면, 반촌에서 소를 잡는 삶 대신 이 길을 스스로 택할 수 있다면 그것으로 족했다. 그 밤, 노인의 아비는 소 잡는 작업장에서 밤을 지새웠다. 노인은 떨리는 가슴을 안 고 잠을 이루지 못했다. 며칠 뒤 아비는 짐을 꾸려 나서라 했다. 아비 는 걷는 내내 아무 말 하지 않았고 지금의 이곳에 와서야 입을 뗐다. 윤규태 대감께서 마련해준 곳이라 했다.

[소 잡는 집에서 악기 소리가 나면 눈에 띈다. 네가 음악을 하려면, 우리와는 떨어져 있어야 한다.]

그때부터 온갖 악기를 익혔다. 손끝은 늘 갈라지고 피가 맺혔다. 젊 은 나이지만 한 자세를 오랫동안 하여 몸에 통증이 왔다. 허나, 그런 건 상관없었다. 윤치원은 궁에서 필사해 온 악보로 악보 읽는 법을 가 르쳐 주었고 필요한 한자를 익히게 했다. 그는 하루도 빠짐없이 왔고 혼인을 한 뒤에는 그의 아들과 함께 찾았다. 윤치원은 노인이 낸 투박

한 차를 좋아했고 그 차를 마시며 아들에게 세상을 이야기해 주곤 했다.

[백성이 먹고 입는 걱정 없이 살아야 좋은 나라다. 자식이 부모와 다른 꿈을 꿀 수 있다면 그게 진짜 나라란다.]

[아버지. 지금은 그런 나라입니까?]

윤치원은 잠시 생각하더니 고개를 저었다.

[아직은 오지 않았구나.]

[그럼 앞으로는 그런 나라가 옵니까? 그러면 좋은 왕이 있어야 하지요? 지금의 세자 저하께서는 그런 분이신가요?]

노인도 궁금했다. 모든 이가 자신처럼 꿈을 꾸고 삶을 선택할 수 있기를 바랐다.

[백성을 가엾게 여기시고 세상을 바꾸길 원하시는 분이다. 총명하시고 뜻도 분명한 분이지.]

"저도 그 뜻을 좇아 장악원으로 들어갔습니다. 도련님께서 따르시는 분이라면, 저 또한 그리하는 것이 도리라 여겼지요. 그 시절은 제 삶에서 가장 빛나는 날들이었습니다. 누군가를 위해 연주하고 그를 위해 살아간다는 것만으로도."

몇 해 뒤, 그는 연주보다 악기 제작에 더 소질이 있음을 알았다. 돌을 골라 연마하고, 악기의 틀을 짜고, 조각을 붙이고, 명주실을 꼬았다. 특히 명주실은 그만의 방식으로 현을 이루었고 최상의 소리를 냈다.

“가장 좋은 명주실로 작은 도련님께 가야금을 만들어 드렸습니다. 좋아하시던 모습이 지금도 눈에 선합니다. 후엔 아씨를 모시고 오셨지요. 그분의 가야금도 제가 만들었습니다. 매화를 조각한 아주 아름다운 가야금이었지요.”

노인의 눈에 아련한 빛이 어른거린다.

드르륵, 문이 열리고 설이 들어온다. 설은 노인과 승하가 마주 앉은 것에 잠시 시선을 두지만 곧장 안채로 들어간다.

“넌 또 왜 붙었냐.”

만덕은 양손에 든 술과 음식을 내려놓는다.

“지들은 쏙 빼고 두 분이 한 잔 걸치고 있는 거에유? 오늘 받은 돈으로 산 건데 잘됐네유. 날도 더워 남기면 다 쉬어버리니깐유.”

만덕은 익숙하게 술잔과 그릇들을 꺼낸다.

“별일 없냐? 거기 말이다. 장악원.”

“형님이 잔 하나 깨 먹는 바람에 모자라네유. 이제 한양 잔치는 죄다 우리가 하고 있어유. 영감님도 앉으세유.”

잔치라는 말에 술잔을 들던 노인의 손이 멈춘다. 그리고 곁눈질로 본 궤짝, 그 안에 있어야 할 칼이 보이지 않는다. 가야금의 울림통을 열 때도, 굳은 나무를 가를 때도 쓰이던, 매일 갈아 예리한 그것. 그때 설이 상투를 매만지며 들어온다. 풀릴세라 확인하는 손길이었다. 노인은 그늘진 설의 얼굴에서 환한 얼굴로 악기 향을 맡으며 돌아다니고 가야금을 연주하던 모습을 본다. 술을 좀 마신 탓인지, 옛 시절을 누군가에게 털어놓은 것이 처음이라 그런지, 아니면 그리운 얼굴들을 입에 올려 그런 것인지 노인의 눈앞이 흐려진다.

"젊은 사람들끼리 즐기세. 나는 가볼 곳이 있네."

노인이 밖으로 나선다. 승하는 설의 손에 감긴 천을 보고 입을 여는데 문이 다시 열린다.

"갑자기 찾아온 것이 결례인 줄 압니다만…"

"결례인 줄 알면 보통은 안 하지 않나?"

승하의 말에도 준은 설을 보며 부드럽게 웃는다. 승하가 무슨 말을 하려는데 만덕이 재빨리 준을 평상으로 이끈다. 승하는 못마땅한 듯 만덕을 발로 툭 툭 차는데 만덕은 못 들은 척 술잔을 돌린다.

밤이 깊어간다. 옆으로 턱을 괴고 누워 있던 승하는 만덕의 등을 발로 슬쩍 찬다.

"그럼 네 놈 대금 소리에 나비가 앉아 춤을 췄다는 말을 지금 믿으라는 거냐?"

준도 웃으며 거든다.

"우연히 잠시 앉았다 간 것이겠지요. 다시 날기 위해 날갯짓을 한 것 아니겠습니까."

만덕이 답답한지 가슴을 친다.

"진짜 춤을 췄다니까유! 왜 못 믿는대유, 형님은 그렇다 쳐도 배울 만치 배운 것 같으신 분이…"

"뭐 이 자식아! 난 못 배웠다 이거냐?"

승하가 발끈하자 만덕이 목을 움츠린다. 안 그래도 없는 목을 웅크리니 얼굴과 어깨가 딱 붙는다.

"어찌 됐든 그건 엄연한 진실이니께 아무도 안 믿어도 없어지지 않아유. 그건 그렇고 시원하게 계곡이나 한 번 가는 거 어때유?"

승하와 준이 동시에 설을 본다. 설이 아무 반응이 없자 승하는 심드렁한 얼굴로 손을 내젓는다.

"됐다. 이 마룻바닥에 누워 있는 게 제일 시원해."

"내일은 연습이 늦게 끝나니 안 되고 모레 어때유? 이 치는 지가 데리고 가겠구면유. 형님이랑 선비님은 계곡으로 바로 오시면 되구유."

손가락을 걸자고 했다가 승하한테 얻어맞고, 자고 가겠다고 고집을 부리다가 또 한 대 얻어맞은 만덕이 풀죽은 얼굴로 돌아갔다. 평상을 정리하던 준이 설의 눈치를 살핀다.

"저 이가 어지간히 가고 싶은 모양인데… 하루 다녀오는 것도 나쁘지 않을 것 같고 해서."

설의 대답 대신 승하의 비꼬는 말이 날아든다.

"성균관에서는 유생들이 공부하다 죽어 나간다는데 그래 가지고 어디 출사나 하시겠어?"

준은 또 시작이라는 표정으로 승하를 본다.

"쉼이 없으면 지치고 그러면 뜻하는 바도 멀어지는 법입니다. 제 출사보다 다른 걱정이 있으실 텐데요."

준의 눈이 승하의 상처 부위에 가 있다. 승하가 피식 웃는다.

"허 참. 요즘은 성균관에서 화술도 가르치나 보군. 이제 통금 시간이
니 네 놈도 그만 가라."

준이 작업장을 나서지만 문 앞에서 한참을 머문다. 무겁게 발걸음을
떼며 돌아서자, 달빛을 따라 그림자가 길게 늘어난다.

제조 김용겸은 늦은 밤 장악원 서고에 홀로 남아 있었다. 손끝으로
책등을 쓸며, 한 권씩 꺼내 펼쳐본다. 빛바랜 종이에서 먼지 냄새가 올
라온다. 그는 책을 넘기고 이내 고개를 젓는다. 이것도 아니다. 시간이
날 때마다 궁 안의 서고를 뒤지고 있었다. 분명히 장헌세자는 세손을
얻은 뒤 매일 밤 무언가를 써 내려갔다. 은밀하고 조심스럽게. 광증이
심해지기 전까지 그 기록은 멈추지 않았다. 그것이 무엇인지 정확히
알 수 없으나 지금의 주상에게 필요하리라는 예감만큼은 지워지지 않
는다.

찾지 못 하면 못 할수록 그 예감은 점점 더 깊은 확신으로 굳어졌다.
그는 눈을 감는다. 오래 봉인되었던 기억의 문이 열린다. 피의 여름.
궁 안을 뒤흔든 비명, 담을 넘던 처절한 울음. 젊은 세자는 그렇게 죽
었다. 그리고 그와 함께 많은 것들이 사라졌다. 기억하고 싶지 않았다.
그러나 그날들의 기억이 필요하다. 비명도, 울음도, 침묵도. 지금의 임
금에게 힘을 실어주기 위해서라면 잊힌, 사라진 그것을 반드시 찾아야
한다.

산 중턱에 이르자 계곡물 소리가 맑게 울렸다. 나뭇잎 사이로 쏟아지는 빛줄기가 숲을 부드럽게 감싸고, 꾀꼬리와 동박새가 엇박으로 장단을 주고받는다. 후덥지근한 바람 속에서도 만덕의 입은 쉴 틈이 없다. 새들의 울음을 해석하다 이제는 범의 울음이 대북 같다는 엉뚱한 소리를 하고는 저만치 앞선다. 비대한 체구와 달리 제법 잽싸게 산을 탄다. 설은 말없이 땀을 훔치며 걷고 있다. 승하는 앞장서며 설이 채일 법한 돌과 나뭇가지를 치우고 준은 뒤에서 설을 살핀다.

만덕이 먼저 올라 커다란 바위 위에 보따리를 풀고 손짓하는데, 승하는 연보랏빛 꽃송이가 주렁주렁 매달린 등나무 아래로 향한다. 누군가 오래전, 이 나무를 물가에 심었을 것이다. 세월이 흘러도 누군가를 기다리듯, 혹은 떠나는 이의 뒷모습을 바라보듯 자리를 지키고 있었다. 승하와 만덕이 땔감을 구하러 가고 준은 돌을 옮겨 작은 못을 만들기 시작한다. 설이 일어서려는데 준이 주위를 둘러보며 말한다.

"됐소. 이런 일에 장정 둘이나 필요하겠소. 이 자리를 고른 것도 이 등나무 때문이었군요."

그는 보따리에서 과일을 꺼내 물에 담근다. 사과 하나를 닦아 반으로 쪼개 설에게 건네는데 손끝 너머 물에 비친 설의 모습이 문득 오래전 기다림의 기억과 겹친다. 준은 고개를 젓는다.

전립투 안의 찌개가 보글보글 끓는다. 승하가 숟가락을 내려놓는다.

"이제 됐다. 먹어라."

만덕은 수상쩍은 눈으로 그를 보다 찌개를 한 숟갈 떠 넣고는 눈을 동그랗게 뜬다.

"왜? 간이 안 됐나…"

"어찌 이런 맛이! 수라간 숙수가 형님 하겠어유."

"허풍은… 네 놈이 수라간 음식을 어찌 먹어 보고?"

"텄주."

"뭐?"

"텄다구유. 덕분에 전하께서 남기신 음식들 쪼끔 맛봤구먼유. 그 수라간 나인들이 말이주, 지가 딱 가면 옆에 착 붙어 앉아 재잘재잘 나불나불. 특히"

만덕이 눈짓으로 설을 가리킨다.

"연 좀 닿게 해달라고 어찌나 찌르는지 옆구리가 아파 안 가는구먼유."

만덕이 아파 죽겠다는 시늉을 하자 설은 소매를 걷으며 살며시 웃는다. 그 모습을 승하가 본다.

'웃어? 웃었어…?'

"뭐해유. 고기 다 타는구먼유."

만덕이 고기를 서너 점씩 집어 가자 승하는 얼른 설 앞으로 몇 점 챙겨 놓는다. 반촌에서 제일 좋다는 쇠고기를 사 온 것인데 저놈 입에 다 들어가게 할 순 없다는 듯 눈을 부릅뜨고 고기 익는 것만 보고 있다. 준은 도포 자락 밖으로 드러난 설의 앙상한 손목을 본다. 벗이라기엔 마음이 너무 자주 닿았고 그 이상은 이름조차 붙일 수 없는 마음이었다.

한 잔씩 마실 때마다 꺾은 붉은 꽃잎들이 계곡물 위로 흘러간다. 숲을 스치는 바람은 잔잔하고, 사위어가는 저녁 햇살은 연보랏빛 등나무꽃 사이로 부드럽게 스민다. 설은 평소보다 느슨한 표정으로 물가를 바라본다. 만덕은 배를 두드리며 하늘을 보고 있다. 승하가 만덕을 발로 툭툭 치자 만덕은 모른 척 돌아눕는다. 승하가 다시 만덕을 툭툭 친다.

"그 피리나 좀 불어봐라."

만덕이 씩 웃더니 승하를 향해 돌아눕는다.

"맞주?"

"뭐가 또 맞아. 피리나 불라니까."

"지 대금 소리가 퍽이나 궁금하셨던 거주? 언제 한 번 들어볼까, 기다리셨주?"

승하는 대꾸도 하기 싫단 얼굴로 손을 휘휘 젓는다.

"그렇다 치고."

만덕이 일어나 호흡을 가다듬는다. 곧 청아한 소리가 계곡을 따라 퍼져나간다. 승하는 팔베개를 하고 누운 채, 하늘을 보다가 설 쪽으로 시선을 옮긴다. 설은 물가에 앉아 물을 젓고 있었다. 그때 등나무꽃 한 송이가 설의 머리 위로 떨어진다.

'달라졌다…'

승하의 시선이 술잔을 들고 있는 준에게로 천천히 옮겨간다.

"경의 얼굴이 어둡기 그지없도다. 무슨 일인가?"

김용겸은 무거운 걸음으로 다가와 자리에 앉는다. 눈빛은 깊고 입술은 굳게 닫혀 있다. 말없이 임금을 바라보는 그의 눈동자 속에 세월이 흘러간다. 지금의 왕. 그리고 그의 아비 장헌세자. 두 사람은 놀랍도록 닮았다. 총명한 눈동자엔 날이 서 있고 인자한 입매 뒤엔 고집이 숨어 있었다.

'격정과 이성⋯ 그 차이가 한 사람을 뒤주에 넣었고 또 한 사람을 왕좌에 앉혔다.'

잠시 그의 시선이 서책을 쓰다듬는 임금의 손끝에 머문다.

'사람은 어떤 방향으로 흐르느냐, 어떤 부분이 증폭되느냐에 따라 이렇듯 운명이 달라진다. 허나 장헌세자가 격정으로 꺾이지 않았다면 눈앞에 있는 왕보다 현명한 군주가 되었을 것이다.'

그는 임금을 바라본다. 모든 것은 오래된 기억 너머에 있다.

"전하⋯ 그때를 떠올려 주십시오."

"그때⋯?"

김용겸이 고개를 숙인 채 말을 잇는다.

"장헌세자가 살아계시던 날부터 그 마지막까지⋯ 전하의 기억이 필요하옵니다."

임금은 서책 위에 올려둔 손을 멈추고 천천히 눈을 감았다 뜬다. 그때로 돌아가는 것은 숨이 멎는 고통이었다.

부용정 뒤편, 발길 드문 길. 임금은 내관 하나만 곁에 두고 걸음을 옮긴다. 자갈 밟히는 소리만 들리고 연잎 위로는 물방울이 흔들린다. 멀리 매 한 마리가 날아오른다.

아버지가 검을 내려놓고 웃으며 어린 그를 번쩍 들어 올렸다가 내려놓았다. 그때 매가 날아와 아버지의 손목 위에 앉자, 아비는 몸을 낮추어 그 매를 쓰다듬게 해주었다.

[산아, 사내는 마음에 무사 하나쯤 품고 사는 법이다. 매는 썩은 고기를 먹지 않고, 높은 곳에서 내려다보며 날지. 그 품성이 군자와 같단다. 말 못 하는 짐승이나, 풀 한 포기에서도 배워야 진정한 대장부가 되는 법이다.]

어린 그가 고개를 끄덕이자, 아비는 옆에 있던 이에게 매를 건넸다.

'아버지가 검을 쥔 순간, 기다렸다는 듯 덤벼든 자들이 아비의 피를 더욱 뜨겁게 달궜고 결국 뒤주로 몰아넣었다…'

임금은 연잎 위 물방울을 닦아내며 김용겸의 말을 떠올린다.

[전하의 기억만이 길을 찾을 수 있사옵니다. 장헌세자께서는 분명 무언가를 남기셨고, 그것은 세자 저하의 사람 중 하나가 품고 있을 것입니다. 이제는 찾아야 합니다.]

그날. 매를 받았던 무사 강석운. 아비의 검술 상대이자 마지막까지 충직했던 자. 그는 세자를 흉악한 길로 들어서게 하고 역모를 꾀했다 하여 죽었다. 아버지의 사람이 하나둘 사라지는 것을 보며 그는 어른이 되었다. 가장 잔혹한 방식의 성장, 기억과 죄책이 살을 깎는 시간이었다.

그는 부용정의 난간에 손을 얹고 연못에 비친 얼굴을 바라본다. 바람이 스치자 목덜미가 서늘해지고, 연잎 위 물방울이 흔들린다. 그리고 잔물결처럼 오래 묻어둔 물음이 고개를 든다.

'이 바람을 지나가게 할 것인가, 머물게 할 것인가.'

만덕의 대금 소리가 언제 멈췄는지 알 수 없다. 지금은 설 곁에서 끊임없이 입을 움직이고 있고 설은 그저 물에 손을 넣어 꽃잎이 손바닥을 지나는 것을 보고 있다. 준은 자리를 잡고 앉아 먹을 갈고 있다. 승하는 피식 웃더니 눈을 감는다. 기분 탓일까. 지금까지의 삶이 주마등처럼 스친다. 첫째는 승하가 태어나기도 전에 죽고, 둘째가 병석에 눕는 날이 많아지자 유상흔은 밖에 살던 승하를 불러들였다. 그날부터 아비 노릇이 시작되었다. 밥상머리 예절부터 시작해서 이름난 스승을 붙여 교육을 시켰다. 그 시절, 학당에서 형이 대답하지 못한 물음에 승하가 막힘없이 답하면 어김없이 형과 그 동무들에게 두들겨 맞았지만 그래도 괜찮았다. 아버지와 스승에게 총명을 인정받으며 언젠가는 세상에 나아가 배운 것을 펼칠 수 있으리라는 꿈이 있었으니까. 잠시였으나 모든 것이 명확했고, 곧았으며, 밝았던 시절이 있었다. 그러나 둘째가 병석에서 일어나 과거에 급제하고 늦게 넷째가 태어났다. 집안은 일년 내내 기름 냄새가 담을 넘어 한양에 퍼졌고, 축하 인사들로 문전성시를 이루었다. 그와 함께, 유상흔의 관심과 총애도 끝이 났다. 다시 내쳐지진 않았지만 그는 살아있으되 죽은 자나 다름없었다. 승하는 주먹을 쥐었다가 천천히 편다. 한때는 꿈이라는 것을 꾸었지만 그것은 사라진지 오래였다.

'지금 나는 빈 손이구나. 무엇을 위해 살아왔고 살아갈 것인가…'

그의 손바닥 너머로 설의 옆얼굴이 보인다. 만덕의 말에 엷게 웃는 설의 얼굴에 알 수 없는 화가 치민다. 그가 지금 삶을 곱씹는 이유, 저 미소에 흔들리는 마음. 그 이유를 그는 모른다. 오랫동안 그래왔음에도. 저편에 그런 사내가 하나 더 있다. 붓을 잡고 있지만 온 신경은 설에게 가 있다. 그의 번번이 엇나가는 붓끝을 보며 승하는 다시 생각한다.

'좌상의 아들이라… 그 성품 반듯한 거야 동네 개도 알고, 계집을 밝히는 것 같지도 않고. 무엇보다 저 녀석이 계집이든 사내든 한결같은 그 마음…'

"뭐야!"

눈앞에 불쑥 나타난 만덕의 얼굴에 승하가 화들짝 놀란다.

"이런 데까지 와서 잠만 잔대유 형님은. 일어나세유, 술도 남았는데."

준과 설까지 불러 모은 만덕은 다시 불을 지피더니 과일을 잘라 위에 올린다. 그러고는 품에서 손바닥만 한 주사위를 꺼낸다.

"주령구라고 요새 술판에서 유행하는 놀이구만유. 누구부터 할까유?"

승하는 이게 뭔지는 몰라도 시키기만 해보라는 듯 눈을 부릅뜨고, 준은 헛기침을 하며 딴청을 피운다.

"그럼 지부터 하겠구먼유."

주령구가 데굴데굴 굴러가더니 멈춘다. 自唱自飲(자창자음). 놀이의 방법을 알기 전이라 다들 눈만 깜빡이는데, 만덕이 슬며시 일어섰다. 목을 가다듬은 그는 뜻밖의 미성으로 가락을 뽑는다. 모두가 놀라 그를 바라보았다. 노래가 끝나자 만덕은 시원하게 술을 들이켰다.

"지가 이 대금을 안 했으면 소리로 먹고 살 거라고 했어유. 다음은 형님. 한자는 제가 다 읽어드릴게유."

"뭐 이 자식아!"

승하가 버럭 소리치자 준은 고개를 돌린 채 웃음을 참는다. 승하는 인상을 쓴 채 주령구를 굴리고 눈을 부릅뜬다.

"곡비즉진(曲臂則盡)!"

승하가 무슨 뜻인지 감이 온 듯 눈을 가늘게 뜬다.

"요것이 무슨 뜻이냐 하면은! 다른 사람과 팔을 구부려 끼고 마시는 거지유."

승하는 세 사람을 본다. 만덕은 자기가 뽑히기를 바라며 눈을 반짝이고, 설은… 승하는 고개를 젓는다. 마지막으로 준을 보니 그는 또 딴청을 피우고 있다.

"이 녀석과 하겠다."

준은 당황한 듯 헛기침을 하는데 만덕은 재미있어하며 준의 잔에 술을 따른다. 두 사람은 팔을 얽은 채 서로 눈도 마주치치 않고 술을 들이켜고는 동시에 잔을 내려 놓았다. 그 모습은 가히 가관이었다.

"다음은 제 차례입니다."

준이 조심스레 굴린다.

"임의청가(任意請歌)!"

만덕이 신이 나 외친다. 이번에도 뽑히기를 기대하지만 준은 설을 보며 조심스레 말한다.

"청하고 싶소. 노래가 아니라 가야금 한 곡조 들을 수 있겠소?"

"그놈이 퍽이나…"

승하는 심드렁한 표정으로 말하지만 눈빛만은 기대가 가득하다. 만덕 역시 거든다.

"그래유. 이런 데 나와서는 빼는 거 아니에유. 어서유!"

설은 자신을 바라보는 눈들을 보다 일어난다. 설이 가는 줄 알고 만덕이 잡는다.

"가야금, 가져오려고."

설이 자리를 잡고 손의 천을 푼 뒤 현을 뜯기 시작한다. 그 소리는 처음엔 잎새 사이로 스며드는 바람 같고, 숲속의 새들이 주고받는 속삭임 같더니, 이내 물 위에 내려앉은 꽃잎들이 사르르 흩날리는 듯하다.

'…오라버니께서 그려주신 악보구나.'

의식하지 않아도 손끝은 아득히 오래된, 그 봄밤을 기억하고 있었다.

'저놈 저거 얼굴이 편안하구나…'

승하는 설의 그런 얼굴이 반갑기도 하면서 그 이유가 준이라 생각하자 이내 쓸쓸해진다. 준은 오래전 담장 너머로 듣던 가야금 곡조를 떠올린다. 그의 얼굴에는 오래 묻은 기억이 지나가고 있었다.

"확실히 다르단 말이여… 분명히 달라졌는데 말이여…"

계곡의 물소리와 가야금 선율만이 들렸기에 만덕의 혼잣말은 또렷이 들렸다. 설의 손이 멈춘다.

"아니 저 치 연주가 전이랑 달라서유… 잘하고 못하고가 아니라… 어쨌든 좋다구유. 아름답고 마음도 펜안해지고…"

그 말에 승하와 준이 동시에 설을 본다. 그 후 분위기가 조금 어색해져 넷은 계곡을 내려왔다. 장터 입구에 다다를 즈음 승하가 만덕의 뒷덜미를 툭 낚아챈다.

"먼저들 가 있어. 이놈이랑 들를 곳이 있으니."

두 사람은 말없이 장터를 걷고 있다. 짚신 끄는 소리, 대장간에서 울리는 쇳소리, 기생의 웃음과 상인의 외침이 가득했다. 그러나 그 모든 소리는 물속에서 들려오는 것처럼 멀고 흐릿했다. 사람들의 활기는 그들 곁만 비켜 흐르고 있었다.

‘…연주가 달라졌다니. 악보를 손끝에 옮겼을 뿐인데. 정말 그런 것이 가능한 걸까.’

언젠가 잔칫집에서 연주를 마치고 나오며 만덕이 했던 말도 문득 되살아난다.

[어깨춤이 절로 나는 곡인데 어째 가야금 소리는 그렇지 않았구먼유. 난 어째 그럴 수 있는지 도통 모르겠어서… 신나는 곡은 신이 나고 슬픈 곡은 슬퍼지는 건데…]

그런 사소한 말 따위야 잊어버렸다 생각했는데 생생히 귓가를 맴돈다. 설은 복수가 아닌 다른 것을 생각하고 있다는 사실에 스스로 당혹스러워진다. 준 역시 다른 때 같았다면 설의 얼굴을 살피며 걸었겠지만 오늘은 입술을 꾹 다문 채 앞만 보고 걷고 있다. 그때 골목 저편에서 징과 꽹과리를 앞세운 놀이패가 들어선다. 북소리에 맞춰 사자탈이 흔들리고, 설은 그것이 가까워져 오는 줄도 모르고 그대로 부딪칠 뻔한다.

그 순간, 준이 설의 손을 잡아 품 안으로 끌어당긴다. 설은 숨을 멈춘 채 눈을 깜빡였고, 준의 눈동자는 요동쳤다. 그는 무언가를 확인하듯 눈을 감았다가 다시 천천히 뜬다. 그리고 설의 어깨를 두 손으로 조심스럽게 잡고 자신에게서 떼어낸다. 그때 놀이패가 흩뿌린 색종이 조각들이 꽃비처럼 흩날렸다. 그것은 설의 갓 위와 옷자락에 사뿐히 내려앉는다. 준의 깊고 까만 눈동자가 설의 눈과 마주쳤다. 준은 두 사람이 처음 눈이 마주쳤던, 매화 꽃잎이 날렸던 그때를 떠올리며 설의 어깨를 잡고 있던 손을 힘없이 떨어뜨렸다.

구름이 달빛을 서서히 삼키고 있다. 설은 옷도 갈아입지 않은 채 안 채 마당에 서서 하늘을 올려다보고 있다.

'잊지 말자 다짐했건만… 나 하나 살자고 어머니와 오라버니를 핑계 삼은 건 아닐까. 궁으로 간 것도 결국 살기 위해서였던 건 아닐까. 안 된다. 절대 잊으면 안 돼.'

설의 주먹에 힘이 들어간다.

"복수 결심이라도 하고 있냐?"

언제 왔는지 승하가 문기둥에 기대어 설을 보고 있다.

"아깐 둘이 어딜 간 거야?"

승하가 설에게 다가와 옆에 앉는다.

"난 네가 달라지길 바랐었다."

"술 마셨어?"

승하가 웃는다. 그 웃음에 쓸쓸함이 배어 있다. 그는 그저 앞만 보고 말한다.

"예전처럼 말하고, 웃고, 다른 이들을 걱정하던… 아니, 돌아가길 바랐다 말해야 맞겠군. 그런데 그렇게 되어가는 것 같아 다행이고, 또…"

말이 끝나기도 전에 돌아오는 떨리는 목소리.

"예전처럼 된다고? 지금 내가 아무 일도 없었던 사람처럼 그렇게 살고 있다고?”

“그럼… 안 되는 거냐?”

그제야 승하가 설을 마주 본다.

“안 돼. 안 되지 당연히.”

승하가 한숨을 한 번 쉬더니 일어나 천천히 설의 앞에 섰다. 그의 눈빛이 흔들린다.

“왜 안 되는데? 그놈의 복수 때문에? 아니면 죽은 이들을 생각하면 너도 제대로 살아선 안 될 것 같은 뭐 그런 죄책감? 미안함? 그런 거냐?”

승하가 담담하게 말을 이어간다.

“네 꿈은 고작 그거냐? 목숨을 걸거나 아니면 함부로 살거나?”

이번에는 설의 눈빛이 흔들린다. 그의 말은 가슴 깊은 곳을 찌른다.

“너 한 번이라도 원하던 게 있었어? 소중한 게 뭔지는 알아? 너처럼 꿈도 뭣도 없는 놈한테 내가 들을 말 없어.”

설이 되받아치는데 그 말끝이 여전히 떨린다. 승하는 잠시 말이 막히지만, 주먹을 쥐며 마음을 다잡는다. 그가 다가가며 말한다.

“목숨을 걸라고 누가 그러든? 어머니가? 아니면 그 끔찍이 아끼던 오라비가? 한심해서 도저히 볼 수가 없구나. 봐라. 지금 네 꼴이 어떤지. 억울하고 분하겠지… 그렇지만 선택이다. 남을 죽이는 데 너 자신을 던지느냐, 아니면 잊고 사느냐는.”

승하는 설이 차라리 무너져 울기를 바랐다. 웃지도 울지도 않는 설이 아팠다. 그 아픔이 취기인지 연모인지 모르겠지만 말이다.

"너는 내가 이걸 할까, 저걸 할까 택하는 것으로 보여?"

"그럼 뭐냐? 결국 네 놈 마음인데, 마음먹기에 따라 달라지는 건데."

그 순간, 슥. 승하의 목에 겨눠진 칼이 달빛에 번들거린다. 승하는 피하지 않고 설을 바라본다.

"그렇다면 이게 내 선택이야."

설의 목소리는 담담했지만 칼끝이 떨리고 있다. 승하가 칼끝으로 다가가자, 설은 놀라 물러난다. 그제야 승하는 설의 손에 감겼던 천의 의미를 알아챘다. 짧은 숨을 들이쉰 그는 단숨에 몸을 틀며 설의 손목을 낚아챈다. 칼날이 공중을 가르고 설의 몸은 승하의 품에 휘청이며 안겼다. 승하는 설의 뒤에서 한 팔로는 설을 감싸고 다른 한 손에는 빼앗은 칼을 설의 심장에 가져간다.

"이렇게 하는 거다."

승하는 칼을 마당 구석으로 던져버리고는 작업장으로 발을 돌린다. 설은 한동안 움직이지 못하다가 다리가 풀린 듯 그 자리에 털썩 주저앉았다. 칼날이 그저 닿았을 뿐인데 심장이 얼어붙는 듯했다. 등줄기를 타고 흘러내린 식은땀이 옷깃 안으로 스며들었다. 손끝은 의지와 무관하게 떨렸다.

무엇이 이렇게 떨리게 만드는 것일까. 두려움인가, 분노인가, 아니면 아직 남아 있는 인간의 마음인가. 칼을 쥔 손이 스스로를 배반하듯 흔들렸고 심장은 달아나려 했다. 잊지 말자 다짐했건만 그 몸짓은 배반이었다.

방으로 들어온 설은 두 무릎을 끌어안고 앉았다. 어둠이 스며들수록 고요는 더 무겁게 내려앉았다. 속이 타들어가는데, 그 열기 속에서 오히려 살갗은 서늘했다. 눈을 감으니 피비린내가 코끝을 찔렀다. 옥중에서 스러져 가던 호의 모습이 선명히 살아났다. 설은 주먹을 쥐었다. 그러나 손바닥 깊숙이 남은 떨림은 아무리 힘을 주어도 가시지 않았다. 이 어긋남은 무엇인가.

그때, 어디선가 아주 얇고 날 선 울림이 속을 긁어내렸다. 처음 듣는 소리 같기도, 아주 오래전부터 자신 안에 숨어 있던 소리 같기도 했다.

계곡에서 돌아온 뒤 준은 더욱 학업에 몰두했다. 저렇게 공부하면 머리가 돌지 않겠느냐고, 아니면 벌써 머리가 어떻게 되었다는 소문이 반궁에 돌았다. 원래도 과묵했지만 해상에게까지 입을 꾹 다물었고 누구도 말 붙이기 어려울 정도로 싸늘한 냉기가 온몸을 휘감았다. 해상은 그런 준이 불편하면서도 걱정되어 죽을 지경이었다. 하루에도 수백 번 입이 간질거려 참는 것도 큰일이었다. 준이 해상을 피해 존경각으로 가자 그곳의 유생들은 그의 냉기를 견디지 못하고 하나 둘 자리를 떴다. 준의 손은 책장을 넘기고 있었으나 마음은 길을 잃은 채 떠돌고 있었다.

'내가… 사내를…'

책을 덮고 밖으로 나간다. 달빛에 비친 얼굴은 야위었고 괴로운 마음을 드러내는 듯 까칠하다.

"도련님! 여기 계셨어라?"

멀리서 덕쇠가 헉헉대며 달려왔다. 준은 말없이 달만 바라볼 뿐이다.

"아따 도련님, 오랜만인데 눈길 한 번 안 주시고… 대감마님께서 댁으로 들르라 하셨습니다."

준은 여전히 입을 닫은 채 움직이지 않았다. 덕쇠는 그의 곁을 맴돌다 이내 풀이 죽어 돌아섰고, 준은 한참을 그 자리에 서 있었다.

'잊자. 없었던 마음처럼, 몰랐던 사람처럼… 잊어야 한다고 생각하고 살면, 보지 않고 살아가면 잊히겠지. 내 마음도 돌아오겠지…'

며칠째 잠을 이루지 못했다. 눈을 감으면 그의 얼굴이 떠오르고, 눈을 뜨면 미칠 듯 그리웠다. 몇 번이고 방을 뛰쳐나가 찬물을 끼얹었었지만 뜨거운 열은 가시지 않았다. 몸에서 물을 뚝뚝 흘리며 방으로 들어서자 자는 척하던 해상이 벌떡 일어났다.

"도대체 어떤 계집이길래 자네를 이렇게 만드는 건가! 말만 하게. 내 당장 그 계집을 찾아가 다리 몽둥이를 부러뜨려서라도 자네 앞에 앉혀놓을 테니."

준은 고개를 떨군다. 얼굴에서는 물인지 눈물인지 모를 것이 흘러내린다.

"여인이라면… 차라리 여인이라면 좋겠네."

설은 혼자 장악원을 나섰다. 부는 악기 연주자들끼리 연습을 더 한
다고 하여 만덕은 따라붙지 못 했다. 기다려 달라는 떼를 무시하자, 연
습이 끝나고 작업장으로 가겠다며 몇 번이나 말한 끝에야 물러났다.
장악원 문 앞에서 설이 가야금을 다른 어깨로 옮기는데 말 세우는 소
리가 들린다. 검은 복면을 쓴 사내가 다가오고 있었다. 숨이 목까지 차
오르며 등줄기로 식은땀이 흘렀다. 본능적으로 갓을 눌러쓰고 발걸음
을 재촉하는데 사내가 앞을 가로막는다. 그가 설의 뒤를 흘끗 살피고
는 말했다.

"가야금자비 김 류가 맞는가?"

그 목소리. 몸 깊은 곳에서 메스꺼움이 치밀었다. 손끝이 아닌 심장
이 떨리고, 다리에선 힘이 빠졌다. 휘청이는 몸을 겨우 지탱하며 숨을
삼켰다.

'잠깐. 김 류라 했다.'

설은 고개를 끄덕인다. 사내의 시선이 설의 오른손에 잠시 머문다.

"병판 대감께서 자네를 불러들이라 하셨다."

설은 대답 없이 고개를 끄덕인다. 그는 목소리를 들려주지 않는 작
은 사내를 이상하게 여겼지만 돌아선다.

'기회인가, 덫인가…'

그날 밤, 설은 뜬눈으로 밤을 지새웠다. 천을 풀자 손바닥의 겹겹이 얕고 깊은 칼자국과 말라붙은 핏자국이 드러났다. 설은 다시 칼을 들어 올려다본다.

[이렇게 하는 거다.]

[⋯그런데 힘만으론 안 돼. 결심이 서고 정신이 끝까지 따라야 한다.]

설은 고개를 젓는다. 아무것도 해낼 수 없을 것 같았다. 심장에 닿았던 칼날의 감촉이 되살아난다. 그저 닿았을 뿐인데도 숨이 막히고 고통이 온몸을 훑었었다. 그런 고통을 견디지 못한 자신이 어찌 칼을 겨누고 그를 찌를 수 있을까.

설은 칼을 내려놓고 눈을 감는다. 산중 바위에 앉아 가야금을 타던 노인의 모습이 떠오른다. 현이 울린 순간, 세상은 멈추었고, 그 소리는 설의 심장을 꿰뚫었다. 호조차 알아채지 못한, 오직 자신에게만 닿았던 선율. 숨을 앗을 듯한 그 소리는 고통이자 황홀이었으며 어쩌면 그 경계였다. 음악이었으나 음악이 아니었고, 칼이 아니었으나 칼보다 더 깊이 파고들었다.

[⋯설아, 다시는 아까처럼 연주하지 마라. 알겠지?]

노인만큼은 아니었지만 설도 할 수 있었다. 그날 자신의 연주가 호에게도, 노인에게도 닿았다는 것을 알고 있었다. 병판의 얼굴이 떠오르자 손끝이 떨린다. 공포인지, 분노인지, 설렘인지 알 수 없다. 그러나 마음 깊은 곳에서 서늘한 감정이 일렁인다.

기회다. 설이 가진 단 하나의 무기, 선율.

칼보다 날카롭고 독약보다 깊이 스며들고 침묵보다 아득한 것.

밤새 뒤척이다가 잠든 모양이었다. 눈을 뜨자 엊그제 만덕이 들뜬 얼굴로 전해온 소식이 떠올랐다.

[사흘 후에 병판 댁 잔치에 가게 되었어유.]

그리고 복면 사내의 전갈.

[병판 대감께서 자네를 불러들이라 하셨다.]

무엇에 먼저 응할 것인가.

'처음 얼굴을 마주할 때 나의 곡조가 그의 심장까지 닿을 수 있을까… 오직 그에게만…'

설은 고개를 저었다. 인정하고 싶지 않지만 병판을 생각하면 두려움이 밀려온다.

'아직이다. 어설프게 했다가는… 먼저 많은 이들 틈에서 그를 보겠다. 그다음, 그자의 속을 들여다본다.'

누군가의 죽음을 떠올리는 일은 언제나 고통스러웠다. 그러나 더 괴로운 것은, 그것을 결코 잊을 수 없다는 사실이었다. 무사 강석운의 얼굴이 떠오르자 그날의 기억들이 밀려들었다. 악몽으로 밤잠을 설치고 혀끝엔 피비린내가 맴돌았다. 아무것도 삼킬 수 없었다.

'죽은 자를 좇아야 그것을 찾을 수 있다… 그것을 쥔 자는 죽은 자인가, 산 자인가. 살아 있다면 왜 모습을 드러내지 않는가…'

임금은 눈을 감았다. 미간엔 깊은 주름이 짙게 드리워졌다. 방 안에 어느새 은은한 차향이 감돌았다. 내관은 이미 다과를 놓고 사라진 뒤였다. 한 모금 마시며 마음을 가라앉히려 했으나 차향은 오히려 그날을 또렷이 불러냈다.

'그자도 그랬지. 때를 알고 움직이는 자.'

아비 곁에 있던 내관의 목소리를 들은 적이 있었던가. 언제나 고개를 숙이고 있었다. 가지런히 모은 손과 굽은 허리는 처음부터 그 모습으로 난 듯했다. 아비가 어린 자신을 무릎에 앉히고 책을 읽어주거나 번쩍 들어 올려 목말을 태울 때, 다들 법도에 어긋난다며 호들갑을 떨어도 그자는 아비를 보며 슬쩍 웃고 있었다. 그것은 아비가 평생 갈망하던 부정(父情)의 한 조각이었다.

하늘이 뚫린 듯 쏟아지던 비. 달도 숨은 칠흑의 밤. 이제는 정말 무슨 일이 났구나, 누구의 힘으로도 어쩔 수 없는 일이 일어났구나, 라는 생각이 들던 발소리였다. 뛰쳐나가려던 그를 내관들이 붙잡고 상궁들은 울며 말렸다.

[내가 살려달라고 할 것이다, 할바마마께서 내 말은 들어주실 것이다.]

죽지 않을 거라 믿었다. 살아남아 귀히 쓰일 것이라, 언젠가는 왕이 될 것이라. 그만큼 스스로의 영민함을 확신하고 있었다. 비가 멎고, 새벽이 오며 울음도 잦아들었다. 상궁은 그의 젖은 옷을 갈아입히며 흐느꼈다. 그날 밤의 빗소리, 절망을 머금은 빗방울과 피 냄새는 아직도 잊히지 않았다. 아비를 살려두지 않을 것이라 생각했다. 차라리 죽는 것이 더 나을지도 모를 삶. 그러나 그리 죽어서는 아니 되었다.

날이 밝자, 아비의 절규가 시작되었다. 그러나 뒤주에 갇힌 그 외침은 담장을 넘지 못하고, 되레 아비 자신에게 되돌아갔을 것이다. 아비가 끌려갈 때 마지막까지 그 앞에 서서 아니 된다고 외치던, 가슴을 부여잡고 비명을 삼키던 그이는 아비가 죽은 다음 날, 대들보에 목을 맸다.

'살 수 없었겠지. 내 아비를 자식처럼 여기며 보필하던 이였으니⋯ 혹 그가 진실을 품은 채 떠난 것인가.'

"여봐라."

입을 꾹 다문 무사가 그의 방으로 들어온다. 임금은 더 말하지 않았다. 그것이 곧 명이었다.

문을 조심스레 닫은 무사는 짧게 숨을 들이켰다. 달빛조차 닿지 않는 길을 그림자처럼 걸었다. 광화문에서 시작해 근정전, 사정전, 강녕전, 교태전. 천 년 궁궐은 바람과 권력, 숨죽인 이들의 기억으로 쌓여 있었다. 그는 그 석등으로 향했다. 거기엔 오래된 은행나무가 있었다. 무사는 품에서 가는 붓을 꺼내 나무 옆 목판에 써넣었다.

'밤구름은 서쪽으로 흐르니, 달빛은 동쪽 담에 머무르리라.'

그가 움직였다는 신호이자, 명이 떨어졌다는 증표였다. 잠시 후, 맞은편 담 너머에서 인기척이 들렸다. 자주색 도포를 입은 이가 조용히 다가온다. 말은 없었고, 눈길조차 마주하지 않았다. 두 사람은 바람처럼 스쳐 지나갔다.

'이제 움직일 것이다.'

무사는 다시 길을 돌렸다. 향하는 곳은 장의문. 궁중 의원들이 드나드는 후문이다. 내금위 출신이거나 왕실 수발을 맡다 물러난 이들이 드물게 드나들었다. 그곳에서 그는 또 다른 자와 마주할 것이다. 죽은 자들의 흔적을 더듬어 그것을 찾고 있었다. 무사의 발걸음은 점점 더 깊고 어두운 곳을 향했다.

"이거 대문만 봐도 기가 죽는구먼. 안 그래요, 형님?"

악기를 어깨에 걸친 악사들이 병판의 집을 올려다보고 있다. 다른 대감 댁과는 감히 견줄 수 없는 위용이었다. 담장은 성벽처럼 높았고 고개를 끝까지 젖혀야 겨우 기와 끝자락이 보일 정도였다. 악사들의 얼굴에는 묘한 들뜸이 번졌으나 설은 입을 다문 채 서 있다. 그 곁에서 선인이 낮게 중얼거린다.

"폭풍을 몰고 올 바람이군."

일행은 담을 따라 한참을 걸어 뒷문으로 향했다. 문 안에 발을 들이는 순간, 눈앞에 펼쳐진 화려한 정원과 집의 웅장한 자태에 모두 입을 다물지 못했다. 하인들은 분주하게 움직이느라 그들을 돌아볼 겨를도 없었다. 악사들은 진귀한 음식과 짙은 꽃향기에 넋을 놓았고, 만덕은 기름 냄새에 홀린 듯 가마솥 앞에 앉아 침을 꼴깍 삼키고 있다. 여종 하나가 솥뚜껑 위 명태전을 젓가락으로 집어 건네자, 그것을 입에 넣고 뜨거운지 입김을 연신 불어댄다. 다른 이들은 마당에 앉아 악기를 살피고 악보를 다시 보는데 설은 말없이 어느 한 곳만을 바라보고 있다.

그 시각, 유상흔의 집 앞에서 준은 긴 숨을 내쉬고 있다.

[신임(辛壬)의 화를 입어 역도로 몰려 죽고 귀양 갔던 노론이 다시 세상을 거머쥐게 된 것은 병판과 그 선친의 힘이 있었기 때문이다. 네 자리는 이미 봐 두었으니 이제 매년 회합에는 네가 참여토록 하거라.]

'아버님의 명이 아니면 발도 들이지 않을 곳인데.'

준은 다른 선비들이 양손 가득 선물을 들고 들뜬 표정으로 들어가는 모습을 한참 바라본 뒤에야 발을 들인다. 청지기가 명단을 확인하고 그들에게 자리를 알려준다. ㅁ자로 지어진 순천헌(順天憲). 정면에 웅장하게 자리잡은 상석으로 향하는 고관대작들의 걸음에 인파가 갈라졌다가 합쳐지기를 반복했다

'병판 곁에 앉을수록 조정을 쥔 자들이군. 나아가 임금을 쥐고, 아니 임금을 만들어낸 노론의 핵심들. 순천헌이라… 하늘의 순리를 따른다

하지만 노론의 뜻이 곧 하늘의 뜻이란 의미가 아닌가.’

준은 고관대작을 마주보는 맨 아랫단에 앉았다. 청지기가 쥔 명단에
는 없지만 제발 들어가게만 해달라 간곡히 청한 이들이 준을 비롯한
젊은 선비들이 자리잡은 곳 주변에 구름같이 몰려 들었다. 준이 자리
에 앉자 주변의 시선이 쏠린다.

“과연 병판이군. 좌상의 외아들을 이런 자리에 앉히다니.”

“기싸움일세. 애송이 따위에게 안쪽 자리를 줄 수는 없겠지. 아직 어
떻게 될지 모르질 않나.”

청지기가 손짓하자 기생들이 선비들 옆에 앉고, 앞뜰에서는 또 다른
기생들이 연주에 맞춰 군무를 추기 시작한다. 유상흔은 잔을 들며 웃
고 있지만 그 눈빛은 초대된 이들 하나하나를 날카롭게 훑고 있다. 갓
은 비뚤고 저고리를 느슨히 푼 선비 몇은 춤판에 끼어들어 기생들을
희롱한다. 준은 묵묵히 술잔만 바라볼 뿐이다. 흥겨워 보이는 이들 사
이에서 그의 담담한 얼굴은 오히려 눈에 띈다. 한 곡이 끝나고 기생들
이 물러난다. 만덕이 고개를 갸웃거리며 말한다.

“오늘따라 영 신이 나질 않네유.”

“자네도 그런가? 보통 같으면 저 춤사위만 보고 있어도 신명이 났는
데 말이지. 무슨 기운 같은 게 꽉 누르고 있는 것 같단 말이야.”

곧 관복 입은 이가 앞으로 나서더니 큰소리로 무언가를 외쳤다. 까
만 가마가 천천히 들어섰고 하인이 그 앞에서 절을 한 뒤 뚜껑을 열었
다. 뜨거운 김이 모락모락 피어오르며 통째로 찐 새끼돼지가 드러났

다. 병판이 칼을 들어 그것을 갈라 한 점을 집어 올렸다. 그가 천천히 씹은 뒤 술잔을 드는 순간 눌려 있던 공기가 풀어지고 다시 웃음 소리와 환성이 터져 나왔다.

그때 청지기가 다가와 악사들을 훑어보며 말한다.

"김 류가 누구인가?"

악사들의 시선이 설을 향한다. 만덕이 설을 툭 치자 생각에 잠겨 있던 설이 고개를 든다.

"자네 재주가 신통하다 하여, 이 자리에서 선보이라는 대감의 명이 있었네."

만덕이 설을 다시 한 번 툭 치며 씨익 웃는다. 설은 갓을 좀 더 깊이 눌러쓰며 일어선다.

"장악원 체면은 자네에게 달려있네. 평소대로만 하시게."

"금상께서도 눈여겨보는 연주가인데 두말할 필요 있겠는가."

일전에 설에게 도움을 받았던 이가 눈을 찡긋하며 말한다.

준은 가마가 들어설 때부터 깊은 한숨을 내쉬며 눈을 감고 있었다. 더는 이 자리를 견딜 수 없어 몸을 일으키려던 순간, 마당 가운데 멈춰선 얼굴이 눈에 들어왔다. 그러자 발끝이 땅에 붙은 듯 움직일 수 없었고 그자리에 굳어 섰다. 꾹꾹 눌러왔던 감정이 한순간에 솟구친다.

'이렇게 만나버리다니…'

그는 숨을 고르며 다시 자리에 앉는다. 설의 뒷모습만이 보인다.

설은 유상흔을 보고 있다. 가까워진 거리만큼 심장은 더 빠르게 뛴다.

'할 수 있을까.'

청지기가 설에게 연주하라는 손짓을 한다. 설은 유상흔에게서 시선을 거두고 연주를 시작한다. 손은 가야금을 타고 있지만 정신은 온통 그를 향해 있다.

'그에게 닿게 할 수 있을까, 그의 심장을 꿰뚫고 그 너머까지…'

설은 눈을 감는다. 호의 부드러운 목소리가 들린다. 마당을 건너오던 그 환한 얼굴.

[내게 정인이 생겼단다. 눈을 감아도 아른거리고 곁에 있어도 그리운 이. 결국 평생 함께하길 바라는, 단 한 사람을 말한단다.]

어린 날, 계곡에서 밥 위에 고기를 얹어주던 연화의 다정한 손길도 스친다.

[얼른 드세요. 음식은 식기 전에 먹어야 더 맛있답니다… 종종 같이 나오셔요.]

설의 입가에 옅은 미소가 번진다. 줄을 타고 흘러나간 선율은 꽃비가 되어 흩날렸다. 바람이 매화 가지를 흔들자 흩어진 꽃잎이 술잔에 떨어졌다. 잔 위에 일렁이는 꽃 그림자와 선율이 겹쳐져, 그곳은 현실과 환상이 뒤섞인 봄밤이 되었다. 기생을 희롱하던 선비도, 속셈을 감추고 앉아 있던 선비도 모두 소리를 좇아 숨을 죽였다. 만덕은 선인의 어깨에 기대 눈을 감았고, 선인의 얼굴에는 오래 묻어둔 그리움이 스쳤다.

그 곡조는 별채의 연화에게도 닿는다. 수를 놓던 손이 멈춘다. 얼굴에는 엷은 미소가 어린다.

'서방님처럼 좋은 연주가인가 봅니다. 아름답고 설레는 곡조입니다.'

연화는 밖으로 나가 거닐며 옛 추억에 잠긴다. 소낙비가 내리던 그때, 도포로 비를 가려주었던 호의 모습이 떠오른다. 호는 가전악이 되었고 밥상에는 고깃국이 올랐다. 설의 감은 눈에서 눈물이 흐른다. 가야금 선율 역시 흐느끼듯 떨렸다. 만덕은 심각한 얼굴로 설을 보고, 선비들은 알 수 없는 울적함에 술잔을 기울인다. 선인은 하늘을 향해 고개를 든다.

'내 오랜 벗이 생각나는 건… 그저 곡조 때문인가…'

설의 연주가 점점 격렬해진다. 연화의 눈빛이 흔들린다. 행복한 기억이 뒤틀리며 악몽이 시작된 날들로 거슬러 올라간다. 섬섬에게 들은 피투성이의 호. 유상흔 앞에 무릎 꿇고 애원했던 자신, 바닥에 던져진 가락지. 그 모든 기억이 오늘처럼 또렷하게 살아난 적은 없었다. 연화는 휘청이며 나무를 짚고 선다. 뜨거운 눈물이 빰을 타고 흘러내린다.

설의 연주는 더욱 날이 선다. 기다리던 오라버니가 돌아왔다. 거적에 싸여 싸늘하게 식은 채로. 이제 손가락은 보이지 않을 만큼 빠르게 현을 오간다. 이마엔 땀이 맺히고 입술은 바싹 말라간다. 하늘은 검은 구름으로 뒤덮였고 구름과 기와의 경계마저 사라졌다. 설이 잠시 하늘을 올려다본다. 검은 하늘이 설의 눈동자에 내려앉는다.

여린 몸에서 쏟아져 나온 소리는 이제 독처럼 퍼져나갔다. 선비들은 숨을 죽이고, 관심을 두지 않던 유상흔도 시선을 거두지 못한다. 현을 타고 흐른 독이 앞뜰을 메웠다. 설은 마치 오직 유상흔과 자신만 남은 듯한 착각 속에서 오라버니의 마지막 얼굴을 떠올린다. 만덕은 안절부절하지 못하고 선인은 그저 귀를 기울일 뿐이다.

‘분노다. 들끓는 분노···’

연화는 간난 할멈의 만류에도 불구하고 앞뜰 쪽으로 힘겹게 걸음을 옮긴다.

“저 연주가를 봐야겠습니다··· 봐야 할 것 같습니다.”

우르릉, 쾅! 벼락이 어둠을 머금은 하늘을 갈랐다. 곧이어 굵은 빗줄기가 쏟아졌다. 연못에서 놀던 기생과 선비들은 허둥지둥 처마 아래로 뛰어들었고 하인들은 분주히 움직인다. 그러나 설은 연주를 멈추지 않는다. 그 순간, 가야금 줄 하나가 끊어졌다. 튕겨 나간 줄이 설의 뺨을 스치며 붉은 금을 남긴다. 유상흔은 청지기를 불러 무언가를 말한 뒤 설에게서 시선을 떼지 않은 채 술잔을 입으로 가져간다. 아직 김이 피어오르는 가마에도 빗방울이 떨어져 안으로 스민다. 선비들도 하나둘 자리를 떴고 벌써 몇은 대문 밖으로 나갔다. 준과 만덕은 빗속으로 뛰어들었다. 몇몇 악사들도 설의 주위로 모여든다. 그 모습을 지켜보던 연화의 눈이 커진다.

“저··· 우리도 그만 돌아가유···”

만덕의 말에도 설은 연주를 멈추지 않는다. 아무도 없는 듯, 아무것도 들리지 않는 듯.

‘내가 새겨야 할 것은 오직 하나. 그를 죽이고 나도 죽는 것이다.’

선인의 미간이 좁아진다.

'원한이다.'

"제발 멈춰유…"

만덕은 이제 울먹거리고 있다. 준이 설의 어깨를 잡고 외친다.

"그만! 그만하시오!"

그제야 설이 눈을 뜨는 듯하더니 마지막 음과 함께 힘없이 준의 품에 쓰러진다. 준은 설을 그대로 들쳐업고 빗속을 가로지른다. 만덕이 그 뒤를 따른다. 악사들은 걱정스러운 눈빛을 나누는데 그중 하나가 설의 가야금을 들고 처마 밑으로 온다.

"저 비를 다 맞았는데 괜찮을까 평소에도 비실비실한데…"

"일단은 정리하세 우리도."

가야금을 살피던 이가 말한다.

"물이 많이 들어갔을 텐데… 이거 벌써 금이 간 것 같은데?"

"그거 금이 아니라 무늬 아닌가? 보게, 꽃을 새겨 넣은 것 같은데?"

"어디 좀 봐. 매화로군."

"저치답군. 매화고 메주고 얼른 가자고. 한 상 차려놨다는데 넘어갈 것 같지도 않고 국밥이나 한 그릇 먹고 헤어지세. 만덕이 따라갔으니 소식을 들을 수 있을 걸세."

선인의 눈썹이 꿈틀한다.

[매화를 새겨 넣었습니다. 봄마다 흩날리는 꽃잎 아래서 뛰놀곤 했는데 이제는 그 꽃보다 더 곱습니다…]

‘설마… 그 아이인가.’

두 사내가 빗속을 내달렸다. 준은 설을 업은 채, 만덕은 그 뒤를 바짝 따라붙었다. 만덕이 작업장 문을 열자 준은 안채로 곧장 가 설을 눕혔다.

“왜 오늘따라 아무도 없대유…”

만덕은 안쓰러운 눈으로 설을 내려다봤다. 설은 창백한 얼굴에 파랗게 질린 입술로 축 늘어져 있었다.

“우선 불을 피워야겠소. 마른 옷으로 갈아입히고.”

“불은 제가 땔 테니 선비님은 여기 좀 봐주시유. 대체 무슨 일이래유…”

만덕이 급히 나간다. 방 안엔 빗소리와 함께 잠시 정적이 흘렀다.

왠지 쉬이 손이 가지 않는다. 하지만 젖은 옷 아래로 설의 몸이 떨리고 있다. 머뭇거리던 준은 도포 끈을 풀고 그 아래 저고리를 벗기려 어깨를 감싸 올렸다. 한쪽 팔부터 벗기는 순간, 준의 손이 멈춘다. 천으로 단단히 감긴 가슴. 명백히 여인의 것이었다. 준의 눈동자가 크게 흔들린다. 모든 감각이 멎은 듯, 그는 숨조차 쉬지 못한 채 설의 얼굴을 바라보았다.

그동안 무심히 흘려보냈던 말투, 스쳐 간 시선, 어딘가 아득했던 표정까지. 기억과 감정, 미련과 의심이 뒤엉켜 가슴 깊숙이 밀려들었다. 손끝에 닿은 살결의 부드러움이 생생히 전해오자 준은 털썩 주저앉는다. 그 순간 밖에서 발소리가 들리자 준은 이불을 끌어다 설의 목 끝까지 덮어씌운다. 만덕이 앉으며 설의 이마에 손을 대려 하자 준이 그것을 부드럽게 쳐낸다.

"이제 우리도 그만 가봅시다."

"이잉? 이대로 가자구유? 아픈 사람을 두고?"

준은 일어나 갓을 고쳐 쓰며 시선을 피했다.

"옷도 갈아 입혔고 불도 피웠으니 더 해줄 건 없소. 명일에도 몸이 좋지 않다면 그땐 의원을 부르지요. 자, 그만 갑시다. "

준이 문을 여는데 만덕은 꼼짝도 하지 않는다.

"지는 있을게유. 저런 몸으로 밤새 앓으면 어쩌겠어유…"

준은 만덕과 설을 번갈아 보다 이내 문을 닫고 갓끈을 푼다.

밤이 지나고 있었다. 만덕은 벽에 기대어 다리를 쭉 뻗은 채 졸다 깨기를 반복했고, 준은 꼿꼿이 앉아 설을 바라보고 있다. 처음 눈이 마주쳤던 순간부터 오늘에 이르기까지. 모든 순간들이 머릿속을 스치듯 흘러간다.

'사라졌고, 다시 나타났다… 그것도 전혀 다른 사람이 되어서… 도대체 왜…'

그때 설의 감은 눈에서 눈물이 흐른다.

"…어머니…오라버니…"

기름 냄새가 진동하던 새벽, 승하는 담을 넘어 나왔다. 파리 떼처럼 몰려든 자들의 비굴한 웃음, 그 중심에 앉은 아비의 얼굴을 더는 보고 싶지 않았다. 늘 하던 대로 거리를 떠돌다 어깨가 부딪친 자와 싸움을 했고, 국밥 한 그릇에 술을 마시며 하루를 보냈다. 설을 만나기 전, 그가 살아내는 방식이었다. 지금 그는 다시 길을 잃고 있었다. 그러나 멍든 얼굴, 터진 입술로 향한 곳은 여전히 설이 있는 곳이었다.

문을 여는 순간, 안채에서 이상한 낌새가 느껴졌다. 급히 안으로 뛰어들자, 준과 만덕이 나오고 있었다.

"지는 우선 장악원에 가봐야겠구만유. 소식도 전하구유."

그때 승하가 달려와 준의 멱살을 움켜쥔다.

"무슨 짓을 한 거야!"

준은 당황한 기색 없이 그의 눈을 정면으로 마주 본다.

'이 자는 다 알고 있었구나.'

당황한 만덕이 급히 다가와 말린다.

"엊저녁에 비를 홀딱 맞고 끙끙 앓았슈. 저랑 선비님이 밤새 지켰구만유!"

"무슨 짓을 말씀하시는 겁니까?"

승하는 아무 말 못 한 채, 멱살을 더욱 세게 움켜쥔다.

"그 의미를 알 수 없는 짓 같은 건 하지 않았으니 그만 놓으십시오."

준 역시 손에 힘을 주어 멱살을 놓게 한 뒤 돌아선다.

곧 문 닫히는 소리가 들리자 승하가 방문을 연다. 설은 깊은 잠에 빠져 있었다. 이마와 목덜미에 식은땀이 맺혀 있고 입술은 말라 있다. 승하는 잠시 그 얼굴을 바라보다 조심스레 곁에 눕는다. 팔을 베고 옆으로 누운 채 설을 바라본다.

[네 꿈은 고작 그거냐? 목숨을 걸거나 아니면 함부로 살거나?]

[너 한 번이라도 원하던 게 있었어? 소중한 게 뭔진 알아? 너처럼 꿈도 뭣도 없는 놈한테 내가 들을 말 없어.]

[너는 내가 이걸 할까, 저걸 할까 택하는 것으로 보여?]

승하의 눈이 젖어 든다.

'나는 태어난 걸 저주하고 아비를 원망하며 미친놈처럼 살았다. 축복받지 못한 인생, 그렇게 살아야 마땅하다 믿었다. 다른 삶은 기대조차 한 적 없었다. 그럼에도 나는 왜 죽지 않고 살았을까⋯ 혹시 살아갈 이유가 내 앞에 나타나길 기다린 걸까.'

승하가 설을 향해 손을 뻗는다. 그의 거칠고 넓은 손바닥이 설의 작은 얼굴을 거의 다 덮는다. 승하의 손끝이 떨린다. 이처럼 따스한 온기, 지금껏 느껴본 적 없는 것이었다.

[차라리 그냥 죽어버리면 편할 것 같아. 한 걸음 한 걸음이 힘들어⋯]

'나는 이제야 살고 싶어졌다. 그게 다 네 녀석 때문이라 말하면⋯

너는 이런 거지 같은 삶이 아닌 다른 삶을 살아줄까. 원하는 게 있냐고…?'

승하의 얼굴이 천천히 설에게 다가간다. 그러다 맺혀 있던 눈물이 뺨을 따라 내려와, 설의 입술에 닿기 직전 툭, 하고 떨어진다.

'네가 살고 싶어 하는 거.'

'아가씨께서 왜…'

간난 할멈이 다과상을 들고 들어오자, 연화는 눈빛에 담긴 걱정을 지우고 태연한 표정으로 돌아선다.

"연주 솜씨가 제법이던데 어디서 데려오는 거예요? 나도 악사들이나 불러 좀 놀아볼까…"

"대감님께서 들으시면 어쩌시려고요."

할멈이 나무라는 듯 말했지만, 연화는 웃으며 유밀과 하나를 집어 든다.

"말이 그렇다는 거예요. 걱정마요, 할멈. 떠돌이들을 내 어디서 찾아 데려온단 말이에요."

"대감님께서는 뭐든 최고만 쓰시는 분이세요. 고기도 도성 최고가 아니면 상에도 못 올리고, 비단도 청에서 들여오는 것만 쓰시잖아요.
하물며 악사들도 그냥 악사겠어요? 궁에서 데려오는 악사들이에요.”

마지막 말에 연화의 눈빛이 흔들린다.

“백련각에 있을 때는 노래에 술에 남자에⋯ 재미지게 보냈는데 역
시 나는 그 생활이 맞는가 봐요. 이 별채에서만 지내는 게 갑갑해 죽겠
어요.”

“가까운 절에라도 다녀오시는 게 어떻겠어요.”

연화는 그보다 따분한 것도 없다는 듯, 하품을 크게 한다.

“옛 동기나 불러 수다나 떨면 모를까, 할멈도 나가 보세요.”

간난 할멈이 나가자, 연화의 얼굴에서 표정이 가신다. 섬섬이 설을
보지 못했다 했을 때 그땐 그저 거처를 옮긴 줄로만 알았다. 마지막으
로 봤던 설의 모습이 떠오른다. 지치고 남루한 행색, 눈물로 번진 얼
굴. 애써 웃으며 돌아서는 아이에게 모질게 말했었다. 연화의 눈에 눈
물이 고인다.

‘그때 그렇게 보내는 게 아니었는데⋯ 서방님께서 그리 될 줄 알았
다면⋯’

이럴 때가 아니라는 듯 고개를 저으며 몸을 일으킨다. 자개함을 열
어 패물을 모두 꺼내고 값비싼 비단과 함께 보자기에 싸 넣는다. 장롱
을 열어 이불을 다 꺼낸 뒤 보자기를 깊숙한 곳에 넣고 다시 이불을 쌓
았다.

‘장악원이라 했으니 금방 찾을 수 있을 거야. 어쩌자고 그런 위험한

곳에…’

[다시는 저를 찾아오지 마십시오.]

그 말이 설을 그리 몰아넣었단 생각에 참았던 눈물이 끝내 떨어진다.

설이 잠에서 깨어났을 때는 이미 밤이었다. 옷을 갈아입기조차 버거워 무거운 몸을 이끌고 방 밖으로 나갔다. 달빛이 들보를 비추고 있다. 오랜 시간 꿈속을 헤매다 깨어난 듯하다. 병판을 마주했을 때를 떠올린다.

‘하지 못했다… 할 수는 있는 것이었을까…’

몸이 으슬으슬해 팔을 감싸안는데 승하가 정지에서 나온다.

“그러게, 왜 비는 맞고 다녀서. 꽃도 하나 꽂지 그랬냐. 지금 너 꼬라지에 딱인데.”

그가 무심히 덧붙인다.

“내 안채 문은 걸어둘 테니 안심하고.”

곧 바깥에서 문을 걸고 단단히 확인하는 소리가 들린다. 설이 정지로 가니 커다란 나무통에 김이 피어오르고 있었다. 설은 잠시 망설이다 옷을 벗고, 조심스레 몸을 담근다. 지친 몸이 따뜻한 물에 풀어지자 긴 한숨이 절로 흘러나왔다.

‘마음이 모자랐던 것일까… 아니면 잊고 살았던 것일까… 그 하루만 기다렸는데… 왜…’

설은 자신의 손끝을 바라보다 눈을 감고 그 곡조를 떠올린다. 고통의 끝자락과 황홀의 경계를 넘나들던 그 소리.

'심연을 들여다봐야 해…'

그때는 온갖 감정이 실려있었다. 끝내 분노했고 현은 거칠게 퉁겨졌다. 자신의 마음에만 파문을 일으켰을 뿐이다. 설은 옷을 입고 작업장으로 향했다. 문고리를 당기자 덜컹 소리와 함께 승하가 문을 열었다.

"뭘 이렇게 오래 걸려."

승하는 괜히 부끄러워 마음에도 없는 소리를 한다. 뒤이어 노인이 상을 놓는다.

"죽을 좀 만들었습니다. 드시고 또 한잠 푹 주무시면 좀 나을 겁니다."

설이 그것을 물끄러미 보는데 문이 열리며 만덕이 들어온다.

"일어났대유? 그게 얼굴이유?"

만덕은 고개를 절레절레 흔들며 설의 가야금을 한쪽에 세워두고는 양손 가득 들고 온 것들을 평상 위에 펼쳐놓는다. 승하가 평상을 슬쩍 본다.

"이게 다 뭐냐."

"요건 아쟁 영감이 준 닭. 집에서 푹 고았대유. 떡은 해금 아재, 나물이랑 고기는 꽹과리 아재, 또 이건 북 치는 아재. 이 화과자는 선인 아재가."

설이 펼쳐진 상을 바라보자 승하가 진지한 눈으로 덧붙인다.

"없는 집에서 이렇게 준비하기 힘들었을 텐데. 먹는 게 보답이다."

"맞구먼유. 다들 입에다 쑤셔 넣고들 오라고 신신당부를 했어유. 그러니까 얼른 와서 먹어유. 어서유."

만덕의 재촉에 설은 상에 가 앉는다.

"먹자. 너 기다리느라 노인도, 나도 아직 식전이다."

승하가 설에게 숟가락을 쥐어주고는 보란 듯이 한 입 크게 먹는다. 만덕도 신이 나 먹기 시작한다. 승하는 닭 다리를 뜯어 설에게 놔주고 나머지 하나는 노인에게 준다. 만덕의 얼굴이 울상이 되자 노인이 닭 다리를 만덕에게 놓아준다.

"나는 이가 좋지 않아 고기는 잘 못 먹으니…"

"지도 원래 채소 위주로 먹는 편인데… 안 받는 건 또 결례잖아유?"

만덕이 한 손으로 닭 다리를 뜯어먹고 다른 한 손으로는 고기를 집어먹는다. 승하는 만덕을 구박하며 음식들을 설 앞으로 놔주기 바쁘다. 놀다 가겠다는 만덕을 승하가 쫓아내고 설도 안채로 돌아왔다.

설은 한참 동안 가야금을 바라보고 있다. 비에 젖었다가 마른 현은 뻣뻣하게 굳어 있었고, 손끝에 닿는 감촉도 낯설었다. 설은 눈을 감고 첫 음을 퉁겼다. 소리는 거칠고 탁했다. 물기를 머금은 나무에서 나온 울림은 메마르고 흐렸다. 그러나 그런 건 중요하지 않았다.

'단지 고통을 주려 해서는 안 된다. 그저 가장 깊은 곳까지 내려가도록… 내려가야 볼 수 있고, 볼 수 있어야 닿을 수 있다.'

다시 현을 퉁겼다. 곧 고개를 젓는다. 음 하나하나를 더듬기 시작했다. 단숨에 바뀌는 소리는 없었다. 소리와 소리 사이의 침묵, 울림이 사라진 뒤 찾아오는 정적. 그 속에 설은 자신을 놓았다. 현을 퉁기기를 수백 번. 어스름한 새벽빛이 방 안을 감돌 무렵, 설의 눈썹이 살짝 올라갔다. 속눈썹이 가늘게 떨리더니 천천히 눈을 뜬다.

'찾았다.'

내관도 아니었다. 그가 죽은 뒤 가문은 몰락하고 가족들은 뿔뿔이 흩어져 겨우 먹고 산다 하였다. 먼 곳에 살고 있다는 그의 아우를 찾아가 보았지만 헛수고였다. 그곳에도 없었다.

'그가 가지고 있었다면 대들보에 목을 매기 전 반드시 궁으로 돌려보냈을 것이다. 궁의 것은 궁으로, 받아야 할 자에게 돌아가야 마땅하다고 믿던 이였다. 그토록 정확했던 사람이었으니까. 그런데… 도대체 무엇이기에 이토록 행방이 묘연한가.'

잎담배를 마는 게 몇 번째인지 모른다. 서초잎 특유의 쌉싸름한 향이 방 안에 퍼졌다. 한 손은 잎담배를, 다른 한 손은 붓을 들고 명단의 이름들을 지우고 있다. 내관의 이름을 지우는 그의 눈빛이 미세하게 떨린다. 그리고 마지막 남은 이름. 윤치원.

왕은 안경을 벗고 일어섰다. 해가 저물면 날이 어두워지는 것은 별다를 것 없는 일이지만 어둠에도 밀도라는 것이 있다. 모든 것이 빨려

들어갈 듯한 응집된 어둠. 하늘과 땅의 경계조차 지워지는 허공. 그 새카만 어둠 속에서 회색 구름 하나가 지나가자 달빛이 얼굴을 드러냈다. 은은한 빛이 하늘을 비추자, 어둠의 밀도는 서서히 옅어졌다. 그제야 하늘과 땅이 분간되고 멈춰 있던 것들이 숨을 쉬기 시작한다.

그는 달빛 같은 이였다. 태양처럼 강렬하지 않았으나 깊은 어둠 속에서도 결코 빛을 잃지 않았다. 늘 낮게 자리하면서도 혼란한 세상에서 흔들리지 않았다. 윤치원은 높은 벼슬을 가장 두려워했기에 그를 겨우 붙잡아 놓은 곳, 도성 안에 머물게 한 핑계가 바로 성균관이었다. 입궐하지 않아도 되는 관직이었다. 그는 그곳에서 유생들이 학문에 전념하게 하고, 제사를 받들며 조용히 머물렀다. 할바마마의 총애와 아바마마의 신뢰를 받았다. 좀처럼 보기 힘든 아비의 웃음이 유독 그에게는 후했고 별 볼 일 없는 일로 그를 불러 이야기를 나누고는 했다. 궁 안은 발톱을 숨긴 채 서로를 물어뜯으려는 눈빛과 끝없는 탐욕만을 담는 입들뿐이었다. 그러나 그는 처음과 같은 마음을 잃지 않던 사람이었다. 충직하고 맑았던 신하였다. 그런 그가 피의 전쟁에 끼어들 줄은, 그것도 중심에 서게 될 줄은 누구도 예상하지 못했다.

[두루 하되 편 가르지 않음은 군자의 마음이요, 편 가르되 두루 하지 못함은 소인의 마음이다. 친필로 쓰신 이 문장을 잊으셨습니까?]

세손 시절 문밖에서 그의 절규를 들으며 얼마나 두려웠던가. 그마저 사라질까, 세상에서 아비를 위하던 마지막 사람이 사라질까 두려웠다. 그 며칠 동안 아비를 위해 상소를 올리고, 움직이던 자들은 하나둘 사라졌다.

[전하께서는 세자 저하께 부자(父子)간 정은 주지 않으시고 군주의 도리만 강요하셨나이다. 옹주 마마님들과 차별하여 세자 저하의 마음을 외롭게 하셨나이다. 그것이 오늘의 이 사달을 빚은 것이라 생각지 않으십니까.]

차라리 그가 그만두었으면 싶었다. 그마저 잃는다면 자신 곁엔 아무도 남지 않게 된다. 영특한 세손은 그 사실을 알고 있었다.

[여기 있는 신하들 또한 죄인이옵니다. 바른 길을 걷도록 돕는 것이 신하의 몫인데 그러하지 못했으니 모두 세자 저하와 같은 벌을 내려 주시옵소서.]

성균관은 조용했다. 대사성이 저리 나섰으니 성균관은 물론이고 전국의 유생들이 움직일 것이라 여겼으나, 박사들은 교육에 매진하였고 유생들은 그 어느 때보다 학문에 정진하였다. 궁에 피바람이 몰아칠 때도, 그곳은 마치 다른 세상처럼 고요했다.

[군자의 학문은 귀로 들어와 마음에 머무르며 몸의 행실로 드러나지만, 소인의 학문은 귀로 들어와 입으로 흘러나온다 하였다. 입과 귀는 네 치(寸)에 지나지 않거늘, 어찌 온몸 일곱 자를 아름답게 할 수 있겠는가. 유생들은 그 네 치밖에 바꾸지 못하는 세 치 혀로 정치를 논하기보다, 학문에 정진하여 백성을 구하는 것이 옳다. 움직이기는 쉬우나, 꿋꿋이 정진하기는 어려운 법. 후학과 동료들에게 어려운 길을 권하는 못난 선배이자 스승이었던 동류 유생의 마지막 당부이다.]

그가 유생들에게 남긴 마지막 글이었다. 그 후 윤치원이 어떻게 되었는지 알지 못한다. 세손 시절 그가 죽었다는 소식을 들은 뒤 얼마 지나지 않아 아비마저 세상을 떠났다. 며칠을 고열에 시달리며 앓았었다. 그 또한 그렇게 떠났다고 그리 생각하며 묻어두었다. 그의 마지막을 생각하는데 그것이 흐릿하다. 기억나지 않음에 당혹스럽다. 다만 그의 시신이 성균관을 둘러싼 반수(泮水)에서 발견되었다는 것만은 선명하다.

그는 왜 그곳에서 죽었는가. 누가 감히 성균관에서 그를 해칠 수 있었단 말인가. 기억의 조각들이 이어지지 않는다. 그는 왜 그곳에 있었을까. 잊은 줄 알았던 이름, 잊어선 안 되는 기억이 되살아났다. 그날 밤 반수의 물은 무엇을 삼켜 흘려보냈는가. 그는 다시 그 어둠 속을 들여다보기 시작한다.

며칠 사이 달은 이지러져 골목을 비추는 빛마저 흐릿했다. 달빛이 채 닿지 않는 어둠 속을 걷는 이가 있다. 설이었다. 설은 주변을 살피더니 갓을 더 눌러쓰고 걸음을 옮겼다. 곧 가장 높이 솟은 대문 앞에 멈추어 깊은 숨을 내쉬었다. 품속에는 차가운 칼 한 자루가 있다. 설은 다시 숨을 고르려 했으나 떨림은 좀처럼 가라앉지 않았다. 그때 기다리고 있었던 듯 문이 열렸다. 하인은 설 뒤를 흘끗 보더니 따라오라는 듯 고개를 끄덕였다. 방 안에는 등불이 일렁였고 그 너머 병판의 얼굴이 반쯤 그림자에 잠겨 있었다. 그는 잔을 쥐고 서안에 펼쳐진 그림을 보고 있었다.

"역시 이름값을 하는군. 가야금은 내 풍류를 즐길만큼은 되지만 그림은 아무리 해도 안된단 말이지."

그가 그림에서 눈을 떼지 않은 채 말을 이었다. 그리고 곧 그림에서 설에게로 시선을 옮겼다. 설은 그 눈길을 견디며 숨을 삼켰다. 뺨을 스치는 공기마저 서늘했다. 그 순간, 오라버니의 얼굴이 지나간다. 그 웃음, 그 눈빛, 그 손끝까지. 설은 눈을 잠시 감았다 뜨며 고개를 숙인다.

"임금께서 자네와 밤마다 연주를 즐긴다고 들었다. 내 집에서 쓰러졌다는 아이도 자네였다지."

도포 속 손이 가늘게 떨렸다. 병판이 잔을 내려놓으며 말을 이었다.

"흥미롭지 않은가. 임금도, 내 집도. 자네 소리에 젖어 있다는 것이…"

설은 가야금을 앞에 놓고 앉는다. 병판은 턱을 괴고 중얼거리듯 말한다.

"주상과 무슨 이야기를 나누었는지는 들어보면 알겠지."

심장이 한 번, 또 한 번 뛴다. 손끝이 현을 건드린다. 첫 음은 맑았다. 그러나 곧 그림자가 스며들었다. 물결 위에 잿빛 파문이 얹히듯, 선율 아래로 서늘한 기운이 흐른다. 고요하지만 차가운 음. 깊은 우물 끝을 더듬듯 천천히 병판에게 다가간다.

여기다, 경계. 넘을까, 말까. 무너질까, 견딜까. 그리고 그 선을 넘었다.

빛이 닿지 않는 심연. 사람의 속내마저 형체를 잃는 자리. 설의 소리는 그곳으로 내려갔다. 잊을 수 없는 상처, 씻기지 않는 죄책, 누구에게도 들키고 싶지 않았던 본성. 소리는 그것들을 흔들었다. 등불이 한 차례 떨렸다. 병판의 미소가 사라졌다. 가늘게 뜨인 눈이 감기고 낮은 숨이 새어 나왔다.

'됐다. 오늘은 여기서 멈춘다.'

설은 마지막 현을 튕기고 손을 거두었다.

방 안은 깊은 정적에 잠겼다. 한동안 병판은 말이 없다가 잔을 들어 올렸으나, 입에 대지 않은 채 낮게 중얼거렸다.

"…내가 무엇을 들었는지, 자네는 알고 있겠지."

설은 고개를 저을까 망설였으나, 끝내 가볍게 끄덕인다. 병판은 짧게 웃었다. 그 안에는 의심과 경계 그리고 감탄이 뒤섞여 있다.

"주상께서 자네를 곁에 두는 이유를 알겠군. 앞으로 내 부름이 있으면 오너라."

그는 묵직한 주머니를 설 앞에 던졌다. 설의 손이 미세하게 떨렸다. 주머니를 집어 든 설은 허리를 깊이 숙여 방을 나왔다.

병판의 집을 나서며 설은 밤공기를 깊이 들이마셨다. 한 걸음, 또 한 걸음. 마음속에서 무엇인가 서서히 가라앉는다. 발끝으로 전해지는 냉기가 유난히 차다.

'…통했다.'

그 생각에 걸음을 멈춘다.

'저 사람은 내 곡조를 알아듣는 사람이야.'

기이한 감각이었다. 그 앞에서 연주하던 순간, 설은 전혀 다른 감정을 느꼈다. 음악이 누군가의 마음에 닿는다는 것. 그것은 증오를 넘어서 혼란을 불러왔다.

'오라버니…'

그가 지금의 자신을 본다면, 어떻게 여길까. 설은 가슴에 손을 갖다 댄다. 도포 속 칼이 싸늘하게 닿았다.

'언제든 꺼낼 수 있다.'

그러나 칼을 들지 않고도 소리로 사람을 무너뜨릴 수 있다는 것을 알았다. 그 순간, 설의 손끝이 또 한 번 떨렸다.

햇살이 기울면서 서안 위에 펼쳐진 서책 한 귀퉁이가 환히 밝아졌다. 그 앞에는 준이 꼿꼿이 앉아 있다. 펼쳐진 서책은 한 장도 넘어가지 않은 그대로였다. 수업이 끝나고 유생들이 돌아오며 방들이 북적이기 시작했다. 해상이 문을 열다 준을 보고는 눈을 휘둥그레 뜬다.

"자네…"

그는 준을 위아래로 훑어보며 조심스레 말을 잇는다.

"설마 내가 아침에 세수하러 나갈 때 그 자세 그대로 지금까지 있었던 건 아니…지?"

준은 아무 말도 하지 않는다. 해상이 깊은 한숨을 한 번 쉬더니 진지한 얼굴로 준과 마주앉는다.

"그게 그렇게 문제인가."

해상의 눈빛이 따뜻하고 부드럽다.

"사람이 마음을 주고 또 같은 마음을 받고 싶은 것이 문제란 말인가. 그 상대가 계집이건 사내건 해치거나 미워하는 마음이 아닌데, 왜 그리 괴로워하고 있는가. 자네는 이렇게 말해야 알아듣지? 인자은측(仁者恩側). 어진 마음으로 남을 사랑하고 또 이를 측은히 여겨야 한다고 했네. 옛 성인의 가르침을 잘 따르고 있는데 도대체 왜 이렇게 괴로워하고 있는가."

준이 시선은 여전히 책상을 향한 채로 입을 뗀다.

"…한 여인을 연모했었네."

해상이 말없이 듣는다.

"사라졌네. 더 이상 잡을 수 없는 인연이라는 편지를 남기고."

해상은 아무 말도 하지 않는다.

"그리고 한 사내가 내 앞에 나타났네. 사내를 향한 연심인지 사라진 그 여인에 대한 갈망인지 혼란스러웠다네."

해상은 고개를 끄덕인다. 그가 얼마나 괴로워했는지 지켜보았다.

"그런데 그 사내가 그 여인이었네. 그 여인이 그 사내였어."

그 말에 해상의 눈이 커진다.

"그 말인즉슨, 차라리 여인이면 좋겠다던 그 사내가… 자네가 연모했었던 그 여인이라는…"

해상의 얼굴이 밝아진다.

"그렇다면 무엇이 문제인가. 잘된 일 아닌가!"

그제야 준이 천천히 고개를 들어 해상을 바라본다. 그 얼굴엔 복잡한 감정이 얽혀 있다. 해상의 얼굴이 다시 어두워진다.

"나한테 모른 척 지나가달라 말했네."

준의 눈에 눈물이 맺힌다.

"이번에는 곁에 머물고 싶은데… 이번만큼은 정말 알고 싶은데 또다시 놓치게 될까봐. 아니 놓아야 할까봐 너무 두렵네."

며칠간 윤치원을 생각해서일까. 임금은 꿈인지 회상인지 모를 경계에 있었다.

바람이 잔잔히 불고 구름이 낮게 깔린 흐린 날이었다. 해는 산 너머로 기울며 산등성이를 붉게 물들이고 있었다. 어린 그는 해가 이토록 강렬하게 질 수 있나 싶어 주위를 둘러보았다. 그 시간, 아바마마와 나란히 걷는 산책은 높은 담장 안에서 얻는 드문 자유였다. 어떤 날은 말없이 걷기만 했고, 또 어떤 날은 대사성 윤치원과 함께 거닐기도 했다. 그날은 그가 먼저 아바마마께 물었다.

[원하는 걸 얻으려면 어떻게 해야 하는지 아십니까, 세자 저하.]

다른 이가 그런 질문을 했다면 조롱이라 여겼을 것이다. 그러나 그때 아비는 대답했다.

[그것이 재물이라면 돈을 주고, 학문이라면 책 속에 파묻혀 있으면 될 것이다. 음악이나 그림이라면 손이 닳도록 연습해야겠고.]

그 말에 윤치원이 웃었다.

[답이 안 되었는가?]

[모두 맞습니다, 전하. 그럼 전하가 말씀하신 것들의 공통점이 무엇인지 아십니까. 그것이 답이옵니다.]

옆에 있던 자신이 그 답을 하였다.

[무언가를 얻기 위해선 내가 가진 것을 내주어야 한다. 돈이든, 시간이든, 노력이든.]

윤치원이 고개를 끄덕이며 말했다.

[맞습니다, 세손 마마.]

윤치원이 아비를 따스한 눈빛으로 바라보는데 아비는 귀찮다는 듯 손을 저으며 앞장섰다.

[이제는 잔소리하는 방식을 바꾸었군, 대사성.]

[주상 전하는 저하보다 몇십 년 더 윗분이십니다. 군주께서 바라는 자식의 상이 있지요. 그 기대에 걸맞게 노력하는 것이 자식의 도리이옵니다. 그리고 그것이 마음을 얻는 길이기도 하옵니다.]

[부모가 자식에게 마음을 주는 것이 절로 일어나는 것이 아니라 자식이 노력해야 얻을 수 있는 것이라면⋯ 그 또한 슬픈 일이지.]

어둠이 내려앉고 전각 위에 걸려 있는 하얀 달을 바라보는 아비의 옆모습이 쓸쓸해 보였다. 어린 그가 기억하는 아비의 가장 긴 한숨이었다. 임금이 천천히 숨을 내쉬었다. 오늘, 이 밤이 그때와 닮아 있었다. 설이 가야금을 꺼낸다.

"달을 보며 무슨 생각을 했는가?"

임금이 시선을 달에 둔 채 묻는다. 설이 무심히 말한다.

"달이구나, 생각했습니다."

그 말에 임금이 웃는다.

"너는 달을 주제로 이야기하고 싶지 않다는 뜻이겠지. 좋다, 오늘 연습할 곡은 무엇인가."

"먼저 들려드리겠습니다."

맑은 소리였다. 임금은 눈을 감았다. 조심스럽게 흘러나오는 선율은 가슴을 건드리는 듯 다가왔다가 이내 멀어졌다. 스쳐 가는 얼굴들, 그들의 죄는 아비를 따랐다는 것뿐이었다. 피바람 속에서 숨지 않았다는 이유로, 죽어 마땅했단 말인가. 그가 놓쳤던 얼굴들이 차례로 지나갔다. 기억은 한 얼굴에서 멈추었다. 그가 달빛을 연주하면 발밑이 환히 열렸고, 누이 동생의 웃음을 선율에 얹으면 어린 시절이 떠올라 절로 입꼬리가 올라갔다. 정인에 대한 마음을 실었던 가락은 오래 전 묻어둔 이를 불러내 설렘을 되살리기도 했다. 임금은 가슴께가 답답해졌다. 아무도 모르게 쌓여온 말들, 어디에도 닿지 못한 마음들. 길은 있으나 닿을 곳은 없었고 뜻은 있었으나 펼칠 자리가 없었다.

[전하, 아니 되옵니다. 통촉하여 주시옵소서.]

[이런 법도는 없사옵니다.]

임금이 깊은 한숨을 쉬며 눈을 뜬다. 설의 연주는 진작에 멈추었다. 가야금 위에 놓인 종이를 보며 말한다.

"잠시 다른 생각을 하였네. 이것이 오늘 연습할 악보인가?"

"예, 전하."

임금은 그것을 유심히 본다.

"정석가(鄭石歌)구나. 시용향악보에 실린 귀한 곡이다. 불가능한 상황을 빌려 정인과의 이별을 거부하는, 역설적 표현이 인상 깊은 곡이지. 필사했으니 잘 알고 있겠지."

설이 다시 가야금을 잡으려 하자, 임금이 손을 들어 막는다.

"오늘은 그대의 연주를 들은 것으로 족하다."

성균관의 재사(齋舍) 마루는 아침이면 늘 부산스러웠다. 누군가는 젓가락을 놀리면서도 한 손으로 허공에 글자를 쓰고, 누군가는 서책을 끼고 중얼거리며 출석 점수만을 채우려 했다. 밥과 반찬을 우적우적 삼켜 넣고 곧장 방으로 달려가는 이도 있었다. 그 와중에 홀로 한가롭게 식사를 즐기는 유생이 있었으니, 바로 해상이었다.

"이 나물은 참기름이 아니라 들기름으로 무쳐야 그 맛이 난다는 걸 내 몇 번이나 일렀건만."

그는 나물을 우물우물 씹으며 고개를 젓는다. 잠시 후 학관들이 명륜당에 나와 앉았고 북소리가 울려 퍼졌다. 준이 도포에 갓을 쓰고 방에서 나오는데 해상이 갓을 고쳐 쓰며 달려온다.

"저 북소리 때문에 양반 품위 지키기는 다 틀렸네. 어서 가세. 아침마다 고문도 아니고 사람 피 말리는 방법도 가지가지일세. 성균관에서 온전히 버티는 게 신기한 거지. 머지않아 송장 하나가 나갈 걸게."

해상은 짐짓 아무렇지도 않은 척 준을 대하는데 준은 그에게 눈길조차 주지 않고 걸음을 옮긴다.

"이보게! 어디 가는 거야. 곧 시작인데."

뒤에서 부르는 해상을 남겨두고 준은 외삼문을 빠져 나간다. 봇짐을 멘 채 멀어지는 그의 뒷모습을 바라보며 해상의 얼굴에 좀처럼 보기 힘든 진지함이 어렸다.

문을 나선 준은 한동안 멈춰 서 있었다. 흩어진 마음을 추스르고자 나섰으나, 정작 그 마음조차 머물 자리가 있어야 비로소 고요히 닿을 것 같았다. 마음은 오직 한 가지 생각, 온통 한 사람뿐인지라 그의 발걸음은 자연스레 마음이 향하는 곳을 따라간다.

마을은 예전과 다름없었으나 그 집은 그리 오래되지 않은 날들에도 불구하고 한 세월을 뛰어넘은 듯 폐허가 되어 있었다. 낮은 돌담 너머 마당은 낙엽과 바람에 밀려온 먼지가 잔뜩 쌓였고 한때 그의 눈길을 붙들던 평상 또한 쓰러져 있었다. 들보에는 거미줄이 덕지덕지 얽혀 있었고, 반쯤 열린 장지문은 바람이 스칠 때마다 끼익거려 쓸쓸함을 더했다. 돌담 뒤에 숨어 가야금 연주를 듣던 시간들이, 꽃잎 사이로 번지던 설의 미소가 이제는 아득한 환영처럼 느껴졌다. 준은 한참을 그 자리에 머물며 사라진 시간을 더듬듯 서 있다.

'나는 늘 의심했다. 이 사람이 사내인지 여인인지를. 그게 무슨 의미가 있었을까? 지금 내 앞에 있는 이 사람은 사내도, 여인도 아닌… 그저 한 사람이다. 고된 시간들을 홀로 견뎌낸 가냘프고도 강한 사람.'

노을이 내려앉고 서늘한 바람이 옷깃을 스칠 무렵 준은 천천히 돌아섰다.

'이제는 모든 질문을 접고 어떻게 하면 다시 아름다운 연주를 하게 할 수 있을지, 꽃잎 같은 미소가 피어날 수 있는지만 생각할 것이다.'

얼굴엔 한 자락 그늘이 드리워져 있었고, 발걸음마다 바스락거리는 낙엽 소리만이 허공에 쓸쓸히 울렸다.

설은 다시 병판의 집 앞에 서 있다. 병판의 부름은 생각보다 빨랐고 예상보다 잦았다. 설이 문지방을 넘으며 시선을 낮췄다. 병판은 연한 담색 도포 차림으로 기대어 있었다. 눈 밑엔 희미한 그늘이 드리워져 있었다. 말은 필요 없었다. 설은 가야금을 두고 앉았다.

처음 울린 음은 청명했다. 비 오는 봄밤, 꽃비가 마당을 스치는 듯한 소리. 그러나 이내 음은 달라졌다. 바람이 지나간 자리의 낙엽처럼, 구름 뒤에 감춰진 달빛처럼, 흩어졌다 모이는 물결처럼 겹겹이 얽혔다. 소리는 아름다웠으나 어둠이 숨어 있었다. 그것은 가슴을 파고들고 오래 묻은 기억을 흔들었다. 병판의 술잔이 멈췄다. 그는 눈을 감고 깊은 숨을 토해냈다.

설의 가락은 틈을 만들고 그 틈에 침묵을 흘려보냈다. 소리를 넘어서 내면을 그리고 기억의 틈을 건드리고 이내 깊숙하게 파고들었다. 들어본 적 없던 목소리가 속삭였다. 묻어둔 말들, 감춰둔 기억들, 꿈속에서도 피하려 했던 장면들, 잊었다고 믿었던 기억들. 설은 그것들을 한 올씩 풀어 올렸다. 그러나 그 소리를 만들어내는 손은 정작 칼을 꺼내어 들 수 없었다. 칼은 늘 품에 있었다. 늘 손이 닿는 곳에. 맹세였고 다짐이었다. 하지만 손끝이 떨릴 때마다 물었다.

'나는 정말 저자를 찌를 수 있을까. 죽일 수 있을까…'

기회는 여러 번 있었다. 연못 옆 정자, 돌난간에 달빛이 얕게 깔리고 하인의 발소리가 멀어질 때. 병판의 목덜미에서 불쑥 솟아오르던 맥, 가볍게 들썩이던 숨결. 칼을 빼는 데 망설일 까닭은, 이치로만 따지면 없었다. 그러나 설은 칼자루를 쥐는 순간, 엄지 속 맥이 먼저 뛰었다. 손바닥에 고인 땀이 미끄러졌고 떨림이 손끝에서 올라와 팔꿈치, 쇄골을 지나 가슴께로 번졌다. 칼끝은 앞으로 나아가기 전에 먼저 설의 안쪽을 겨누는 듯했다. 그럼에도 놓지 못한 것은, 이 칼을 버리는 일이 곧 기억을 버리는 일과 다르지 않다고 믿었기 때문이다. 그때 병판의 손에서 잔이 미끄러졌다. 동시에 짧은 신음이 새어 나왔다. 그는 등을 기대고 숨을 몰아쉬었다. 설은 연주를 멈추었다. 그때야 손끝에 맺힌 피를 봤다. 줄을 짓누르던 손가락이 다시 찢어진 것이다. 얇은 막처럼 번진 핏빛이 손끝을 타고 흘렀다. 핏방울 하나가 가야금 현 위로 떨어졌다. 방 안은 여전히 울림의 잔향으로 서늘하게 떨리고 있었다.

"잠깐⋯"

병판은 몸을 일으키려다 휘청였고, 하인이 급히 들어와 부축했다. 설은 일어나 방을 나섰다. 문밖엔 서늘한 바람이 불고 있었다. 설은 손끝을 바라보았다. 여기서 흘러나온 곡조가 누구의 마음을 무너뜨렸던 걸까. 병판일까 아니면 자신일까. 설은 도포 안쪽 칼날의 감촉을 느낀다. 그 칼이 병판의 심장에는 닿지 못했지만, 자신을 베고 있을지 모른다고 생각했다.

준은 작업장으로 향하고 있다. 골목을 도는 순간 설의 뒷모습이 눈에 들어왔다. 저 여린 어깨 위로 얼마나 모진 시간이 흘러갔을까. 당장이라도 달려가 끌어안고 싶었으나 곧 고개를 저었다. 숨을 고르고 주먹을 움켜쥔 채 걸음을 옮긴다. 문득 주위를 둘러본다. 앞이 잘 보이지 않을 만큼 캄캄하다.

'너무 어둡군.'

설은 그 밤, 부용정에서의 연주를 떠올리고 있었다. 연주가 끝난 후에도 임금은 한참 눈을 감고 있었다. 깊은 한숨과 함께 눈을 떴을 때 설은 깨달았다. 들리긴 했지만 닿지 않았음을. 또 다른 한 사람, 병판. 그에게는 닿았다. 설의 곡조에 눈을 감고 숨을 삼키던 그의 모습이 떠오른다.

'나는 지금 어디에 서 있는가…'

병판 집을 다녀올 때마다 허기가 밀려왔다. 죄책감인지 공허함인지, 아니면 가장 깊은 곳을 건드렸다는 기묘한 쾌감인지.

"무슨 생각을 그리하며 가십니까?"

준의 말에 설이 돌아본다.

두 사람은 함께 작업장으로 들어섰다. 승하가 홀로 술잔을 기울이고 있었다. 그가 둘을 보며 고갯짓으로 자리를 가리켰다.

"앉지? 술도 남았는데."

세 사람만 있는, 이 묘한 조합은 처음이었다. 잔을 채운 뒤, 승하는 슬쩍 준을 보며 말을 흘린다.

"그래, 요즘 별일 없냐? 거, 부용정 말이다."

그 말에 준이 놀란 얼굴로 설을 바라본다.

'저놈 머리라면 단박에 알아채겠지. 저게 무슨 짓을 하고 다니는지.'

설이 부용정에서 임금과 함께 연주한다는 말을 들은 뒤, 승하는 긴장을 놓지 않았다. 언제든 튀어 나갈 수 있게 작업장에서 대기했다. 준도 바짝 긴장하고 설의 답을 기다린다.

"좀… 다르셨어. 연습도 못했고. 아무래도 악보에 이상이 있었던 것 같아."

설은 도포 소매에서 악보를 꺼내 펼친다.

"필사는 틀림없어. 확인을 몇 번이고 했거든."

승하와 준이 그것을 들여다보는데 알겠다는 눈빛이 지나간다.

"그래. 악보는 틀린 게 없겠지. 그렇지만 네 놈이 틀려먹었다."

승하의 말에 설이 그를 본다.

"그거야 악보가 틀리지 않았으면 네 놈이 틀린 거야 뻔하지 않느냐."

승하는 더 말을 잇지 않고 고개를 돌려 준에게 눈짓을 준다. 준이 악보를 내려놓으며 말한다.

"가야금 곡조를 들으러 먼 길을 간 적이 있습니다. 그 곡조에 마음을 씻고 위안을 얻었지요. 한낱 백성인 저도 그럴진대 한 나라의 군주인 전하께서는 오죽하시겠습니까. 가야금 연습을 하는 것은 고단함을 덜고 위로받고자 하심이 아닐지 생각됩니다. 그래야 또다시 고민하여 좋은 세상을 만들 수 있으니까요."

설이 고개를 떨군다. 그의 부드럽고 담담한 목소리를 듣자, 자신이 무엇을 감추고 있는지를 떠올리게 된다.

"그만두고 싶어. 난 그렇게 할 위인이 못 돼."

설은 잔을 비우고 안채 쪽으로 걸음을 옮긴다. 그 뒷모습을 보는 준의 얼굴이 무겁게 내려앉는다. 승하는 미간을 좁히며 설의 등 뒤에 대고 말한다.

"그만두고 싶다고 그만둘 수 있는 것이 아니다. 애초에 각오했어야 할 일이야."

준도 고개를 끄덕인다. 방으로 온 설은 무릎을 끌어안고 경대 앞에 앉는다. 등잔불은 바람에 일렁이고, 얼굴도 마음도 함께 흔들렸다. 설은 허탈한 웃음을 지으며 고개를 젓는다.

'내 주제에 무슨⋯'

자신이 무엇을 하고 돌아다니는지 저들이 안다면. 자신의 연주에 마음을 놓는 그들이 더 위태로운 것일지도 모른다. 병판의 얼굴이 떠오른다. 눈가에 스민 짙은 병색, 흔들리던 숨결. 그 감정은 분명 상대의 것이었는데, 설의 가슴이 먼저 저렸다. 부서지는 것인지, 무너지는 것인지, 깨지는 것인지. 그 소리는 현이 아닌 설의 심연에서 울린 것이었다.

'약해지면 안 돼, 조금만 더⋯'

깊은 한숨이 나오자 그런 한숨을 짓던 임금의 얼굴이 떠오른다. 닿지 않았던 곡조.

[⋯고단함을 덜고 위로받고자 하심이 아닐지 생각됩니다.]

'나는 그리할 수 없다. 하지만⋯'

설은 서랍에서 무명 보자기로 싸인 작은 보따리를 꺼냈다. 매듭을 풀자 낡은 악보들이 나왔다. 하나씩 넘기다 가장 바랜 종이에서 손이 멈춘다. 함께 가야금을 연주하던 밤, 그 밤을 닮은 웃음. 가슴 깊은 곳에서 무언가 터져 나오려 했다.

[이러면 별이 반짝이는 소리가 잘 들리는 것 같습니다.]

호가 연주하면 설이 뒤따라 가락을 잇고 그는 그것을 악보에 옮겼다. 하늘의 별빛과 바람, 꽃향기까지 모두 그가 그린 음계 속에 머물렀다. 설은 이미 죽어 사라졌다 생각했던 감정, 그때의 웃음, 익살, 아름다움이 있는 악보를 손에서 놓지 못한다. 놓아 버리면 두 번 다시 떠올릴 수 없을 것 같아서… 다른 종이를 들추자 찢기고 피 묻은 악보가 나온다. 어지럽고 비뚤어진 글씨. 피투성이가 된 오라비는 한쪽 눈조차 제대로 뜨지 못한 채, 마지막까지 미안하다고 말했다.

'이까짓 게 뭐라고 그 꼴을 하고…'

설은 종이를 품에 안는다. 억눌린 흐느낌이 입술 사이로 새어 나왔다. 설이 어명을 거역할까 걱정이 되어 안채로 온 승하와 준은 그것을 듣고 있다. 승하는 방 안의 그림자를 보다 더는 못 보겠다는 듯 돌아섰고, 준은 주먹을 꽉 쥔 채 서 있었다.

설이 장악원 뒤뜰로 들어서자, 전란 때 헤어진 가족을 만난 듯한 얼굴로 만덕이 달려왔다. 그 뒤로 아쟁 영감을 비롯하여 다른 악사들도 설을 걱정스럽게 바라본다. 설은 다가가 고개를 깊이 숙였다.

“얼굴이 많이 상했네그려.”

“보내주신 것들 감사히 먹었습니다.”

설의 말에 쑥스러웠던지 해금 아재가 손사래를 친다.

“기운 차렸으면 된 거지. 우리 같은 사람들이 몸뚱이밖에 더 있나. 혼자 있는 사람이 뭘 챙겨 먹겠어.”

아쟁 영감도 고개를 끄덕인다.

“고뿔을 크게 앓았으니 몸이 많이 축났을 텐데…”

“혼자 밥 차리기 힘들면 우리 집으로 오시게. 매일은 못 해도 돌아가며 밥 한 끼 못 챙기겠나.”

다른 이들도 고개를 끄덕인다. 설은 고개를 떨굴 뿐이다.

“지가 잘 챙기겠구먼유. 저기 선인 아재도 오네유. 아재!”

설이 돌아보자 선인이 다가오고 있었다. 동시에 궁 안은 유난히 분주해 보였다. 화려하고 큰 꽃을 든 궁녀들이 발걸음을 재촉하고 한쪽에선 밀랍으로 연꽃과 연잎을 만들고 있었다. 임시 덧마루 아래에는 연향을 할 가건물이 들어섰고, 그 안에선 약과, 다식, 한과 등 상하지 않는 것들이 쌓이고 있다.

“열흘 후에 청나라 사신들이 온대유. 큰 연향이 열린다는데유.”

만덕이 설명하는 사이, 선인이 꽃병을 든 궁인과 부딪칠 뻔하자 설이 재빨리 그의 팔을 붙잡는다. 그 순간 선인이 설의 손목을 잠시 쥐었다 놓는다. 그의 미간이 잠시 굳는다.

‘…여인이다.’

설이 선인의 얼굴을 살피며 묻는다.

"괜찮으십니까."

그의 가슴 깊은 곳에서 오래된 기억이 되살아났다.

'역시⋯ 그 아이였어⋯'

연습 중에도 선인의 귀엔 설의 가야금 소리만 들렸다. 옛 벗인 호의 목소리가 들리는 듯도 했다. 그리고 병판 집에서 들었던 격렬한 선율도.

'얼음장같이 차가운 연주. 그리고 원한⋯'

과거와 현재를 오가며 기억 저편을 더듬듯, 손가락이 줄을 짚는다. 움직임은 점점 빨라지고, 팽팽히 조여 있던 줄 하나가 결국 툭, 끊어졌다.

'그 아이가 왜 여기 있는가⋯ 무엇을 위해⋯ 무엇을 품고⋯'

연화는 그날 이후, 틈만 나면 장악원 앞을 서성였다. 악사 복장을 하거나 악기를 멘 이들이 드나들 때마다 설의 얼굴을 찾았지만 좀처럼 보이지 않았다. 이대로 또 놓치게 될까, 연화는 초조하고 불안했다. 얼마나 지났을까. 문이 열리고 연습을 마친 악사들이 나오기 시작한다. 연화가 다시 살피는데 옥색 도포에 가야금을 멘 가녀린 이가 눈에 들어온다. 설이었다. 어린 시절의 얼굴이 남아 있는 것에 반가우면서도 가슴 한 켠이 저릿해졌다. 다가서려다 그대로 걸음을 멈춘다. 덩치 큰 자가 설에게 무슨 말을 하자, 설은 고개를 끄덕이며 돌아선다.

'도대체 무슨 생각으로⋯ 계속 저리 놔둘 순 없어. 도성에서 떨어진 곳에 거처를 구해야 해.'

설을 따라 조심스레 발걸음을 옮기며 골목으로 접어들던 연화가 놀라 돌아선다. 승하가 골목 담을 손으로 재며 살피고 있었다.

'도련님께서 왜 여기에…'

연화는 설의 뒷모습을 보며 잠시 망설이다가 결국 발걸음을 돌린다.

"이제 오냐?"

설이 고개를 끄덕이고 작업장 쪽으로 가는데 웬일인지 승하가 따라오지 않는다.

"안 가?"

그 물음에 승하가 웃는다.

"같이 가서 놀아주랴? 이 몸께서 할 일이 좀 있으시니 먼저 가 있어."

설의 어깨가 유난히 작아 보인다. 승하는 설이 시야에서 사라질 때까지 바라보다 돌아서서 담을 따라 걸음을 옮긴다.

설은 하늘을 올려보다 부용정을 내려다본다. 잔잔한 수면 위로 어둠이 흘러내려 하늘과 물이 뒤섞인 듯 경계가 없다. 회색 구름이 천천히 흐르고 물 위에도 그대로 따라 흘렀다. 설은 도포 안에서 낡은 종이 한 장을 꺼낸다. 바랜 가장자리에 오래 눌린 지문이 남아 있는, 아직 세상에 닿지 않은 악보.

'전하께 이제 그만 연습하게 해달라 청해볼까…'

하지만 이내 고개를 젓는다.

'어차피 일이 성사되면 나도 끝이다.'

"무슨 생각을 그리 골똘히 하는가."

임금이 다가오자 설은 일어나 예를 올린다. 임금은 자리에 앉으며 말한다.

"이제 제법 쌀쌀해지는군."

설은 악보를 임금 앞에 두고 자신의 자리로 가 앉는다.

"먼저 들려드리겠습니다."

설은 숨을 들이쉬고, 호가 남긴 곡의 첫 음을 가야금 위에 올린다.

'그 밤…'

책을 읽는다며 어머님께 꾸지람을 듣고 마당으로 나왔을 때 호는 가야금을 곁에 두고 설에게 뜯는 법을 가르쳐 주었다. 그 밤의 바람, 그 별빛. 손을 뻗으면 닿을 것만 같았다. 설은 눈을 감았다. 소리가 퍼져 나가며 밤하늘에 잊힌 마음들을 뿌렸다. 마지막 음을 맺으며 설은 천천히 눈을 떴다. 고개를 들어 하늘을 올려다보았다. 별들이 총총히 박혀 있었다. 그리고 그 빛이 설의 눈동자에도 내려앉았다. 눈물이 날 것 같아 설은 다시 고개를 숙인다. 구름에 가려졌던 달이 언제 나왔는지 환하게 부용정을 비추고 있다.

"좋은 곡이다. 심중의 고단함이 이 곡조에 실려 흘러간 것 같구나.

어둡기만 한 이곳에서 괜찮다고 말해주는군."

설은 말없이 고개를 숙여 예를 갖춘다.

"무슨 곡인가? 제목이 없군."

"아직⋯ 세상에 나오지 않은 곡입니다, 전하."

"누구의 곡인가?"

"⋯아는 이가 만든 곡입니다."

임금은 별빛을 올려다보았다.

"맑은 마음에서 나온 곡이로다."

그는 다시 설을 바라보았다.

"자네도 어느 맑은 밤을 떠올렸는가?"

대답 대신 설이 조용히 고개를 떨구었다.

"옛 벗이 말했지."

임금의 목소리가 바람에 실리듯 이어졌다.

"음악은 마음을 옮기는 것이라. 연주하는 이의 숨결이 소리에 실리면 듣는 이의 가슴에 스며들어 다시 울림이 된다고."

설의 가슴께가 미세하게 떨렸다.

"오늘 같은 밤. 자네와 나의 이런 기분을 아는 이 많지 않을 걸세."

임금이 악보를 들여다본다.

"짐은 이제 이 자의 곡을 연주하고 싶다. 또한 직접 연주도 듣고 싶은데 가능한가?"

설이 두 손을 모으며 말한다. 목소리가 떨린다.

“송구하오나 전하, 이미… 세상에 없는 자옵니다.”

침묵이 흘렀다. 임금은 시선을 내리깔고 잠시 생각에 잠겼다. 그리고 묻는다.

“그럼 짐이 이 곡에 제목을 붙여도 되겠는가?”

설이 답한다. 입가에 처음으로 엷은 미소가 어렸다.

“예 전하. 그이가 아주… 아주 많이 좋아할 것입니다.”

‘무엇이 꿈이고 무엇이 현실인가…’

부용정의 밤은 아름다웠다.

[…오늘 같은 밤. 자네와 나의 이런 기분을 아는 이 많지 않을 걸세.]

‘아직 그런 연주를 할 수 있었다니…’

설은 손바닥을 펴본다. 찢긴 손끝이 아물지 않았다. 손바닥의 상처도 여전히 남아 있다.

‘이것이 현실이다.’

부용정에서 돌아온 뒤 며칠은 가야금을 잡지 않았다. 오라버니의 악보를 들추다 그것을 품에 안고 잠들곤 했다. 눈을 감으면 밤하늘의 별이 천천히 흘러가며 스르르 잠이 들었다. 그러나 어젯밤은 잠을 이루지 못했다. 한쪽에 세워둔 가야금이 시커먼 형상으로 보였다. 손을 뻗었다가도 거두곤 했다.

생각에 잠겨 걷다 보니 병판의 집 앞에 다다랐다. 밤하늘은 구름에 가려 달도 별도 보이지 않았지만, 온 집안에 얼마나 불을 환히 밝혀두었는지 담장 너머까지 밝았다.

'차라리 그자가 나를 더 이상 부르지 않는다면⋯'

설은 손에 힘을 주었다. 품에는 여전히 차디찬 칼이 있다. 언제든 뽑을 수 있다고 믿었지만 단 한 번도 꺼내지 못했다. 손끝이 떨리고 있다. 설은 숨을 한 번 고르고 들어섰다. 마당을 쓸던 소리가 멈춘다. 바람결에 하인들이 속닥거리는 소리가 들려온다.

"대감께서 요즘 잠을 못 이루신다지?"

"의원이 자주 들락날락한다잖아. 자다가 벌떡 일어나 뭐라 중얼거리는데 귀신 소리 같다고. 대체 무슨 악몽을 꾸길래⋯"

방 안은 전보다 더 짙은 약향(藥香)으로 가득했다. 그 아래로 습기와 부패가 스며든 냄새가 배어 있었다. 등잔불 아래 드러난 병판의 모습은 눈에 띄게 달라져 있었다. 살점은 움푹 꺼졌고, 눈두덩 아래에는 깊은 그늘이 드리워져 있었다. 손을 끊임없이 떨었고, 잔은 이미 여러 번 기울어진 듯 손끝이 축축히 젖어 있었다.

'내가⋯ 이걸 원했나?'

얼핏 오라비의 웃음, 어머니의 손길이 스쳐 간다. 임금의 미간, 부용정에서의 깊은 한숨도 떠오른다. 설의 가슴속에서 무언가가 꺾이는 소리가 들렸다. 병판이 시작하라는 손짓을 한다. 첫 음은 늘 그렇듯 맑았다. 그러나 그 안에 스민 곡조는 낮은 곳을 파고 들어가 밑바닥을 헤집어 놓았다. 다른 이의 목숨으로 얻은 권세의 뒷면, 발아래 짓밟힌 얼굴. 병판의 눈가가 떨렸다. 설의 손끝이 또다시 찢어졌다. 줄은 칼날 같았고 힘을 실을수록 날카롭게 살을 그었다. 피가 현 위에 번졌다.

‘이러려고 가야금을 잡은 것이 아니다…’

곡조가 멈췄다. 방 안은 긴 정적에 잠겼다. 병판의 어깨가 들썩였다. 그것이 숨인지 흐느낌인지 알 수 없었다. 설은 자리에서 일어나 뒤돌아 걸어갔다. 문턱을 나서며 잠시 돌아본 순간, 병판과 눈이 마주쳤다.

‘어둠에 삼켜진 눈이다.’

후회, 공포, 미련, 두려움, 죄의식 혹은 설명할 수 없는 감정들이 그의 눈에 엉켜 있었다. 설은 대문을 나서며 손을 내려다보았다. 피 맺힌 손끝이 떨리고 있다. 이 손끝으로 사람을 병들게 했다. 심연을 건드렸고, 무너뜨렸다. 남은 것은 텅 빈 허무였다. 설의 눈가에 미세한 떨림이 일었다.

‘이건 아니야…’

설이 걸음을 떼는데 병판의 심복이 어둠에서 모습을 드러냈다.

‘가야금쟁이가 다녀가면…’

그 사내가 무엇을 했는지는 알 수 없다. 연주를 듣고 난 뒤 병판의 병색이 더욱 짙어졌고, 잠꼬대와 한숨이 밤새 이어졌을 뿐이다.

‘우연이라고 보기엔 지나치다…’

설은 한참을 걸었다. 음악은 사람을 울리고, 다독이고, 때로는 심장을 찌른다. 그러나 처음으로 알았다. 심장 끝까지 파고드는 순간, 음악이 얼마나 잔인할 수 있는지를. 병판이 무너져가는 모습은 통쾌하지 않았다. 잠시 시원했을지는 몰라도 설은 연주가 끝난 뒤 손을 보면 깊은 허무가 밀려왔다.

'이것이 연주하는 이의 손인가⋯'

그 손이 복수의 도구가 되었을 때, 손가락 사이로 흘러내린 건 다름 아닌 자신이었다.

'아니다. 나는 음악으로 사람을 죽이는 자가 아니야⋯'

준은 골목 어귀에서 설을 기다리고 있었다.

'본인이 얼마나 위험한 일을 하고 다니는지를 알고나 있는지⋯'

준이 가까이 다가왔지만, 설은 그를 보지 못한 채 하늘을 바라본다. 어둠 속에서 반짝이는 별들이 마치 흩어진 기억처럼 빛나고 있었다.

[금중청야(禁中淸夜). 제목으로 어떠한가. 그이가 마음에 들어하겠는가?]

'궁궐 안 맑은 밤⋯ 오라버니께서 얼마나 좋아하셨을까⋯'

무언가 마음속에서 바스러진다. 설은 시선을 떨군다.

'병판⋯ 그자는 내 음악에 무엇을 느끼는가⋯ 숨결, 살결, 고통까지 꿰뚫는 곡조⋯ 사람의 마음 한복판에 칼처럼 꽂히는 소리⋯ 내 음악은 두 얼굴을 하고 있다.'

설이 다시 하늘을 올려다본다. 곁에 다가온 준도 하늘을 바라보았다.

"하늘에 무엇이 있길래 그리 보십니까?"

설이 놀라 돌아보는데, 그 눈에 별빛보다 빛나는 눈물이 맺혀 있다. 준은 깊은 한숨을 삼킨다.

'안 되겠군…'

둘은 말없이 걸었다. 캄캄한 골목 어귀, 작업장 근처에 이르자 설이 먼저 입을 열었다.

"오늘은 또 어쩐 일로 오셨습니까."

걸음을 멈추지 않은 채 말을 잇는다.

"이제, 오지 마십시오. 선비님께서 저를 찾아오실 이유 없습"

그 순간 설이 돌부리에 걸려 휘청이자, 준이 재빨리 그녀를 붙잡는다. 설의 놀란 얼굴을 바라보며 준은 낮은 소리로 말한다.

"이러는데, 모른 척하라고?"

곧 그의 단호한 목소리가 이어진다.

"아니. 그렇게는 못합니다."

설이 그의 손을 떨치며 말한다.

"저는 선비님께서 찾으시는 그 여인이"

그가 목소리를 높이며 설의 말을 끊는다.

"그런 건! 이제 상관없습니다. 나를 봐달라는 말이 아닙니다. 그저 눈앞에 두고 볼 수 있게…"

준은 설을 끌어당겨 힘주어 안았다. 그때, 어두운 골목의 담을 따라 등불이 하나둘 켜진다.

“해달라는 겁니다. 보이지 않으면 미칠 것 같은데…”

설은 벗어나려 했지만, 준은 단단히 그녀를 끌어안은 채 떨리는 목소리로 말한다.

“비를 맞고 있진 않을까, 혼자 울고 있진 않을까, 또 이렇게 넘어지진 않을까… 걱정되어 아무것도 할 수가 없는데…”

설은 몸부림을 멈춘다. 준은 눈을 감는다.

‘두 번 놓치지 않습니다. 다시는 놓치지 않을 겁니다.’

승하는 팔베개를 한 채 누워 있었다. 무언가 곰곰이 생각하던 그는 이내 참지 못하겠다는 듯 몸을 일으켜 문 쪽으로 향한다. 그때, 문이 열리며 설이 들어오는데 말없이 그를 스쳐 지나간다.

“이제 오냐.”

태연히 말을 걸었지만, 설의 낯빛을 보고는 걸음을 멈춘다. 다가가려는 찰나에 준이 뒤따라 들어선다.

“뭐야.”

승하가 그를 막아서며 낮게 묻는다.

“비키십시오.”

설이 안채로 들어가는 걸 보고, 승하는 준의 멱살을 잡아 거칠게 당겼다.

“뭐냐니까. 쫓아가서 뭘 하려고.”

준이 승하의 손목을 힘주어 잡고 떼어낸다. 눈빛엔 물러섬이 없다.

"제가 묻고 싶은 말입니다. 여기서 뭘 하십니까. 대체 왜 여기 계십니까."

옥좌에 앉은 임금의 눈빛이 평소보다 맑았다. 어깨도 가벼워 보였다. 부용정에서 김 류가 들려준 곡조는 단지 음악이 아니었다. 심중의 고단함을 씻어내고 맑은 기운을 불어넣는 묘약이었다. 긴 회의로 두통이 밀려올 때였지만 오늘은 달랐다.

'고통도 분노도 잠시 잊게 만드는 음악이라…'

임금은 눈을 감았다가 떴다. 그러나 여전히 떠나지 않는 그림자 하나. 뒤주 속 아버지였다. 마지막 숨결, 그 낮은 중얼거림이 아직도 귓가를 떠돌고 있었다.

한 신하가 앞으로 나와 상소를 펼쳤다.

"소신 감히 말씀드리옵니다. 요사이 사헌부와 사간원의 언로가 지나치옵니다. 감히 군왕의 인사에 이의를 달고, 붕당을 등에 업은 자들이 새로이 조정에 나오고 있사오니, 이는 조정 기강을 무너뜨리는 일이옵니다."

임금이 깊은숨을 삼키며 입을 연다.

"기강이라… 어느 기강을 말하는 것이오?"

신하는 잠시 주춤했으나 이내 말을 이었다.

"근래 여러 외직의 청요직 등용이 도를 넘었사옵니다. 그들 중에는 서얼도, 사류도, 혹은 과거를 거치지 않은 자들까지 포함되어 있사온데… 이는 조정의 법도를 무너뜨리는 일이옵니다."

장내가 술렁였지만 임금의 목소리는 차분했다.

"짐이 쓰려는 자는 정직하고 유능한 자요. 출신이 아닌 실력을 보려는 것이오. 어찌 그대들은 아직도 성씨와 문벌을 논하는가!"

신하들의 얼굴에 미묘한 기색이 스쳤다. 임금은 곧 말을 이었다.

"기강을 바로잡자면, 사사로이 인재를 배척하고 붕당을 앞세워 국정을 어지럽힌 이들부터 다스려야 할 것이오. 조정은 더 이상 문벌의 사당이 아니오. 백성을 보살피는 전당이어야 하오."

순간 장내가 물을 끼얹은 듯 조용해졌다. 임금은 자리에서 일어나 곁에 있던 자를 향해 말한다.

"내가 찾는 자는 아비처럼 끝내 목숨을 던지고서라도 올곧음을 지키려는 자다."

회의가 끝나자 신하들이 궁문을 빠져나갔지만, 몇몇은 자리를 뜨지 않고 무리를 지었다. 병조판서 유상훈과 좌의정도 말없이 서 있었다.

"전하께서 오늘 좀 달라 보이셨습니다."

젊은 관리 하나가 말했다.

"여기, 미간에 늘 있던 주름도 안 보이고요."

"늘 피로하던 그 기색이 아니었습니다. 어의가 귀한 약을 쓰신 게 아닐까요?"

유상흔이 고개를 천천히 젓는다. 그때 내관 하나가 조심스레 다가와 유상흔의 귀에 속삭였다. 유상흔의 얼굴이 굳더니 눈꺼풀이 미세하게 떨렸다.

"사실이냐?"

내관은 고개를 끄덕이고는 물러났다. 유상흔이 웃으며 다른 이들에게 말한다.

"자, 오늘 점심은 제가 대접하지요."

백련각 앞에 연화가 서성이고 있다. 불안한 눈빛으로 주위를 살피며 손끝은 초조한 듯 옷자락을 만지작거린다. 이내 문이 열리고 섬섬이 모습을 드러낸다. 연화를 보자마자 두리번거리며 살핀 뒤 서둘러 골목 안쪽으로 이끌었다.

"어쩌자고 또 오셨대요. 이러다 우리 다 죽소. 얼굴은 좀 좋아 뵈는데 잘 지내면 그대로 잘 있을 것이지, 대체 뭘 어쩌시려고요⋯"

섬섬이 걱정스러운 얼굴로 주변을 연신 둘러본다. 유상흔이 연화를 두고 패악을 부리고, 호를 그리 만든 것을 생각하면 등줄기에 소름이 돋는다.

"가마와 사람을 좀 구해줘. 자."

무슨 영문인지 몰라 눈만 껌뻑이는 섬섬에게 연화가 묵직한 주머니를 쥐어준다.

"이거면 충분할 거야. 며칠 뒤 집에서 큰 잔치가 있어. 그 틈을 타 아가씨와 함께 떠날 거야."

섬섬은 눈을 크게 뜨고 연화를 쳐다보았다.

"예에? 아니 그게 무슨…"

연화가 섬섬의 손을 꼭 잡는다.

"길게 말할 시간 없어. 부탁해. 날짜와 시간은 사람을 다시 보낼게."

압구정에 낮고 가벼운 바람이 불고 있다. 한강 남안에 정자를 소유한다는 것은 곧 권력의 상징이었다. 그중에서도 가장 아름답고 풍광이 뛰어난 압구정. 겸재 정선의 화폭에도 담긴 이 정자는 한때 권신 한명회의 소유였고, 이제는 병조판서 유상흔의 것이다. 유상흔의 선친이 유배에서 돌아와 상한 몸을 이끌고 가장 먼저 한 것은 이 압구정을 되찾아온 것이었고 그날 그는 이곳에서 가야금을 연주했었다. 이 자리에 조정 중신들이 모였다. 모두의 시선은 유상흔에게로 향했다. 그는 예전 같지 않았다. 야윈 얼굴, 그늘 진 눈밑, 떨리는 손끝. 그러나 입가의 미소 하나만으로도 여전히 그 자리는 굳건했다.

"그게 사실입니까, 대감."

한 젊은 관리가 조심스레 입을 열었다. 유상흔은 여유롭게 술잔을 들며 말했다.

“그것이 잔치를 여는 이유지요. 여기 계신 대감들께서는 절대 알 수 없는 정보 말입니다. 눈에 보이지 않지만 제 곁엔 늘 속삭이는 자들이 있습니다.”

중신들은 복잡한 눈빛을 주고받았다.

“사실이라면 찾아야 합니다. 그렇지 않으면 우리는 조선의 가장 강력한 왕을 보게 될 것입니다.”

“지금도 탕평이니 뭐니 권력을 넓히려는 분인데 그건 곤란하지요.”

좌의정을 비롯한 이들이 무겁게 고개를 끄덕였다. 그때 한 중신이 참지 못하고 불쑥 소리쳤다.

“도대체 이게 가당키나 한 말입니까? 세월이 이렇게 흘렀는데 다시 시작되다니요. 우리가 어떻게 살아남았는데⋯ 그자는 그때 분명히 처리하지 않았습니까!”

좌의정이 손을 들어 제지한다.

“목소리를 낮추세요. 늘 주시했던 일입니다.”

유상흔도 고개를 끄덕였다.

“그는 분명 처리했지요. 허나 품에서 나온 것은 우리가 찾던 것이 아니었습니다.”

목소리에 냉기가 섞였다.

“그는 매일 밤 뒤주에 갇힌 세자에게 다녀갔고, 세자의 말을 책에 써 내려갔다더군요.”

정자 안에 정적이 내려앉았다. 바람조차 멈춘 것처럼.

"한 잔 술에 입이 가벼워진 궁인 하나가 흘린 이야기였습니다. 사도세자의 입에서 나온 이야기라면, 거기엔 이 자리에 있는 우리 이름이 적혀 있을지 모릅니다. 이름뿐만이 아니겠지요."

"사도세자가 그리된 일로 주상이 이를 바득바득 갈고 계신다는 걸 잊지 마십시오. 그 책까지 쥐어줄 순 없습니다."

모두가 숨을 죽였다. 유상흔의 입꼬리가 서늘하게 말려 올랐다.

"전하께선 아직 젊고, 피가 뜨겁지요. 그 책이 전하의 손에 들어가는 순간, 탕평이 아닌 숙청이 시작될 겁니다."

중신들은 굳은 얼굴로 고개를 끄덕였다.

"그 일이 있기 전에 윤치원은 이미 노비들을 환속시켜 보냈고, 가족들은 지방으로 피신시켰다 들었습니다. 그렇다면 이미 찾을 수 없는 이들 아닙니까."

호판의 말에 유상흔은 고개를 저었다.

"그렇게 들었다, 하는 말 중에는 대개 틀린 것들이 많지요. 눈으로 직접 확인해야 합니다. 윤치원의 가족부터 시작하지요. 생사 여부를 막론하고, 모든 가능성을 염두해야 하오. 궁을 드나들던 이, 가까이 살던 이, 노비든 승려든 기생이든 신분과 성별을 가리지 말고 모조리 조사해야 하오."

그는 다시 술잔을 들었다. 미소는 남아 있었으나, 눈빛은 싸늘히 번뜩였다.

"그가 숨겨두었던 진실을 찾는 것이 첫 번째입니다. 그리고…"

그가 압구정 너머 한강을 바라보며 낮게 말한다.

"다시는 수면 위로 떠오르지 못하게 해야지요."

중신들은 깊은 한숨과 함께 고개를 끄덕였다. 그들의 등 뒤로 한강의 물결이 먼 소리로 스며들었다.

설은 안채 마루에 무릎을 끌어안고 앉아 있다. 밤공기는 차가웠고, 담 너머로 술취한 이의 노랫소리가 희미하게 들렸다. 낯선 곡조였으나, 어쩐지 오래된 기억처럼 들려왔다.

[…음악이란 사람을 살릴 수도, 죽일 수도 있는 것이다.]

명인의 말이 떠올랐다. 호에게만 했던 말이었으나, 설의 귀는 그 모든 말을 놓치지 않고 있었다. 이제는 안다. 음악이 병들게 한 것이 아니었다. 사람이 그 길로 걸어간 것이다. 음악은 그저 길이었고 어디로 걷느냐, 누구의 마음으로 건너가느냐는 오롯이 연주하는 이의 몫이었다. 병판을 깊은 어둠으로 끌고 간 것은, 음악이 아니라 자신이었다. 칼을 품고 소리에 그것을 실어 보냈다. 음악은 길을 열었을 뿐이다. 달빛이 가야금 줄 위로 흘렀다. 설은 호에게서 그것을 처음 받았던 날을 떠올린다. 설레고 기뻤다. 그 마음은 언제 어디서부터 멀어졌을까…

'더는 이 현으로 사람의 심장을 겨누지 않겠다.'

곁의 칼에 시선이 머문다.

'그렇지만 복수는 끝나야 한다. 그것은 음악이 아닌…'

설은 천천히 손을 뻗어 칼을 천천히 들었다. 칼끝에 달빛이 찬물처럼 번졌다.

승하가 드러누워 있던 자리를 오늘은 설이 차지하고 있다. 곁에는 가야금과 악보가 놓여 있다. 자리를 빼앗긴 승하는 옆에서 책장을 넘기다 설을 쓱 보고는 미소 짓고 다시 책으로 시선을 돌린다. 설은 그날 부용정에서 연주했던 악보를 쓰다듬는다. 바랜 종이의 결이 손끝에 전해진다.

‘오라버니는 어떤 마음으로 이 곡을 지으셨습니까… 그 마음이 전하께 닿았을까요…’

“딱 보니까 좋구만.”

무심한 승하의 목소리. 설이 고개를 들자 그는 여전히 책에 시선을 두고 있다.

“보지도 않고…”

“봐야 아냐.”

승하가 책장을 덮으며 설을 본다.

“좋은 사람이 지은 곡이니 당연히 좋겠지. 이렇게 누이동생이 볼 텐데 마음을 어지럽히는 곡을 쓸까. 하긴 누가 보지 않아도 그럴 위인이지.”

설은 잠시 생각하다 연적의 물을 벼루에 조심스레 붓는다. 승하는 호를 처음 만났던 순간을 떠올린다. 칼을 맞고 이곳으로 와 쓰러졌을 때 호는 본능적으로 설 앞에 나섰다. 곧 사정을 듣고는 자신을 걱정스러운 눈빛으로 바라보았었다.

'그래, 그런 이였다.'

승하는 설을 본다. 설은 먹을 갈고 있다. 곧 붓을 들고 악보로 가져가는데 그 손이 떨리기 시작한다.

"왜 이러지…"

심호흡을 해보지만 떨림은 가시지 않는다. 그때 승하가 설의 뒤로 다가와, 한 손으로 끌어안듯 설의 손을 감싼다. 설이 놀라지만, 그는 악보만 바라보며 말한다.

"혹시 악필을 들키기 싫어 떠는 척을 하는 거냐? 내가 써주랴?"

설이 피식 웃는다.

"글자는 알고?"

승하는 설의 손을 감싸 쥔 채 불러주는 글자를 천천히 써 내려간다.

禁中淸夜(금중청야). 반듯하고 곧은 서체. 설은 의외라는 듯 눈을 크게 떴고, 승하는 어깨를 으쓱하며 미소 짓는다. 잠시 둘의 시선이 마주친다. 숨결이 닿을 듯한 거리. 승하의 얼굴이 다가온다. 입술이 움직이는가 싶더니, 설의 귓가에 속삭인다.

"떨지 마라…"

며칠 뒤. 연화는 필동의 작업장 근처에서 설을 기다리고 있다.

'아가씨께 다 말씀드리면 함께 떠나실 거야. 가마와 가마꾼은 섬섬이가 구해줄 테고 짐은⋯'

그때, 설이 걸어온다. 알아볼 정도로 가까이 있지만 부르기에는 아직 먼 거리다. 갓이 불편한지 설이 고개를 흔들자 그것이 앞으로 쑥 빠져 벗겨진다. 연화가 앞으로 나서려는데 그때 승하가 다가와 갓을 주워 먼지를 털고 설에게 건넨다. 연화의 걸음은 나아가지 못하고 두 사람을 지켜볼 뿐이다. 설이 갓을 받지 못하고 다시 떨어뜨렸다. 승하는 그것을 주워 설의 머리에 씌우고, 조심스럽게 끈을 맨다. 그 눈은 설의 떨리는 손끝을 향하고 있다.

"가지가지 한다. 안 먹어 생긴 병이다, 그거. 오늘 배 터지게 먹어보자."

두 사람의 대화는 들리지 않았지만, 모습은 퍽 다정했다.

'어찌 이런 일이⋯'

연화는 담벼락에 손을 짚고 숨을 골랐다.

"저기, 왔다."

승하의 말에 설이 고개를 돌린다. 만덕과 준이 오고 있었고 그 옆으로 쓰개치마를 쓴 여인이 골목 모퉁이를 돌고 있었다. 만덕은 설을 보자 해맑게 웃으며 연신 손을 흔든다. 설은 준을 보고 잠시 얼굴이 굳었다. 준은 그런 설을 보며 얕은 숨을 내쉰다. 어느새 만덕은 설 옆에 붙어 무언가를 떠들어대고 있었다. 준은 쉬이 발걸음을 떼지 못했으나 주먹을 꽉 움켜쥔다.

'정면돌파.'

도착한 곳은 고즈넉한 기와집이다. 대문을 열자 잘 골라놓은 돌로 둘러싼 연못이 있고 안채로 이어지는 정원에는 사람의 걸음 폭에 꼭 맞게끔 돌길이 나 있다. 신을 벗고 들어서도 사람들은커녕 소리조차 들리지 않는다. 그저 기다란 복도만 있다. 준은 묵묵히 걷고 만덕은 두리번거리며 따라간다. 승하는 조금 더 걷다 梅(매)라 쓰인 방의 문고리를 잡아당긴다. 작지만 정갈한 방이다. 가운데 술상이 놓여 있고 벽에는 매화 족자가 걸려 있다.

"이야, 이런 술집이 다 있었구먼유."

만덕은 잠시 신기해하고는 곧장 상에 놓인 주문표를 본다. 준은 족자에 시선을 두더니 앉아 갓을 벗는다. 그러자 설도 조금 편해진 얼굴로 갓을 벗는다. 만덕이 고개를 갸웃하며 주문표를 준에게 주자 준이 그것을 보고는 승하를 바라보았다. 그 눈빛에는 의문이 어려 있다. 잠시 후 여인이 들어와 상을 차렸다. 신선로, 골동면, 너비아니, 전복침채… 그 빛깔과 냄새가 일품이다. 만덕은 눈이 휘둥그레지더니 군침을 꿀꺽 삼킨다. 여인은 본연의 빛깔을 그대로 간직한 백자 술병과 잔을 올려놓는다.

"말씀하신 연엽주입니다."

승하가 술병을 들어 냄새를 맡고 고개를 한 번 끄덕이자, 여인은 예를 갖춘 뒤 방을 나간다.

"자, 먹자."

만덕이 신나서 너비아니를 한 점, 또 한 점 집어먹는다.

"씹기도 전에 넘어가네유."

만덕은 또 다른 음식을 맛보다가 승하가 술병을 들자 잽싸게 잔을 든다.

"이럴 땐 재빠르구나. 한여름 새벽에 배를 타고 나가면 연꽃망울이 터지는 소리를 들을 수 있다. 그걸 들으며 마시는 게 이 연엽주다."

"형님이 그런 것도 안대유? 낭만하고는 전혀 거리가 먼 분처럼 보이는데…"

"낭만이 아니라 풍류입니다. 선비의 풍류."

준이 승하를 도전적으로 보며 말하자, 승하가 대꾸하기도 전에 만덕이 분홍빛 부꾸미를 입에 쏙 넣고 오물거리며 말한다.

"형님이 술맛은 선비님보다 윗길일걸유? 그거야 혀끝으로 배우는 거잖유."

승하가 설의 잔을 채우려는데 설이 잔을 들다 떨어뜨린다. 설의 떨리는 손에 세 사람의 시선이 향한다. 승하는 걱정하는 마음을 표 내지 않으며,

"이렇게 맥아리가 없어서야. 안 먹으니 이런 잔도 하나 못 드는 거다."

그 말에 만덕이 자기 술잔을 들었다 놨다 한다.

"이게 그렇게 무겁나…"

설이 다시 잔을 잡는데 여전히 떨린다. 승하는 그것을 놓치지 않고, 준도 눈을 떼지 못한다.

"이잉? 또 그러네. 내일 연습은 할 수 있대유? 우리끼리 합도 맞춰봐야 할 텐데유."

"우리끼리…?"

"연향 끝나고 잔치가 있어유. 손님들이 음악에 아주 조예가 깊다고 특별히 더 신경을 써달라 뭐 그랬다는데유."

준의 얼굴이 어두워졌다. 쏟아지는 빗속, 연주 끝에 설이 쓰러졌던 날 젖은 옷을 벗겨내던 순간이 떠올랐다.

'장악원도 위험한데 잔치까지… 들키기라도 한다면…'

생각만 해도 가슴이 서늘해졌다.

'그래도 상관없다는 것인가… 이렇게까지 하는 이유가 대체 무엇이란 말인가…'

술잔을 입에 대는 설의 모습이 문득, 언젠가 마주 앉아 잎차를 마시던 모습과 겹쳐진다. 그때 설은 상복 차림이었다. 그리고 앓는 중에 흐느끼며 부르던 목소리까지 되살아난다.

'어머니와 오라비 중 한 분, 아니면 두 분 모두의 상(喪)이었어.'

술잔을 들던 그의 손이 멈췄다. 설을 바라본다.

'그렇군… 목숨을 던져서 하고자 하는 일이 있어.'

임금은 안경을 쓴 채 서서 잎담배를 말고 있었다. 그 얼굴이 평소보다 부드럽다.

"이 남령초를 주제로 이번 과거에 합격한 이들에게 문제를 내볼까 하는데, 어떤가? 등수를 가리기에 적합한 주제 아닌가?"

내관도 가만히 미소를 짓는데 그때 검은 옷의 무사가 들어와 예를 갖춘다. 그를 본 임금의 눈빛이 순식간에 날카로워진다.

"그것의 행방을 조사하던 중, 이 자를 발견했습니다."

그는 품에서 접은 종이를 내민다. 임금이 그것을 펼쳐 본다.

"이 자는… 병사(病死)로 죽었다 기록되지 않았는가."

"이상하여 거듭 확인했습니다. 도성 밖 채굴자와 연통하고 있었고, 그곳에서 나온 돌이 장악원의 악기와 완벽히 일치합니다. 지금은 필동에 거처를 두고 있으며 이것이 그 증거입니다."

그가 내민 것은 명주실로 만든 매듭이었다. 그 실에 손끝이 닿자 잊고 있던 과거의 기억이 파문처럼 일었다. 임금은 의자에 몸을 기댄 채 한참동안 매듭을 응시하다가, 무사를 물리고 안경을 벗었다. 문득 가전악 윤 호의 얼굴이 떠올랐다.

[가야금 줄은 명주실을 꼬아 만드는데 이것은 보통의 방법이 아닙니다. 이와 똑같은 기법을 쓰는 이를 제가 압니다.]

[그대가 아는 이라면?]

[필동에 사는 노인인데 악기를 만드는 이옵니다.]

[자네가 말한 그이는 아닐세. 이 가야금을 만든 이는 벌써 오래전에 세상을 떠났다네.]

임금은 자리에서 일어나 방 안을 서성거리기 시작했다.

'죽은 사람으로 살고 있었다. 그 이유는 대체 무엇이란 말인가. 또한 장악원 최고의 악기 제작자가 필동에서 악기를 만든다 하면 진즉 소문이 났을 터. 어째서 그의 존재가 전혀 드러나지 않았단 말인가…'

임금은 걸음을 멈추고 고개를 저었다.

'가전악은 그가 악기를 만든다 했지만, 아니다. 그는 오직 가전악만을 위해 악기를 만든 것이었다. 허나… 어떻게 그자를 찾아냈을까. 또한 그자는 숨어 지내는 처지에 어찌 악기까지 내어주었단 말인가.'

순간, 임금의 눈이 빛났다.

'아니다. 가전악이 그를 찾아낸 것이 아니다. 둘은 전부터 아는 사이였어. 궁에서는 만난 적 없는… 허나 오랜 인연… 부자(父子) 지간의 나이 차가 나는 두 사람이 어디에서 어떻게 만난 인연이란 말인가… 부자 지간이라…'

가전악 윤 호의 얼굴 위로 성균관 대사성 윤치원의 형상이 겹쳐 떠오른다. 임금은 숨을 가다듬더니 곧 눈을 번뜩이며 몸을 돌린다.

"성균관 대사성 윤치원의 기록을 모조리 가져와라."

“정신 좀 차려라. 팔 빠지겠다, 이놈아.”

몸을 가누지 못하는 만덕을 사이에 두고 승하와 준이 양쪽에서 부축해 걷고 있다. 비틀거리며 자꾸만 쓰러지는 만덕을 겨우 붙들며 작업장에 도착했다. 설은 안채로 곧장 들어가고, 두 사내는 만덕을 평상에 내던지다시피 내려놓았다.

“드럽게 무겁네. 다시는 저놈한테 술 사주지 않을 거다.”

승하가 大(대)자로 뻗어 자는 만덕을 내려다보며 말한다. 내내 말이 없던 준이 그를 똑바로 바라본다.

“누구십니까.”

“뭐? 네 놈도 취했나?”

팔을 두드리며 돌아서는 승하에게 준이 다시 묻는다.

“그 방에 있던 매화는 아무리 많은 돈을 주어도 구하지 못한다는 장희룡의 그림이었습니다. 음식과 술도 조선에서 이름 있는 양반가가 아니면 알지도 못할 것들이었습니다. 그만한 비용도 낼 수 있어야 하겠지요. 게다가 개화성을 말씀하시다니, 그야말로 선비의 풍류 아닙니까.”

설이 이불과 베개를 들고왔지만 두 사람은 눈치채지 못했다. 승하는 준을 향해 돌아선다. 그의 눈빛이 달라져 있다.

"그래서 네 놈 하고 싶은 말이 뭐냐?"

"어느 댁 자제이십니까?"

승하가 피식, 하며 대답한다.

"어느 댁이라 할 것도 없다. 성균관에서 공부만 하던 네 놈은 모르겠지, 한양 바닥에서 개자식이라면 지나가던 똥개도 다 알 텐데 말이다."

준에게 다가와 도포의 매무새를 다듬으며 말을 잇는다.

"너같이 반듯한 좌상 댁 도련님은 궁금해할 필요가 없는 그런 사람이라는 말씀이시다."

승하는 준의 어깨를 두어 번 두드리고 밖으로 나간다. 설이 다가서자 준이 그것을 받아 만덕에게 베개를 베어주고 이불을 덮어준다.

"좋은 자라는 것, 말은 거칠어도 의리가 있다는 것 압니다. 다만 곁에 어떤 인물이 있는지… 그가 그걸 감당할 수 있는지… 아니라면 결국 무엇을 택할지를 알아야겠습니다."

"무슨 말씀이신지…"

준은 깊게 숨을 들이마시고 화를 참으려는 듯 눈을 감았다가 다시 뜬다.

"정말 몰라서 묻습니까? 연모하는 여인이 목숨을 던지려는데 가만히 있을 사내가 있겠습니까."

설의 손끝이 다시 떨리고 준은 그것을 본다.

임금은 안경을 벗고, 손끝으로 미간을 문질렀다. 다리가 긴 서안 위에는 말다 만 잎담배가 굴러가고 있었고, 생각은 그보다 더 아득한 곳으로 흘러가고 있었다. 끝내 구하지 못한 이가 윤치원의 아들이었다니. 기구한 인연이 돌고 돌아 다시 얽힐 줄이야. 부드러웠으나 단단했던 그 목소리가 되살아났다. 덕분에 음악이 백성의 마음을 다독이는 길임을 알게 되었다.

'아비의 반듯함을 닮았었구나. 아까운 사람이다⋯ 아들은 그리 억울하게 가고 그 아비는⋯'

임금의 생각은 자연스레 윤치원으로 옮겨갔다. 그리고 그가 목숨을 걸고 지키려 했던 그것. 살아 있는지조차 몰랐던 최필석의 존재까지 얽히며, 잊었던 의문들이 하나둘 되살아났다.

'이상한 점이 한둘이 아니다. 윤치원이 반수에서 살해된 이유. 그때는 단순 변고라 여겼지만, 정치에 관여하지 않던 그를 그날 죽여야 했던 이유가 무엇이었을까⋯ 그를 그때 죽였다는 것은⋯ 그날이 아니면 안 되었기 때문이다.'

임금의 얼굴에 번뜩 깨달음이 스친다.

'그가 그것을 지니고 있었구나. 죽기 전 최필석에게 넘어갔고⋯ 해서 최필석은 죽은 이로 살아야 했다. 도대체 그 안에 무엇이 있길래 윤

치원은 자신의 죽음을 예견하고도 그것을 지키려 했던가. 내 아비가 남긴 것은 대체 무엇인가…'

작은 책 한 권. 그 안에는 적히기를 두려워하는 이름들, 감추고 싶은 진실들이 있을 것이다.

"그의 아비는 내 아비를 지키다 그리 되었고, 그 아들의 죽음 역시 내가 막지 못했네."

임금의 목소리는 씁쓸하게 가라앉아 있었다. 곁에 선 무사는 말없이 조심스레 눈을 들었다. 내관이 조심스럽게 입을 뗐다.

"전하의 탓이 아니옵니다. 그리 생각하지 마시옵소서."

"게다가 한 사람은 그 세월을 죽은 자로 살았네."

임금이 무사에게 시선을 옮긴다.

"그것을 찾게. 대사성이 목숨 걸고 지키고자 했던 것을 이제는 내가 지킬 것이다. 또한 그자도 반드시 살릴 걸세. 더 이상 누구도 내어주지 않을 것이야."

무사가 고개를 한 번 숙인 뒤 입을 뗀다.

"명 받들겠습니다. 허나 전하, 가전악이 변을 당한 직후에 부인께서도 세상을 떠났고 그 뒤 여식(女息)을 본 이 아무도 없다 합니다. 행방을 찾고 있습니다만…"

임금의 눈빛이 날카로워진다. 한참을 머금은 침묵 끝에 무겁고 낮은 목소리가 흘러나온다.

"그 또한 찾게. 이번만큼은 절대 놓치지 않을 걸세."

"연향보다 이놈의 잔치가 더 떨린다니까."

꽹과리 아재가 괜히 엄살을 부리며 꽹과리를 퉁, 두드렸다.

"여기 박자가 어떻게 되지?"

해금 아재가 악보를 들여다보다 설은 본다.

"엇박입니다. 첫 박의 음이 짧으면, 둘째 박의 음이 길어지니 강조해 주어야 합니다. 이렇게 해보십시오."

설이 가야금으로 박자를 잡아주자, 해금 아재가 다시 맞춰보며 고개를 끄덕인다. 설은 부들을 다시 당기고 연습을 하는데 만덕이 숨을 헐떡이며 뒤뜰로 들어선다.

"저, 저 무거운 몸뚱이를 하고는 또 뛰어오네. 또 중요한 소식이 있나 봅니다, 아재."

해금 아재의 말에 아쟁 영감이 웃으며 만덕을 본다.

"중요한 소식이 있네유."

그 말에 설도 피식 웃는다.

"그래, 이번엔 또 얼마나 엄청난 소식인가?"

"압구정이 아니라 병판 댁이래유."

가야금 줄을 타던 설의 손끝이 미세하게 떨렸다. 선인은 그것을 놓치지 않는다.

‘병판이라는 말에 반응했다.’

설은 마음을 다잡으려 했으나 땀이 배어드는 손끝의 떨림은 가라앉지 않는다.

“그 풍광 좋다는 압구정에 가보나 했더니. 그런데 그게 병판의 잔치인 줄은 몰랐네. 아, 류 자네는 처음 듣지? 앓아 누웠을 때 오간 얘기니.”

설은 가야금 아래로 손을 감추며 태연히 고개를 끄덕였다.

4장

달빛 따라 밤구름은 서쪽으로 흐르니

노인은 나무를 깎고 있다. 손끝에서 조심스럽게 깎여나가는 나뭇결 위로, 묵은 시간이 겹겹이 내려앉고 있었다. 잠시 시선을 돌려 궤짝을 본다. 그 자리에 있어야 할 칼은 여전히 보이지 않는다. 노인이 얇게 한숨을 쉰다. 그 곁에 승하가 다가와 털썩 앉는다. 두리번거리더니 작은 조각칼 하나를 손에 쥔다. 그리고 다시 바닥을 보며 눈으로 무언가를 찾고 있자니 노인이 빛깔 고운 나무판을 건넨다. 승하가 그것을 받아들고 어딘가 진지한 얼굴로 조심스레 무언가를 새긴다. 그러다 문득 노인의 손끝을 흘끗 본다.

"지금 새기는 것도 매화꽃이오?"

노인은 고개를 젓는다.

"매화는 단지 꽃이 아니었습니다. 제게 있어 매화는 아씨께 드린 그

가야금이 전부였지요. 아씨가 연주할 때마다 진짜 매화가 피어난 듯 이곳에 향기가 가득했습니다."

승하가 피식 웃는다.

"노인장도 농을 다 하는구려. 그다음 이야기나 들려주시오. 내 그 뒷일이 퍽이나 궁금했으니."

노인이 잠시 손을 멈추고, 조각을 들어 빛에 비춰본다. 나뭇결 사이로 스며든 빛 속으로 오래전 기억이 밀려든다. 그는 승하를 바라본다.

'저의 이야기가 언젠가 도련님 길을 막는 벽이 될지 모릅니다. 그러나 그 또한 피할 수 없는 흐름이라면⋯ 결국 모든 것은 제 길을 따라 흘러가게 마련이니까요.'

"윤치원 도련님과 작은 도련님이 하는 이야기를 들으며 악기를 만들던 그 시절이 제게는 가장 행복했습니다. 하지만 그런 날들은 오래가지 않았습니다."

노인은 다시 그때의 기억을 이어갔다.

"궁 안에선 선왕과 세자 저하의 불화가 깊어졌고, 신료들은 양편으로 갈라져 대립하였습니다. 윤치원 도련님께선 그 무렵 성균관 대사성 자리에 오르셨습니다. 높은 벼슬이 내려질까 걱정하던 분이셨는데 유생들을 가르치며 학문에만 정진할 수 있어 안도하셨지요."

"세상에 벼슬을 마다하는 이도 있소? 거 참."

승하가 자기가 새기던 조각을 들고 후후 불며 먼지와 작은 나무 조각들을 날린다.

"대사성 자리에 가는 조건이 입궐하지 않아도 되는 것이었다 합니다. 하지만 늘 궁을 걱정하셨고 이곳에서 주상 전하께 드릴 상소를 쓰셨지요. 그리고 그 사달이 났습니다."

승하가 그게 무엇인지 짐작한 듯 고개를 끄덕인다.

"세자 저하께서 뒤주에 갇힌 그날부터 도련님께서는 매일 입궐하시어 선왕께 피를 토하며 외쳤습니다. 겁이 났습니다. 그때 세자 저하 곁에 있던 이들은 역적으로 몰려 처형되거나 스스로 목을 매거나 했었으니까요."

노인은 잠시 말을 멈추었다가 다시 잇는다.

"그뿐만이 아니었습니다. 밤이면 도련님은 몰래 궁으로 드셨습니다."

승하는 칼을 내려놓는다. 이제는 오로지 노인의 말에만 귀를 기울였다.

"그분은 모든 것을 버리시고 그 길을 택하셨지요. 한 사람으로, 벗으로… 어둠 속에서 뒤주 곁을 지키셨습니다."

노인의 손이 떨렸다. 조각칼이 잠시 흔들리다 멈췄다. 수년이 지난 지금도 그 기억은 손끝에 남아 있었다.

"몰래 궁에 들려면 수많은 눈을 피해야 했습니다. 게다가 궁문을 지키는 자들에게 많은 은전을 쥐여줘야 했지요. 그렇게까지 하신 이유는… 세자 저하께서 마지막까지 말씀을 놓지 않으셨기 때문입니다. 도련님께서는 그 말씀을 모두 받아 적으셨습니다. 그리 하시지 말라 간청했습니다. 도련님을 잃을까 두려웠으니까요. 도련님께서는 날이 밝기 직전에서야 겨우 돌아오셨고 이곳에서 잠시 눈을 붙이셨습니다. 밥 한 숟갈, 물 한 모금 넘기지 않으셨습니다. 며칠 사이 도련님은 야위었고 눈가는 눈물로 짓물렀습니다. 그리고 도처에 피바람이 분 지 일곱 번째 날 장악원으로 오셨습니다.”

노인의 시선이 허공을 떠돈다. 눈동자에 짙은 고통이 스친다. 그는 숨을 길게 들이쉰다. 다급하면서도 절절했던 그 눈빛을 아직도 잊을 수 없다. 그것이 노인이 본 윤치원의 마지막이었다.

[숨겨야 할 물건이 있네. 오랜 시간이 흘러 때가 될 때까지 절대 들켜서는 안 되네.]

“그것이 바로 그 책입니다.”

승하는 생각했다. 목숨을 걸고 어둠 속을 걸어가는 윤치원의 뒷모습을. 뒤주 곁에서 달빛을 등불 삼아 세자의 말을 받아 적는 그의 얼굴을. 그리고 모든 것을 잃고 지켜낸 책. 첫 장을 보았던 승하는 고개를 천천히 끄덕인다.

“단 한 번도 펼쳐보지 않았습니다. 다만 겉표지를 바꾸어 장악원 서가에 두었다가, 그곳을 떠날 때 가지고 나왔습니다.”

“아직 여기 있다는 건 때가 되지 않았다는 말이군. 이게 그 보은이오? 지난번 그리 말하지 않았소. 보은할 때를 기다린다고.”

노인이 고개를 들고 승하를 바라본다.

‘아씨를 끝까지 지켜드리는 것이 제 마지막 보은입니다. 허나, 하나를 지키려 하면 다른 하나를 잃게 되니··· 어찌해야 할지, 이 노인의

지혜가 부족합니다.'

노인이 일어나 채비를 한다. 승하는 손안의 나무 조각을 들여다본다. 눈이 작게 휘어지며 미소가 입가에 떠오른다. 그는 그것을 품 안에 넣는다.

"도련님."

승하가 노인을 본다.

"그때가 되면 아씨를 모시고 피하셔야 합니다. 아씨를 반드시 지켜주셔야 합니다."

연화는 손톱을 깨물며 생각에 빠져 있다. 골목 모퉁이에서 본 설과 승하의 모습을 떠올리니 다시 숨이 턱 막혔다. 다정한 그 모습. 두 사람은 두 사람의 마음을 알고 있을까.

'이제 아가씨는 함께 떠나려 하지 않으실거야.'

연화는 고개를 젓는다.

'병판의 피를 이은 자다. 어찌 저리도 위험한 인연을…'

눈앞이 아득했다. 설은 모른다. 이 세상이 얼마나 잔인한지, 그들 손에 어떤 고통을 당할지… 끔찍했던 기억이 손끝까지 차디차게 번져왔다.

‘빼내야 해, 병판 일가의 손아귀에서. 잔칫날이면 장악원의 악사들이 틀림없이 올 터. 아가씨도 오실 거야. 그때다. 그날이 아니면 기회는 없어.’

연화는 마음을 굳혔다. 누가 뭐래도, 설을 데리고 나가야 했다. 이대로 짐승 같은 저들에게 삼켜지도록 둘 수 없다. 그것은 호와 자신만으로도 충분했다.

‘마지막으로 얼굴을 보러 왔다. 이제 곧 끝날 터.’

방은 깊은 적막에 잠겨 있었다. 병판은 반쯤 몸을 일으킨 채 기대어 있다. 그의 눈이 느릿하게 설을 올려다보았다. 설은 방석 위에 앉는다.

“빈손이구나.”

병판의 시선이 설의 얼굴에 오래 머문다.

“어딘가 낯익다 했는데… 가끔은 기억 저편에서 떠오르는 이들이 있지. 어떤 얼굴은 오래 잊고도 결국 떠올리기 마련이지.”

설은 그 시선을 피하지 않는다. 병판은 입가를 올려 웃는다.

“침묵도 낯익군. 꼭 오래된 악기의 숨결 같구나. 닿으면 울리는 듯하고, 멈추면 영영 가라앉는…”

병판이 마른기침을 한다.

“궁에서는 자네가 무척 기특하다는 평이 많다더군. 장악원에서도 손꼽히는 연주가요, 부용정에 바람을 일으키는 악사라… 게다가 전하의 총애까지 받는다지.”

설은 여전히 말이 없다. 병판은 침묵 속에서 기묘한 위화감을 느낀다. 그는 옆에 앉은 심복에게 말했다.

"차를 가져와라."

심복은 일어서며 설을 스쳐본다. 설은 여전히 고개를 들지 않고 있다. 병판이 눈을 가늘게 뜬다.

"차 대신 독을 타왔어도 이상하지 않을 얼굴이군."

설은 손을 잠시 바라본다. 손끝이 움찔했지만 이내 가라앉는다.

"허나 이제는 알겠다. 자네는 누구에게도 해가 되지 않을 사람이야. 내가 틀렸군."

잠시 후, 심복이 차를 가져와 내려놓다 설의 손에 시선이 멈춘다. 잔흔(殘痕) 가득한 손. 악기 때문이라기엔 너무 날이 서 있다. 심복의 눈이 날카롭게 빛난다. 설은 태연히 그 눈을 마주한다. 그때 병판이 피를 토하며 기침을 하자, 심복이 재빨리 그의 몸을 부축한다.

"독도, 향도 아닌데⋯ 이상하게 자네만 다녀가면 병세가 깊어진단 말이지."

심복은 방을 나가며 다시 설의 얼굴을 뚫어지게 본다.

"나는 기억력이 좋은 편이오. 특히 위험한 얼굴은⋯ 쉽게 잊지 않지."

문이 닫히고 병판의 숨소리만 남는다. 설은 천천히 자리에서 일어나 문을 열고 나간다. 바람에 등불이 흔들리다 꺼진다.

'그가 죽지 않으면⋯ 나도 죽을 수 없다⋯'

작업장으로 돌아온 설은 갓도 벗지 않은 채 마루에 앉아 있다. 이틀 뒤 병판의 잔치가 열린다.

'잔치가 끝나면 병판은 기생을 데리고 방에 들어간다. 그 앞은 심복이 지키고 있고. 기회는 잔치가 시작되기 전이야. 성공하든 실패하든 거기에서… 나의 이번 생은 끝이다.'

설은 방에 들어가 물건들을 챙기다 문득 경대에 비친 자신을 본다. 떨리는 눈동자, 메마른 입술, 핏기 없는 볼을 가진 한 사람이 있을 뿐이다. 칼을 쥐는 것과 찌르는 것. 그리고 찌르는 것과 죽이는 것 사이엔 아득한 간극이 있다. 설은 그것을 알고 있다. 알지만 이제 멈출 수 없다.

'단 한 번이라도… 나의 전부를 걸고 맞서야 한다.'

설은 고개를 저으며 챙긴 것들을 들고 방을 나간다. 준이 두고 갔을 거라 생각한 고운 댕기도 있다. 미련 없이 불에 태운다. 이제 남은 것은 오라버니의 악보들. 그것들을 넣으려는데 손이 다시 떨려온다. 결국 태우지 못한 악보를 들고 정지에서 나오는데 어둠 속 누군가 앉아 있다. 승하다. 그에게서 술 냄새가 진하게 난다. 설은 그를 스쳐 방으로 들어가고 그도 설을 잡지 않는다. 승하는 문 앞에서 하늘을 올려다보며 이야기한다.

"이리 사는 것이 서자의 숙명이라 생각했다. 줄에 묶인 개처럼 벗어날 수 없다 믿었고, 벗어나려 할수록 줄은 더 조여왔다. 난 그저 한심한 인생을 살아야 한다고 생각했다."

승하는 땅에 나뭇가지로 犬^(개 견)을 쓴다. 설의 그림자는 무릎을 안고 앉아 있다.

"그러다 널 만났지. 그 조그만 몸으로 복수를 하려고 발버둥 치는 너를 말이다. 너나 나나 미친놈처럼 살고 있다 생각했다. 그런데 아니었어. 네가 나보다 낫더라. 그놈의 복수라는 걸 생각하며 넌 살려 했으니까. 살겠다고 버둥거리고, 버티더라고. 그때 알았다."

승하의 눈에 눈물이 맺힌다.

"난 내가 세상을 향해 외치고 있다 생각했는데… 뭐 대단한 것 마냥 숙명이네, 운명이네 했는데 난 그저 개집 앞에서 줄에 묶여 낑낑거리던 거였어. 나 여기 있다고, 좀 봐달라고 하면서…"

승하는 땅바닥에 썼던 글자를 지운다.

"네 놈 덕분에 나란 놈을 알았다. 그러니 너도 좀 너란 놈을 아는 게 어떠냐… 누군가를 죽이려는 그 복수 같은 거. 넌 그거 못할 놈이야. 그러니 그 생각은 그만 버려라. 아궁이에 생전의 흔적들 태우면서 정리니 어쩌니 그런 궁상도 떨지 말고…"

설의 방 불이 꺼진다. 승하는 보이지 않는 그림자라도 만지려는 듯 손을 문 앞으로 가져간다.

"네가 살아야 나도 산다. 네가 살고 싶어야 나도 살고 싶어져…"

연향이 시작되었다. 청나라 사신들은 동쪽 상석에, 임금은 서쪽에 자리했다. 진귀하고 값비싼 꽃들이 시들까 궁인들이 노심초사했으나 꽃은 싱싱하게 피어 마당 가득 향기를 더한다.

서 있는 북이라 불리는 건고(建鼓)는 네 마리 호랑이가 사방을 향해 엎드린 형상의 받침대 위에 거대한 북을 세워 올린 구조로, 그 형상 자체가 위엄을 상징한다. 붉은 옻칠이 더해져 화려하면서도 장중한 분위기를 만들고 건고의 좌우에는 각각 작은북과 큰북이 함께 배치되어 주악을 보조하고 있다. 이같은 악기들은 오로지 궁중의 연향에서만 등장하는 귀한 존재다. 이 밖에도 편종과 편경이 그 장엄함을 더하고, 선율을 맡은 가야금, 거문고, 해금, 아쟁 등의 현악기와 대금, 퉁소, 생황 등 관악기들이 어우러져 완전한 조화를 이룬다. 전악은 녹초삼, 악사들은 홍주삼을 입었다. 전악이 박을 치자, 연주가 시작되었고 녹색 저고리에 자주색 회장을 달고 남치마 위에 홍색의 위치마를 두른 여기들이 가운데로 나와 선율에 맞추어 춤을 춘다.

연향이 끝난 뒤, 악사들은 호궤소에 모여 술과 음식을 즐기고 있었다. 설도 그들 사이에 앉았다. 아쟁 영감이 술잔을 돌려 마신 뒤로 잔이 계속 오고 간다. 술기운이 오른 만덕이 육포를 뜯으며 떠들어댔다.

"지는유, 연주도 좋지만 이렇게 끝나고 한 잔하는 재미가 더 좋다니까유. 딸꾹. 청나라에서 사람이 와 그런 가, 음식 맛이 더 좋네유.”

“자네가 언제 맛이 없던 적이 있었는가.”

해금 아재가 웃으며 고기 한 점을 입에 넣는다.

“한양에 와서 임금님 앞에서 연주하고, 비단옷 입고, 맛난 것 먹고… 이게 출세 아니면 뭐유! 딸꾹!”

만덕은 몇 마디 더 떠들다가 그대로 바닥에 누웠다. 선인은 손을 더듬어 만덕의 머리에 옷가지를 받쳐준다. 설은 그 모습을 보며 잔을 비운다.

“해금 아재는 늘 반 박자 빠릅니다.”

갑자기 무슨 말을 하냐는 듯 다들 설을 본다.

“다음 마디를 생각하니 지금 박자를 놓치는 거예요. 지금 마디에 집중하셔야 합니다. 그리고 영감님. 아쟁은 저음역을 연주하는 중심 악기입니다. 다른 악기들보다 묵직하게 그 존재감을 드러내야 해요.”

그 말에 아쟁 영감이 말없이 미소 짓고, 해금 아재는 설을 가리키며 다른 이들에게 말한다.

“이 친구 보게. 술 좀 들어가니 잔소리가 시작되는구면. 이 친구 주사는 잔소리였어, 잔소리. 거 참. 평소에는 꿀 먹은 벙어리처럼 말도 없더니.”

설은 장난스러운 반응에도 아랑곳하지 않고 계속해서 말을 이어간다.

“그리고 꽹과리 아재는 연주하다 틀렸다고 그 부분 다시 연주하지 마세요. 자꾸 되돌아가면 그다음 마디도 놓치게 됩니다. 아시겠죠?”

"알았네. 알았어. 내 자네가 이리 잔소리꾼인 걸 오늘 처음 알았네."

주변에서 웃음이 터져 나온다. 그런 가운데서도 선인의 표정은 어딘가 어두운 기색이 스친다.

"자네도 이제는 우리와 많이 가까워졌구먼…"

아쟁 영감이 설에게 술을 따라주며 말한다. 설이 예를 갖춰 받는다.

"악보 보는 법은 계속 연습하셔야 해요. 연향마다 곡이 달라지는데 남들 따라 하는 걸로는 안됩니다. 연습이 끝나면 모여서 서로 가르쳐 주고 틀린 부분은 바로잡아 줘야 합니다. 어려우면 선인 아재에게 여쭤보십시오. 그리고 또"

"알았다니까. 자네가 있는데 뭐가 걱정인가. 잔소리는 이제 집어치우고 술이나 한 잔 더 받게."

"술 마시면 잔소리꾼이 되니 조금만 주게. 하하."

악사들 사이에 웃음과 농담이 오가고, 만덕은 여전히 바닥에 잠들어 있다. 선인은 생각에 잠긴 듯, 시선이 허공을 향하고 있다. 설은 천천히 그리고 오랫동안 그들을 바라본다.

작업장으로 돌아온 설은 서랍을 열어 그간 모은 베를 꺼냈다. 한 달에 한 필씩 모은 것이 제법 되어 보자기에 싸니 묵직했다. 앞을 가릴 만큼 높아진 보자기를 조심스레 안고 안채를 나서는 순간 팔이 가뿐해졌다. 준이 그것을 받아 들고 있었다. 베의 끝자락이 흘러나와 보자기가 기우뚱하자 준은 그것을 내려놓고 다시 가지런히 싸 단단히 매듭을 묶는다. 설은 그런 준을 잠시 바라보다 마음을 다잡듯 웃어 보인다.

의전(衣廛)에서 베를 팔고 나온 두 사람은 저잣거리를 나란히 걷고 있다.

"그 돈으로 무얼 하실 겁니까?"

설은 장난스레 웃으며 답한다.

"쓸 겁니다. 펑펑."

준도 따라 웃지만, 그의 눈빛은 어딘가 쓸쓸하다.

수없이 지나던 거리였건만, 오늘처럼 모든 것이 선명하고도 낯설게 다가온 적은 없었다. 쇠를 두드리는 대장장이의 망치질, 기름에 튀겨지는 한과의 바삭한 소리, 멀리서 들려오는 놀이패의 장단까지. 설은 그 모든 소리와 향, 바람결을 온몸으로 받아들이고 있었다. 기생들의 고운 웃음에 시선을 빼앗긴 사내들을 보고는 피식 웃고, 떡 냄새에 몰려든 아이들에게 잔소리하다 떡을 쥐여주는 아낙의 손길을 오래 바라보았다. 그런 설을 바라보는 준의 눈빛에 말 못 할 감정이 일렁였으나 입술은 아무 말도 내뱉지 않는다.

한약방에 들어서자 짙은 약초 향이 코끝을 찔렀다. 약작두로 약을 썰던 주인이 기척이 들리자 안쪽에서 나온다.

"관절에 좋은 약재를 주십시오."

주인이 설을 한 번 훑어보더니 녹각과 별갑, 우슬을 꺼내려 하자 준이 말한다.

"그런 것 말고, 저 뒤의 머위, 백년초, 마가목, 쇠비름으로 주십시오."

주인은 입꼬리를 삐죽하며 약재를 담는다. 설이 약방을 나오며 묻는다.

“왜 그러셨습니까?”

“값만 비싸고 체질에 따라 독이 될 수도 있는 것들입니다. 저렴하나 체질을 따지지 않고 효능은 같은 이것들이 훨씬 낫습니다.”

그는 설이 든 약재를 건네받으며 덧붙였다.

“자, 이제 어디입니까?”

다음에 향한 곳은 대나무를 엮어 물건을 만드는 이들이 모인 공방이다. 설은 손으로 크기와 너비를 설명한다. 준이 덧붙인다.

“여닫을 수 있는 뚜껑과 어깨에 멜 끈을 달아주시오.”

설은 놀란 듯 준을 바라보았다. 대바구니를 만들던 이가 고개를 끄덕이면 대답한다.

“한 시진 후에 오시지요, 선비님.”

값을 치르고 나오며 준이 설을 보며 묻는다.

“노인의 관절약, 만덕의 대금통… 다음은 누구입니까?”

설은 잠시 멈춰 준을 바라본다. 준은 그런 설을 보니 한숨이 나오지만 꾹꾹 참는다. 다음으로 찾은 곳은 대장간이다. 쇠를 벼리는 열기와 매캐한 냄새가 퍼졌다.

“평상복 안에 입을 수 있는 가벼운 것으로 만들어 주시오. 특히 여기를 가릴 수 있는 것으로 부탁하오.”

설은 승하가 칼에 찔렸던 부위를 가리키며 말한다.

“예. 이틀은 걸리겠는데요, 그렇게 가벼운 갑옷을 만들려면…”

설이 단호히 말한다.

"안 됩니다. 값을 더 치를 테니 명일 아침까지는 만들어 주시오."

준은 또 한숨이 나오지만 입을 꾹 다문다. 대장간을 나오며 설이 묻는다.

"이제 선비님 차례입니다. 무엇을 원하십니까?"

준은 설의 얼굴을 가만히 바라본다.

"나에겐 시간을 주십시오."

그날, 만나기로 했던 그곳에 다시 두 사람이 있다. 준은 덕쇠와 함께 엎드려, 콧등에 먹물을 묻혀 가며 이야기책의 연서를 베껴 쓰던 일을 떠올렸다. 그것을 들고 설의 집 앞을 서성이던 시간도 함께. 그 설렘과 두근거림을 어찌 잊을 수 있을까. 그때 남긴 연서를 설이 보았을까. 이제 그런 건 아무래도 괜찮다. 설 또한 그날을 떠올린다. 유상흔의 심복에게 당할 뻔하고 오라비에게 전하라는 말을 잊은 채 준을 만나는 것이 급해 정신없이 뛰어왔었다. 그 말을 전했더라면 어땠을까. 그렇다면 살아 있었을까. 준이 흐르는 물을 바라보며 말했다.

"흘러갑니다."

설도 고개를 들어 물을 본다. 하늘이 투명하게 비쳤다.

"이 물은 흘러가고, 새로운 물이 또 흐르지요. 흘려보내지 않으면 고이고, 고인 물은 썩게 됩니다. 그렇게 되면 지금처럼 하늘을 담지 못합니다."

준의 시선이 설에게 닿는다.

"다 된 겁니까? 빠짐없이, 모두?"

설은 잠시 멈칫하다가, 고개를 끄덕인다.

"이렇게 하나씩 건네고 가는 것이 마음의 표시입니까?"

"작은 보은입니다."

담담한 말끝에 준의 가슴은 무언가에 베이듯 아팠다. 오래 준비해 온 이별을 누군가 대신 읊는 것처럼. 설이 끝까지 갈 수 없다는 것을, 결국 그 일을 하지 못할 것임을 알고 있다.

'목숨을 걸어야만 자신을 덜어낼 수 있다고 믿는 사람.'

그런 사람을 어떻게 붙잡을 수 있을까.

"그쪽은 목숨을 걸었고, 만약 일이 잘못되면⋯ 다들 지키지 못했다 는 후회만 들 것입니다. 자기 앞으로 남긴 것들을 보며 막지 못했다, 자책만 더해지겠지요."

설의 손이 떨린다. 준은 주저 없이 그 손을 잡는다. 설이 빼려 하지 만, 준은 더 세게 잡는다.

"손이 찹니다. 마음이 떨리는 것 같은데⋯ 그래도 꼭 해야겠지요? 하셔야 하는 것이지요?"

설이 고개를 끄덕인다. 준은 잠시 눈을 감는다. 돌이킬 수 없다. 붙잡 을 수도 없다. 그렇다면⋯ 다시 눈을 뜬다. 그의 눈빛에는 결심이 서 려 있다.

"하십시오. 하지만 어디에 머물든, 끝이 어디든 뒤에 제가 있겠습니다."

설은 준을 바라본다. 눈동자가 흔들리고 있다.

"지금까지 하고자 한 일을 하지 못한 적 없었습니다. 지키고자 마음 먹었으니 지킬 수 있습니다. 어디를 가든 어디에 있든 반드시, 데리고 돌아올 것입니다."

화공이 물러나자 종이 위에는 한 송이 국화가 남았다. 굽은 줄기 끝에 매달린 꽃잎은 빛을 품고 있었으나 가장자리부터 서서히 마르고 있었다. 버티는 듯 휘어진 줄기는 위태로웠고 바람을 그린 먹빛은 이미 꽃잎을 흔드는 것처럼 번져 있었다. 유상흔은 그림 앞에 한참을 서 있었다. 이내 눈을 가늘게 뜨더니 입꼬리를 올렸다.

'아직 숨길 줄 모르는 애송이로군.'

손끝으로 종이 위의 선을 더듬다 기침을 삼켰다. 그저 종이 위의 먹빛이었으나, 스러져가는 기운은 자신의 몸 속에서 옅어져가는 숨과 겹쳐 보였다. 그때 심복이 들어와 그 앞에 무릎을 꿇는다. 유상흔은 여전히 그림에서 눈을 떼지 않은 채 물었다.

"어찌 되었느냐."

"윤치원의 노비들은 면천된 후 농사지을 땅을 받았을 뿐, 다른 건 없었습니다. 집을 샅샅이 뒤졌으나 아무것도 나오지 않았습니다."

유상흔의 손끝이 살짝 멈췄다가 다시 움직였다. 메마른 입술 끝에서 길고 가는 숨이 흘러나온다.

"노비들에게 맡길 종류의 것이 아니지."

"부인과 장남은 이미 세상에 없고, 살던 집은 폐허가 되었습니다. 마당까지 파헤쳤으나 나오지 않았습니다. 친척들과도 연을 끊어 죽은 줄도 모르더군요."

유상흔의 입꼬리가 느리게 올라간다. 푹 꺼진 얼굴에 얇은 피부가 팽팽히 당겨 올라가며 섬뜩한 웃음이 새어 나왔다.

"원래 그런 류의 인간들이 더 치밀하지."

"딸이 하나 있는데 이웃들 말로는 행방불명이라 합니다."

유상흔의 손이 멈췄다. 눈빛이 번뜩인다.

"죽었다는 말도, 시집갔다는 말도 없습니다."

그는 고개를 천천히 끄덕인다.

"그년이 가지고 있을 것이다. 찾아라. 주상 손에 들어가기 전에 없애야 한다."

심복은 김 류가 늘 앉아 가야금을 연주하던 자리에 잠시 눈길을 주다 방을 나온다.

밤새 잠들지 못했다. 설은 천을 풀고 손끝을 바라보았다. 가야금 줄에 찢기고 베인 상처가 생각보다 깊었다. 피는 말라붙었지만 이대로라면 찢긴 틈이 더 벌어지고 피가 샐 것이다. 옆에 둔 칼을 조심스레 쥐어본다. 묵직한 통증에 칼을 제대로 잡는 것조차 버거웠다. 고개를 젓는다.

'이대로라면 찌르기는커녕 쥘 수도 없다.'

설은 망설임 끝에 저잣거리로 나섰다. 사람들이 가까이 지나갈 때마다 갓을 내리며 빠른 걸음으로 시전 골목 끝 약방에 도착했다.

"연고를 하나 주시오."

약방 주인의 시선이 설의 손끝에 닿자 설은 재빨리 소매로 가린다.

"찢긴 상처라면 이게 좋습니다. 피를 멎게 하고 통증도 덜어주지요."

설은 값을 치르고 다시 거리로 들어섰다. 그때였다. 뒤따라붙은 발소리에 걸음을 멈춘다. 익숙한 발소리. 설은 재빨리 골목으로 몸을 틀었지만 이미 눈앞엔 복면을 쓴 병판의 심복이 서 있었다. 싸늘한 눈빛이 설의 손끝을 훑는다.

"어디서 무엇을 구했든 내가 본 이상 그냥 넘기긴 어렵겠군."

설은 몸을 돌리려 했으나 뒤에서 거친 손이 설의 입을 틀어막고 팔을 낚아챘다. 정신이 아득해지는 사이, 설은 담장 아래로 끌려갔다.

병판의 집 뒷마당은 한창 분주했다. 솥에서는 김이 피어 오르고 하인들은 떡을 치고 술독을 날랐으며 여종들은 음식 장만에 여념이 없었다. 뒷문으로 고기를 실은 수레가 들어가는 틈을 타 심복은 설을 사랑채 뒤편으로 끌고 갔다. 그러고는 인기척이 닿지 않는 헛간에 설을 밀어 넣었다.

"잔치가 끝나면 심문하겠다. 대감의 병세는 자네 때문이야. 독인지 저주인지 무엇인지는 알 수 없지만."

문이 닫히고 자물쇠가 채워진다. 설은 캄캄한 광 안에 쓰러져 천장을 바라본다. 손에서 놓친 연고가 바닥을 굴러간다.

승하는 한참 동안 안채를 서성이다 주위를 한 번 보고는 조심스레 설의 방으로 들어간다. 품에서 작은 나무 조각을 꺼내어 설의 가야금 곁에 앉는다. 조각을 붙일 자리를 찾던 그의 눈에 이미 새겨진 매화 문양이 들어온다.

'매화…?'

설의 가야금에 새겨진 매화를 보고 자신의 것은 붙이지도 못한 채 나왔다. 조각을 맞추듯 하나둘, 노인의 이야기가 겹쳐진다.

[…윤치원 도련님께서는 악보 보는 법을 가르쳐 주었고 필요한 한 자를 익히게 했습니다. 혼인을 한 뒤로는 작은 도련님과 하루도 빠짐없이 오셨지요… 가장 좋은 명주실로 작은 도련님께 가야금을 만들어 드렸습니다. 후엔 아씨를 모시고 오셨지요. 그분의 가야금도 제가 만들었습니다. 매화를 조각한 아주 아름다운 가야금이었지요.]

승하는 자신의 조각을 내려다본다.

[…그분께서는 모든 것을 버리시고 그 길을 택하셨지요… 어둠 속에서 뒤주 곁을 지키셨습니다… 세자 저하께서 마지막까지 말씀을 놓지 않으셨기 때문입니다. 도련님께서는 그 말씀을 모두 받아적으셨

습니다. 그것이 바로 그 책입니다.]

"경모궁악기조성청의궤…"

윤치원이 노인에게 맡겼다는 책 제목이 무심코 흘러나온다.

[보은할 날을 기다리고 있습니다. 보은을 해야 할 사람이 있습니다.]

"노인이 말한 그 보은이라는 게… 그런 뜻이었군."

[그때가 되면 아씨를 모시고 피하셔야 합니다. 아씨를 반드시 지켜주셔야 합니다.]

"그때라…"

승하는 잠시 생각에 잠긴다. 그러고는 피식 웃으며 조각을 꽉 움켜쥔다.

"까짓거 나도 목숨 한 번 걸어보지."

맑은 청주의 향이 은은히 번진다. 검은빛 상 위에 신선로와 육포, 전, 편육이 정갈히 놓여 있고 여종이 청주를 덥히고 있다. 흔들리는 등잔불, 술향, 문틈으로 스미는 달빛. 유상흔은 가볍게 손짓해 여종을 물렸다.

"대감께서는 언제 이런 자리를 준비하셨습니까."

조심스러운 목소리. 유상흔은 대답 대신 청주를 따랐다. 움직임은 부드럽고 무심했다. 그러나 손목은 뼈마디가 두드러져 있고, 피골이 상접한 팔뚝이 옷깃 아래 드러났다.

"가을밤에는 따끈한 청주가 제격이지요. 허나 한 잔씩만 하십시오. 청에서 온 손님들께서 술이 보통이 아니시니 단단히 각오해야 할 겁니다."

"청나라에서 주상을 압박한다면…"

가까이 앉은 이가 은밀히 말을 잇는다.

"거사가 더 수월할 것입니다. 높은 나라를 거역하는 것은 큰 죄, 병자년의 참상을 다시 겪을 수 있는데… 백성을 끔찍하게 아끼는 주상께서 꼼짝 못 하실 겁니다."

다들 고개를 끄덕인다. 술기운은 번지지만, 눈빛은 점점 날카로워진다.

"은전군을 만나 일을 도모하는 건 마무리가 되었고 이제 날짜만 남았습니다."

유상흔의 눈가에 옅은 미소가 그려졌다. 마치 모든 것이 손바닥 안에 있다는 듯.

한편, 뒷마당에는 만덕과 선인, 그리고 악사들이 숨을 죽이고 있었다. 한때는 이 아름다운 집과 정원을 보며 감탄했지만 오늘은 다르다. 장단을 맞추는 손끝에도 묘한 긴장감이 스며 있다. 선인은 멀리서 들려오는 소리를 감지하고 있다.

"그런데 김 류는 아직인가?"

꽹과리 아재의 물음에 만덕이 걱정스러운 얼굴로 고개만 젓는다. 선인은 조심스레 거문고 아래 작은 칼을 숨긴다. 여종 하나가 떡과 한과, 약과, 식혜를 내왔지만 아무도 그것에 손을 대지 않는다. 만덕 역시 그것을 쳐다보기만 할 뿐이다.

준은 병판의 집을 돌아다니며 분주히 훑고 있었다. 뒷마당을 지나 행랑채를 살폈고 사랑채 마루 밑, 기생들이 머무는 정자 아래를 지나 담장 틈새까지 봤다. 곳곳에 사람은 있었으나 정작 찾는 사람은 없었다. 혹여 마음이 바뀌어 돌아간 건 아닐까. 아니, 그럴 리 없다. 뭔가 잘못되었다는 불길한 예감에 준의 가슴을 죄어왔다.

그때 담장 너머 별채의 기와지붕이 보였다. 주저 없이 별채로 난 문을 향하는데 그 순간, 누군가 그 앞을 가로막는다.

"불이야!"

갑작스런 외침과 함께 별채에서 불길이 치솟았다. 사람들의 고함과 다급한 발소리가 사방에서 들려왔다. 준은 곧장 사랑채 쪽으로 달렸다. 헛간 앞에서 숨을 몰아쉬며 도포 소매에서 열쇠를 꺼낸다. 자물쇠에 넣고 고리를 조심스레 비틀었다. 덜컥.

설은 의식이 흐릿한 듯 얕은 신음을 내뱉고 있었다. 준은 설을 안아 들어 뒷문을 향해 달렸다. 별채 쪽의 불길은 더 거세졌고 회색 연기가 하늘을 뒤덮고 있었다. 그때 어둠을 가르며 날아든 화살 하나가 설의 팔을 스친다. 설은 고통스러운지 미간을 찌푸린다. 놀란 준이 주위를 두리번거리자 어둠 속에서 또 하나의 화살이 날아들었다. 준은 설을 감싸며 몸을 돌렸다. 철컥. 날카로운 쇳소리와 함께 화살은 허공에서 튕겨 나갔다. 검은 복면을 쓴 자가 어둠을 뚫고 준과 설의 앞에 선다. 승하다.

"네 상대는 나다."

승하는 설을 흘끗 돌아본다. 도포에는 피가 스며들고 있고, 눈을 감은 설의 속눈썹은 떨리고 있었다. 준은 승하를 알아보고 놀라 굳어섰다. 그 순간, 심복의 손짓에 사병들이 튀어나온다. 번뜩이는 칼날이 사방에서 그들 셋을 겨눈다.

"이 몸께서 검술 실력이 기가 막힌 걸 어찌 알고."

승하는 홀로 칼들을 받아내고 있었다. 이마에 땀이 맺히고 손에도 식은땀이 차올라 검을 다시 움켜쥐었다. 그 순간 화살 하나가 날아들어 승하의 어깻죽지에 깊이 박혔다. 그는 고통에 비틀거리다 끝내 무릎을 꿇었지만, 검을 땅에 꽂아 간신히 몸을 지탱했다. 잠시 거칠게 숨을 고른 뒤 다시 날아드는 공격을 막아낸다. 이어 사병의 칼을 가로막는 또 하나의 검이 번뜩인다. 준이었다. 그는 승하 쪽으로 성큼 다가온다. 설은 의식을 잃은 채, 한쪽 구석에 몸을 기대고 있었다.

"괜찮으십니까."

준이 칼을 막아내는 동안 승하는 화살을 스스로 뽑아낸다. 살이 찢겨나가는 아픔에 식은땀을 흘리며 헉헉거리지만, 준과 등을 맞닿은 채

이를 악물고 있다.

"가라. 데리고 나가."

승하가 자신을 향한 칼을 있는 힘껏 쳐낸다.

"지금 꼴을 좀 보십시오."

"오래 버티진 못한다. 딱 저거 데리고 나갈 그만큼이야."

"안 됩니다."

준이 사병 하나를 베어낸다.

"글만 읽는 샌님인 줄 알았더니."

승하가 온 힘을 다해 칼을 휘두른다. 준도 대꾸하지 않고 또 다른 사병을 막아낸다.

"어느 댁 자제냐 물었지."

그 말에 준이 승하를 본다.

"여기가 내 집이다. 그러니 어서."

준의 눈빛이 흔들린다. 승하가 그를 짧게 한 번 바라본다. 준은 사병 하나를 더 베어내고 고개를 가볍게 끄덕인 후에 설을 안고 뒷문 쪽으로 달린다. 준을 향해 심복이 다시 활을 겨누는 순간, 번쩍. 어디선가 날아든 단도가 심복의 다리에 깊숙이 꽂혔다. 담장 그늘 아래 모습을 드러낸 이는 선인이었다. 준이 문을 나서려는 찰나, 누군가 그의 어깨를 잡는다.

준과 설은 가마 안에 있다. 설은 팔의 상처로 끙끙 앓으며 준의 무릎

을 베고 누워 있다. 이마에는 식은땀이 맺혀 있고 팔에서 흐른 피는 준
의 도포를 적신다. 준은 가마창을 열어 밖을 살핀다. 아직 갈 길이 멀
다. 가마꾼에게는 본가에 들러 가마를 바꾼 뒤 먼 길로 돌아가라 일러
두었다. 설의 가쁜 숨소리를 들으며, 준은 그날 아침 일을 떠올린다.
술자리 다음 날, 숙취에 시달리던 만덕에게 꿀물을 건네며 말했었다.

[잔치가 시작되기 전, 안채와 가장 가까운 문을 열어 두시오. 김 류
가 보이지 않으면 내게 신호를 주시오.]

자기가 잘못 들은 것인지, 술이 덜 깬 탓인지 귀를 파던 만덕은 무슨
영문인지 모르겠다는 얼굴로 고개를 끄덕였었다. 만덕은 측간을 찾는
척 집안을 어슬렁거리더니 준을 보자 신호를 주었다. 그리고 헛간 열
쇠를 건넸던, 미리 준비한 것으로 보이는 가마에 자신들을 태웠던 여
인.

[불을 지를 것입니다.]

[⋯?]

[그 틈을 타 아가씨를 데리고 나가세요.]

[⋯아가씨?]

[시간이 없어요. 어서요.]

준은 설의 얼굴을 조심스럽게 쓰다듬는다. 상처를 감싸기 위해 도포
자락을 찢는데 밖이 소란스럽다.

"잠시 가마 문을 열겠습니다."

문이 열리고 병판의 사병이 의심스러운 눈으로 안을 들여다본다. 준

은 담담한 얼굴로 단정히 앉아 있다.

"무슨 일인가?"

"수상한 자를 못 보셨습니까? 지금 어디에서 오시는 겁니까?"

준은 사병의 시선을 똑바로 마주하며 말했다.

"무엄하다. 내가 누구인지 알고 이리 구는 것이냐. 대감의 초대를 받아 갔다가 본가로 돌아가는 길이다. 지금 허비한 이 시간을 어찌 갚으려 이러는 것이냐."

사병은 잠시 머뭇거리다 물러났다. 문이 닫히자, 준은 도포 자락을 열어 설의 팔에 난 상처를 묶는다.

승하는 준이 빠져나간 것을 확인한 후 양팔을 들어 항복의 뜻을 보인다. 사병들이 그를 둘러싸자 승하는 복면을 벗는다. 땀범벅인 그의 얼굴.

"나다. 도련님."

그리고 그대로 쓰러진다.

다음 날, 승하는 뒷문을 열어둔 채 앉아 있다. 어제 별채에서 불이

났다고 들었다. 별채는 서까래 하나 남지 않고 모두 탔지만 하인들이 재빠르게 움직인 덕에 불길은 더 번지지 않았다 했다.

'다 태워버릴 것이지…'

담 아래 자작나무에 시선이 머문다. 희고 매끄러운 줄기들이 달빛을 받아 은은히 빛난다. 선선한 바람이 불자 처마 끝 풍경이 차랑, 소리를 낸다. 밤에는 더욱 운치가 깊어지는 풍경이었다. 승하의 얼굴은 밤새 앓아 수척했다.

[그이가 세상을 떠났답니다. 그리고 어머니 역시 며칠 전 오라비의 곁으로 갔다 합니다. 저 아이는 다 잃었습니다.]

[누군가의 잔인한 소행으로 누명을 쓰고 옥살이를 하다 자결했다 합니다…]

병판의 얼굴이 지나간다. 이 모든 시작과 끝을 쥔 자.

[가르쳐줘. 단숨에 심장을 찌르는 법을.]

그 말의 의미를 이제야 안다. 승하는 웃는다. 그러나 그건 웃음이라기보다 스스로를 조롱하는 것이었다.

'그때 가르쳐야 했다. 아니 차라리 내 심장에 그 칼이 꽂혔어야 했다.'

설은 모든 것을 잃었고 진실 앞에서 자신은 그저 비겁했다. 주제넘게 지키겠노라 했고, 연모했으며, 함께 웃을 날을 꿈꾸었다.

언제나 곁에 있었다. 커다란 도포를 어색하게 걸치고 나와 장터에서 가야금 연주를 할 때에도, 김 류라는 이름을 얻던 날 가늘게 손을 떨 때에도. 술에 취해 잠든 설을 업고 골목을 돌던 밤도 있었다. 주렁주렁

달린 등나무꽃이 떨어질까 매일 아침저녁으로 보러 갔던 날들도 있었다. 어두운 골목길에 등을 달며 혼자 웃기도 했었다.

'이제야 내가 살아갈 이유를 찾았다고⋯ 네가 다시 웃는다면 난 뭐든 할 것이라 다짐했다. 이 캄캄한 삶에서 너를 생각하고 너와 함께한 날들이 그리 행복할 수 없었다⋯'

그리고 어젯밤. 준의 품에 안겨 피 흘리던 설을 떠올린다. 설을 향해 날아들던 칼과 화살도 함께.

'한 사람을 처참히 망가뜨리고 또 한 사람을 제대로 살지 못하게 한 이가 바로 내 아버지였다. 그 책을 찾기 위해 윤치원을 살해하고 그 일가를 쫓던 자, 그 중심에 서서 모든 걸 움직이게 한 이도 내 아버지⋯ 이 얼마나 익숙하고 뻔한 비극인가.'

입술이 저절로 깨물린다. 씁쓸한 웃음이 흘러나온다. 웃음이라 부르기도 어려운, 절망의 한 조각이었다.

'연모해서는 안 될 여인을 품었으니⋯ 내 앞에서 웃어주기를 바라는 건⋯ 죄다.'

그의 손가락 틈에서 작은 조각이 미끄러지듯 떨어졌다. 雪(설). 하얗게 빛나는 그 이름. 설의 이름을 찾아주고 싶었다. 그리고 다시 웃고 행복하길 바랐다.

'한 번이었다. 단 한 번⋯'

곁에 있지 못해도 좋았다. 아무것도 가지지 않아도 괜찮았다. 설이 살아가는 세상 한 귀퉁이에 있다는 것만으로도 충분했는데⋯ 감은 눈에서 뜨거운 눈물이 흐른다. 바람이 지나간다. 한참을 그렇게 있던 승하가 짐을 싼다. 도포 한 벌, 책 몇 권. 그것뿐이다. 차랑. 풍경 소리에 노인의 목소리가 들린다.

[그때가 되면 아씨를 모시고 피하셔야 합니다. 아씨를 반드시 지켜주셔야 합니다.]

설은 며칠째 깊은 잠에 빠져 있었다. 화살에 스친 상처치고는 고열이 가시지 않았고, 몸 깊은 곳에서 앓는 듯 보였다. 설을 안고 들어오는 준을 보고 노인은 깊은 한숨과 함께 고개를 저었다. 준은 노인의 한숨 소리도, 작업장을 기웃거리며 설을 찾는 만덕의 소리도 신경 쓰지 않은 채 안채의 문을 굳게 닫고 설 곁을 지켰다. 준은 조심스레 설의 옷을 벗겼다. 가슴부터 허리까지 단단히 천을 동여맸을 뿐, 설의 하얀 목과 어깨, 팔이 그대로 드러난다. 그러나 준은 상처 외엔 아무것도 바라보지 않았다. 욕망도 연민도 없이 묵묵히 약을 바르고 다시 천을 감았다. 식은땀을 흘리는 설의 이마를 닦으며 그날 밤의 칼날과 거칠게 엉킨 몸싸움을 떠올렸다. 그 한복판에 설이 있었다.

'가둬야 했던 이유가 무엇인가… 게다가 죽을 수도 있었다.'

그 여인이 아니었더라면, 설이 어떻게 되었을지 생각조차 하기 싫었다.

[불을 지를 것입니다. 아가씨를 데리고 나가세요.]

준은 깊은숨을 쉬며 설의 얼굴을 바라본다. 창백한 얼굴에 오래전 자신을 향해 웃던 얼굴이 겹친다. 사라진 설을 잊기 위해, 류라는 사내를 떨쳐내기 위해 얼마나 방황했던가. 학업에 몰두해도, 서책을 들여다봐도 자꾸 떠오르던 그 얼굴. 밤마다 찬물을 끼얹으며 버텼던 지난날이 한심하게 느껴진다.

'들쳐업고라도 멀리 떠났더라면…'

시리도록 푸른 하늘, 붉은 단풍잎 한 장이 설의 발끝에 내려앉는다.

호가 상여에 실려 떠나던 날도 이런 하늘이었다. 사람 하나 세상을 떠나도 하늘은 아무렇지 않게 아름다울 수 있다는 것을 그때 처음 알았다. 그날 이후 늘 같은 꿈을 꾸었다. 어머니, 오라버니와 함께 살던 그 집. 봄바람이 살랑 부는 그런 날. 마당으로 들어서니 오라버니는 평상에서 가야금을 뜯고 있고 어머니는 방문을 열고 바느질을 하고 있었다. 설을 본 호는 웃으며 손짓했고 어머니도 웃고 있었다. 설이 손을 뻗어 오라버니에게 가까이 다가가려는데 그 순간, 매화 꽃잎이 바람에 흩날렸다. 손바닥을 펴니 꽃잎 한 장이 천천히 내려앉았다. 거기까지였다. 눈을 뜨면 베갯잇은 젖어 있었다. 그렇지만 행복해서 깨어나고 싶지 않은 꿈이었다.

[병판에게 끌려간 기생이 불을 질렀다지? 것도 잔칫날에 맞춰서.]

[대들보에 목을 맸다 하더라고. 이래서 기생 팔자 사납다고들 하는 거지. 시커멓게 다 탔는데 버선 한 짝만 타지 않고 온전했다는데.]

[그것 참 묘한 일일세. 연꽃이 수놓인 흰 버선이라 하는구먼.]

설은 그 말을 듣고 움직일 수 없었다. 아니, 숨조차 쉴 수 없었다. 가슴 한가운데, 갈비뼈 안 어딘가에서 뚝, 무너져 내리는 소리가 들렸다. 속이 비어가는 것도 아니고, 찢겨 나가는 것도 아니었다. 무너지는 것이었다.

[…불을 지르겠다 했습니다. 그 틈에 데리고 나가라며. 미리 가마를 준비한 것을 보니 아마 함께 떠날 생각이 아니었나 생각이 들었습니다.]

그제야 울음이 터져 나왔다. 그것은 오랫동안 참아온 숨처럼 끊기며 토해지기 시작했다. 가슴이 들썩이고 어깨가 떨려왔다. 입을 틀어막은 손등 사이로 울음이 새어 나왔다. 결국 바닥에 주저앉았다. 몸을 웅크린 채 바닥에 얼굴을 묻고 들썩이다 끝내 바닥을 치며 울기 시작했다. 마치 온몸이 울음 그 자체가 된 것처럼 설은 한참을 울었다.

연화가 지핀 불 속에 모든 것이 타버렸다. 증오도 복수도 슬픔도 원망도 죄책감까지도. 모두 그 연기의 끝에 섞여 사라져 갔다.

'다… 끝났다…'

그토록 울고 나서야 비로소 오래도록 쥐고 있던 무언가가 손끝에서 풀려나가는 듯했다. 텅 빈 속에 바람 한 줄기 스며드는 듯 천천히, 아주 천천히 숨을 들이켰다. 한동안 그대로 엎드려 있다가 몸을 일으켰다. 바닥을 치던 손바닥은 피가 배어 있고, 얼굴은 눈물로 얼룩져 있다.

"하아…"

발끝에 떨어진 단풍잎 하나가 눈에 들어왔다. 설은 그것을 가만히 바라보았다. 언제부터인가 품고 살아온 불씨 하나가 이제는 꺼진 듯했다.

무언가가 끝나면, 무언가는 다시 시작된다. 그것이 삶이라면.

'이제 어디로 걸어가야 할까…'

설은 일어나 방으로 들어갔다. 호가 남긴, 피 묻은 종이를 꺼낸다. 그 옆에 새 종이를 펼쳐 놓고 먹을 간다. 그러나 붓을 드는 손은 여전히 떨리고 있다.

달빛은 전각의 처마에 은은히 걸려 있고 맑은 바람이 단풍잎을 흔들며 연못 위를 스친다. 설은 호가 남긴 마지막 악보를 앞에 두고 있다. 손끝에서 피어나는 소리는 설의 것이 아닌 호의 목소리요, 그의 생이었다. 단풍잎 하나가 연못 위로 떨어진다. 호의 마지막 말이 선율로 흘러나오는 듯하다.

설아.

이곳에서는 오로지 생각밖에 할 수 있는 것이 없구나.

영리한 너라면 머잖아 모든 것을 알게 되겠지.

그리고 네 것이 아닌 죄책감을 지고, 너 자신을 내던지려 할지도 모르겠다.

허나 설아. 이것은 내 운명이고 오직 나만의 것이다.

내 삶은 행복했다.

존경할 수 있는 아버지, 따뜻하신 어머니,

그리고 어여쁘고 어여쁜 네가 있었으니.

사내로서의 행복 또한 다 누렸다. 그것이면 족하다.

부디 따뜻한 햇살과 봄바람 속에서 살아가거라.

네가 그렇게 살아준다면 나 또한 웃을 수 있을 것이다.

너는 세상 그 누구도 가지지 못한, 영원히 이름이 남을 그런 재주를 지녔다.

그 재주를 빛내어라.

그리고 아주 오랜 시간 행복하거라.

연주가 끝났다. 설은 눈을 감은 채 아무 말도 없이 있다가 천천히 눈을 떴다. 모든 음이 가슴속에 내려앉는다. 호의 삶, 그의 기쁨과 고통, 끝내 설을 걱정한 그 마지막 마음까지도. 임금 역시 아무 말 하지 못하고 잠시 하늘을 바라본다.

"이것도 그자의 곡인가?"

설이 눈을 뜬다. 눈가가 눈물로 번져 있다.

"예, 전하."

임금은 말없이 고개를 끄덕인다.

"짐은 음악을 그저 예(禮)를 위한 수단으로 생각했던 사람이었다. 그러다 달이 내는 소리를 연주하고, 누이동생의 웃음소리를 가야금 곡조에 얹는 이를 만나 달라졌다네. 그런 음악을 그자에게서 배웠지. 마음을 담아 연주하고 마음으로 듣는 그런 음악 말이네.”

설의 눈에서 눈물이 떨어진다. 손이 이제는 떨리지 않는다.

“그대의 연주는 나의 벗과 전혀 다르다 생각했는데, 이상하게 오늘 밤은⋯ 그 벗을 떠올리게 하네.”

임금의 목소리가 젖어든다.

“그가 그립구나⋯”

궁을 나온 설은 몇 걸음 가지 않아 멈춰 선다. 도포 소매에서 악보를 꺼내 펼쳐본 뒤 가슴에 안는다. 눈물이 뺨을 타고 흘러내린다. 애써 참을 필요도, 억지로 붙잡지 않아도 되는 눈물이었다. 이제는 모든 것을 내려놓고, 제대로 살아도 된다고 스스로에게 말할 수 있었다. 긴 숨을 내쉬자 지나온 날들이 짧은 숨결처럼 흘러간다. 분노와 외로움, 죽어서도 안 된다는 다짐 하나로 버텨온 날들.

‘아니다, 혼자가 아니었다.’

[호패를 준비해 드리지요⋯ 어찌 되었든 살아야 하지 않겠습니까. 누굴 위해 죽으려 한단 말입니까⋯]

자신을 위해 목숨을 걸었던 이, 말없이 곁을 지켜주던 이가 있었다. 노인의 집으로 옮긴 뒤 등잔 기름은 떨어진 적 없었고 방은 늘 따뜻했다. 그의 정성 덕에 편안히 쉴 수 있었고 준과 만덕까지 기꺼이 받아주었다.

'그런 자가 복수를 하라고 날 도와준 것일까…'

설은 고개를 젓는다. 다시금 눈시울이 붉어진다

[말하면 듣는 시늉이라도 좀 해유. 됐고! 중요한 소식이 있구먼유.]

큰 몸집으로 뛰어오는 만덕이 떠오르자 슬며시 웃음이 난다. 사람을 경계하고 멀리하던 설에게 만덕은 처음으로 사심 없이 다가온 이였다.

'따뜻하고 편안한 그의 연주는 그 성정을 고스란히 담고 있었다.'

어느 날인가 비를 맞으며 걷고 있을 때, 주점으로 이끌고 뜨거운 국물부터 한술 뜨라던 이도 있었다.

'그 사람의 마음은 한결같았다. 그 마음 또한 나를 살게 했다…'

준은 설이 무슨 일을 하려는지 아는 것 같았다.

[…어디에 머물든, 끝이 어디든 뒤에 제가 있겠습니다… 반드시, 데리고 돌아올 것입니다.]

그는 그 말을 지켰다. 또한 병판의 집에서 쓰러진 날에 밤새 이마를 짚고 물수건을 대주던 손. 잠시 눈을 떴을 때 벽에 기대 잠든 준과 만덕의 모습이 보였다. 왠지 마음이 놓여 다시 눈을 감았다.

[자네가 있는데 뭐가 걱정인가. 잔소리는 이제 집어치우고 술이나 한 잔 더 받게.]

병판을 죽일 기회를 잡기 위해 함께 다녔던 악사들 역시 삶 속으로 들어와 있었다. 악보도 제대로 볼 줄 모르는 그들에게 악보 보는 법을 가르쳐주고, 연주를 이끌다 보니 그들은 설에게 고마워했다.

'아니… 그런 것 따위는 중요하지 않다. 내가 그들에게 받은 것이

진짜였어…'

가난했지만 정 많고 따뜻한 이들이었다. 그들의 껄껄 웃는 소리가 들리는 것 같다. 그들 덕에 궁에 들어서는 발걸음도 전처럼 무겁지 않았다.

달빛이 비추던 부용정에서의 연주도 생각 났다.

[맑은 마음에서 나온 곡이로다. 자네도 어느 맑은 밤을 떠올렸는가?]

'목숨을 거는 일임에도 오라버니의 음악을 알아보는 전하에게서 위로를 받았다…'

그리고 마지막으로 떠오르는 얼굴. 주막으로 데려가 밥을 먹이고, 처음 마시는 술에 몸을 가누지 못한 자신을 업고 한밤의 장터를 걸었던 사람….

'오라버니와 어머니를 위한 일이랍시고 나를 던지는 동안 많은 이들이 있었다.'

텅 빈 삶을 채워주었던 이들. 그들이 있어 설은 살아남았고, 마침내 다시 걸을 수 있었다.

[이 곡의 제목은 역도춘풍위아래(亦道春風爲我來)로 하겠다. 어떠한가?]

호가 세상에 남긴 마지막 선율. 임금은 그 곡에 제목을 지었다.

'또한 말하리라. 봄바람이 나를 위해 불어왔다고…'

[부디 따뜻한 햇살과 봄바람 속에서 살아가거라.]

설의 눈에 다시 눈물이 고인다. 그러나 이제는 아프지 않다. 밤하늘을 올려다본다. 달빛이 설의 눈동자에 스며든다.

"저 정말 그래도 괜찮은 거죠…?"

설이 소매로 눈물을 훔치고 작업장을 향해 걷기 시작한다. 발걸음이 점점 빨라진다.

[넘어진다.]

멀리서 익숙한 저음이 들려오는 듯하다.

[정인이 뭔진 알지? 마음에 담은 사람이라는 뜻이야.]

햇살 좋은 날, 멋쩍게 설을 바라보던 얼굴. 궁 앞에서, 설의 가야금을 메고 걸어가던 뒷모습. 주점에서 짓궂은 유생의 장난을 막아섰던 손길. 성가신 듯 툴툴거리면서도 언제나 곁을 지켰다. 설의 걸음이 더 빨라진다.

헐레벌떡 작업장 문을 연다. 그러나 안은 비어 있다. 그가 늘 누워 있던 평상에는 가지런히 개켜진 이불만 남아 있다. 설은 그것을 쳐다보다 힘없이 안채로 들어간다.

어둠 속, 멀찍이에서 승하가 모습을 드러낸다. 달려가 설을 품에 안고 싶은 충동이 일었지만, 꾹 눌렀다. 주먹은 꽉 쥔 채, 입술은 다문 채.

'딱 여기까지다. 내가 갈 수 있는 거리는 여기까지.'

설은 평상에 앉아 있다. 텅 빈 자리에 손을 뻗는데 그때, 문이 드르륵 열리자 설은 놀라 몸을 일으킨다. 준과 만덕이었다. 기다리던 이는 아니지만 만덕의 환한 웃음과 준의 따뜻한 눈빛에 마음이 풀린다. 만덕은 양손 가득 들고 온 것들을 내려놓으며 고개를 이쪽저쪽으로 빠르게 돌린다.

"다 어디 갔대유?"

"영감님은 아침부터 보이질 않았고 그"

"아니유. 여짝에 있던 악기들이랑 또 저짝에 있던 나무랑 다 없는데유?"

설과 준도 작업장을 둘러보는데 악기들이며 나무, 돌들이 많이 비어 있다. 준은 노인이 늘 앉아 나무를 깎던 자리를 바라본다. 의자도 받침대도 칼을 두던 궤짝도 사라졌고 희미한 자국만 바닥에 남아 있다.

"그새 다 팔릴 리는 없을 텐데… 아, 오는 길에 좀 사와 봤네유."

만덕이 주전부리들을 펼친다. 설이 걱정스러운 듯 말한다.

"이렇게 매일 돈을 쓰다가는 금세 탕진할 것이오."

만덕이 타래과 하나를 집어 설에게 준다.

"하나도 걱정할 것 없어유. 저잣거리 가게들은 전부 단골이 되어 하나를 사면 하나를 더 준다니까유. 그뿐이겠어유? 가장 좋은 것들로 따로 챙겨 놨다 준다니까유.”

옆에 있던 준이 헛기침을 한다. 만덕이 준을 보며 웃는다.

“하여간 오른손이 하는 일을 왼손도 꼭 알았으면 하는 분이라니까유. 사실은 다 선비님이 사주신 거예유.”

만덕이 술병을 꺼낸 뒤 찬장에서 술잔 두 개를 가져와 놓는다.

“아니 대체 술은 또 언제… 어찌 날마다 술입니까.”

준이 갓을 벗으며 말한다.

“그럼 사내 셋이 모여 뭘 한대유?”

만덕이 준의 잔을 먼저 채운다. 설은 잔이 없어 일어나는데, 만덕이 소매에서 나무잔을 꺼내 옷자락에 쓱쓱 닦은 뒤 설 앞에 놓는다. 설은 영문을 알 수 없지만 일단 잔을 드는데, 만덕이 놀란 눈으로 본다.

“어? 진짜로 무거웠나 보네. 안 떨어뜨리잖아유.”

준도 설의 손을 본다. 떨지 않고 있다.

“그런데 형님은 어딜 갔대유? 붙박이처럼 있던 양반이…”

그때 문 쪽에서 소리가 난다. 설이 고개를 돌리지만 문은 열리지 않는다. 그저 바람일 뿐. 설은 얕은 한숨을 내쉰다. 그리고 준은 그것을 놓치지 않는다.

“아, 이번 가전악 시험 볼 거주?”

설이 고개를 젓는다. 만덕은 흥분해 말한다.

“조선 최고 가야금쟁이가 안 하면 누가 한대유? 가전악이 문제겠어유? 더 높은 자리도 따 놓은 당상일 텐데. 안 그래유, 선비님?”

만덕은 준에게 동의를 구하지만 준은 잔을 입에 대고 설을 본다.

'지금도 충분히 위험한데…'

설은 무언가 생각난 듯 안채로 들어간다. 만덕은 안주를 입에 넣고는 나무잔을 들었다 놨다 하며 흐뭇하게 웃는다. 잠시 후, 설이 곱게 싼 보자기를 들고 와 만덕에게 내민다.

"그동안 고마웠소."

만덕은 놀라 선뜻 받지 못하다가 설이 다시 내밀자, 그제야 손을 허벅지에 한 번 닦고는 조심스레 받아 든다. 보자기를 풀자 대금 통이 나온다. 만덕은 할 말을 잊은 듯 눈만 껌뻑거린다. 설은 낡고 해진 천에 둘둘 말려 있던 만덕의 대금을 꺼내 대금 통에 넣어 건넨다. 만덕은 그것을 받아 들고 향을 맡는다.

"사람들 발길이 닿지 않는 깊은 숲에서 자란 대나무로 만든 것이구먼유."

설이 놀라 묻는다.

"어떻게 알아?"

"딱 맡아보면 알지유. 나무도 사람처럼 다 다르구먼유. 그 향을 맡아보면 어디서 왔는지, 어떻게 살았는지 다 말해주거든유."

귀에 익은 목소리가 스치듯 들려온다.

[이놈아, 약 파는 것도 정도껏 해라.]

설은 고개를 돌려보지만 목소리의 주인은 없다.

"애끼는 마음으로 잘 가지고 다닐 거구먼유. 그런데… 선비님은 뭘 받았대유?"

준이 또 헛기침을 하며 시선을 피한다. 만덕의 양쪽 입꼬리가 쭉 올라간다. 그 좋아하는 콩떡을 한 접시 다 먹었을 때도 이리 웃진 않았었다.

"못 받으신 거지유? 이런 거? 그치유?"

만덕이 반은 잘난 척, 반은 놀리며 대금 통을 준 앞에 대고 흔든다. 준은 설과 함께 단둘이 있던 시간을 생각하며 참는다.

"그나저나 형님은 왜 코빼기도 보이질 않는대유? 또 어디 가서 싸움질이나 하고 있는 건 아니겠지유?"

설은 말없이 잔을 든다. 준 역시 술을 입에 대며 그 밤을 떠올린다. 칼날과 화살이 쏟아지던 병판의 집. 승하는 온몸으로 사병들을 막아냈고 어깨에 화살을 맞고도 버텼었다.

'병판이었다. 어머니와 오라비의 죽음, 그리고 복수···'

[어느 댁 자제냐 물었지. 여기가 내 집이다.]

'처음부터 알고 있었을까. 아니, 그런 위인은 아니었다. 그날 이후 자취를 감춘 것을 보니 이 여인의 칼날이 누구를 향하고 있었는지 그도 그날 알았다는 것인데···'

그때 문이 열리고 노인이 들어온다. 설의 얼굴에 실망의 빛이 스쳐 지나간다.

'모르고 있군··· 도대체 일이 어찌 되어 가는 것인가···'

방 안에는 맵싸한 담배 냄새가 은근하게 퍼지고 있다. 상 위에는 곰방대와 자개 연초합이 놓여 있다. 여종이 숯을 갈려 하자 유상흔이 손짓으로 물린다. 그는 곰방대를 물고 심복을 바라보며 연기를 길게 내뿜는다.

"윤치원의 딸년은 아직이더냐?"

심복은 말없이 고개를 깊이 숙였다. 유상흔의 손끝이 잠시 떨렸다. 곰방대 끝의 불씨가 흔들렸다.

"등잔 밑이 어두운 법. 분명 한양에 있다. 낯선 곳에 가면 오히려 말이 나오는 법이지."

곰방대를 굴리며 잠시 숨을 고른 그가 입을 연다.

"윤치원의 일가, 종놈, 그 집을 드나들던 상인, 윤치원이 한 번이라도 발길을 했던 곳이면 모두 뒤져라. 그년을 찾으면 책도 따라올 것이다."

가슴께 저릿한 통증이 일더니 그는 짧게 숨을 쉬었다. 눈썹을 찡그렸지만 목소리는 흐트러지지 않았다.

"더 지체되어서는 안 된다. 이미 주상도 낌새를 챈 것 같으니··· 서둘러라."

임금은 안경을 벗고 무사를 바라본다. 하늘은 맑고 하얗게 열려 있었지만, 그의 눈동자에는 짙은 피로가 깃들어 있었다.

"윤치원의 여식은 아직인가?"

무사가 고개를 숙인다.

"예 전하. 포사들과 은밀히 찾고 있으나 아직 소식은 없습니다. 다만 한양에 있는 것으로 추정되옵니다."

임금이 깊은숨을 쉬며 안경을 만지작거렸다.

"절대 이 일이 새어 나가면 안 되네. 그 여식마저 잘못된다면…"

말끝을 흐린 임금이 덧붙인다.

"백성을 지키지 못한 내 죄는… 영원히 용서받지 못할 걸세…"

그 말이 허공에 퍼졌다. 그리고 아득히 가라앉았다.

"떠나십니까."

준의 물음에 노인은 대답 대신 술잔을 들어 마치 오래된 이별을 예감한 자처럼 천천히 음미한다.

"물러날 때가 한참 지났습니다. 아침이면 손가락 하나 펴는 것도 힘들 정도인데 무얼 한다고… 놓는 법을 배운 적 없으니 그저 붙잡고 있었던 것이지요."

노인의 목소리가 담담하면서도 쓸쓸하다. 준은 그 무게를 이해한 듯 고개를 끄덕인다.

"어디로 가십니까."

"한적한 시골로 가 여생을 보내려 합니다. 하루 종일 강에 낚싯대나 띄우고 살까 합니다."

"서운해서 어쩐대유…"

만덕은 눈물을 참는지 입술을 씰룩거린다. 그때 안채로 들어갔던 설이 노인 옆에 약을 둔다.

"관절염에 좋다고 합니다."

노인은 그것을 보고 다시 잔을 입에 가져간다. 만덕은 더 이상 참지 못하고 어깨를 들썩이며 흐느낀다.

"그럼 이제 여그서 이렇게 만나는 것도…"

준이 만덕의 등을 다독이며 설을 본다. 설은 아무런 표정이 없다.

"정리하려면 아직 시간이 더 필요하니 지금처럼 오십시오."

"그래도… 진짜 헤어지는 거지유?"

가지 않겠다고 엉엉 우는 만덕을 겨우 달래 준과 함께 보낸 후 설은 방에 들어왔다.

'옛집으로 다시 돌아가긴 어려울 것이고 갈 곳을 알아봐야겠구나.'

서랍에서 꺼낸 것은 전에 대장간에서 맞춘 승하의 흉갑이었다. 그것을 쓰다듬던 설은 먹을 갈기 시작한다.

달빛이 부용정에 내려앉았다. 임금이 교의(交椅) 등받이에 기대어 하늘을 올려다보다 눈을 감는다. 가을밤의 선선한 바람이 부용정을 감싸며 옷자락을 스쳤다.

“보통은 이곳에서 신하들과 술을 마시지. 또 운을 띄어 정해진 시간에 시를 짓지 못하면, 장난삼아 저 배에 태워 연못 한가운데로 유배를 보내곤 한다.”

잠시 말을 멈춘 임금의 목소리에 씁쓸한 웃음이 묻어났다.

“어제는 홀로 술을 마셨다.”

말끝이 바람에 흩어지듯 사라졌다. 달빛 사이를 지나는 바람이 연못을 건너온다. 임금이 읊조리듯 말을 잇는다.

“많은 사람을 잃어왔다.”

그 말은 허공에 가라앉듯 무겁게 떨어졌다.

“앞으로도 놓치는 이들이 많을 것이다. 이 자리에 앉아 듣는 말이라고는 그저 누가 죽었다, 사라졌다, 시체로 발견되었다, 겨우 목숨을 부지했으나⋯ 그런 것뿐이지.”

설은 말없이 그를 바라본다. 임금은 어둠 속에서 오래된 상처를 되짚는 듯했다.

“아버지를 잃으며 나도 나를 잃었다. 과거를 잃고 미래조차 사라졌다.”

임금은 한동안 침묵하더니 이내 낮게 내뱉는다.

“결국⋯ 혼자더군⋯”

설이 눈을 감고 가야금에 손을 얹었다. 첫 줄을 튕기는 순간, 밤의 고요가 갈라지며 소리는 물결처럼 퍼져나갔다. 연못 위로 쏟아지는 달빛은 부서져 반짝였고 그 빛은 곡조와 뒤섞여 부용정 가득 스며들었다. 그 소리는 먼 옛날, 이름 없이 흘러간 노래 같았다. 누구의 것이었는지조차 알 수 없으나 사라지지 않고 마음을 두드리고 있었다. 멀리서 들려오는 바람의 숨결 같기도 물 위에 번져가는 파문 같기도 했다. 임금은 숨을 고르며 귀를 기울였다. 선율은 부드러우면서도 쉽게 꺾이지 않았다. 슬픔을 품되 슬픔에 잠기지 않았고, 맑게 빛나면서도 허공에 흩어지지 않았다. 가라앉은 구름이 흩어지듯, 임금의 굳게 닫힌 얼굴이 조금씩 풀려갔다. 소리 하나하나가 오래 묻어둔 상흔을 쓰다듬듯 스며들었다. 설의 연주가 그의 심연 속 가장 깊은 곳에 닿았다. 그때와는 달랐다. 이번에는 심연 속 가장 어두운 구석을 밝히고 있었다. 시간도 흐르지 않는 듯, 모든 것이 멈춘 듯. 마지막 음이 부용정의 적막 속으로 가라앉자, 임금의 눈빛에는 이전과 다른 평온이 담겨 있었다. 설도 눈을 뜨며 임금의 시선을 마주했다. 오래 쌓인 말 대신, 그저 가만히 고개를 끄덕였다. 바람이 불지 않아도, 물결이 일지 않아도 이제 모든 것이 부드럽게 흘러가고 있었다.

해가 기운 저녁, 설과 만덕은 으레 그렇듯 같은 길로 접어들었다. 만덕은 입을 쉬지 않고 목소리를 낮춰 설에게만 들려주는 말이라며 열을 올린다.

"그 궁녀한테 눈에 힘을 딱 주면서 이건 법도에 어긋난다고 했슈. 그
런데"

그러나 말이 채 끝나기도 전에 만덕이 갑자기 입을 다물고 걸음을
멈췄다. 설도 그의 시선을 따라 고개를 돌린다. 낮은 담장 너머, 복면
을 쓴 사내가 한 노인을 무릎 꿇린 채 목에 칼을 겨누고 있었다. 다른
사내들은 살림살이를 거칠게 뒤엎고 있다. 이미 마당은 파헤쳐 있고
장독은 다 깨져 있었다. 떨어져 있어 자세한 상황은 알 수 없었지만,
무언가를 찾고 있는 것 같았다.

"어째 저런대유. 훔쳐갈 것도 없어 뵈는 집에서…"

잠시 뒤, 사내들이 집에서 나와 설과 만덕의 곁을 스치듯 지나간다.
만덕은 몸을 움츠리고 설은 반사적으로 갓을 더 깊게 눌러쓴다.

"기별을 보낸 박사 정태유도 아니었다 전해라."

"대체 무엇이길래 이리 찾기 어려운 것인가."

한 사내가 품에서 종이를 펼친다. 그는 주변을 휙 둘러본 뒤 말한다.

"필동은… 일단 청파동으로 간다."

사내들이 골목 끝으로 사라지자 만덕이 설의 소매 끝을 살며시 잡아
당긴다. 얼른 가자는 신호였다. 놀랐는지 만덕도 잠시 말이 없었다. 둘
은 작업장 가까이 어둑한 골목으로 들어선다. 만덕이 중얼거린다.

"쌀 뻔했네유. 여그는 왜 또 이렇게 시커매가지고. 형님이 없으니 불
밝힐 사람도 없고…"

설이 눈빛으로 이유를 묻자, 만덕이 덧붙인다.

“몰랐슈? 이거 달아놓고 만날 불 밝히고. 아 아까 어디까지 얘기했더라? 그런데도 그 궁녀가”

그 순간, 오른쪽 담장 위로 초롱 하나가 밝혀진다. 하나, 또 하나. 설은 숨을 멈추고 왼편을 돌아보지만 아무도 없다. 다시 앞을 보자 초롱을 걸던 승하의 모습이 어둠 속에서 환영처럼 떠오른다.

“어두워 그래유?”

만덕이 설의 눈앞에 손바닥을 펼쳐 흔든다. 설은 눈을 깜빡이고 다시 골목을 본다. 어둠뿐이다. 작업장 앞, 낯익은 그림자가 서 있다. 만덕이 반가워 달려간다.

“선비님! 시험이라 못 온다 하지 않으셨소?”

신나서 문을 여는 만덕에게 준이 말한다.

“시험도 중요하지만 약조도 소중하니 왔소. 오늘은 공부하는 날이지 않소.”

만덕의 얼굴이 순식간에 시무룩해진다.

“굳이 그렇게 안 지키셔도 되는데…”

설은 안채로 들어가고, 만덕은 풀이 죽어 평상에 앉는다.

“왜, 공부하기 싫소?”

“싫은 건 아닌데… 공부만 할라 하면 좀이 쑤시고 또 당최 한 글자 외면 한 글자 잊어버리니…”

준이 그런 만덕을 다정하게 쳐다본다.

“시작이 반이라 했소. 공부를 시작한 것만으로도 이미 반은 한 셈이니 공부할 것도 반으로 준 것이오."

만덕이 고개를 갸웃거리며 생각에 잠긴다. 그때 설이 갓을 벗고 나온다.

"가전악 시험을 본다고 도와달라 하지 않았소? 내가 이리 정성껏 필사해 왔으니 반드시 공부를 해야 하오."

설이 책을 여러 권 올려놓자 만덕은 그것들을 슬며시 옆으로 밀며 기어들어 가는 목소리로 말한다.

"지는 그냥 피리만 원 없이 불 수 있으면 그걸로 족하구면유…"

"나는 그대가 꼭 가전악이 되었으면 좋겠소."

"그짝이 더 잘 어울리는데유… 나처럼 진땀 빼며 공부할 필요도 없고, 시험만 본다면 따 놓은 당상인디… 다들 천재라 하구유."

설이 고개를 젓는다.

"중요한 건 실력이 아니라 마음이오. 그대는 기쁜 마음으로 연주하고 그래서 듣는 이들의 마음까지 울리지 않소? 게다가 소리로 마음을 편히 만드는 귀한 연주자요. 그대 같은 이가 장악원의 기둥이 되어야 하오. 그래야 전하께서도 온전히 백성을 위한 일에 뜻을 두실 수 있으니."

만덕이 눈물을 글썽이며 입을 씰룩거리다 고개를 크게 끄덕인다.

"해유… 공부."

설이 준을 보며 끄덕이고, 준은 책을 펼친다. 만덕은 바짝 다가앉는다.

설을 비롯한 악사들이 둘러앉아 있다. 해금 아재가 현을 조율하다 고개를 갸웃거리자, 설이 해금을 받아 활을 조심스레 그어 깊은 음을 낸다. 그제야 아재도 고개를 끄덕이며 따라 한다. 맞은편 꽹과리 아재는 만덕의 말을 진지하게 듣다가 들고 있던 채로 만덕을 치는 시늉을 한다.

"진짜라니까유! 왜 사람 말을 못 믿어유!"

만덕이 과장된 몸짓으로 피하자 악사들이 웃음을 터뜨린다.

"저, 저 또 나왔네. 진짜라니까유."

누군가 만덕의 말투를 따라 하며 웃는다.

"예전엔 반촌에 소 끌려가듯 왔는데 이 치들이 들어오고 나서는 올 맛이 난다니까."

"골머리 썩던 악보도 이제는 제법 보고, 행사로 번 돈 가져가면 마누라 눈빛이 달라지니. 신이 나지, 안 나?"

꽹과리 아재가 보자기를 꺼내 펼친다.

"우리 마누라가 품앗이 갔다가 싸 온 전인데. 참 나, 전에는 이런 적이 없더니. 먹고 하자고."

만덕의 목덜미에서 꿀꺽 침 넘어가는 소리가 들린다.

"어이, 선인, 자네도 어서 한 입 하세."

설이 젓가락으로 전을 집어 선인의 손에 쥐어준다.

"탁주 한 사발 딱 마시면 좋겠구먼. 오늘 어떤가?"

"좋습니다."

설의 웃음 섞인 대답에 선인은 생각한다.

'달라졌다. 원한을 갚은 것도 아닌데⋯ 아니, 애초에 남을 해치고 편해질 수 있는 성정이 아니었다. 병판이 무너졌다 해도 평안할 수는 없었을 터. 그렇다면 무엇이 저 아이를 달라지게 한 것인가⋯'

"허나 그 전에 연습부터 해야 할 것입니다. 얼른 먹고 시작하시지요."

악사들이 딴청을 부리자 설이 덧붙인다.

"지난 연향 때도 실수가 있었지요. 그때는 다행히 우리만 알고 넘어갔지만 연습을 게을리한다면 다른 이들도 알게 될 것입니다. 전하께서는 눈치채셨을 테고요."

꽹과리 아재가 엄살을 부리며 말한다.

"나이는 제일 어린데 군기를 바짝 들게 한다니까. 자, 시작하자고."

햇살이 따스하게 내리쬐는 장터는 활기와 소란으로 가득하다. 물건을 팔려는 상인들의 외침과 흥정하는 소리가 여기저기서 뒤섞여 들린다. 아이들은 엿을 하나씩 들고 뛰어다니며 웃음을 터뜨리고, 한쪽에서는 공연이 한창이다. 설과 준, 만덕은 맨 앞줄에 자리를 잡고 있다.

"네가 감히 내 명을 거역하느냐? 이제 너를 어찌할지 두고 보거라!"

흑립을 쓴 사또 역의 사내가 꿇어앉은 여인을 위협한다.

"저저, 이몽룡은 언제 나타난대유⋯"

속이 탄 만덕이 식혜를 벌컥벌컥 들이켜고는, 강정을 한 움큼 입에 넣은 뒤 설에게 건넨다. 설은 그것을 한 개 집은 뒤 준에게 건넨다.

"차라리 이 목숨을 버릴지언정, 수청을 들 수는 없사옵니다."

땋은 머리를 한쪽으로 늘어뜨린 여인이 단호히 말하자 사또가 고함친다.

"네 이년! 끝내 거역하겠다는 것이냐! 그렇다면 내 너를 가만두지 않겠다!"

그의 말이 끝나기 무섭게 사람들의 야유가 쏟아졌고 만덕도 침을 튀기며 거든다.

"참말로 몹쓸 인간이유. 저리 고운 춘향이를 괴롭히다니. 게다가 임자도 있는데 말이에유."

만덕이 대나무 통을 털어 보지만 밥알 하나 나오지 않는다. 포졸 역의 사내가 앞자락을 펼쳐 사람들 사이를 돌자 구경하던 이들이 엽전을 던져 준다. 준도 소매에서 엽전을 넉넉히 꺼내어 준다. 설이 다음 장면을 기다리는데 그 눈에 기대와 설렘이 가득하다. 그런 설의 옆얼굴을 보며 준이 슬며시 미소 짓는다.

'역시 시간이 약인가⋯ 얼굴이 많이 편안해졌군.'

밤바람이 서늘하다. 하늘에는 별들이 흩뿌려져 있다. 준과 만덕이

돌아간 후, 설은 마루에 홀로 앉아 있다.

[태어날 때부터 삶의 모든 순간이 고단하고 험난한 인생이 있습니다. 그저 숨만 쉬는 것이 허락된 전부였지요.]

언젠가 노인이 했던 말. 그 말속에 담긴 그림자 같은 삶. 칼을 맞고 쓰러졌을 때 보였던 상처가 떠오른다.

[정신없이 취했을 때 등에 칼을 꽂겠다는 놈들이 있어. 허나 그것도 다 내가 뿌린 씨앗이지. 이렇게 하나씩 거둬들이는 것이고.]

담담하게 말하던 그의 목소리. 자신을 향한 원한과 증오를 당연하게 받아들이고 있었다.

[이리 사는 것이 서자의 숙명이라 생각했다… 난 그저 개집 앞에서 줄에 묶여 끵끵거리던 거였어. 나 여기 있다고, 좀 봐달라고 하면서…]

그 밤이 마지막이었다. 그런 그를 모른 척 방으로 들어갔지만 다 듣고 있었다. 등나무꽃이 포도송이처럼 매달렸던 그곳. 준과 팔을 얽은 채 술을 마시며 민망해하던 표정이 떠올라 웃음이 난다.

'어디에 있는 걸까…'

먹구름이 달을 가리자 마당을 비추던 달빛도 사라졌다. 바람에 나뭇잎이 스치며 가야금 줄을 퉁기는 듯한 소리를 낸다. 설은 그 소리에 눈을 감는다. 바람이 먹구름을 흩뜨리자, 다시 달빛이 마당을 비춘다. 그 순간, 곁에 승하가 있는 것만 같다. 귓가에 스치는 목소리, 바람에 섞여 오는 웃음소리. 사라지지 않는, 애틋한 노래. 밤은 깊어 가고 설은 여전히 그 자리에 있다.

불 꺼진 채 식은 등잔. 열어둔 툇문으로 바람이 책장을 넘긴다. 담장 아래 늘어선 자작나무들이 어둠 속에서 희미한 은빛을 띤다. 달빛조차 사라진 밤이지만 나무껍질은 스스로 빛을 머금은 듯했다. 승하는 눈을 감았다가 천천히 떴다.

‘그 골목까지… 그 길목까지…’

이미 병판의 손길이 설의 그림자 끝자락에 닿았다는 것을 알고 있다. 자기 아비라면 생사를 불문하고 윤치원의 숨결이 닿았던 자리를 결코 그냥 두지 않으리라는 것도. 머지않아 그 아이에게 다다를 것이다. 승하는 주먹을 움켜쥔다.

햇빛을 받은 자개장의 오색 조각들이 눈부시게 빛났다. 그 뒤로는 새로 들인 열두 폭 병풍이 펼쳐져 있었는데 넘실대는 파도와 탐스러운 복숭아, 날갯짓하는 학이 꿈처럼 이어지고 마지막 한 폭에는 절벽 끝에서 길이 끊어진 듯한 산수가 그려져 있었다. 벽면을 따라 놓인 책장에는 이번에 청의 사신에게서 받은 도자기와 장식품들이 빼곡히 들어차 있다. 유상흔은 바둑판 앞에 앉아 흑백의 돌을 번갈아 쥐었다가 놓았다. 수십 수가 얽힌 끝자락, 한 무리의 백돌이 숨구멍 하나만 남기고 포위된 형국이다. 그는 눈을 감은 채 허벅지께를 손가락으로 천천히 두드리며 다음 수를 떠올리는 듯했다. 문이 열리는 소리가 들렸다.

그는 눈도 뜨지 않은 채 조용히 입을 열었다.

"또 아니라는 소식이더냐."

승하가 무릎을 꿇고 앉아 병판을 보고 있다. 병판의 뺨은 뼈마디가 도드라졌고, 눈 밑은 어둡게 꺼져 있었다. 손등의 핏줄은 거미줄처럼 드러났으며, 돌을 집는 손끝은 떨고 있다. 아무런 대답이 없자 유상흔이 눈을 떴다. 그는 처음 보는 짐승을 관찰하듯 승하를 바라보았다.

"아버님께서 찾는 그 아이는 살려 주십시오."

"아이?"

"윤치원의 여식 말입니다."

유상흔은 눈을 가늘게 뜨고 승하를 본다. 오래 묻어둔 수수께끼를 누군가 풀어버린 듯, 의외지만 흥미롭다는 눈빛이다.

"살려만 주신다면… 학문을 하라 하시면 따르겠고, 무예를 익히라 하셔도 그리하겠습니다. 장사를 하라 하시면 장사를, 절에 들라 하시면 중이 되어 살아가겠습니다. 눈앞에서 사라지라 하신다면 도성 밖 어딘가에서 죽은 듯 살아가겠습니다. 그러니 제발 그 아이만은 그냥 두십시오."

승하의 눈빛은 단호하면서도 절박했다. 그러나 그 간절함은 오히려 물러섬 없는 도전으로 읽혔다. 아주 잠깐, 그 속에서 다른 빛이 스쳤다. 무언가를 미리 내건 자의 침묵, 판을 거는 자의 눈빛이었다.

"태어나서 처음으로 내게 청하는 것이 고작 계집 하나 살려달라?"

"예."

승하는 유상흔의 비릿한 눈빛을 피하지 않는다.

"아무것도 바라지 않던 제가, 처음으로 바라는 것입니다."

방 안의 공기가 낮게 떨렸다. 무엇인가 오래 참고 눌러왔던 것이 막 터지기 직전처럼. 유상흔은 식어버린 청주를 단숨에 털어 넣고는 손에 쥐었던 흑돌 하나를 천천히 바둑판 위로 가져갔다. 탁. 소리와 함께 흑돌이 마지막 숨구멍을 막자, 백돌 무리가 그대로 죽어 나갔다.

"좋다."

승하의 표정에는 변화가 없다.

"나도 간단한 것을 부탁하마. 그런 것을 우리는 거래라 부른단다."

승하는 고개를 끄덕인다.

"장헌세자가 남긴 책이 있다. 마지막으로 가지고 있던 이가 성균관 대사성이었던 윤치원이다. 해서 그 딸년을 찾는 것이고. 책만 내 손에 들어오면 다른 건 필요 없다. 다들 그것을 찾으러 나갔지. 어디에 있는지, 어떻게 생겨 먹었는지 나도 모른다. 다만 세자의 표식이 있다는 것만 알고 있다."

승하는 잠시 생각하다 답한다.

"그 책을 가져오면 청을 들어주시는 겁니까?"

"청이 아니라 거래다."

승하는 잠시 눈을 감았다 뜬다.

"지키십시오."

승하가 몸을 일으켰다. 등을 돌리고 문을 향해 걸음을 옮겼다. 유상흔이 바둑판 위의 흑돌을 가만히 들여다보다 중얼거렸다.

"저놈이 이제야 세상에 눈을 뜬 것인가. 피는 속일 수 없는 법이지."

"날씨가 제법 추워졌구먼유."

만덕이 대나무 통에 든 대추차를 후후 불며 마셨다. 설도 양팔로 어깨를 감싸안는다.

"역시 대추차는 이 집이 잘한다니까유. 이게 간단해 보여도 불 조절해가며 정성을 다해 끓여야 요렇게 제맛이 나는 것이구먼유. 어라?"

만덕의 눈이 커지며 시선이 작업장 앞에 멈춘다. 설도 만덕의 시선이 향한 곳을 본다. 승하다. 익숙한 검은 도포 차림에 굳은 표정으로 서 있다. 설이 달려가고 만덕도 따라간다.

"언제 왔어? 그보다 그동안…"

"대충 챙겼다."

승하는 설의 말을 자르며 봇짐을 메어준다.

"뭐 하는 거야?"

설이 당황한 표정으로 묻는다.

"형님! 도대체 어떻게 된 거래유? 사람이 오면 오고 가면 간다고 말을 해야”

하지만 만덕은 더 말을 잇지 못한다. 작업장 문틀이 어긋나 있고 그 안쪽은 무언가 일이 벌어진 듯 보였다. 승하는 심각한 표정으로 무언가를 기다리는 듯하다. 그때였다. 말발굽 소리가 땅을 울리며 급히 멈춰 섰다. 준이었다. 설은 혼란스러운 눈빛으로 둘을 번갈아 바라본다. 승하는 망설임 없이 설을 번쩍 들어 말 위에 올렸다.

“꽉 잡으십시오.”

준이 설을 받쳐 안으며 말했다.

“도대체 무슨 일이야?”

설이 물어도 승하는 대답 대신 준을 바라보며 고개를 끄덕였다. 준도 고개를 끄덕이고 말을 몰아 급히 달린다. 설이 준의 허리를 잡은 채 뒤를 돌아보자 승하의 모습이 점점 멀어져 간다. 승하는 한동안 그 자리에 서서 설이 떠난 방향을 바라보았다.

‘내 아비를 믿을 수 없다.’

그런 뒤 만덕을 돌아본다.

“너도 어서 가라.”

만덕은 무엇을 물을 상황이 아니라 생각했는지 고개를 끄덕인다.

“뭔 일인지는 모르겠지만 몸조심하세유 형님. 그리고”

“볼 날이 있을 것이니 어서 가.”

만덕을 보낸 승하는 검은 복면을 쓴다. 그리고 반대 방향으로 달린다.

한 시진 전, 필동에 도착했을 때는 이미 늦었다. 벽에 걸려 있던 칼과 도끼는 바닥에 나뒹굴었고, 세워둔 나무들은 깊게 패이거나 두 동강이 나 있었다. 짓밟힌 악기과 나무 파편 사이로 끊어진 명주실이 흩어져 발에 밟혔다. 장작불 위 솥은 기울어져 있었고 잿더미 속에서는 나무 조각들이 아직 타고 있었다. 구석에 노인이 피투성이가 된 채 쓰러져 있었다.

"노인장!"

승하가 다가가 노인을 일으켰다. 입에서 피가 새어 나왔다. 승하는 그를 안아 평상 위로 옮겼다.

"잠시만 계시오. 의원을 불러 오겠소."

노인의 마른 손이 그의 팔을 붙잡는다.

"시간이 없습니다. 그들이 찾고자 하는 것을 찾지 못했으니 곧 아씨를 찾으려 혈안이 될 것입니다. 멀리 피신하십시오. 그리고…"

노인이 손가락으로 작업장 한쪽을 가리킨다. 쓰러져 있는 검은빛 거문고.

"그 책을 꼭 전하께…"

승하가 노인에게 좀 더 다가가 그의 말을 듣는다.

"알겠소. 내가 다 그리하겠으니 이제 의원을"

"미안합니다, 도련님. 그 연심으로 아파할 것을 알면서도 저는 모른 척했습니다. 아씨를 지킬 수 있다면 더 한 짓도 했을 겁니다. 부디 아씨를…"

“됐소. 내가 노인장 마음을 알고, 노인장이 내 마음을 알 것이오. 이제 그만 말하시오. 내 금방 의원을…”

노인이 고개를 저으며 희미하게 웃는다. 승하의 눈가에 맺힌 눈물이 뺨을 타고 흐른다. 노인이 그의 얼굴을 어루만진다.

“세상도, 아버님도 너무 미워하지 마십시오…”

“벌써 가져온 것이냐?”

승하는 품에서 책을 꺼내 유상흔 앞에 놓는다. 유상흔이 입꼬리를 올리며 첫 장을 펼쳤다. 장헌세자의 표식이 선명히 박혀 있다.

“네 놈이 많은 걸 보여주는구나. 쓸모가 있다는 것도.”

처음에는 흥미롭다는 듯 넘기던 손이 중반을 지나며 서서히 굳는다. 얼굴엔 핏기가 사라지고 손이 떨리기 시작했다. 승하는 묵묵히 그 반응을 지켜보고 있다. 책 속의 글자들이 감추고 싶은 비밀, 숨겨진 죄악을 폭로하는 듯했다.

[…병조판서 유상흔이 세자의 발병을 빌미로 어의(御醫)를 매수하여 부적절한 약을 투여케 하였다. 이후 세자의 비정상적인 증세가 반복되자 일부 중신들과 공모하여 광증을 꾸며내어 폐세자의 절차를 강행토

록 하였다… 내관에게 독초 가루를 섞도록 지시하였으며, 세자의 발언을 기록하던 사관은 죽임을 당하였다… 또한 세손을 고립시키기 위해 외척과 무관들을 제거하고, 주변을 노론으로 채워 정치적 기반을 무너뜨렸다… 조정 내 부정부패를 용인하여 그 대가로 충성을 맹세 받았다… 연루된 이들의 명단과 은밀히 작성된 군국 기밀을 별책으로 첨부한다. 본 기록은 장헌세자와 성균관 대사성 윤치원이 작성한 것으로, 세자의 유고 직후를 기해 은밀히 필사되었다…]

마지막 장에 다다르자 유상흔은 숨조차 멈춘 듯 멍하니 앉아 있다. 떨리는 손끝에서 책이 툭, 서안 위로 떨어진다.

"이… 이걸 어떻게 알고…"

그는 사색이 된 얼굴로 승하를 바라본다.

"사본이 있느냐?"

"제게 그 책이 무슨 소용이 있겠습니까. 그저"

유상흔은 숨을 몰아쉬며 말끝을 흐렸다.

"…좋다. 그 계집… 찾지 않겠다. 나가 보아라."

승하는 고개를 숙이고 돌아섰다. 닫힌 문 뒤로 유상흔의 몸이 서안 위로 기우뚱 기댔다가 이내 무너졌다. 책장이 바람에 넘어가는 소리만 방 안을 메우고 있었다. 승하는 문 앞에서 잠시 눈을 감았다. 그리고 다시 천천히 걸음을 옮겼다.

그는 다시 담을 넘어 곧바로 작업장으로 향했다. 주변을 살피고 인기척이 없는 것을 확인한 뒤, 검은빛 거문고를 들어 올려 뒤편을 두드렸다. 툭. 얇은 판자가 밀려나가며 그 안에 숨겨져 있던 또 다른 책이 드러났다. 그 첫 장을 처음 펼쳤을 때를 떠올렸다.

『경모궁악기조성청의궤』 그러나 진짜 제목은 그 안에 있었다.

『나의 아들 산에게』

그것을 조심스레 넘기니 장헌세자의 필체로 쓰인 편지가 이어졌다.

[아비는 네가 무사히 이 책을 펼칠 날을 기다린다. 네 주위의 누구도 믿지 말거라. 허나 의심 속에서도 믿음을 잃지 말아라. 백성은 결코 어리석지 않다… 나의 길을 마무리할 이는 너뿐이다, 산아. 제대로 된 아비가 되지도 못했으면서 너에게 당부를 하는 것이 부끄럽다… 너의 미래가 아비의 과거보다 찬란하길 바란다.]

절절한 부성애와 아들에게 남기는 말들, 그리고 조선과 백성에 대한 염려가 담겨 있었다. 뒷장으로 넘어가자 필체가 달라졌다. 윤치원의 필체일 것이다. 어둠 속에서 받아 적었을 터이지만, 필체는 조금도 흐트러지지 않았다.

'대단한 자다. 목숨을 걸고 세자의 말을 끝까지 전하려 했으니…'

승하는 유상흔을 떠올린다. 병색이 아니라 죽음의 그림자였다. 그리고 자신이 그날을 앞당겼다.

'권력을 쥔 자가 가장 두려워하는 건, 죄가 아니라 그 죄가 드러나는 것.'

그는 아비의 치부와 그 측근의 비밀을, 권력의 실체를 낱낱이 써 내려갔다. 서재에서 몰래 훔쳐본 문서, 파기하지 않고 남아 있던 서찰… 너무나 추악하여 잊고 싶었으나 오히려 더 깊이 각인된 기억들이었다. 그것을 다 쓴 뒤, 이 책에 있던 장헌세자의 표식을 옮겨 넣었다. 유상흔의 반응은 예상대로였다.

책을 품에 넣은 승하는 복면을 쓰고 어둠 속을 달리기 시작했다.

[저는 이미 그때 죽었습니다. 죽은 자로 살아야 이것을 지키기가 더 쉬웠으니까요. 꼭 전해 주셔야 합니다. 그래야 아씨도 살 수 있습니다.]

궁궐 앞에 도착한 승하가 복면을 내리고 숨을 고른다. 온몸은 땀으로 젖었고, 멈추지 않고 달려온 탓에 숨소리는 거칠었지만, 눈빛만은 어느 때보다 맑았다.

'성균관 대사성을 죽이고 그의 아들을 처참히 망가뜨렸으며 그 딸까지…'

승하는 주먹을 움켜쥔다.

'이 죄를 바로잡을 수 있는 길은 오직 하나. 이 책을 주상께 직접 전하는 것뿐이다.'

그는 몇 발 물러섰다. 그리고 궁궐의 높은 담을 향해 뛰어올랐다.

준과 설이 도착한 곳은 깊은 산 속에 자리 잡은 정갈한 집이었다. 준은 말에서 먼저 내려 설을 향해 손을 내밀었다. 설이 내리자 그는 대문을 열며 말한다.

"집안에서 여름 별장으로 사용하는 곳이오. 그러니 지금 같은 때에는 아무도 오지 않는다는 말이오."

준이 익숙한 듯 마구간에 말을 묶고 나온다. 설은 불안한 표정으로 물었다.

"도대체 무슨 일인지⋯ 갑자기 이런 곳에는 왜 온 것입니까?"

준은 말없이 마루로 올라가 오른쪽 방으로 들어간다. 방의 등잔불을 밝힌 뒤 다시 나온다.

"이 방에서 지내시오. 호패에 문제가 생긴 듯합니다. 그러니 잠잠해질 때까지 잠시 몸을 피하는 것이 좋겠소."

준은 설이 물었을 때를 대비하여 준비한 대답을 한다. 그리고 승하의 서신을 떠올린다.

[짐승의 발소리가 들린다. 지금 떠나라.]

설이 다급히 물었다.

"호패라면, 어르신은? 어르신은 괜찮은 겁니까?"

"예. 무사하다는 기별을 받았습니다. 그쪽도 잠시만 이곳에서 몸을 피하면 곧 일이 해결될 것이오. 그럼⋯ 나는 맞은편 방에 머물 것이니 필요하면 부르시오."

설은 여전히 의문을 거두지 못한 눈빛이었지만 준은 등을 돌린 채 방으로 들어갔다. 불도 켜지 않은 채 도포를 벗는다.

'병판이 움직였다는 것은⋯ 자신을 향한 복수를 눈치챘다는 것인가.'

준이 고개를 젓는다.

'아니, 그것이 아니다. 그곳을 어지럽혔다는 것은 단지 사람을 찾기 위함이 아니다. 병판이 찾고 있는 것이 있다… 그런데 이 여인의 목숨이 걸려 있다…?'

설 역시 생각에 잠겨 있었다.

'어르신께서 무사하다 하시니 다행이야. 목숨을 걸고 호패를 만들어 주셨는데 그분까지 잘못되었다면…'

승하의 얼굴이 떠올랐다. 조금 야윈 듯한 얼굴이었다. 그런데 왜일까. 그 눈은 설을 바로 보지 않고 있었다.

임금의 서안 위에 서체가 다른 두 개의 서신이 나란히 놓여 있다.

[최필석, 습격으로 사망. 그것의 행방 묘연.]

[그것은 무사하다.]

임금이 안경을 벗고 천천히 자리에서 일어나 방을 거닐기 시작했다.

"하나는 포사, 다른 하나는…"

문득 걸음을 멈춘다.

"찾지 못했으나 누군가가 가지고 있다? 무사하다 알려준 것이라면…"

생각이 미처 끝나기도 전에 지붕을 밟는 소리가 들린다. 임금이 동작을 멈추고 귀를 기울인다. 그리고 조용히 서랍을 열어 작은 칼을 꺼내어 소맷자락에 넣는다. 곧 금군(禁軍)의 외침이 들린다.

“자객이다!”

밖에서 분주하게 움직이는 군사들의 소리가 들려왔다. 곧이어 무언가가 떨어지는 둔탁한 소리가 들리자 임금은 서둘러 밖으로 나간다. 복면을 쓴 사내가 가슴에 화살을 맞고 쓰러져 있었다.

“이자를 지금 의금부로 압송하겠습니다.”

그때 자객이 복면을 내리고 품에서 무언가를 꺼낸다. 그 동작을 본 군사들이 그를 둘러싸 칼을 겨누는데 그가 힘겹게 말했다.

“이것을 전하께···”

임금이 이를 놓치지 않고 즉시 명한다.

“그것을 가져오라.”

군사 하나가 승하의 손에 쥐어진 것을 가져와 임금에게 건넸다. 임금의 눈은 그것을 보고 크게 흔들렸다. 명주실로 매듭지어진 한 줄의 매듭. 임금이 다급하게 외친다.

“어의를 불러라. 저자를 살려야 한다.”

승하는 깊은 산속에서 검을 휘두르고 있었다. 칼끝이 바람을 가르며 날카롭게 울렸다. 이마에서 흘러내린 땀이 턱 끝을 타고 떨어졌지만,

눈빛은 흐트러지지 않았다. 그러나 검 끝에는 한양 뒷골목에서 들려온 소문이 매달려 있었다. 병판이 자리에 누워 일어나질 못한다, 산송장이나 다름없다, 하인들도 떠났고 곳간도 텅 비었다 하더라, 저승길에 권세를 가져갈 수는 없지 않느냐⋯

'아비를 버렸다.'

그 생각이 스치자 검 끝이 파르르 떨렸다. 승하는 눈을 감았다가 다시 뜨며 검을 다잡았다. 큰 호흡과 함께 앞으로 내딛는다. 번쩍. 검이 허공을 가른 순간 또 다른 기억이 되살아났다. 화살을 맞고 규장각 지붕에서 떨어진 밤. 정신이 아득해지는 사이 다급한 외침이 들려왔다. 깨어났을 때, 눈앞에는 곤룡포를 입은 이가 서 있었다.

[깨어났는가.]

승하는 몸을 일으키려 했으나 통증이 온몸을 짓눌렀다.

[규장각 지붕을 타고 온 이를 살려본 것은 처음이네.]

임금이 그의 흉갑을 내밀며 말을 이었다.

[이것이 자네를 살렸네.]

천이 감긴 가슴을 스치듯 바라본 뒤 승하는 그것을 두 손으로 받아 들었다. 그리고 최 노인에게 들었던 이야기를 하나도 빠짐없이 전했다.

[그 책을 반드시 전하라 하셨습니다.]

임금은 말없이 고개를 끄덕였다.

[전하, 송구하지만 저는 이제 가보아야 합니다. 그분을 혼자 두고⋯]

임금이 그 말에 고개를 젓는다.

[그렇게 된 것이었군… 그이는 세손 시절 나를 장악원으로 데려가 나무 향을 맡게 하고 악기가 내는 아름다운 소리를 듣게 한 이였네. 그와 함께 있으면 마음이 편했지. 살아 있다면 좋았을 사람들이, 살아 있어야 하는 사람들이 자꾸만 과거가 되는구나. 내가 또 한 사람을 잃었네.]

그 말에 승하가 고개를 들어 임금을 본다.

[자네가 도착하기 직전 전갈을 받았네. 내가 또 한발 늦은 것이고… 나는 늦었지만 자네 덕에 그자의 죽음이 헛되지 않았다.]

검이 허공을 베며 돌아왔다. 승하는 검을 세워 단단히 잡고 깊은숨을 내쉬며 자세를 고쳤다. 다시 힘을 모아 검을 휘두르는데 이번엔 또 다른 기억이 검 끝에 매달렸다.

장례 준비를 마친 다음 날, 노인의 죽음을 준과 만덕에게 알렸다. 만덕이 퉁퉁 부은 얼굴로 눈물을 닦으며 서둘러 도착했다. 서신을 넣고 반나절쯤 지나 준과 설이 왔다. 설은 흰 소복을 입고 흰 댕기를 두른 차림이었지만 만덕은 놀라지도 묻지도 않았다. 설은 노인의 봉분에 엎드려 한참을 울었다. 준은 그 곁을 묵묵히 지켰다. 승하는 준에게 고개를 한 번 끄덕이고는 말없이 산을 내려가기 시작했다.

[어디 가. 잠깐만.]

어느새 설이 쫓아오고 있었다. 승하는 뒤돌아보지 않으려 애쓰며 더 빠르게 성큼성큼 걸어갔다.

[아얏!]

작은 비명 소리에 돌아보니 설이 넘어져 있었다. 승하는 깊은 한숨을 쉬며 설에게 다가가 어깨를 잡아 일으켜 세웠다. 다시 돌아서는데 설이 그의 옷자락을 붙잡았다.

[잠깐만⋯]

걸음을 떼려는 순간, 설의 두 팔이 다급하게 그의 허리를 감쌌다. 설의 이마가 승하의 등에 조심스레 닿았다.

[왜 자꾸 가려는 거야⋯]

떨리는 목소리였다. 감싼 손끝마저 파르르 떨렸다. 승하는 눈을 꾹 감았다 뜨며 설의 팔을 풀었다.

[너와 난 만나지 말았어야 했다.]

검을 쥔 손이 잠시 흔들렸다. 그날 느꼈던 설의 떨림이 그의 손끝에서 사라지지 않았다. 승하는 다시 눈을 감았다 뜬다. 그리고 검을 치켜들었다. 번개처럼 찌른 그의 검이 허수아비를 뚫으며 나무가 갈라졌고 그 파편은 사방으로 튀었다.

노인의 장례가 끝난 후, 설은 갈 곳이 마땅치 않아 자연스레 준과 함께 여름 별장으로 돌아왔다. 별장의 뒤편, 붉고 노란 낙엽이 무성한 숲

길을 두 사람이 걷고 있다. 햇살은 나뭇잎 사이로 드문드문 스며들어 길 위에 빛의 점을 찍었고 낙엽이 바람에 사각거렸다. 설은 말없이 걷고 있었다. 가볍지도 무겁지도 않은 발걸음이었지만 걸음마다 생각이 담겨 있었다. 멀리 새소리와 발끝에 풀잎이 스치는 소리가 귀에 닿는다. 그리고 푸른 하늘. 설의 시선이 허공에 머문다. 마음속 한 사람. 떠오르는 것인지 머무는 것인지 알 수 없지만.

준은 설의 곁에서 묵묵히 발을 맞췄다. 걸음을 늦추면 따라 늦추고 멈추면 함께 멈췄다. 머리카락을 매만지는 손끝, 하늘을 바라보는 눈길. 설의 모든 움직임이 눈에 들어왔다. 오래전부터 그리워했지만 감춰야 했던 감정이 일렁인다. 알고 있다. 다른 이를 마음에 두었다는 것을.

길 끝에는 작은 연못이 있다. 나뭇잎의 그림자가 물 위에 살포시 내려앉았고 설은 연못가에 멈춰 섰다. 물 위에 비친 얼굴 너머 그리운 이의 얼굴이 아른거렸다. 해가 서서히 기울기 시작하자 설과 준의 그림자가 연못 위로 길게 드리워졌다. 두 사람의 하루는 늘 이랬다. 한 사람은 누군가를 그리워하며, 한 사람은 그런 이를 바라보며.

계절이 지나가고 있었다. 설은 마루 끝에 앉아 눈이 내리는 것을 보고 있다. 설의 연한 보랏빛 치마와 흰 저고리 위로 겨울 햇살이 스며들었다. 눈송이 하나가 치맛자락에 내려앉았을 때 설은 조금 떨어져 앉아 있는 준을 바라보았다. 그 역시 말없이, 풍경 속에 머물고 있었다. 잠시의 침묵 끝에 설이 나직이 입을 열었다.

"어르신 말입니다. 호패에 문제가 생겼다고 하시더니 그리 되셨습니다. 몇 달이 지났지만 이상하다는 생각이⋯"

준이 설의 말을 끊으며 단호하게 말한다.

"아니오. 지병이 있으셨다 합니다. 게다가 고령이셨으니⋯ 호패가 문제였다면 장례식 때 그쪽이 나타날 것을 기다렸을 테고 사달이 났을 것입니다. 전국에 방이 붙었을 텐데 그러지 않은 것으로 보아 호패 문제는 진작 해결된 듯싶습니다."

설은 고개를 끄덕였지만, 마음 어딘가에는 지워지지 않는 의심이 남아있었다. 설은 다시 마당으로 눈길을 돌렸다. 두 사람은 다시 아무 말 없이, 천천히 쌓여가는 눈을 바라보았다.

"어르신도 그렇고 선비님께도 저는 갚을 수 없는 빚이 늘어만 갑니다."

준은 고개를 돌리지 않았다. 그 말에 대꾸하지는 않았지만, 눈가에 지는 쓸쓸한 미소는 그의 속마음을 대신 전하고 있었다. 처음 설을 이곳에 데려왔을 때 그는 설의 마음이 승하에게 있다는 걸 알면서도 혹시나 하는 희망을 품었었다. 그러지 말자 다짐하면서도 매일 곁에 있다 보니 그 마음을 지우기 어려웠다. 설은 이곳에 온 뒤로 날마다 방에서 가야금을 연주했다. 아까도 흩날리는 눈송이들 사이로 가야금의 선율이 흘러나왔다. 매일 다른 곡조였지만, 그 안에는 한 사람을 향한 깊은 그리움이 담겨 있었다. 곁에 있으면서도 마음은 다른 곳에 머물고 있다는 사실이 준을 아프게 했다.

"참 신기합니다."

준의 말에 설이 고개를 돌린다.

"가야금 곡조 말입니다. 그저 손끝에서 나오는 음악인데 어찌 그리 사람의 말보다 마음을 더 잘 담고 있는 것인지 신기하다는 말씀입니다. 좋은 연주자라 그런가 보오."

설은 무슨 뜻인지 알지 못하는 듯 눈을 깜빡였다. 준은 그런 설을 오래도록 바라보았다.

새벽 햇살이 퍼지며 규장각 안이 어스름한 빛에 서서히 물들었다. 임금은 최 노인이 남긴 책을 들고 깊은 생각에 잠겨 있었다. 그는 밤새 책장을 손끝으로 더듬으며 아버지를 떠올렸다. 그 아버지도 아들을 그리워했을 것이다. 어둠보다 더 어두운 뒤주 안에서 아버지는 아들에게 글을 남겼고, 밖에서는 충성스러운 신하가 그것을 받아 적었다. 그리고 목숨을 걸고 지켜냈다.

[오래 버티지 못할 것 같으니 이를 글로 남긴다.

아무래도 나에게 남은 시간이 많지 않은 것 같다.

정신이 맑을 때 이것을 쓰니 내 아들 산에게 전해주기를 바란다.

산아,

이 아비는 네가 올곧게 자라 지혜로운 임금이 되기를 바란다.

이 나라는 네가 지켜야 할 유산이며, 백성은 네가 품에 안아야 할 이들이다.

이 나라의 역사는 혼란과 고난 속에서도 백성들의 끈질긴 생명력으로 이어져 왔다.

너는 그들의 눈물을 닦아주고 기쁨을 함께 나누는 임금이 되어야 한다.

나는 그 뜻을 이루지 못한 채 이곳에 남지만,

네가 이끌어갈 조선은 더 이상 어둠 속에서 헤매지 않을 것이라 믿는다.

아비는 이제 너의 손을 더는 잡아줄 수 없으나 마음만은 언제나 네 곁에 있을 것이다.

백성을 위하고 나라를 지켜라.

너의 사명은 오직 그것뿐이다.]

"아버지···"

임금은 대답할 수 없는 이를 부르며 책의 표지에 새겨진 글자를 오래도록 바라보았다. 나의 아들 산에게.

규장각 문을 열자 겨울 공기가 차갑게 스며들었다. 숨을 들이쉴 때마다 정신이 또렷해졌고, 볼이 시릴 만큼 찬 기운 속에서도 가슴은 뜨겁게 달아올랐다.

그 순간, 제 아비를 향해 칼을 겨누었던 한 사내가 떠올랐다. 그날 밤, 그 사내가 건넨 책은 두 권이었다. 하나는 아버지가 남긴 유언, 다른 하나는 그 사내의 아비가 저지른 죄와 치부가 담긴 기록이었다. 책장을 넘기자 익숙한 이름들이 줄줄이 눈앞에 펼쳐졌다. 가슴 깊은 곳에서 싸늘한 전율이 올라왔다.

[이 책의 내용을⋯ 모두 아는가?]

승하는 고개를 숙인 채 답했다. 마치 그의 죄인 양.

[토씨 하나 틀리지 않고 다시 쓸 수 있습니다, 전하. 필요하시다면 제 집 서고에서 증거가 될 문서도 모두 가져다드리겠습니다.]

임금의 손이 잠시 멈췄다. 책 속의 이름들은 아버지를 죽음으로 몰고 갔으며 그를 고립시킨 자들로, 세손 시절부터 싸워야 했던 그림자들이었다. 마침내 그들을 겨눌 칼이 손에 쥐어진 것이다.

[노론의 자식이⋯ 그 치부를 써서 짐에게 바쳤단 말이냐.]

승하는 대답을 하지도 고개를 끄덕이지도 않았다. 숨소리조차 삼켜진 방 안에 정적만 흘렀다.

[그 마음⋯ 어떠했느냐?]

이번에도 승하는 침묵했다. 임금의 눈빛에 잠시 흔들림이 스쳤다.

[짐이 자네였다면, 그리 할 수 있었을까⋯]

긴 정적 끝에 임금은 천천히 자리에서 일어나 문을 열었다. 그리고 어둠을 내다보았다. 바람결에 들려왔던 병판을 둘러싼 소문들. 자리에 누워 다시 일어나지 못한다는 말, 하인들은 떠나고 곳간도 텅 비었다는 이야기. 밥에 독이 섞였다거나 방에 독향이 스며들었다는 소문, 귀신을 보고 쓰러졌다는 말까지. 그걸 이 자도 모르지 않을 터였다.

[나는 오랜 세월 복수를 품어왔다. 그러나 이제야 안다. 짐의 칼을 복수가 아닌 다스림에 써야 한다는 것을.]

임금은 승하를 향해 돌아섰다. 그의 눈빛은 부드럽게 가라앉아 있었다.

[이 책은 짐이 받겠지만 칼은 뽑지 않겠다. 과거에 얽매이기보다 조선의 미래를 만드는 데 남은 시간을 쓸 것이다.]

승하는 말없이 고개를 깊이 숙인 후 뒷걸음으로 물러나는데, 임금의 목소리가 낮게 따랐다.

[자네 같은 자가 곁에 있다면… 짐이 덜 외롭겠지.]

승하의 어깨가 잠시 떨렸다. 발끝이 문턱을 넘으려는 순간 아주 짧은 숨을 삼켰다. 그러나 그는 고개를 숙인 채 물러날 뿐이었다. 바람이 불었다. 임금은 문 앞에 서서 그 바람을 오래도록 맞았다.

그날 이후, 임금의 마음에는 하나의 성이 자리 잡았다. 돌을 쌓는 일이 아니라 무너진 뜻을 다시 세우는 일이었다. 백성의 삶이 조금이라도 따뜻해지고 아버지가 끝내 다다르지 못한 그곳에 이르기 위한, 아주 오래된 약속이었다.

편전 마루에 낮은 햇살이 스며들었다. 문살을 통과한 빛은 바닥에 정교한 무늬를 드리우고 있다. 임금은 정좌한 채, 고개를 들어 조정 대신들을 바라보았다. 무거운 침묵 속, 얼굴마다 긴장과 불안이 서려 있었다.

"경모궁을 다시 세울 것입니다."

그 한마디에 조정은 술렁였고, 신하들은 숨을 죽였다. 서로의 얼굴을 살폈으나 그 시선의 마지막이 갈 곳을 잃었다. 그 시선의 마지막은 언제나 병판이었기에. 수염이 희끗한 신하가 머리를 조아린다.

"전하, 장헌세자께서 겪으신 비극이 조정에 남긴 흔적은 결코 작지 않사옵니다. 지나간 비극을 들추는 것은…"

반대는 예상한 바였다. 임금은 말을 자르듯 천천히 고개를 저었다.

"비극이라… 맞소. 허나 그 비극은 그날로 끝나지 않았소. 짐이 마주한 것은 그 뒤의 침묵, 방조 그리고 망각이었소."

순간, 편전의 공기가 눌린듯 가라앉았다.

"이제는 그 침묵을 깨야 할 때요. 부친의 이름을 회복하는 일은 곧, 조선을 회복하는 일이오. 사사로운 은혜가 아니라 도리를 바로 세우는 일. 짐은 그것으로 멈추지 않을 것이오."

임금의 눈빛이 번뜩였다. 안으로 감추었던 뜻이 모습을 드러냈다.

"병권은 권세가 아닌 정의의 칼이어야 하오. 짐은 장용위를 개편하여 장용영을 새로이 할 것이며 왕권을 바로 세울 것이오. 군은 짐의 안위를 위한 것이 아니라 백성과 법도를 지키기 위해 존재할 것이오."

신하들의 눈빛이 흔들렸다. 병조의 원로들은 고개를 떨궜고 무반 대신들은 감히 시선을 들지 못했다. 그러나 임금은 멈추지 않았다. 그 목소리가 편전을 가득 메웠다.

"짐은 하루를 살기 위해 허리를 굽히는 백성이, 내일을 위해 허리를 펴고 살아갈 수 있는 세상을 만들고자 합니다."

설은 오늘도 마루에 앉아 있다. 눈 쌓인 마당은 달빛을 받아 더 하얗게 빛났고 그 빛은 얼어붙은 가지 위에도 앉았다. 멀리서 아주 희미한 바람 소리가 들려왔다.

'이 고요에도 소리가 있다. 소리는 음악이 된다… 음악은 다시…'

설은 눈을 감았다. 모든 소리가 멈춘 듯하지만, 아니었다. 눈송이가 부드럽게 내려앉는 소리마저도 곡조로 느껴졌다. 세상의 모든 소리가 하나의 큰 곡조를 이루는 듯, 잠긴 자연의 소리까지도 또 하나의 선율이 되었다. 손가락이 저절로 허공을 더듬었다. 그때, 준이 작은 소반을 들고 다가왔다.

"필동에서는 매일 술을 마셨지 않소."

설이 눈을 뜨며 웃는다.

"그러게 말입니다. 그때 들었다 놓은 술잔만 쌓아도 저 담장을 넘길 것입니다.”

소반 위 잔은 하나뿐. 설이 고개를 기울이자 준이 소매에서 나무잔을 꺼낸다.

“급한 와중에도 이것은 챙겼더군요. 어찌 사람이 그리 겉모습과 다른지…”

준이 나무잔을 채운다. 그것을 보며 설이 답한다.

“여기서도 마실 줄 알았나 봅니다.”

자기 잔에도 술을 따르며 준이 입을 연다.

“만덕의 마음도 생각했을 것이오.”

이번엔 설이 한 잔 마신다. 설의 마음에 머물던 이가 밖으로 나오려던 것을 삼킨다.

“만덕은 늘 뛰어왔습니다. 헉헉거리며 처음 하는 말은 중요한 소식이 있다면서… 처음에는 귀찮았지만 나중에는 그 말을 기다렸고 재미있어 하였지요. 뒤에 말하는 그 소식이라는 건 궁금하지 않았는데 말입니다.”

“좋은 자입니다. 계산에 밝기보다 마음이 앞서며, 남을 먼저 헤아릴 줄 압니다. 알고도 모른 척할 줄 알고, 무엇이 더 소중한지 아는 지혜로운 이입니다.”

설은 그 말에 고개를 끄덕인다. 노인의 장례에 설이 여인의 모습으로 나타났을 때도 만덕은 아무것도 묻지 않았다.

[그저 몸 잘 챙겨야 해유. 그리고 돌아오고 싶으면 언제든 돌아와

유… 그짝 자리는 내가 어떻게든 지키고 있을 테니까… 나는 글공부
도 열심히 하고 있고…]

소매 끝으로 눈물만 닦다 만덕과 헤어졌다. 설의 얼굴이 어두워지자
준이 미소를 띠며 말을 꺼냈다.

“지난 여름 계곡에서 주령구를 굴렸던 것을 기억하오? 만덕이 걸려
노래 부르던 것 말이오.”

그 말에 설이 미소 짓는다.

“어찌 그리 청아한 목소리가 나오는지… 어떻게 지내는지 궁금합
니다. 만덕도 장악원의 다른 형님들도 말입니다.”

설의 목소리는 담담했지만 그 눈빛에는 그리움이 머물러 있다. 준이
고개를 끄덕이며 설의 잔을 채운다.

“많이 궁금하셨지요?”

그 말에 준이 설을 본다.

“어찌 갑자기 사내로 나타났는지, 계집인 저를 본 적 있는 분 앞에서
시치미 뚝 떼고 아닌 척을 하고, 게다가…”

설은 잔을 내려놓고 준을 똑바로 바라보며 말을 이어갔다.

“언제부터인지 모르지만 알면서도 저를 봐주셨던 것, 병판의 집에
서 저를 구해 데리고 나간 것까지… 이 은혜를 어떻게 갚아야 할지
늘 생각했습니다.”

준이 설의 말에 미소를 지었다. 그러나 그 너머로 무거운 그늘이 스
쳤다.

"궁금했었소. 왜 갑자기 사라졌는지, 목숨을 걸고 하려는 것이 무엇인지. 그런데…"

준이 말끝을 흐리며 고개를 저었다. 그 눈빛에는 깊은 자책이 담겨 있었다. 무엇보다 이 여인을 고통 속에 홀로 남겨두었던 시간이 내내 마음을 짓눌러왔다. 만일 그때 설이 목숨을 잃었다면 그는 남은 생을 후회와 죄책감 속에서 허우적거렸을 것이다. 준은 설을 바라본다. 지금 이렇게 살아 그의 앞에 있는 것. 그것만으로도 다행이었다.

'그래, 이것으로 충분하다.'

긴 열병과도 같은 연모였다. 지금도 그 마음이 다 사라진 것은 아니었다. 눈앞에 있어도 그리웠고 보이지 않으면 불안했다. 웃으면 세상이 환해졌고, 눈물을 흘리면 안고 싶은 마음을 애써 눌러야 했다. 매일이 힘겨운 싸움이었다. 그럼에도 그는 알고 있다. 이 마음을 접어야만 한다는 것을.

"은혜는 이미 갚았소."

준이 부드럽게 말했다. 설이 눈을 동그랗게 뜨며 준을 바라봤다. 놀란 표정에 준이 미소짓는다.

"언젠가 말한 적 있지 않습니까. 그 가야금 곡조로 위로를 받았다고… 심중의 고단함도 잊을 수 있었고 불안함도 없이 편안했다고. 그러니 순서라면 내가 은혜를 갚은 것이오."

설이 준의 잔을 채운다.

"이제야 말하지 않아도 술잔을 척척 채워주시는군요."

설은 잠시 멍하니 있다가 갑자기 웃음을 터뜨렸다.

[제가 묻고 싶은 것은 제 잔을 채워줄 수 있는지… 사람을 앞에 두고 혼자 마시는 것은 주도에 어긋난 것 아닙니까.]

"그걸 아직도 마음에 담아두고 계셨습니까?"

"밤마다 일기에 적어 놓고 있습니다."

설이 그 말에 더 환하게 웃는다.

"선비님께서 그런 농도 다 하시고. 만덕과 어울리며 배우셨나 봅니다."

준이 웃으며 술잔을 입에 댄다.

'웃는 얼굴을 보고 싶으니까.'

"어릴 때 아버지가 다른 하인을 시켜 덕쇠에게 심하게 매질한 적이 있소. 아, 덕쇠는 내 하인이오. 덕쇠는 아무 잘못도 하지 않았을 것이오. 어린 하인이 나를 잘 따르게 하려는 명목이었을 것이오. 나는 그날 밤 아버님 몰래 덕쇠에게 가 방문을 두드렸소. 마당 한 켠에 쪼그려 앉아 덕쇠에게 미안하다 했소."

설이 눈을 깜빡이며 묻는다.

"도련님께서 사과를 하셨다고요? 왜요?"

[그 말씀을 이렇게 어렵게 하시는 건가요? 공자님 이야기까지 하시면서요?]

그때의 설이 지금의 설과 같다는 생각을 한다.

'그래, 이 여인에게는 이렇게 말할 필요가 없는데. 나는 여전히 어리석구나.'

“덕쇠도 퉁퉁 부은 얼굴로 같은 말을 했소. 왜 도련님이 사과를 하느
냐고. 도련님이 잘못한 건 없다고 하면서.”

설이 고개를 끄덕인다. 그리고 준의 잔을 채운다.

“아비의 죄를 자식이 지는 세상이라면, 그 아이는 처음부터 제 그림
자를 갖지 못한답니다. 그 일이 여전히 마음의 짐이 되고 있다면 이제
그만 내려 놓으세요.”

“그 말, 계속 유효해야 하오.”

설은 잠시 준을 바라보다가 고개를 끄덕였다. 설은 하얀 마당을 바
라보았다.

“내일은 눈이 더 쌓일까요?”

“쌓이겠지요. 그리고 또 녹겠지요.”

집으로 돌아오던 승하는 걸음을 멈춘다. 하얀 눈 위에 찍힌 낯익은
발자국. 마당에서 안채까지 똑바로 이어진 그 발자국을 따라 시선을
옮기던 그는 발자국 주인을 알겠다는 듯, 그리고 그의 방문이 반갑다
는 듯 피식 웃는다. 발자국은 규칙적이고 정갈했으며 마치 집 주인이
돌아온 것처럼 태연하게 찍혀 있었다. 그것을 따라 마루 밑을 보니 태

사혜 한 켤레가 있다. 승하는 고개를 끄덕이며 방문을 열었다. 방 안에 준이 갓을 쓰고 단정히 앉아 있었다. 그의 앞, 상 위에는 술 한 병이 놓여 있다.

"사람 있는 줄 몰랐을 리 없고, 도적일 수도 있는데 어찌 그리 태평하게 들어오십니까?"

그 말에 승하가 술병을 들어 향을 맡은 뒤 내려놓는다.

"좋은 연엽주로군. 도적의 발자국이 그리 곧을 리 없고, 신 벗어 놓은 품새가 그리 단정할 리 없지."

준이 갓을 벗으며 미소 짓는다.

"연엽주는 이런 겨울날의 낭만 아니겠습니까."

"선비의 풍류가 아니고?"

승하가 대답하자 두 사람은 예전 주점에서 나누었던 대화를 떠올리며 웃는다.

두 사람이 술상을 마주하고 앉았다. 준이 승하의 잔을 먼저 채우고 승하가 준의 잔을 채운다. 입에 머금은 술을 삼킨 뒤 승하가 웃는다.

"이 연엽주, 꽤나 공이 들어가지. 술 빚을 때 일절 다른 게 들어가서도 안 되고, 또 서리가 내리기 전 연잎을 써야 하고, 그 연잎은 연못 속 살아 있는 연잎으로 해야 하니. 연잎 향이 잘 살아 있는 것이 좋은 술을 잘도 구해왔군."

준이 술잔을 들고 잠시 생각하듯 말한다.

"집 뒤쪽에 숲길이 있습니다. 그 길 끝에 작은 연못이 하나 있는데 늘 그곳으로 산책을 갑니다. 가을 끝자락, 제가 직접 연잎을 땄고 술밑을 연잎에 싸서 발효시켰지요. 말씀대로 여간 손이 많이 가는 것이 아니더군요.”

승하가 고개를 끄덕이며 다시 잔을 비웠다. 생각하지 않으려 해도 준과 설이 함께 연잎을 따고 연엽주를 만들며 웃는 모습이 떠올랐다.

“연엽주뿐이겠습니까. 오미자, 오디, 매실, 국화⋯ 먹을 수 있는 것들은 죄다 술로 담가 낮이고 밤이고 마셨지요. 취기가 가실 새도 없었습니다. 어찌 필동에서 다같이 마실 때보다 더 많이 마신 것 같습니다.”

승하는 무슨 말을 해야 할지 몰라 그저 말없이 고개만 끄덕이며 다시 또 한 잔을 마신다. 언젠가 주막에서 술에 취한 설을 업고 장터를 돌던 것이 생각난다. 승하는 고개를 젓는다.

‘지나간 일이다⋯’

무엇을 말할 수도 물을 수도 없었다.

“어찌 성균관에 있을 때보다 더 고생스럽습니다. 밥도 제대로 지을 줄 몰라 이 연엽주 만들 때만 해도 찹쌀로 고두밥을 지어야 하는데 한 번은 밥을 다 태우고 또 한 번은 밥이 설익고⋯ 술을 걸러낼 때도 여기 쏟고 저기 쏟아 남는 것이 없고⋯ 가야금만 할 줄 아는 사람이었습니다. 딱 가야금 뜯는 것만 잘하더군요.”

그 말에 승하가 준을 무슨 말을 하는 것이냐는 얼굴로 본다.

“가야금 솜씨야 궁에서도 최고라는 이 아닙니까. 손끝에서 나오는 음악인데 신기하게도 말을 하는 것처럼 마음을 담고 있었습니다.”

승하는 설을 입에 담고 싶지 않았다. 이름을 입에 담는 순간 감정이 걷잡을 수 없이 쏟아질까 두려웠다. 한 번도 자신의 것이 아니었지만 앞으로도 자신의 것이 될 수 없을 것이라는 각오도 했다. 승하는 아무렇지 않은 척 말을 한다.

"뭐 네 놈이야 워낙 그 곡조를 많이 들었을 테니… 그런데 도대체 무슨 말을 하고 싶은 것이냐, 살림을 잘하지 못해 신붓감으로는"

준이 승하의 말을 자르며 똑바로 응시했다.

"그 가야금 곡조가 한 사람을 그리워하고 있었습니다. 복수도 분노도 다 보낸 곡조 끝에는 그저 한 사람만을 그리워하고 그리는 마음만 실려 있었습니다."

승하의 눈동자가 잠시 흔들렸다. 그는 묵묵히 잔을 채우고 낮게 내뱉었다.

"그 복수와 분노가… 내 아버지 병판을 향한 것이었다. 그가…"

준이 잔을 내려놓으며 말을 이었다.

"오라비를 죽게 만들었습니다. 해서 사내의 복색을 하고 장악원에 들어갔지요. 병판에게 복수하기 위해."

승하가 쓸쓸한 웃음을 흘리며 고개를 저었다.

"그래 맞다… 그런데 내게 그 말을 하러 온 거냐? 아니지, 어찌 내가…"

끝내 말을 잇지 못하고 잔을 비웠다. 준이 목소리를 조금 높였다.

"아무것도 모르고 있습니다. 왜 별장에서 저리 지내야 하는지, 어르신께서는 어찌 돌아가시게 된 것인지. 무엇보다⋯ 자기가 그토록 그리워하는 이가 병판의 아들이라는 사실도 말입니다.”

승하의 입꼬리가 비틀렸다.

“해서 그 아이에게 다 말하고 아비 대신 사죄라도 하라는 거냐? 그래 그 말이 맞다. 내 아비는 그 아이의 오라비뿐만 아니라 그 아비에게도 죄를 지었다. 그러니 사죄하고 나 같은 놈을 그리워하지 말라고 말이라도 하라는 거냐?”

“사죄를 하든 뭘 하든 그건 알아서 하십시오. 다만 그 답을 줄 수 있는 사람은 한 사람뿐입니다. 그리고⋯”

준이 잠시 말을 멈춘다. 승하에게 술을 따르며 한결 부드러운 말투로 답했다.

“무엇보다 누군가를 연모하는 그 마음이, 이리 떨어져 있다 해서 사라지는 것이 아니라는 것을 잘 알지 않습니까. 잊으려 한다 해서 잊히고 접으려 한다 해서 접어 날리는 것이 그리 쉬웠다면⋯ 제가 그리 오랜 시간 곁을 머물지 않았을 겁니다. 한때는 자다가도 벌떡 일어나 찬물을 몸에 끼얹으며 광인처럼 지낼 때도 있었지요.”

그 말에 승하가 고개를 들었다.

“허나 이제 저에게 그 모든 마음도 열정도 다 과거입니다. 그러니 이렇게 찾아올 수 있었겠지요.”

승하가 술잔을 비운 뒤 다시 술을 따랐다. 그러나 몇 방울 흘러내리다 그쳤다.

"아비의 죄는 자식의 죄가 아닙니다. 자신의 것이 아닌 짐을 짊어지고 후회하는 삶을 살지 마십시오."

승하는 빈 술잔을 손끝으로 굴리다 이내 내려놓았다.

"술을 더 가져오마."

그가 방을 나서자 준이 서글픈 미소를 띠며 잔을 들어 올렸다.

"과거라… 이제는 거짓말을 잘도 늘어놓는구나."

밖으로 나간 승하는 잠시 마당에 멈춰 섰다. 눈은 여전히 쌓이고 있었다.

'저놈도 여기까지 오는 것이 쉽지 않았을 텐데… 거참 남의 속도 모르고 곱게도 내리는구나.'

그는 손을 내밀어 보았다. 차가운 눈송이가 손바닥 위에 살포시 내려앉았다.

준은 방에 앉아 서책을 읽다 고개를 갸웃했다. 이 시간이면 어김없이 흘러나오던 가야금 소리가 들리지 않았다. 기다리며 책장을 넘겨 보았으나 글은 좀처럼 눈에 들어오지 않았다. 결국 책을 덮고 설의 방 앞으로 걸음을 옮겼다. 문을 열까 망설이던 그때, 안에서 아주 희미한 신음이 새어 나왔다. 준은 망설임 없이 문을 열었다. 식은땀에 흠뻑 젖은 설이 숨을 몰아쉬며 고통스러운 듯 몸을 웅크리고 있었다. 준이 설의 어깨를 감싸 올렸다.

"이보시오! 정신 차리시오."

한 시진 후. 수염이 하얗게 센 의원이 조심스럽게 설의 팔에서 침을 뽑았다.

"몸이 많이 쇠약해져 고뿔도 쉽게 견디기 어려운 상태입니다. 마음의 병이 깊어지면 몸도 함께 상하기 마련이지요. 약을 지어 드릴 테니 꾸준히 달여 드십시오."

의원을 배웅하고 돌아온 준은 설 곁에 앉았다. 얼굴은 창백했지만 숨결은 조금 안정되어 보였다. 준은 설의 손끝을 가만히 바라보다가 이불을 조심스럽게 끌어올려 덮어주었다.

"아프지 마시오. 그러면·· 내가 보고만 있을 수 없으니."

준은 밖으로 나와 마루에 앉아 하늘을 바라보았다. 어둠 속에서 별이 흐릿하게 반짝이고 있었다.

다음 날. 설은 분홍빛 치마에 연두 저고리를 입고 마루에 앉아 있다. 얼굴은 수척했지만 그 자태만큼은 여전히 고운 빛을 잃지 않았다. 설은 두리번거리며 누군가를 찾고 있다.

'이상하네⋯ 하루 종일 보이질 않으시니⋯'

무심결에 땅을 내려다보니 눈 위에 찍힌 단정한 발자국이 대문까지 곧게 이어져 있었다. 설은 천천히 그 발자국을 따라 걸었다. 그때 익숙한 걸음소리가 귓가에 닿았다. 심장이 순간 크게 뛰었다. 고개를 바로 들지 못하고 잠시 멈칫하다 마침내 천천히 시선을 올렸다. 검은 도포 차림의 승하가 눈 앞에 있었다. 설은 환영을 보듯 그를 향해 손을 뻗었고 승하는 곧장 다가와 설을 꽉 끌어안았다

"하아… 이제야 살겠군."

전날 밤. 승하가 무예 연습을 마치고 숨을 고르기도 전에 한 아이가 뛰어 들어왔다. 짧은 서신 하나가 그의 가슴을 요동치게 했다.

[눈이 녹는다.]

곧장 말을 타고 별장으로 달렸다. 차가운 밤바람이 얼굴을 스쳤지만 마음에서 치솟는 불안은 가라앉지 않았다. 혹시라도 늦었다면… 그 생각이 스칠 때마다 심장은 더 세차게 뛰었고 말발굽은 더욱 거세졌다. 아침이 다 되어서야 별장 대문에 도착했을 때 준이 이미 그를 기다리고 있었다. 승하가 급히 말에서 내려 준에게 다가갔다.

"어디 있어? 얼마나 위중한 상태냐? 의원은?"

승하의 목소리는 떨리고 있었다. 하지만 준은 그저 말없이 승하를 바라볼 뿐이었다.

"이제야 오셨군요."

"설마…"

승하의 눈동자가 흔들렸다. 어디로 향해야 할지 몰라 방황하는 그를

보며, 준이 말했다.

"따라오시지요."

방 안에는 창백한 얼굴로 잠든 설이 있었다. 가늘게 숨을 내쉬는 모습을 보고서야 승하는 안도의 한숨을 토했다.

"상태가 좀… 괜찮아진 거냐?"

승하가 목소리를 낮춰 물었다. 준이 승하에게 다가가 귀엣말을 하려 하자 승하는 그 말을 놓치지 않으려는 듯 긴장한다.

"고뿔이랍니다. 조금 전 약을 먹고 저리 자고 있습니다."

승하의 어깨가 풀렸다. 그러나 이내 화를 삼키지 못하고 목소리를 높였다.

"너 이 자식 위독하다고!"

설이 꿈틀대자 준이 손가락을 입에 대며 조용히 하라는 표시를 한다. 두 사람은 방을 나와 마루에 앉았다.

"그러게 왜 이리 오래 걸리셨습니까. 놀라게 해드린 건 이리 늦은 것에 대한 벌입니다."

승하가 방을 한 번 힐끗 본 뒤 답한다.

"모든 것이 처음이었다. 뭐 저것도, 나라는 놈에 대해 생각해보는 것도."

준이 승하를 본다.

"아비의 죄를 내가 대신 갚으라면 그리할 생각이다. 네 놈 말대로 모든 것에 답할 수 있는 것도 나니까. 저 녀석이 다 납득할 수 있을 때까지 말하고 용서를 구하려 한다."

준이 그 말에 천천히 고개를 끄덕인다.

"떳떳하게 앞에 서고 싶었다. 이런 나라도 옆에 있어도 되는지 허락을 구하고 싶은데 당최 나라는 놈이 변변치 않으니… 네 놈은 글공부에 힘쓰니 머잖아 출사하게 될 것이다. 백성을 위한 관리가 되겠지. 만덕이 놈은 피리를 열심히 불고 있다. 그놈은 욕심은 없지만 그것으로 만족할 줄 안다. 그리고 나도… 그게 무엇인지 내 집에 와봤으니 알테지."

준이 일어서더니 승하를 향해 밝은 얼굴로 담담하게 말한다.

"이제 한양에 가봐야 할 것 같습니다."

"뭐?"

승하가 놀라 일어나며 준을 보았다.

"그동안 밀린 공부도 해야 하고 곧 시험이 가까워졌으니 준비할 것이 태산입니다. 그러니 이제 여기는 맡기고 저는 가겠습니다."

두 사람은 잠시 서로를 바라본다. 준이 웃으며 덧붙였다.

"이곳 봄경치가 무척이나 아름답습니다. 헛간에 술독도 잔뜩 있으니 천천히 돌아오십시오. 아, 낭자가 술이 엄청 늘었으니 조심하십시오."

승하가 준에게 손을 내밀었다.

"살면서 마음 편하게 술잔을 부딪치는 것도 처음이었다."

준이 그 손을 단단히 잡은 뒤, 돌아서서 성큼성큼 발걸음을 옮겼다.

돌아선 순간, 그의 얼굴에서 웃음이 가셨다. 입을 꾹 다물고 대문을 나선 뒤 걸음을 멈춘다. 달빛이 환히 비추는 대문 앞, 걸음을 멈춘다.

'그 마을에 가지 않았더라면…'

담 너머 평상에 앉아 가야금을 뜯던 설. 그 까만 눈동자와 마주친 순간, 꽃잎이 흩날리며 두 사람 사이로 꽃비가 내렸다. 그때를 준은 잊지 못한다. 천천히 고개를 젓는다.

'어쩔 수 없는 일이었다. 그렇게 될 일이었다.'

설이 남장을 하고 나타났을 때 사내인지 계집인지를 고민하며 혼란스러웠던 시간들이 지나간다.

'사내인지 계집인지, 왜 그리 헤맸을까. 어차피 마음 깊이 담게 될 것을…'

병판의 집 마당에서 온몸으로 독기를 뿜어내며 연주하다 쓰러지던 설의 모습이 스친다. 목숨을 내던지려는 여인을 위해 아무것도 하지 못했다는 자책과 후회가 아직도 뼛속 깊이 남아 있었다.

'살면서 모든 것들은 다 그렇게 되는 이유가 있다 생각했고, 그리 삶을 돌아볼 일도 또 돌아보면서 후회할 일도 없었다. 정해진 길이 있었고, 그것이 무엇인지 알았고, 또 알아서 평온했다. 이 여인을 알기 전까지.'

步屧中庭月趁人　나막신 신고 뜰 안 거니니 달이 좇아오네.
梅邊行繞幾回巡　매화꽃나무 언저리를 몇 번이나 돌았던고
夜深坐久渾忘起　밤 깊도록 오래 앉아 일어나기를 잊었더니
香滿衣巾影滿身　의복에 매향 스미고 달빛은 온몸 비추네.5

5　조선 중기 성리학자 이황(李滉)의 한시

준이 언젠가 계곡에서 설을 기다리며 쓴 글이 그의 마음을 지나간
다. 어디선가 그윽한 매화 향기가 그의 코끝을 스친다.
'이것으로 되었다…'

승하와 설이 마주 앉아 있다. 그의 눈빛에는 단단한 결심이 서려 있
었다.
"할 말이 있어. 긴 이야기가 될 거야."
설은 말없이 고개를 끄덕인다. 잠시 정적이 흘렀다. 그리고 승하가
천천히 입을 열었다.
……
그리고 그 밤 이후, 설은 사라졌다.
눈 위에 남겨진 발자국마저 이내 다시 내린 눈에 묻혔다.

작업장은 최 노인이 살아있을 때처럼 잘 손질되어 있다. 다만 벽을
채우던 칼과 도끼, 명주실 등은 자취를 감추고 그 자리에 곧게 뻗은 대
나무 몇 줄기와 나무 선반이 있다. 그 선반 위에는 크고 작은 그릇과
술잔들이 가지런히 놓여 있다. 무엇보다 한가운데 화덕이 있고 그 주

위로 사람이 둘러앉을 수 있도록 낮고 평평한 큰 돌들이 원을 이루고 있다. 그때 문이 덜컹 열렸다.

"이잉? 분명히 문을 잠그고 나왔는데…"

옆으로 크고 둥근 그림자 하나가 작업장으로 들어온다.

"이제 오냐."

그 소리에 그림자가 소스라치게 놀라더니 이내 함박웃음을 지으며 목소리의 주인공에게 다가간다.

"형님!"

평상에 앉아있던 승하가 씩 웃자 만덕이 달려가 그를 와락 껴안는다.

"도대체 어디 있다가 나타난 거래유, 몹쓸 사람…"

"숨 막혀, 이 자식아. 저리 안 가!"

승하는 말과 달리 만덕의 등을 다정하게 도닥였다. 이어 또 다른 발소리가 들리고 문이 열린다. 승하가 들어선 이를 눈짓으로 반긴다. 세 사람이 화덕을 두고 빙 둘러앉았다. 돌 하나가 남는다. 준은 그것에 눈길을 주다 거둔다.

"이렇게 모이는 게 얼마 만이래유."

만덕이 숯불을 지피며 말한다.

"선비님께서 기가 막힌 소고기를 사 오셔서유. 마침 솥뚜껑도 있겠다, 이렇게 딱 뒤집으면 봤주? 이게 전립투 못지않구먼유."

고기를 올리려는 만덕의 팔을 승하가 가볍게 막았다. 이내 고기를 가져가 양념을 한 뒤 다시 불 위에 올린다.

"이게 뭐래유?"

"양념을 좀 했다."

만덕이 냄새를 킁킁 맡더니 의미심장한 눈길을 보냈다. 승하가 고기를 뒤집으며 말한다.

"왜? 수라간 숙수가 형님이라 부를 냄새냐?"

만덕이 씨익 웃으며 고개를 끄덕인다. 승하는 술잔을 준과 만덕 앞에 놔준다.

"잉? 술이 없는데유? 지금 얼른 가서 받아올게유."

만덕이 일어서는데 승하가 그를 앉혔다. 술병을 꺼내 붉은빛 술을 따른다. 만덕은 그 향기를 맡다 눈이 둥그레진다.

"이건 무슨 술이래유? 빛깔도 곱고 향은 알알하면서도 달짝지근한 것이… 진짜 꽃을 넣었나…"

"오미자로 만든 술이다."

"저도 들어보기만 했지, 이런 난로회는 처음입니다."

준의 말에 만덕이 눈을 껌뻑이며 묻는다.

"난로회? 그게 뭐래유?"

"쌀쌀한 날 이렇게 고기 구워 먹고, 술 마시고. 그걸 난로회라 한다. 원래 양반들은 이것저것 이름 붙이길 좋아하지. 그럴듯해 보이거든."

승하가 답하며 만덕에게 술을 따른다.

"축하한다."

만덕이 얼굴을 붉히며 잔을 비웠다. 준도 잔을 들어 올렸다.

"축하하오. 가전악 선발 과정이 매우 엄격하고 경쟁도 치열하다 들었는데 그리 잘 해낸 것을 보니 대견하오."

만덕이 준의 잔을 채우며 얼떨떨한 얼굴로 웃었다.

"다 선비님 덕분이구먼유. 지는 사실 글자 배우는 게 밑빠진 시루에 물 퍼붓는 일인 줄 알았는데 언제부터 글자가 술술 읽히는 것이 어찌나 신기하던지…"

"그게 어찌 글공부 덕이기만 하겠소. 재능과 노력에 따라 다 자리가 있는 법이오. 그리고 이제 시작이오. 더 많은 책임이 따를 것이고 그만큼의 노력이 필요할 것이오."

준의 말이 끝나자 승하가 고기를 더 올리며 말한다.

"너 이 자식 높은 자리 좀 올랐다고 눈에 뵈는 것 없이 굴기만 해봐라."

"안 보여유?"

"뭐?"

"타는 것 안 보이냐구유."

승하가 고기를 급하게 뒤집는다. 만덕이 고기를 입에 넣고 익은 고기를 찾으며 말한다.

"지는유, 뒷간 갈 적이랑 올 적이랑 맘이 같아유…"

"이 자식이 음식 앞에서."

그러면서도 승하의 얼굴엔 웃음이 가시지 않는다.

"먹어라. 오늘 아주 배 터지게 먹고 마셔보자."

승하가 가져온 술을 다 마시고도 모자라 만덕이 술을 받아오고 셋은 주거니 받거니 그 술을 다 마셨다. 승하와 준이 먼저 나가떨어지고, 더는 못 먹겠다며 만덕이 벌렁 나자빠지는 바람에 셋은 평상에 나란히 누워 있다.

"처음이었네유."

그 말에 승하와 준이 만덕을 본다. 코가 빨개진 만덕이 천장에 그리운 이라도 새기는 것처럼 보인다.

"지 대금 곡조가 듣는 사람 맴까지 편하게 만들고, 또 상것인 나를 귀하다 말해줬네유."

준도 시선을 들어 같은 곳을 바라보았다.

"처음에는 솔직히 허파에 바람 좀 들어갔구먼유. 어깨에 힘도 들어가고. 가슴이 벌렁벌렁거리면서 좋대유. 그런데 자꾸 저 말이 귀에 맴맴거리고⋯ 난 저 말을 잊지 말아야것다, 저 말을 여그에 딱 새기고 전악 어르신을 도와 이 한 몸 가루가 되도록 열심히 해야것다."

그 말에 승하가 말한다.

"뭘 또 가루씩이나. 그 정도까지는 지나치다, 이놈아."

"어쨌든 열심히 할 거구먼유. 그래서 우리 연주에 주상 전하 맴이 편해지고 그것이 지 같은 사람들한테 돌아간다면⋯"

말끝이 흐르더니 이내 코 고는 소리가 이어졌다. 준과 승하는 만덕을 바라보다 피식 웃었다.

"그놈 참."

준이 천장을 보며 말한다.

“대단한 사람입니다.”

승하가 고개를 끄덕이며 농담처럼 말한다.

“그래, 이놈 이거 우리보다 윗길에 있다. 우리가 잘 모셔야 할 수도 있어.”

준이 말귀도 못 알아듣는단 표정으로 승하를 보며 다시 힘주어 말한다.

“대단한 여인입니다.”

승하가 대답이 없다.

“사람을 변하게 만드는 것이 가장 힘든 것 아닙니까.”

“그래···”

승하가 천장을 보며 생각에 잠긴 듯한 표정을 짓는다.

“그러고 보니 여럿을 변하게 했습니다.”

긴 침묵이 감돌았다. 갑자기 만덕이 벌떡 일어난다. 그리고 오래도록 담아 두었던 문장을 꺼내듯 그답지 않게 심각하게 말한다.

“그리고 김 류는 죽었구먼유.”

승하가 무슨 말이냐는 듯 묻는 얼굴을 하자 준이 그렇다는 뜻으로 고개를 끄덕인다.

“장악원에는 김 류가 병사(病死)했다고 말했답니다.”

“다들 찾을 테고 또 전하께서도 각별히 아끼는 가야금자비인데 그것 말고는 달리 방법이 없더라구유···”

"전하께서 사람을 풀어 찾으려 하실 것 같았습니다."

승하가 천천히 고개를 끄덕인다.

"그래… 찾을 수 없고, 찾지도 않을 방법으로는 그게 제일이다. 네 놈이 거짓을 말하느라 고생 좀 했겠구나."

불쌍해서 어떡하냐, 우리가 더 챙겼어야 했다며 눈물, 콧물 다 쏟으며 우는 아재들을 차마 볼 수 없어 만덕은 먼 산만 바라보았다. 식구도 없는 이를 그리 혼자 가게 했냐는 원망을 들으면서도 꾹 참았다. 그 허약한 이를 돈벌이가 된다고 행사에 끌고 다녔다고 자책하는 말을 들으며 입을 앙 다물었다. 그리고 그의 시선 끝에 선인이 아무 말 없이 앉아 있었다. 만덕은 아재들과는 다른 의미로 코끝이 시큰해졌다. 그리고 지금도 콧잔등이 가렵고 눈앞이 가물가물해진다. 준과 승하는 말 없이 만덕의 등을 바라본다.

이따금 이런 이야기가 들렸다. 어느 깊은 산속에 가야금 소리로 병을 고치는 신기한 여인이 산다더라, 혹은 백련각 못지않은 기방이 새로 생겼는데 가야금을 타는 이가 절색이라 게다가 그 소리가 인물 못지않다더라, 궁을 비롯해 조선 곳곳에서 울려 퍼지는 곡조들이 실은 한 여인의 손끝에서 나왔다더라, 그 소리를 들은 이는 마음이 평온해지고, 가슴속 응어리가 풀렸다더라, 어떤 이는 앓던 병이 씻은 듯 나았다더라… 그 이야기가 사실인지 그 여인이 설인지 알 수 없었다. 설은 그저 사라졌을 뿐이었다.

"그래도 지 맘 속에는 살아 있구먼유. 조선 최고의 가야금쟁이 김

류, 지와 가장 가까웠던 장악원의 벗 김 류로 그렇게 남아 있구먼
유…”

그 말에 승하의 가슴 한 켠이 뻐근해진다. 그 밤 이후, 승하 역시 설
을 찾지 않았다.

[…시간이 지나면 잊히고 풍화되어 사라지는 것들이 있어. 그러나
네 아비의 죄, 그리고 네 아비를 향한 내 죄는 사라질 수 없어.]

승하는 고개를 젓는다. 준은 무거운 분위기를 덜어보려 만덕에게 묻
는다.

“그런데 어찌 알았습니까? 저야 예전부터 알던 이라 눈에 들어왔지
만 처음부터 사내로 보지 않았습니까?”

만덕의 눈물이 쏙 들어간다. 황당하다는 얼굴로 준을 본다. 그 표정
에 준이 되레 당황한다.

“그게 중하대유? 사내인지 계집인지 그런 건 중하지 않았구먼유. 이
세상이 끝나도 다음 세상에 남을 그런 연주를 하는 자가 이 땅에 있다
는 것이 중하주. 천재라는 게… 있었구먼유. 지 같은 천 것이 뭘 알겠
냐 하겠지만 듣는 순간, 아 이런 게 천재구나! 딱 감이 왔었어유.”

승하의 눈동자가 짙은 어둠으로 잠긴다. 준 역시 만덕의 말에 저도
모르게 한숨이 나온다. 두 사람은 같은 생각을 하고 있다.

‘어디에서 무얼 하고 있는 것인가…’

만덕이 손가락으로 허공에 동그라미를 그리며 말한다.

“이 안에 없어유. 그걸 벗어난, 아니… 이미 그런 경계 같은 게 없는

사람이니께."

준이 허공에 대고 그 동그라미를 따라 그린다. 그 안에 한때의 추억과 그리움, 열망과 좌절, 아직 오지 않은 시간이 모두 담겨 있는 것 같았다. 화덕의 숯불이 탁, 소리를 낸다. 바람이 작업장 안으로 부드럽게 스며들었다. 가만히 귀를 기울이면 어딘가에서 가야금 소리가 들려오는 것 같았다. 보이지 않는 선율, 가늘고도 깊은 선. 세 사람은 그 소리를 들으려는 듯 조용히 귀를 기울인다. 누구도 말하지 않는다. 설이라는 이름도, 김 류라는 이름도. 그러나 그날 밤, 작업장 안에 머물던 소리는 아주 오래도록 사라지지 않았다.

서안과 바닥에는 복잡한 도면들과 낯선 기구의 설계 그림들이 흩어져 있다. 관모가 이마 뒤로 넘어간 채 양반다리를 하고 앉은 한 관리가, 심각한 눈빛으로 종이를 들여다보고 있다. 임금도 설계도를 한참 바라보다 흥미로운 듯 물었다.

"무슨 기구인가?"

관리가 임금을 보지도 않고 답한다.

"물이 모이지 않는 논밭에 적은 힘으로 물을 올릴 수 있는 것입니다."

그 말에 임금이 종이를 다시 유심히 본다.

"더 설명해 보게."

"충청도 어느 목수가 고안한 것을 받아 참고하였습니다. 수레에 물레를 응용한 장치인데, 장정 둘이면 넓은 논두렁 하나는 감당할 수 있사옵니다."

임금이 고개를 끄덕인다. 미간이 좁아지며 그의 시선은 도면에 닿아 있다.

"그렇다면 가뭄에도 모내기를 멈추지 않을 수 있겠군. 어른도 아이도 쓸 수 있게 만들어야 하네. 백성의 손이 닿지 않으면 헛된 기구일 뿐이니."

관리는 그제야 고개를 들어 임금을 바라보고는 일어나 예를 갖췄다.

"전하께서 그렇게 말씀하실 줄 알고, 수레바퀴 크기부터 조정해 놓았습니다. 손에 무리가 덜 가도록 손잡이도 바꾸었고, 여인들도 쓸 수 있을 만큼 무게를 덜어내는 중이옵니다."

"자네는 언제나 짐보다 한 걸음 앞서 있군. 백성의 마음뿐 아니라 짐의 마음까지 읽고 있어."

관리의 입꼬리가 조금 올라간다.

"전하의 뜻이 백성을 향해 있으니, 그 마음을 읽는 일이 그리 어렵지는 않사옵니다."

임금은 의자에 앉아 잠시 몸을 기대고 눈을 감았다. 입가엔 엷은 미소가 맴돈다. 사람이 들어오는 기척에도 임금은 눈을 감고 있다. 포사다. 바닥의 관리가 그를 힐끗 보더니 고개를 젓는다.

"전하"

"눈이 침침하여 이대로 듣겠다. 아직이냐?"

"예 전하. 포사들이 전국을 다니며 은밀하게 수소문 중인데 여전히 생사도 알 수 없습니다."

"알겠다. 나가 보아라."

포사가 나가자 관리가 종이를 들고 방향을 바꾸어 보며 말한다.

"이토록 찾지 못한다는 것은 어쩌면 찾지 말아 달라는 뜻을 전한 것 아니겠습니까?"

임금은 여전히 눈을 감고 있다.

"이번엔 내가 지켜주려 했다. 그의 아비도 오라비도 지키지 못했으니."

그러자 관리가 농담조로 조심스럽게 덧붙인다.

"전하께서 못 찾으실 만큼 숨어 있는 재주는 타고난 듯하니, 이제 는… 지켜주겠다는 마음도 조금은 덜어두심이 어떠하신지요."

그 말에 임금이 눈을 뜬다.

"잠시 산책을 다녀오겠네."

늘 가는 산책길을 정해 놓은 것은 아니었지만 그의 발길은 자연스럽 게 부용정으로 향했다. 따스한 햇살 아래, 반짝이는 윤슬이 부용정을 가득 채우고 있었다. 여전히 그곳에서의 기억이 생생하게 떠오르는 가 운데, 임금은 잠시 멈추어 서서 그 풍경을 감상했다. 깊은숨을 쉬어도 일렁거림은 사라지지 않았다.

'찾지 말라…'

계속 걷자 짙푸른 대나무 숲이 그를 반기듯 바람에 흔들리며 속삭였다. 대나무 숲길을 따라 걷다 한쪽으로 굽은 돌담을 지나쳤다. 돌담 사이에 꽃들이 피어 있었다. 그리고 몇 발자국을 옮기니 장악원이 나왔다. 화려한 기와가 햇빛을 받아 아름다웠으나 사람의 기척이 있음에도 아무런 곡조도 흘러나오지 않았다. 처음부터 음악을 듣기 위해 이곳에 온 것은 아니지만 막상 아무것도 들리지 않으니 허탈했다. 때마침 전악이 나와 예를 갖추었다.

"어찌 이리 조용한 것이냐?"

"악사 중 하나가 병사하였습니다. 하여 이런 날 풍악을 울리는 것은 도리에 어긋난다고 여겨 오늘은 악보 공부만 하고 해산하기로 하였습니다."

사람 죽는 일이 드문 일도 아니었지만 동료에 대해 도리를 지키는 것이 임금의 눈에는 갸륵했다.

"그래, 그 병사하였다는 자가 어떤 자냐?"

"전하께서도 들어보셨을 겁니다. 가야금자비 김 류라는 자옵니다."

"뭐라?"

임금의 놀란 눈빛이 전악을 향하자, 전악은 그것이 화살처럼 날아드는 듯해 몸을 움츠렸다.

"김 류라는 자옵니다."

“병사…라 하였느냐?”

“예 전하. 장례는 이미 끝났지만 소식이 늦게 들려와 이제야…”

임금은 고개를 끄덕이며 왔던 길을 되돌아간다. 다시 돌담 사이의 꽃들을 지나 대나무 숲을 지나쳐 가다 부용정에서 발길을 멈춘다.

[제가 김 류는 맞으나 감히 최고라 할 실력은 못 됩니다.]

[모든 소리가 음악이 되는 것은 아닙니다.]

아름답지만 황무지같이 텅 빈, 까만 눈을 가진 자였다. 임금을 대하는 목소리가 극히 담담하여 그 기백이 대단하다 생각했었다. 어느 밤, 아직 세상에 나오지 않은 곡을 연주하며 촉촉하게 젖어든 눈동자를 보았을 때 그것이 기백이 아니라 상처 받은 인간의 모습이었음을 깨달았다. 임금은 부용정을 가만히 바라본다. 꽃잎이 살랑살랑하며 천천히 연못 위로 떨어졌다. 언젠가 빨간 단풍잎 하나가 떨어졌던 어느 가을날을 떠올리게 했다.

물 위에 떠오른 꽃잎은 물결을 따라 서서히 흘러간다. 꽃잎이 보이지 않을 때까지 그것을 지켜보던 임금은 돌아선다. 바람조차 멎은 고요 속에서, 아주 낮고 부드러운 가야금 소리가 들리는 듯했다. 기억일까, 바람일까. 임금은 한참 동안 발걸음을 멈춘 채, 귀를 기울였다. 아무 소리도 들리지 않았다. 하지만 그는 알 수 있었다. 소리는 사라진 것이 아니라, 여전히 흐르고 있다는 것을.

‘流(류). 높은 바람 소리라…’

조심스레 손끝으로 그 글자를 더듬었다. 그 이름에서 이제는 아득한 기억이 흘러나왔다. 그땐 알지 못했다. 오직 복수, 그 생각뿐이었다. 하지만 이제는 안다. 최 노인이 병판에게 칼을 겨누라며 호패를 건넨 것이 아니었음을. 복수에 목숨을 걸라는 뜻이 아니었다는 것을. 장악원에 들어가 음악 속에 삶을 묻고, 모든 것을 잊은 채 제대로 살아가기를 바란 마음이었을 것이다. 그 이름을 호패에 새겨준 것도 바람처럼 흩어지길 바란 염원이었을 것이다. 모든 것을 놓고 살라는 단 하나의 마음.

‘雪(설).’

승하가 건넨 조각을 바라본다. 결국 같은 마음, 같은 바람이었다. 설은 조각을 손에 쥐고 고개를 숙인 채 말없이 서 있다가 천천히, 그러나 주저 없이 길을 나선다.

일 년 후.

"자네 지금 그게 말이 된다고 생각하나?"

수염이 희끗한 원로 대신이 상을 탁 치며 준을 노려보았다.

"금난전권은 조정이 직접 상업을 관리하기 위해 마련한 제도요. 무분별한 난전의 팽창을 막고, 국가 재정을 보전하기 위한 시전 상인의 특별세도 유지되어야 하는데 그런 것을 폐지하자니…"

다른 이들은 고개를 저으며 혀를 찼다.

"아직 몰라 저리 말하는 것이니 대감께서는 진정하시지요. 자네 지금 한 말에 대해 얼른 여기 계신 대감들께 사과하게."

조금 더 젊은 관리가 준을 보며 달래듯 말하자 준이 얕은 숨을 쉰 뒤 차분히 말한다.

"사농공상의 말단이라고 하여 아직도 상을 천하게 여기는 것은 시대의 흐름에 맞지 않습니다. 난전이라 폄하되는 이들이야말로 조선 상업의 뿌리이거늘 이들을 막고 시전 상인에게만 특혜를 부여하는 제도는 더 이상 백성에게 이롭지 않사옵니다. 금난전권을 폐지한다면 소상공인과 영세상인들이 자유롭게 장사를 할 수 있게 될 것이고, 그들이 이익을 얻는다면 그에 합당한 세금을 걷을 수 있으니 문제가 되지 않을 것입니다. 그럼 저는 문신 교시가 있어 먼저 물러나겠습니다."

준이 일어나 예를 갖추고 나가자 남아 있는 관리들이 수군거린다.

'늘 나라를 위해, 종묘사직을 위해 일한다 하면서 잇속 챙기는 거 하나는 빈틈이 없군.'

이틀간 남한산성 아래 시장과 민가를 둘러본 임금의 얼굴에는 흡족한 웃음이 떠나지 않았다. 임금은 펼쳐진 도면을 들여다보며 그 솜씨에 고개를 끄덕였다.

"정 검서의 도면은 실로 정묘하다. 마치 짐의 머릿속을 들여다보고 그린 듯하군. 오늘 둘러본 그 골목이며 도랑이며, 모두 이 설계 위에 살아 숨쉬고 있다."

임금이 도면을 내려놓으며 말했다.

"오늘 저녁은 짐과 함께 온 이들과 술을 나누고 싶다."

잠시 후, 연못가 정자에 술상이 차려졌다. 임금이 상석에 앉고 좌우를 호위무사들이 채웠다. 임금이 첫 잔을 마시자 무사들도 술을 마시기 시작한다. 승하는 잔을 들었으나 입에 대기만 한 채 내려놓았다.

"짐이 오래전부터 꿈꾸던 세상이 있다. 밭을 가는 농부와 그 아낙이 새참을 들고 웃으며 걷고, 누구나 마음껏 물건을 사고파는 시장이 있고 통통한 볼의 아이들이 골목마다 뛰노는 그런 나라… 백성들이 웃을 수 있는 나라 말이다. 그 모습을 이곳에서 보게 되어 기쁘다."

임금의 말이 이어졌지만 승하는 다른 기척에 귀 기울이고 있다. 숨죽인 살기. 어둠에 섞여 있던 자들이 일제히 튀어나왔다. 낯선 무사복을 입은 이들이 검을 뽑아 들고 이쪽을 향해 달려든다. 승하는 한 치의 망설임도 없이 검을 뽑아 들어, 먼저 달려든 두 명을 단칼에 베어냈다. 정자 아래로 훌쩍 뛰어내린 승하는 빠르게 무사들을 막아내며 임금이 무사히 안으로 들어가는 것을 확인한다. 술을 마시던 다른 무사들도 번쩍 깨어 검을 뽑아 들었다. 순식간에 칼날이 부딪히는 전장이 되었다. 승하가 앞선 무사들을 쓰러뜨리고 잠시 숨을 고르려던 찰나, 또 다른 무리가 어둠을 헤치고 달려들었다. 그는 검을 고쳐 쥐며 자세를 낮췄다. 새로 나타난 자들 역시 그의 칼 아래 속절없이 무너졌다. 승하는 마지막까지 주위를 살피며 경계했다. 더는 아무도 없었다.

규장각 마당에 들어선 승하는 잠시 걸음을 멈췄다. 강론을 들으러 온 초계문신들이 삼삼오오 모여 있었고, 그 틈에서 낯익은 얼굴이 눈에 들어왔다.

"다른 문신들은 다들 죽을 맛이라는데 그중 아주 별난 자가 있어 바른말 딱딱하고 그걸 즐기기까지 한다는데⋯ 혹시 알아?"

그 말에 준이 웃으며 대꾸한다.

"장용영 무사 중에 검만 빼 들면 날아가는 새도 베는 자가 있다는데 들어 보셨습니까?"

이번에는 승하가 웃는다.

"이번 전하의 행차에서도 큰 공을 세우셨다고요?"

"공은 무슨. 할 일 한 거다."

"어땠습니까?"

그 물음에 승하가 잠시 생각하다 대꾸한다.

"말주변이 없어 어떤지 구구절절 말은 못 하겠는데 그곳에는⋯ 내일이 있었다."

준이 천천히 고개를 끄덕인다.

"충분히 이해했습니다."

승하가 준의 어깨 한쪽을 살짝 짚으며 지나간다.

"들어가 봐. 기다리신다."

만덕은 앞에 놓인 악보를 보며 대금을 불다가 다시 악보로 눈을 돌린다. 턱 밑 수염은 전보다 많이 자랐지만 워낙 숱이 없어 듬성듬성하다. 선인은 구석에서 거문고를 조율하고 있었고 해금, 꽹과리 등 다른 아재들도 한쪽에 모여 웃으며 이야기를 나누고 있다. 그들의 얼굴에는 이전보다 깊어진 세월의 흔적이 보인다.

"자자, 이제 연습 시작하겠구먼유. 악보는 미리들 봤주? 한 번 맞춰 볼게유."

그 말에 악사들이 자세를 바로 하고 만덕이 곧 박을 친다. 연주를 듣는 만덕이 고개를 갸웃거린다. 그 모습에 꽹과리 아재가 묻는다.

"가전악, 무엇이 문제인가? 아니 문제입니까? 또 이렇게 고개를 갸 웃갸웃하는 걸 보니 우리 연주가 영 아니라는 건데…"

만덕이 뭔가 생각에 잠긴 듯한 표정으로 답한다.

"이게 말이주? 그런 거 있잖아유."

이를 듣던 어느 악사가 장난스럽게 따라 한다.

"우리 가전악. 또 나왔다. 그런 거 있잖아유."

말을 따라 하며 웃음이 터지는 사이에서도 만덕은 자못 진지한 얼굴로 계속 설명을 이어간다.

"봄날이에유. 그냥 그런 봄날이 아니라 아주 화창하고 하늘이 파란 그런… 바람이 살랑살랑 부니까 어떻게 되겠어유? 아, 꽃잎이 떨어지겠주. 꽃잎들이 나뭇가지에서 사뿐사뿐 나풀나풀 춤추듯이, 그런데 이게 한두 잎이 아니라 아주 그냥 몇 백, 몇 천 개가 한 번에 흩날린다고 생각을 해보세유. 얼마나 이쁘겠어유."

눈을 살짝 감고 큰 몸뚱이를 살랑거리며 설명하는 만덕을 보며 이번에는 다른 아재가 놀리듯 덧붙인다.

"가전악이 꽃잎 같네그려. 나풀나풀 사뿐사뿐."

그 말에 다들 또 웃음이 터진다. 선인도 조용히 미소 짓는다.

"어찌 됐든 요즘 가전악이 나눠 주는 곡이 참 좋단 말이야."

다른 이들도 그 말에 고개를 끄덕인다.

"연습을 하면 좋은 기운을 받는 것 같아. 아니 좋은 기분이 된다고 해야 하나?"

"마음이 편해지지?"

"맞아 맞아. 편하고 듣기 좋고."

만덕이 박을 치자 다시 연주가 시작된다. 선인의 눈앞에서 꽃잎 하나가 거문고 현 위에 가볍게 내려앉는다. 이내 무수히 쏟아지는 꽃잎 사이로, 설의 얼굴이 스쳐 지나간다.

'모든 것이 제자리로 돌아갔군…'

초계문신 강론을 마치고 돌아가던 준이 장악원에서 흘러나오는 연주 소리에 걸음을 멈추었다. 사실은 돌아가는 길이 아니었다. 가까운 길을 두고, 굳이 이쪽을 택한 것이다. 그저 그 소리를 듣고 싶었기에.

'처음 듣는 곡조인데 낯이 익군.'

연주를 듣고 있으니 따스하고 부드러운 물결이 가슴에 스며들었다. 흐릿했던 안개가 걷히고 무거웠던 머리가 맑아진다. 문득 유생 시절, 설의 집 담벼락 아래에서 몰래 가야금 곡조를 들으며 위안을 받고, 시름을 잊었던 기억이 떠오른다.

'지금이 그때와 같군.'

온종일 쌓였던 피로와 마음을 짓눌렀던 짐들이 그 곡조에 실려 날아가고 흩어졌다. 마치 그 시절로 돌아간 듯한 착각마저 들었다. 떠오르는 다른 기억에 그의 눈이 과거를 짚듯 아련해진다. 준이 돌아선다.

'지금은 그때와 같지 않다.'

연주는 여전히 귓가에 부드럽게 스며들었다. 설의 가야금 곡조가 그랬던 것처럼 지금의 곡조 역시 그의 마음을 살며시 두드리고 따스함으로 채워 주었다. 흩어져 있던 생각들을 모아 주며, 머릿속을 떠돌던 문제의 실마리를 풀어내기 시작했다. 다른 중신들을 어떻게 설득할지, 백성을 위한 어떤 해답을 내놓아야 할지 갈피가 잡히는 것 같았다. 이런 곡조를 연주했던 이를 생각한다. 그 그리움은 부드러운 물결처럼 그를 앞으로 이끄는 다정한 바람이 되었다.

다시 계절은 지나고.

옥빛 치마를 입은 여인이 장터를 천천히 걷고 있다. 장터는 사람들의 웅성거림과 상인들의 외침, 각양각색의 물건들로 활기가 가득했다. 포목점 앞에는 다채로운 색의 비단이 바람에 살랑이며 나부꼈다. 가게 주인은 새 옷을 맞추러 온 여인들에게 주홍빛 비단을 펼쳐 보이며 만져보라 권하고 있다. 아이들은 코끝이 빨개진 채 연 가게 앞에 모여 줄줄이 매달린 색색의 연을 바라보며 눈을 반짝이고 있다. 주인으로 보이는 사내가 연을 높이 치켜들고는 곧 하늘로 날아오를 듯한 기세로 설명을 이어갔다. 그 옆 문방에는 유생들이 손을 비비며 붓을 먹에 찍은 뒤 종이에 시범 글씨를 써보고는 고개를 끄덕이고 있다.

여인은 그 풍경을 바라보다 노리개를 파는 노점 앞에서 발을 멈춘다. 보랏빛 실로 곱게 엮인 노리개 하나가 바람에 흔들린다. 그것에 손을 뻗는데, 그때 악기를 어깨에 멘 악사들이 지나간다. 그 사이로 선인의 모습도 보인다.

"음식은 김 대감 댁이 제일이고 기생 부르는 건 박 대감이 제일이지."

"또 시작일세. 자네 그렇게 보는 눈이 없어서야…"

"어서 가자고. 곧 눈이 오겠어."

여인이 그들의 뒷모습을 바라본다. 일행 사이를 걷던 선인이 무언가를 느낀 듯 잠시 걸음을 멈추고 여인이 있는 쪽을 향해 고개를 돌린다. 그러나 악사들이 그의 옷소매를 잡아끌며 재촉하자, 이내 선인은 다시 걸음을 옮겼다. 여인도 돌아서 다시 걷는다. 어깨에 얹힌 긴 보자기의 매듭 사이로 현이 보인다.

오랜 시간을 돌아 다시 발을 디딘 골목. 여인은 어느 허름한 문 앞에 멈춰 선다. 그때 하늘에서 첫눈이 오기 시작했다. 작은 눈송이 하나가 여인의 치맛자락에 살포시 내려앉는다. 문 안쪽에서 익숙한 목소리들이 흘러나온다.

"이 자식이! 어디서 또 허풍을 떨고 있어!"

"꽃잎이 춤을 추는 것이 아니라 바람에 흩날린 것이겠지요."

"형님은 그렇다 치고 선비님께서는 왜 또 제 말을 못 믿으시는 거예유! 어라! 눈 오는가 보네유!"

여인은 잠시 눈을 감았다가 천천히 뜬다.

문이 열리고, 설이 걸어온 길 위에는 아무도 밟지 않은 눈이 소복이 쌓여 있다.

시간이 흘러도 마음에 새겨진 선율은 지워지지 않는다.

피고 지는 꽃처럼, 불고 멎는 바람처럼.

이름 없이 흘러간 모든 순간이 결국 하나의 긴 곡조가 된다.

그리고 그것은 어둠을 건너고 빛을 따라, 끝나지 않는 삶을 다시 시작하게 한다.

끝.

밤구름은 서쪽으로 흐르니

초판 1쇄 발행일 2026년 4월 30일

글 김형원

일러스트 이진교

펴낸이 김영근

펴낸곳 마음 연결

주소 경기도 수원시 팔달구 인계로 120 스마트타워 604

이메일 nousandmind@gmail.com

출판사 등록번호 251002021000003

ISBN 979-11-24194-14-0(03810)

값 20000원